메데야와 그녀의 아이들

세계문학전집
235

Людмила Улицкая : Медея и ее дети

메데야와 그녀의 아이들

류드밀라 울리츠카야 장편소설

최종술 옮김

문학동네

일러두기

1. 번역 대본으로는 Медея и ее дети(Людмила Улицкая, Астрель, 2012)를 사용했다.
2. 주석은 모두 옮긴이의 주이다.

차례

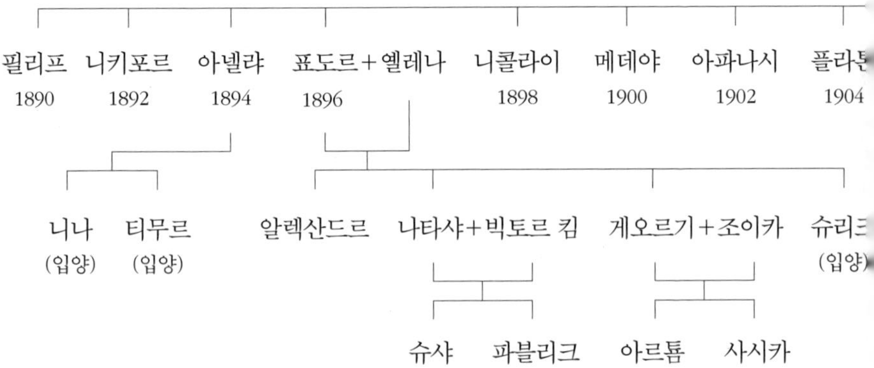
필리프
1890
니키포르
1892
아넬랴
1894
표도르+옐레나
1896
니콜라이
1898
메데야
1900
아파나시
1902
플라
1904
니나
(입양)
티무르
(입양)
알렉산드르
나타샤+빅토르 킴
게오르기+조이카
슈리
(입양
슈샤
파블리크
아르툠
사시카

시노플리 가계도

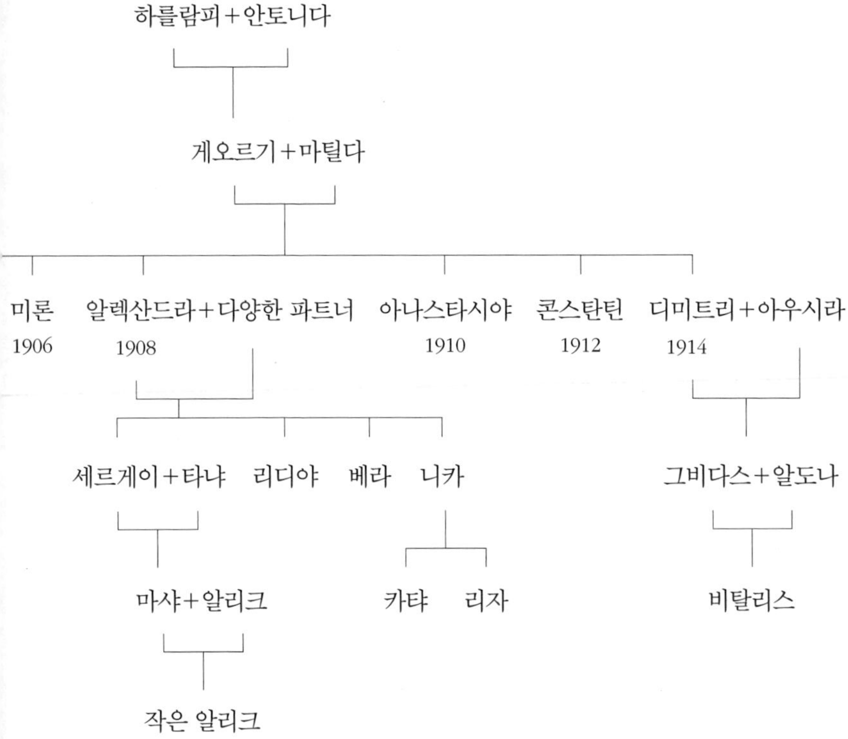
하를람피+안토니다
게오르기+마틸다
미론
1906
알렉산드라+다양한 파트너
1908
아나스타시야
1910
콘스탄틴
1912
디미트리+아우시라
1914
세르게이+타냐
리디야
베라
니카
그비다스+알도나
마샤+알리크
카탸
리자
비탈리스
작은 알리크

1

메데야 멘데스. 결혼 전 성은 시노플리다. 1920년대 말 모스크바로 이주한 여동생 알렉산드라를 빼면, 가문에서 마지막 남은 순혈 그리스 여인이다. 메데야의 가문은 헬라스 땅이었던 타브리다* 해변에 아득한 옛적부터 터를 잡고 살아왔다. 또한 메데야는 가문에서 그리스어를 얼추 보존한 마지막 사람이었다. 그녀가 구사하는 그리스어는 타브리다 식민지에서만 보존되어온 방언이었다. 현대 그리스어도 고대 그리스어도 이 중세의 폰토스 그리스어**와는 천 년의 시간적 거리가 있었다.

메데야가 그 닳고 닳은 낭랑한 언어로 말을 나눌 사람은 이미 오래 전에 사라지고 없었다. 철학적 용어와 종교적 용어 대다수를 낳았고,

* 크림반도의 옛 지명.

** 소아시아 흑해 남부 연안에서 사용되던 그리스 방언.

놀랍도록 멋진 축어성과 낱말의 원래 의미를 간직한 언어였다. 오늘날까지도 이 언어의 영향은 이어져서 세탁소는 카타리즈마로, 운송은 메타포리시스로, 그리고 탁자는 트라페자로 불린다.

메데야 연배의 타브리다 그리스인들은 하나둘 죽어 사라졌거나 아니면 그 땅에서 쫓겨났다. 메데야만 크림에 남았다. 그것은 그녀가 생각하는 것처럼 신의 보살핌 덕분이기도 했지만, 고인이 된 남편에게서 물려받은 스페인 성姓 덕이기도 했다. 메데야의 남편은 쾌활한 유대인 치과의사였다. 대수롭지 않지만 뚜렷한 약점들과 크지만 깊이 숨어 잘 드러나지 않는 장점들을 지닌 사람이었다.

메데야는 홀로된 지 오래되었다. 더는 결혼하지 않고 검은 상복을 입은 과부의 모습에 충실해왔다. 상복이 아주 잘 어울렸다.

과부가 된 후 첫 십 년간 그녀는 오로지 검은색 옷만 걸쳤다. 그후로는 좀 유연해졌다. 여전히 검은색 옷이지만, 가벼운 하얀 반점이나 작은 물방울무늬가 들어간 옷도 입었다. 검은 숄로 러시아식도 아니고 시골식도 아니게 머리를 감쌌는데, 숄에는 두 가닥 긴 매듭이 지어져 있었고 매듭 중 하나는 오른쪽 관자놀이에 자리를 잡았다. 고대풍의 작은 주름이 잡힌 긴 숄 끝은 어깨 위로 드리워져 주름진 목을 가렸다.

맑은 갈색 눈동자가 메말라 있었고, 거무스름한 얼굴의 살결도 메마른 잔주름에 덮여 있었다.

메데야가 지퍼 달린 하얀 가운을 입고 마을에 딸린 작은 병원의 접수창구에 앉아 있을 때는 칠해진 틀 속의 모습이 흡사 고야의 그려지지 않은 어떤 초상화 같아 보였다.

메데야는 온갖 병원 서류를 굵직하고 큼직하게 기록해나갔다. 또한 주변의 땅을 굵직하고 큼직하게 돌아다녔다. 일요일에는 해뜨기 전에 일어나서 페오도시야*까지 20베르스타**를 걸어가서는, 그곳 교회에서 꼿꼿이 서서 예배를 보고 저녁 무렵 집으로 돌아왔는데 힘든 기색이 없었다.

지역 주민들에게 메데야 멘데스는 벌써 오래전부터 풍경의 일부가 되었다. 만약 그녀가 접수창구의 하얀 창틀 안에 놓인 자기 의자에 앉아 있지 않았다면, 틀림없이 마을 동쪽 구릉이나 마을 서쪽 산 너덜에서 그녀의 거무스름한 모습을 어렴풋이 볼 수 있었다.

하릴없이 돌아다닌 건 아니었다. 샐비어, 타임, 산박하, 바베리, 버섯, 들장미 등을 따러 다녔다. 또한 홍옥수紅玉髓도, 얇은 수정 조각도, 가무잡잡한 옛날 동전도 빠트리지 않았다. 세계사의 이 소박한 무대의 윤기 없는 땅에 가득한 것들이었다.

메데야는 가깝고 먼 인근 땅을 자기 집 찬장 안에 든 물건처럼 자세히 알고 있었다. 필요한 식물을 어디에서 언제 얻을 수 있는지 기억하고 있었다. 그뿐 아니라 초록이 수십 년 세월에 부대끼며 서서히 옷을 갈아입던 모습을 마음에 아로새겼다. 봄볕이 키얀산 동쪽 비탈의 눈을 녹이면 계곡을 따라 산박하 덤불이 내려온다. 아래쪽 가지를 해치는 악성 질병 때문에 바베리가 사멸해간다. 반대로 치커리는 땅 밑으로 공격을 감행하여 땅속줄기가 연약한 봄꽃들을 질식시킨다.

크림의 땅은 메데야에게 늘 후해서, 진귀한 자산들을 선물했다. 메데야도 발견한 물건 하나하나를 기억하는 것으로 감사를 표했다. 아주 대

* 크림반도 해안에 있는 우크라이나의 항구도시.

** 1베르스타는 약 1.067킬로미터.

수롭지 않은 시공간적 정황과, 언젠가 겪었던 감정의 미세한 느낌 하나하나까지 다 기억했다. 어린아이였던 1906년 7월 1일의 기억이 시작이다. 메데야는 아크-메체티*로 가는, 버려진 길 한복판에서 '요정의 고리'**를 발견했다. 크기가 완전히 똑같은 자그마한 버섯 열아홉 개가 창백한 초록 모자를 쓰고 있었다. 그 지방에서 자라는 흰 버섯의 변종이었다. 식용 가치가 없는 발견물 중에서 최고는 빛바랜 남옥藍玉이 박힌 납작한 금반지였다. 폭풍우가 휘몰아치고 나서 잔잔해진 바다가 콕테벨*** 부근의 작은 해수욕장에서 그녀의 발치에 던져주었다. 1916년 8월 20일의 일이었다. 그날 메데야는 열여섯번째 생일을 맞았다. 그 반지를 그녀는 이날까지 끼고 있다. 반지가 손가락 깊이 박혀서 벌써 삼십 년이나 빠지지 않았다.

두 발바닥으로 메데야는 이 땅의 자비를 느끼고 있었다. 이 쇠락해가는 땅을 다른 어떤 지역과도 바꾸지 않을 터였다. 그녀가 크림을 떠났던 적은 평생에 걸쳐 단 두 번이었는데, 기간은 합해야 고작 육 주였다.

메데야는 페오도시야 태생이었다. 더 정확히 말하면 오래전에 페오도시야의 변두리와 합쳐진 그리스 식민지에 있는, 한때는 말끔했던 커다란 집에서 태어났다. 그녀가 태어날 무렵 그 집은 애초의 균형 잡힌 모습을 잃어버렸다. 별채를 짓고 테라스와 베란다를 만들고 해서 집을 늘렸다. 그토록 유쾌하게 시작된 세기의 첫 십 년에 가족이 급격히 불

---

* 크림반도의 중심도시인 심페로폴의 옛 이름.

** 버섯들이 둥근 원을 그리며 자라나 있는 것.

*** 페오도시야와 수다크 사이 중간쯤 자리한, 크림반도 남동부의 대표적인 휴양지 중 하나.

어났기에 그 대응책이었다.

가족은 맹렬하게 불어나는데, 할아버지 하를람피 시노플리는 점차 파산의 길을 걷고 있었다. 그는 당시 새로 문을 연 페오도시야항에 등록된 상선 네 척을 소유한, 부유한 무역상이었다. 사그라질 줄 모르고 타오르던 탐욕을 노년에 접어들면서 잃어버린 하를람피에게는 하루하루가 놀라움의 연속이었다. 오랜 세월 상속자를 기다리게 하며, 여섯 번에 걸쳐 아이를 사산시키고 두 아내에게 수없이 유산의 고통을 안기며 그를 고문하던 운명이 외아들 게오르기에게 참으로 아낌없이 자손을 주었던 것이다. 게오르기는 삼십 년에 걸친 노고를 통해 겨우 얻은 자식이었다. 아마 여기에는 두번째 아내 안토니다의 공이 컸을 것이다. 그녀는 맹세한 대로 키예프까지 걸어가서 아들을 낳았고, 젖을 먹여 길렀고, 죽을 때까지 감사단식을 지켰다. 하를람피의 아들은 자식을 많이 두었다. 빨간 머리의 깡마른 신부 마틸다 덕이었을 것이다. 그는 마틸다를 바툼*에서 데려왔다. 마틸다가 집에 들어섰을 때 한바탕 소동이 일었다. 배가 불렀던 것이다. 그때부터 마틸다는 우주의 불가사의한 정확성으로 이 년에 한 번꼴로 여름이 끝나갈 무렵 머리가 둥근 아기를 하나씩 낳았다.

손자가 하나둘 태어남에 따라 늙은 하를람피는 기력이 쇠했고 선량해졌다. 삶을 마감할 무렵에는 재산과 함께 심지어 권위적이고 잔혹하며 수완이 뛰어난 상인의 모습 자체를 잃어버렸다. 그러나 그의 피는 강해서, 다른 피에 녹아들어 사라지지 않았다. 피에 굶주렸던 시절 매

---

* 흑해 남동 연안에 면한 조지아의 항구도시. 현재는 명칭이 '바투미'로 바뀌었다.

질을 용케 피했던 하를람피의 후손들은 그의 강인한 기질과 재능을 다 물려받았다. 모두가 널리 아는 그의 탐욕을 사내들은 큰 에너지와 건설에 대한 열망으로 발현시켰고, 메데야 같은 여자들은 절약과 물건에 대한 비상한 관심, 그리고 재기 넘치는 실용적 기질로 탈바꿈시켰다.

복 받은 대가족이었다. 유전적 기질의 분포에 관심 있는 유전학자가 훌륭한 연구대상으로 여길 만했다. 가족 중에는 유전학자가 없었지만, 탁자 위에 놓인 찻잔부터 하늘을 떠다니는 구름에 이르기까지 모든 것을 질서와 체계로 정돈하려는 성격을 타고난 메데야가 재미삼아 머리카락이 붉은 정도에 따라 형제자매들의 등급을 매겨 정리해본 게 한두 번이 아니다. 물론 상상이었다. 가족이 다 모였던 기억이 없었기 때문이다. 늘 오빠들 가운데 누군가는 빠져 있었다…… 어머니의 구릿빛 머리카락은 어떻게든 모두에게 나타났다. 하지만 메데야 자신과 형제 중 막내인 디미트리는 머리카락이 극단적으로 붉었다. 집에서 '산드로치카'라고 부르는 알렉산드라는 머리카락이 복잡한 마호가니색이었는데 불꽃이 일렁이기까지 했다.

가끔 할아버지의 짧은 새끼손가락이 불쑥 나타나기도 했다. 무슨 까닭인지 짧은 새끼손가락은 사내아이들만의 몫이었다. 할머니의 커다란 귓불과 특출나게 밝은 밤눈도 가끔 나타났다. 메데야도 밤눈이 아주 밝았다. 그런 모든 유전적 특성에다가 또 그만큼 뚜렷하지는 않은 몇몇 다른 속성이 하를람피의 후손들 속에서 넘실댔다.

가문은 자식을 낳는 능력에서도 두 부류로 나뉘었다. 어떤 이들은 하를람피처럼 몇 년을 기다려도 아주 조그마한 아이조차 세상에 내놓지 못했는가 하면, 반대로 다른 이들은 큰 의미를 두지 않고 빨간 머리의 하찮은 족속을 세상에 마구 뿌려댔다. 하를람피 자신은 1910년부터 페오도시야의 그리스인 묘지에 누워 있었다. 묘지 맨 꼭대기에 자리잡은 무덤에서 만이 내려다보였다. 예전처럼 페오도시야항에 등록되어 있던 마지막 남은 그의 증기선 두 척이 두번째 전쟁이 발발할 때까지 거기에서 흔들리고 있었다.

많은 세월이 흐른 후, 아이가 없던 메데야는 수많은 조카와 그들의 자식들을 크림에 있는 자기 집에 불러모아 조용히 비과학적으로 관찰하곤 했다. 그녀는 그들 모두를 아주 사랑하는 것처럼 보였다. 아이를 낳지 못한 여자가 품은 아이들에 대한 사랑이 어떤 것인지를 말하기란 어렵지만, 메데야는 아이들에게 활발한 관심을 나타냈다. 아이들에 대한 관심은 노년에 접어들며 더 짙어지기까지 했다.

가을과 겨울에 닥쳐오는 외로움도 힘겨워하지 않았던 메데야는 휴가철에 밀려드는 친척들을 부담스러워하지 않았다. 첫 조카들 무리는 보통 4월 말에 찾아왔다. 2월의 비와 3월의 바람이 지나가고 크림의 봄이 땅을 뚫고 솟아나와 보라색 등나무꽃으로, 연분홍 타마리스크로, 노란색 가시금작화로 피어나는 때였다.

첫 방문은 보통 짧아서 5월 초의 휴일 며칠을 머물다 떠났다. 누군가는 9일*까지 지내다가 가기도 했다. 그러고 나서 잠시 겨를이 생겼다가 20일에서 말일 사이에 조카딸들이 모여들었다. 학교 들어갈 나이가 안 된 아이들을 데려온 젊은 엄마들이었다.

조카들이 서른 명 남짓 되었기 때문에 겨울이 채 가기도 전에 일정

* 5월 9일은 소련과 러시아 승전기념일.

이 잡혔다. 방이 네 개인 집은 스무 명 이상 감당하지 못했다.

휴양지에 손님을 실어나르며 생계를 꾸려가던 페오도시야와 심페로폴의 운전사들은 메데야의 집을 아주 잘 알고 있었다. 가끔 그녀의 친척들에게 찻삯을 조금 깎아주기도 했는데, 대신 비가 올 때는 위쪽까지 올라가지 않고 아랫마을에 내려주겠다는 단서를 달곤 했다.

의미심장한 만남이, 이상한 우연의 일치가, 그리고 꼭 들어맞는 놀라운 일이 삶에 가득하긴 했지만, 메데야는 우연을 믿지 않았다. 언젠가 만났던 사람이 많은 세월이 흐르고 나서 운명의 방향을 돌리기 위해 돌아오곤 했다. 실들이 늘어나다가 만나 고리들을 만들었고 해가 갈수록 더욱 선명해지는 무늬를 이루었다.

날씨가 안정된 것으로 보이던 4월 중순에 음침한 날이 닥쳐왔다. 추워졌다. 눈으로 바뀔 조짐을 보이는 어두운 비가 내리기 시작했다.

메데야는 커튼을 치고 꽤 이른 시간에 불을 켰다. 땔감은 적게 먹고 열은 많이 내는 똑똑한 난로에 불쏘시개 한 줌과 장작 두 개를 던져넣고는, 닳아 해진 침대보를 탁자 위에 깔아놓고 어림잡아보았다. 잘라서 부엌수건을 만들까, 아니면 가운데 찢어진 데를 도려내고 기워서 아이 침대보를 만들까?

그때 세차게 문을 두드리는 소리가 들렸다. 그녀는 문을 열었다. 젖은 외투를 걸치고 털모자를 쓴 젊은이가 문 뒤에 서 있었다.

메데야는 그를 좀체 보지 못한 조카 중 하나겠거니 여겨서 집안으로 들였다.

"당신이 메데야 게오르기예브나 시노플리 씨인가요?" 젊은이가 물었고, 메데야는 그가 친척이 아님을 깨달았다.

"맞아요, 다른 성을 쓴 지가 벌써 사십 년이지만요." 메데야가 미소 지었다. 눈동자가 밝고 아래쪽으로 엷게 뻗은 검은 콧수염을 짧게 기른, 호감 가는 인상의 젊은이였다. "외투 벗으세요……"

"느닷없이 찾아와서 죄송합니다……" 그가 젖은 모자에서 진눈깨비를 떨어냈다. "카라간다*에서 온 라빌 유수포프라 합니다……"

뒤이어 그날 저녁과 밤에 일어난 모든 일을 메데야는 아마 이튿날 썼을 테지만 부치지 않은 편지에서 밝혔다.

많은 해가 지나 그 편지는 조카 게오르기의 수중에 들어갔고, 편지가 든 종이 뭉치 속에서 찾은 전혀 예상치 못한 1976년 4월 11일 유언장의 수수께끼를 그에게 해명해주었다. 편지는 다음과 같았다.

"사랑하는 옐레노치카! 편지한 지 일주일밖에 안 됐지? 그런데 별난 사건이 하나 생겼어. 얘기해주고 싶어서 다시 펜을 들어. 오래전에 시작된 일들 가운데 하나야. 1918년 12월에 너를 아르미크 티그라노브나와 함께 페오도시야로 데려왔던 마부 유심, 너 물론 기억하지? 생각해봐. 그의 손자가 페오도시야의 지인들을 수소문해서 나를 찾았어. 요즘도 대도시에서 아무 주소도 없이 사람을 수소문해 찾을 수 있다는 게 놀랍지 않아? 우리 지역에서는 별반 특별할 것 없는 사연이었어. 전쟁이 끝나고 그들은 알루시타**에서 쫓겨났어. 유심이 이미 세상을 떠나고 난 뒤였지. 라빌의 어머니는 카라간다로 보내졌어. 아이들의 아버지가 전쟁터에서 죽었던 때였어. 젊은이는 어릴 때부터 그 일을 알았고—너희 가족의 피란에 대해 말하는 거야—네가 그때 감사의 표

* 카자흐스탄의 도시. 카라간딘스카야주의 주도.

** 크림반도 남부 연안에 면한 우크라이나의 도시.

시로 유심에게 선물했던 사파이어 반지도 기억하고 있더라…… 라빌의 어머니는 오랜 세월 반지를 손에 끼고 있다가 극심한 기근이 닥치자 밀가루 1푸드*와 바꾸었대. 그런데 솔직히 이건 마음 깊이 나를 감동시킨 대화의 서두였을 뿐이야. 우리가 정말 생각도 하기 싫은 기억이 떠올랐어. 그 시절의 괴로운 일들 말이야. 그러고 나서 라빌은 타타르인의 크림 귀환 운동에 참여하고 있다고, 공식적인 운동도 비공식적인 운동도 걸음을 뗀 지 이미 오래되었다고 털어놓았어.

라빌은 열의에 차서 타타르인들이 살던 옛 크림에 대해 물었어. 우즈베키스탄과 카자흐스탄에 사는 타타르인들한테 내 이야기를 들려주려고 녹음기를 꺼내 녹음까지 했어. 나는 내가 기억하는 것을 이야기해주었어. 마을에 살던 옛 이웃들에 대해, 갈리야에 대해, 무스타파에 대해, 동틀녘부터 해질녘까지 이곳의 아리크**를 청소하며 눈의 티를 빼듯 티끌 하나하나 끄집어내던 아흐메트-아리치니크 할아버지에 대해 이야기해주었지. 또 이곳의 타타르인들이 채비할 새도 없이 밤 두시에 내쫓기던 일이랑, 직접 그들을 이주시켰던 당 책임자 슈라 고로도비코바가 짐 꾸리는 것을 도우며 눈물을 펑펑 쏟던 모습을 이야기해주었어. 바로 다음날 그녀는 중풍에 걸려서 당 책임자를 관두어야 했지. 십 년도 더 일그러진 얼굴을 하고 알 수 없는 말을 하며 절뚝절뚝 자기 농장을 돌아다녔어. 독일인들이 왔을 때도, 우리 지방에는 독일인들이 아니라 루마니아인들이 와 있었지만 말이야, 전혀 그런 일이 없었어. 유대인들을 데려간 건 나도 알지만, 우리 지방에서는 아니었어.

---

* 1푸드는 약 16.38킬로그램.

** 중앙아시아 지역의 관개수로.

1947년 8월 중순에 타타르인들이 이곳에 심어놓은 호두나무 숲을 베라는 지시가 떨어졌던 것도 이야기해주었어. 우리가 아무리 애원해도 얼간이들이 와서는 결실을 거둘 새도 없이 경이로운 나무들을 베어버렸어. 죽은 나무들이 채 익지 않은 열매를 가지마다 가득 매달고 길을 따라 누워 있었어. 그런 다음 나무들을 불태우라는 지시가 내려졌어. 케르치*에서 온 타샤 라빈스카야가 그때 내 집에 묵고 있었어. 우리 둘이 앉아서 그 야만적인 불길을 바라보며 울었지.

고맙게도 나는 아직 기억력이 괜찮아. 다 기억하고 있어. 그래서 우리는 자정이 넘어서까지 이야기를 나누었어. 술까지 마셨지. 네가 기억하다시피, 옛 타타르인들은 술을 입에 대지 않았잖아. 다음날 여기저기 데리고 다니며 이곳을 구석구석 보여주기로 약속했어. 그러던 차에 라빌이 나한테 비밀스러운 청을 밝혔어. 크림에 그의 집을 사 달라는 거야. 내 이름으로 말이야. 타타르인들한테는 집을 팔지 않거든. 벌써 스탈린 시대부터 그 점과 관련해서 특별한 지시가 있었어.

옐레노치카, 타타르인들이 있었을 때 동쪽 크림지방이 어땠는지 기억해? 내륙 크림지방은 또 어땠니? 바흐치사라이**에 있던 정원들은 얼마나 아름다웠니! 지금 바흐치사라이로 가는 길에는 어린 나무 한 그루 없어. 전부 다 베이고 뿌리 뽑혔어…… 사모냐의 방에 라빌의 잠자리를 펴자마자 차 소리가 들리더구나…… 일 분 후에는 문을 두드렸고. 나를 바라보는 그의 눈이 그렇게 슬플 수가 없었어. '저를 잡으러 온 겁니다, 메데야 게오르기예브나.'

---

* 케르첸스키해협에 면한 우크라이나의 항구도시.

** 크림반도 중심부에 있는 우크라이나의 도시. 옛 크림한국의 수도.

라빌은 극도로 피곤한 얼굴이 되었어. 그러고 보니 그렇게 젊은 나이도 아니었어. 못해도 서른은 넘어 보였어. 그가 녹음기에서 테이프를 끄집어내서 난로 속에 던졌어. '당신이 곤경에 처할 겁니다. 용서하세요. 그냥 하룻밤 묵으러 들렀고 그게 다라고 말하지요……' 그 테이프, 내가 한 긴 이야기가 몽땅 순식간에 쉬익 하고 타버렸어.

나는 문을 열러 갔어. 두 사람이 서 있는 거야. 한 사람은 이곳 어부인 이반 가브릴로비치의 아들 페티카 셉추크야. 그 무례한 녀석이 나한테 이렇게 말하는 거야. '신분증 좀 봐야겠어요. 불법 투숙객은 없겠죠?'

그 녀석한테 욕을 엄청 퍼부어댔어. 어떻게 네가 감히 한밤중에 내 집에 들이닥칠 수가 있어? 아니, 돈 받고 들인 사람 없어. 지금 와 있는 사람은 손님이야. 가고 싶은 데 가 있고, 아침까지는 날 성가시게 하지 마. 이 배은망덕한 놈아, 어떻게 감히 내 집엘 와. 내가 전쟁 내내 병원을 지켰다는 걸, 이곳에는 나 외에 환자를 돌볼 사람이 아무도 없었다는 걸 네놈이 기억하냔 말이다. 내가 치료해준 그놈 몸에 난 부스럼이 수도 없어. 하나는 귀 안에 났었어. 귀를 째야 했지. 무서워서 내가 거의 죽을 지경이었어. 농담이 아니야, 정말이야. 다섯 살 된 애가 온통 뇌병변 증상투성이인 거야. 그런데 내가 누구야, 간호장이잖아! 얼마나 책임이 막중해…… 그놈들이 돌아서서 떠났어. 하지만 차는 떠나지 않았어. 집 근처 위쪽에 세우고 시동을 꺼놓고 있더라.

나의 타타르 아이 라빌의 입가에 안도의 미소가 번졌어. '고맙습니다, 메데야 게오르기예브나. 당신은 대단히 용감한 사람입니다. 당신 같은 사람을 만나기란 쉽지 않아요. 당신이 내일 골짜기도 동쪽 언덕

도 보여주지 못하실 테니 슬프네요. 하지만 다시 오지요, 시대가 변하겠지요, 믿습니다.'

나는 포도주를 한 병 더 꺼내 왔어. 우리는 이미 잠자리에 들 생각을 접고 대화를 나눴어. 그러고 나서 커피를 마셨지. 동이 트자 그는 씻었어. 라빌에게 레표시카*를 구워주었고, 여름에 모스크바에서 가져와 아직 남아 있던 통조림을 주었어. 하지만 그는 챙기지 않았어. 어차피 뺏길 거라는 거야. 쪽문까지, 맨 위쪽까지 그를 바래다줬어. 비가 그쳤어, 날씨가 그렇게 좋을 수가 없어. 페티카가 자동차 곁에 서 있고, 두 번째 녀석이 그와 나란히 서 있어. 라빌과 작별인사를 나눴어. 차문이 벌써 활짝 열려 있어. 옐레노치카, 바로 이런 일이 일어났던 거야. 아 참, 라빌이 모자를 잊고 갔어. 그래, 그것도 좋지 뭐. 그렇게 생각해. 다시 돌아오지 않을까? 타타르인들이 돌아오겠지? 그때 모자를 돌려주면 되잖아? 정말 이건 정의의 문제잖아. 뭐, 하느님이 판단하시겠지. 아무튼 몹시 서둘러 편지하는 데에는 까닭이 있어. 살면서 단 한 번도 정치적 사건에 휘말린 적이 없지만, 사모냐가 그 부분에서는 전문가였지, 하지만 생각해봐, 생의 말년에, 편안하게 놔둬야 할 시기에 말이야, 갑자기 할망구를 트집 잡을까? 그런 일이 생기면, 어디서 날 찾을지 너한테 알리려는 거야. 아 참, 그래, 지난번 편지에서 새 보청기 잘 들리는지 물어본다는 걸 깜빡했다. 솔직히 내 생각에는, 주변에서 하는 말이 거진 다 들을 가치가 없는 거라서, 안 들려도 잃을 게 별로 없다 싶다마는. 사랑해. 메데야."

---

* 중앙아시아 민족들의 전통적인 주식인 동그랗고 납작한 빵.

4월 말이었다. 메데야의 포도밭이 말끔해졌다. 텃밭은 벌써 이랑을 파서 불룩 솟아올라 있었다. 냉장고에는 토막 낸 거대한 넙치가 이틀째 들어 있었다. 아는 어부가 가져다준 것이었다.

조카 게오르기가 열세 살 된 아들 아르툠을 데리고 맨 먼저 왔다. 게오르기는 배낭을 벗어 던지고 마당 한가운데 서서 곧장 내리쬐는 강한 햇볕 때문에 얼굴을 찡그리며 달콤한 짙은 향기를 들이마셨다.

"잘라서 먹어."* 게오르기가 아들에게 말했다. 아들은 무슨 말인지 영문을 몰랐다.

"메데야 할머니가 저기 빨래 널고 있어." 아르툠이 가리켰다.

메데야의 집은 마을 맨 꼭대기에 있었지만, 농장은 층층이 테라스 모양으로 이루어져 있었다. 맨 아래에는 우물이 있었다. 우물가에 있는 커다란 호두나무와 늙은 가죽나무 사이에 줄이 길게 매여 있었다. 대개 분주히 집안일을 하며 점심 휴식 시간을 보내는 메데야가 몹시 새파래진 빨래를 널고 있었다. 짙푸른 그림자가 누덕누덕 기운 침대보들의 푸른 천 위를 거닐었다. 침대보들이 펼쳐져서 거칠고 푸른 하늘로 항해를 떠날 거라고 위협하며 서서히 몸을 돛 모양으로 구부렸다.

'빌어먹을, 다 내던지고 여기에 집을 장만할까봐.' 고모에게로 내려가며 게오르기가 생각했다. 고모는 그들을 아직 알아보지 못했다. '조이카는 원하는 대로 하라고 하고, 톰카하고 사시카는 데려오고……'

최근 십 년 동안 크림에 있는 메데야의 집에 발을 들여놓는 순간마

* 크림의 달콤한 대기를 음미하라는 말.

다 그는 바로 그런 생각이 들었다…… 메데야가 마침내 게오르기와 그의 아들을 알아보고는 똘똘 말린 마지막 침대보를 빈 대야에 도로 던져 넣고 허리를 폈다.

"아, 왔구나…… 이틀을 기다렸어…… 지금, 지금 올라가, 게오르기우."

단 한 사람, 메데야만 그를 그렇게 그리스식으로 불렀다. 게오르기가 노파에게 키스했다. 그녀는 친척의 구릿빛이 들어간 검은 머리카락을 손바닥으로 쓸었고, 아이의 머리도 쓰다듬었다.

"많이 컸네."

"저기 문에 대고 재봐도 돼요?" 아이가 물었다.

문틀 양쪽에 온통 무수한 금이 그어져 있었다. 아이들이 키를 표시한 것이었다.

메데야가 마지막 침대보를 집게로 집어 널자 침대보는 우연히 길을 잃고 벌거벗은 하늘로 나온 어린 구름의 반을 가린 채 날아가기 시작했다.

게오르기가 빈 대야를 받아들었다. 그들은 위로 올라가기 시작했다. 검게 그을린 메데야, 쭈글쭈글한 하얀 셔츠를 입은 게오르기, 그리고 빨간 티셔츠를 입은 아르톰.

이웃 농장에서 아다 크랍추크와 그녀의 남편 미하일, 그리고 레닌그라드*에서 와서 그들 집에 묵고 있는 '작고 하얀 쥐' 노라가 나오더니 국영농장의 구불구불 왜소한 포도밭을 지나 그들을 뒤따랐다.

---

* 페테르부르크의 소련 시절 이름.

"저 집에는 사람들이 구름같이 모여들어! 멘데스 아주머니 친척들이지. 저기 게오르기가 왔네. 늘 맨 먼저 와." 흐뭇해하는 것도 짜증이 난 것도 아닌 말투로 아다가 숙박 손님에게 설명해주었다.

게오르기는 아다보다 겨우 몇 살 아래였다. 어릴 적 그들은 곧잘 함께 어울려 다녔다. 지금 아다는 그가 싫었다. 자기는 늙고 폭 삭았는데, 그는 여전히 젊고 이제야 막 새치가 나기 시작했기 때문이다.

노라는 긴 골짜기와 나지막이 예쁜 산이 만난 쪽을 넋을 잃고 바라보았다. 주름이 잡힌 대지가 굽이치고 있었다. 거기, 사타구니에, 기와 지붕을 올린 집이 서 있었다. 검고 하얗고 붉은 세 개의 날씬한 형상을 향해 난 말끔한 창들이 울렸다…… 노라는 풍경의 구도를 즐기며 고결한 슬픔에 잠겨 생각했다. '저런 풍경을 그려보면 어떨까…… 아니야, 나한테는 버거워……'

노라는 화가였다. 미술학교를 마쳤지만 특출나지는 않았다. 하지만 성공적인 게 있기는 했다. 수채로 그린 바람에 실려 날아가는 꽃, 지면패랭이꽃, 라일락, 가벼운 야생화 다발. 지금도, 막 이곳에 휴양차 도착한 노라는 등나무를 눈여겨보았고, 잎사귀 하나 없는 가지들을 유리병에 꽂아서 장밋빛 식탁보 위에 올려놓을 달콤한 생각에 젖어 있었다. 딸이 낮잠을 잘 때 뒤뜰에 앉아 그림을 그릴 것이었다…… 그러나 물결치는 산하가, 그 내밀한 굽이굽이가 그녀를 흥분시키고, 자신이 생각해도 감당키 어려운 작업을 부추기고 있었다. 세 형상이 집으로 올라가더니 시야에서 사라졌다……

게오르기가 현관 계단과 여름 부엌* 사이 한가운데 있는 작은 터에서 자신이 가져온 상자 두 개를 풀고 있었고, 메데야는 어디에 무엇을 놓을지 지시하고 있었다. 제의적인 순간이었다. 모두가 올 때마다 선물을 실어 왔고, 메데야는 자기 이름이 아니라 집의 이름으로 선물을 맞아들이는 것 같았다.

베갯잇 네 개, 외국산 식기 세척용 세제가 든 병 두 개, 작년에는 없었다가 올해 모습을 드러낸 가정용 비누, 통조림, 커피—그 모든 것이 노파를 기분좋은 흥분상태에 빠뜨렸다. 메데야는 물건들을 장롱과 서랍장에 분산시켜 다 넣고는, 자기 없이 두번째 상자를 열지 말라고 해 놓고 일터로 달려갔다. 점심 휴식 시간이 벌써 끝났다. 보통 그녀는 늦는 것을 스스로에게 용납하지 않았다.

게오르기는 고모의 경작지 맨 꼭대기로 올라갔다. 그곳에는 고인이 된 멘데스가 나무로 지은 변소가 망루처럼 솟아 있었다. 변소 안으로 들어간 게오르기는 볼일 볼 필요를 조금도 느끼지 않았지만 껍질을 벗겨낸 나무로 만든 변기에 앉았다. 그는 둘러보았다. 재가 담긴 양동이가 눈에 띄었고, 망가진 바가지가 옆에 있었다. 벽에는 오래전 멘데스가 판지에 쓴 빛바랜 변소 사용 수칙이 걸려 있었다. 그의 타고난 천진난만한 익살이 담긴 수칙은 이런 말로 끝맺고 있었다. '나가며 네 양심이 깨끗한지 돌아보라……'

게오르기는 변소 밑쪽을 가릴 뿐인 짧은 문 위에 난 직사각형 모양의 작은 창으로 밖을 바라보며 생각에 잠겼다. 날카로운 시선만이, 그것도 날씨가 맑을 때만 분간할 수 있는 한 조각 먼바다와 고대 요새의 폐허를 향해, 상당히 가파르게 아래로 내려가는 두 겹의 산줄기가 저

* 더운 계절에 쓰는, 안채와 떨어진 별채의 주방.

멀리 보였다. 게오르기는 그 땅을, 비바람에 침식된 그 땅의 산들과 매끈한 기슭들을 즐겨 바라보았다. 스키타이의 땅, 그리스인의 땅, 타타르인의 땅이었다. 비록 이제는 국영농장의 땅이 되었고 인간적인 사랑 없이 비통에 잠긴 지 오래지만, 재능 없는 주인들 때문에 서서히 황폐해졌지만, 그럼에도 역사는 그 땅을 떠나지 않고 봄의 축복 속에 간직되어 있었다. 돌 하나하나, 나무 하나하나가 이 땅의 역사를 떠올려주고 있었다…… 세상에서 가장 멋진 광경이 메데야의 집 변소에서 펼쳐진다는 것은 조카들 사이에서는 이미 오래전에 합의가 이루어진 사실이었다.

문 밑에서는 아르툠이 연신 발을 바꾸며 아버지에게 물을까 말까 망설이고 있었다. 지금은 물어봐야 소용없다는 것을 스스로 알고 있었지만, 그럼에도 아버지가 나올 때를 기다린 끝에 물었다.

"아빠, 바다에는 언제 갈 거야?"

바다는 꽤 멀었다. 그래서 휴양객들은 보통 윗마을은 물론 아랫마을에도 묵지 않았다. 여기서는 버스를 타고 수다크*에 있는 시립 해수욕장에 다녀오거나, 12킬로미터를 걸어서 먼 만에 갔다 오곤 했다. 때로는 텐트를 치고 며칠 있다가 오기도 했다. 그야말로 원정이었다.

"애같이 굴지 마!" 게오르기가 화를 냈다. "지금 무슨 바다 타령이야? 채비해, 묘지에 다녀오자……"

아르툠은 묘지에 가는 것이 내키지 않았지만, 지금은 선택의 여지가 없어서 운동화를 신으러 갔다. 게오르기는 캔버스 가방을 잡고 독일산

* 크림 남동부 흑해 연안에 있는 우크라이나의 휴양도시.

공병 삽을 집어넣었다. 은색 페인트 병을 가져갈까 잠시 망설였지만, 그 시간 잡아먹는 일은 다음에 하기로 했다. 그는 중앙아시아에서 근무하는 병사들이 쓰는 빛바랜 모자를 헛간 걸이에서 벗겨냈다. 언젠가 그 자신이 여기 가져온 것이었다. 모자를 무릎에 쳐서 먼지구름을 털고 나서 집의 문을 잠그고 다들 아는 돌 밑에 열쇠를 밀어넣었다. 모서리 한쪽이 갈라진 삼각형 모양 돌에 언뜻 스친 시선에 기쁨이 묻어났다. 그는 어릴 때부터 그 돌을 기억하고 있었다.

전에 지질학자였던 게오르기는 가볍고 보폭이 긴, 전문가다운 걸음으로 걸었다. 아르툠이 종종걸음으로 뒤따랐다. 게오르기는 돌아보지 않고 아르툠이 걷다 뛰다 하며 허둥대는 모습을 등으로 보고 있었다.

'자라지가 않아. 조이카만해지겠어.' 익숙한 슬픔이 밀려왔다.

게오르기는 세 살 난 둘째 아들 사샤가 훨씬 사랑스러웠다. 겁 없이 눈을 치뜨는데다 꺾을 수 없이 고집도 세서, 이 우유부단하고 계집아이같이 말 많은 첫째 아들보다 틀림없이 더 사내다운 녀석이 될 것을 약속하고 있었다. 아르툠은 아버지를 신같이 우러러보며 아버지의 그토록 선명한 남자다운 모습을 자랑스러워했다. 그리고 그토록 강인한, 그토록 차분하고 확신에 찬 사람이 결코 되지 못하리란 것을 벌써 깨닫고 있었다. 그가 아버지에게 품은 사랑은 쓰라린 동시에 달콤한 것이었다.

이제 아르툠은 아버지를 설득해서 바다에 가는 듯이 기분이 아주 좋아졌다. 바다가 중요한 게 아니라, 아버지와 둘이서 아직 먼지가 자욱하지 않은, 신선한 젊은 길을 나서서 묘지든 아니든 어디로든 함께 간다는 것이 중요한 것임을 그 자신도 완전히 깨닫지는 못하고 있었다.

묘지를 가려면 길에서 위로 올라가야 했다. 위쪽은 파괴된 타타르 묘역으로 회교 사원의 잔재가 남아 있었고, 동쪽 비탈이 기독교인 묘역이었다. 하지만 타타르인들의 퇴거 이후에 기독교인 묘역이 타타르 쪽으로 넘어오기 시작했다. 망자들도 부당한 추방을 지속해온 것 같았다.

시노플리의 조상들은 대개 옛 페오도시야 묘지에 안장되었지만, 그 무렵 그 묘지는 이미 문을 닫았고 일부는 이장된 상태였다. 그래서 메데야는 가벼운 마음으로 유대인 남편을 자기 어머니에게서 멀찍이 떨어진 이곳에 묻었다. 모든 점에서 선한 기독교도, 열렬한 정교도였던 빨간 머리 마틸다는 무슬림을 좋아하지 않았고, 유대인을 두려워했으며, 가톨릭교도를 만나면 황급히 몸을 피했다. 불교도와 도교도 등 여타의 신도들에 대해 그녀가 들었다면, 그들에 대해 무슨 생각을 했을지 또한 모를 일이다.

메데야 남편의 무덤 위에는 꼭대기에 별이 달리고 기저에 거친 비문이 새겨진 오벨리스크가 서 있었다. "사무일 멘데스, 특수부대 전사, 1914년부터 당원. 1890~1952."

비문은 고인의 뜻에 따른 것으로, 죽기 한참 전인 전쟁 직후에 그가 말한 것이었다. 메데야는 별을 약간 다른 의미로 이해해서 별을 붙인 뾰족한 꼭대기도 별과 같이 은색으로 칠했다. 그래서 여섯번째 역광을 얻은 별은 옛날 엽서에 그려진 성탄절의 별을 떠올리게 했고, 다른 연상들 또한 불러일으키고 있었다.

오벨리스크 왼편에는 타원형 사진이 붙은 작은 비석이 서 있었다. 둥근 얼굴에 지혜로운 좁은 눈이 미소 짓고 있는 파블리크 킴의 사진이었다. 그는 게오르기의 조카로, 1954년 수다크 시립 해수욕장에서 어머니와 아버지, 그리고 메데야의 오빠인 할아버지 표도르가 보는 앞에서 익사했다.

게오르기의 까다로운 눈에도 흠이 보이지 않았다. 늘 그렇듯 메데야가 그를 앞질러, 울타리를 칠하고 꽃밭을 파 뒤집고 동쪽 산에서 야생 크로커스를 캐 와서 심어놓은 것이다.

게오르기는 꽃밭 테두리를 가지런히 다지고 나서 삽에 묻은 흙을 닦고는 삽을 접어 가방에 던져 넣었다. 아버지와 아들은 말없이 낮은 벤치에 잠시 앉아 있었다. 게오르기가 담배를 피웠고, 아르톰은 아버지의 침묵을 끊지 않았다. 게오르기는 고마움의 표시로 아들의 어깨 위에 손을 얹었다.

해가 서산에 기울어 두 개의 작고 둥근 쌍둥이 산 사이로 난 좁고 험난한 길을 넘어가려 하고 있었다. 당구대 포켓을 노리는 당구공 같았다. 4월의 태양은 쌍둥이 산 사이로 내려앉았고, 9월의 태양은 키얀산이 쓴 뾰족한 검은 모자에 배를 찢기며 지평선 너머로 졌다.

해가 갈수록 샘이 말라가고, 포도밭들이 사라져갔다. 오래전 게오르기가 아이였을 때 돌아다녔던 땅이 기력을 잃어가고 있었다. 산들의 윤곽만이 이 지방의 구도를 지탱하고 있었다. 게오르기는 산들의 윤곽을 기억에 새겨서 눈 감고도 떠오르는 어머니의 얼굴이나 아내의 몸같이 영원히 사랑했다.

"가자." 게오르기가 아들에게 툭 한마디 던지고 길 쪽으로 내려가기 시작했다. 곧장 걸어 내려가느라 아라비아 문자가 새겨진 편평한 돌조각들을 보지 못했다.

아르톰이 위에서 보니 지하철 에스컬레이터처럼 잿빛 길이 아래로 움직이는 것 같았다. 그는 놀라서 걸음을 멈추기까지 했다.

"아빠!" 그 순간 웃음이 터져나왔다. 양떼였다. 옅은 갈색의 큰 무리가 길을 가득 메우고 길가로 삐져나오기도 하며 걸어가고 있었다. "길이 움직이는 줄 알았어."

게오르기가 수긍하는 미소를 지었다……

아버지와 아들은 서서히 흘러가는 양떼의 강물을 바라보았다. 길을 관찰하던 사람은 그들 말고 또 있었다. 50미터쯤 떨어진 언덕 위에 여자아이 둘이 앉아 있었다. 소녀와 아주 어린 아이였다.

"양떼를 돌아서 가요." 아르톰이 제안했다.

게오르기가 고개를 끄덕여 동의했다. 여자아이들 곁을 지나가다가 그들이 양에는 눈길도 주지 않고 땅에서 찾은 무언가를 살펴보고 있는 것이 눈에 띄었다. 아르톰이 목을 길게 뽑았다. 케이퍼 덤불의 메마른 두 넝쿨 사이에 노인 손톱 색깔의 뱀 껍질이 걸린 채 튀어나와 있었다. 반투명한 껍질은 군데군데 말렸고 찢어진 데도 있었다. 어린 여자아이가 무서워서 손으로 만지지는 못하고 가는 나뭇가지로 조심스럽게 건드리고 있었다. 아이인 줄 알았던 다른 여자는 어른이었다. 노라였다. 둘 다 머리카락이 옅은 색이었고, 둘 다 얇은 머리 스카프를 썼고, 색이 화려한 긴 치마와 주머니 달린 똑같은 블라우스를 입었다.

아르톰도 뱀 껍질 옆에 앉았다.

"아빠, 독사였어?"

"채찍뱀이야." 게오르기가 유심히 살폈다. "여기 많아."

"우린 이런 거 본 적 없어요." 노라가 미소 지었다. 그녀는 아침에 본 하얀 셔츠 입은 남자를 알아보았다.

"어렸을 때 여기서 한번은 뱀 굴을 발견한 적이 있어요." 게오르기가 바스락거리는 껍질을 잡고 곧게 폈다. "아직 싱싱하네."

"징그러워요." 노라가 어깨를 움츠렸다.

"난 저거 무서워." 여자아이가 속삭이는 소리로 말했다. 게오르기가 보니 눈이 동그랗고 턱이 뾰족한 게 엄마와 딸이 영락없이 새끼 고양이를 닮은 것이 우스꽝스러웠다.

'참 사랑스럽네.' 게오르기는 생각했고 그들이 발견한 무시무시한 물건을 땅에 내려놓았다.

"누구 집에서 지내요?"

"아다 아주머니네요." 뱀 껍질에서 눈길을 떼지 않은 채 여자가 대답했다.

"아, 네." 그가 고개를 끄덕였다. "그럼, 또 봅시다. 놀러오세요, 우린 바로 저기서 지내요." 게오르기가 팔을 들어 메데야의 농장을 가리키고는 뒤돌아보지 않고 아래로 달려갔다.

아르튬이 깡충깡충 뛰면서 아버지를 뒤따라 달렸다.

그사이 양떼가 지나갔다. 양치기 개만 행인들에게는 아무 관심도 두지 않고 양의 똥이 잔뜩 널린 길을 따라 종종걸음을 치고 있었다.

"발이 큰 게 꼭 코끼리 발 같아." 여자아이가 확신하는 어조로 말했다.

"전혀 코끼리 안 닮았는데." 노라가 반박했다.

"사람 말고 발을 말하는 거잖아." 아이는 굽히지 않았다.

"그 아저씨는 로마 병사 닮은 거 같은데." 노라가 결연히 뱀 껍질을 밟아 뭉갰다.

"누굴 닮았다고?"

노라가 어른 대하듯 다섯 살짜리 딸과 얘기 나누는 자신의 어리석은 버릇을 비웃고는 말을 고쳤다.

"안 닮았어, 로마 병사 안 닮았어. 그들은 면도했는데, 그 아저씨는 턱수염을 길렀잖아!"

"발은 꼭 코끼리 발 같아……"

노라와 타냐가 제공받은 작은 집에서 이미 잠이 들고, 아르튬은 멘데스의 방에서 고양이같이 몸을 웅크린 그날 깊은 밤, 메데야는 게오르기와 함께 여름 부엌에 앉아 있었다. 보통 그녀는 5월 초에 거기로 옮겼지만, 올해는 봄이 일찍 찾아와 4월 말이 되자 무척 따뜻해져서 그녀는 첫 손님들이 도착하기 전에 벌써 부엌문을 열고 깨끗이 청소했다. 하지만 저녁이 되자 쌀쌀해졌다. 메데야는 닳아 해져서 겉에 낡은 벨벳을 씌운 모피 조끼를 입었고, 게오르기는 벌써 많은 세월 메데야의 모든 친척에게 봉사해온 타타르식 할라트*를 걸쳤다.

부엌은 사클랴**풍으로 거친 돌로 지어져 있었다. 부엌 벽 하나는 흙을 파낸 산비탈에 기대어 세워져 있었고, 모양이 똑바르지 않은 낮은 창들이 양옆에 나 있었다. 천장에 매달린 석유램프가 탁자에 흐릿한 빛을 비추었다. 이런 경우를 위해 메데야가 아껴두었던, 집에서 담근 포도주 마지막 한 병과 그녀가 좋아하던 새로 개봉한 사과 보드카 병이 빛의 둥근 점 안에 서 있었다.

* 단추가 없는 헐렁하고 긴 웃옷.

** 캅카스와 크림 산악지방의 오두막집.

집에는 이상한 일과가 오래전에 확립되어 있었다. 보통 일곱시와 여덟시 사이에 아이들과 함께 저녁을 먹고 나서 아이들을 일찍 잠자리에 눕히고는, 밤이 되면 소화에는 백해무익하고 영혼에는 그토록 만족스러운, 늦은 향연을 위해 다시 모였다. 지금, 밤늦은 시각에 메데야와 게오르기는 많은 집안일을 하고 나서 석유램프 빛 속에 앉아 서로 기뻐하고 있었다. 그들은 공통점이 많았다. 둘 다 활발했고 경쾌하게 뛰어다녔으며, 사소한 삶의 기쁨을 소중히 여겼다. 그리고 내적 삶에 간섭하는 것을 참지 못했다.

메데야가 토막 내두었던 넙치를 구워서 접시에 담아 식탁에 내놓았다. 메데야는 화통했지만 인색하기도 했다. 재미있는 결합이었다. 늘 그녀는 음식을 각자 원하는 양보다 약간 덜 담아냈다. 아이가 더 달라고 하면 이렇게 말하며 차분하게 거절할 수 있었다. "충분해. 배부를 걸. 빵 한 조각 더 먹어."

아이들은 식사의 엄격한 평등주의에 이내 익숙해졌다. 메데야 집의 생활방식이 마음에 들지 않았던 조카들은 여기에 오지도 않았다.

메데야는 머리를 손으로 받치고 조잡하게 벽난로를 닮은 열린 화덕에 게오르기가 장작개비를 더 집어넣는 것을 지켜보고 있었다.

윗길로 자동차가 지나가다가 멈추고 목쉰 경적소리로 두 번 신호를 주었다. 한밤의 우편배달. 전보였다. 게오르기가 위로 올라갔다. 여자 집배원은 아는 얼굴이었고, 운전사는 새로운 얼굴이었다. 인사를 나누고 전보를 건네받았다.

"뭐예요, 다들 오는 거예요?"

"네, 벌써 때가 됐잖아요. 코스탸는 어때요?"

"그 사람이 뭐 하겠어요? 마시다가 아프다가. 좋은 삶이죠."

게오르기가 전조등 불빛에 대고 전보를 읽었다. "30일 도착 니카 마샤 아이들."

게오르기는 전보를 메데야 앞에 내려놓았다. 그녀가 전보를 읽고 고개를 끄덕였다.

"자, 고모, 마실까요?" 게오르기가 새로 딴 병을 열고 잔에 술을 따랐다.

'아쉽군.' 그는 생각했다. '그렇게 빨리 온다니 말이야. 여기서 고모와 둘이서 좀 지내면 얼마나 좋을까.'

조카들은 모두 메데야와 둘이서 지내는 것을 좋아했다.

"내일은 아침부터 줄을 끌어올 거예요." 게오르기가 말했다.

"뭐?" 메데야가 말귀를 알아듣지 못했다.

"전기를 부엌으로 끌어온다고요." 그가 설명했다.

"그래, 그래. 한참 전부터 그러려던 참이지." 메데야는 생각이 났다.

"어머니가 고모 좀 설득해보라 하시던데요." 게오르기가 말을 시작했지만, 메데야는 오래전부터 익숙한 대화를 막았다.

"환영한다, 게오르기우." 그러고는 잔을 들었다.

"여기 있어야만 마음이 편하다니까요." 투덜대는 것 같은 목소리였다.

"그래서 매년 그 어리석은 대화로 날 귀찮게 하는구나." 메데야가 헛기침을 했다.

"어머니가 부탁했어요……"

"그래, 편지 받았어. 물론 당찮은 소리야. 겨울은 벌써 끝났고, 조금 있으면 여름이야. 겨울에도 여름에도 나는 타슈켄트에서 살지 않을 거야. 옐레나를 내 집에 초대하지도 않을 거고. 우리 나이에는 사는 데를 바꾸는 게 아니야."

"2월에 거기 갔었어요. 어머니는 늙으셨어요. 이제 어머니와는 전화 통화가 불가능해요. 듣지를 못하세요. 많이 읽으세요. 신문도 읽어요. 텔레비전도 보고."

"네 증조부도 신문이란 신문은 죄다 읽으셨다. 하지만 그때는 신문이 그다지 많지 않았지." 그리고 그들은 오래도록 입을 다물었다.

게오르기가 불 속에 나뭇가지를 더 집어던지자 메마른 가지들이 타닥거리기 시작했고, 부엌이 좀더 밝아졌다.

그가 여기 크림에 살면 얼마나 좋을까. 잃어버린 십 년에, 이루지 못한 발견에, 가까이 가기만 하면 사악한 늪같이 그를 빨아들이던 다 쓰지 못한 학위논문에 침을 뱉어버릴까. 그가 아카뎀고로도크*를, 그 썩어 문드러진 종이 뭉치를 떠났을 때는 논문이 그를 점령하는 것을 거의 그치고 시커멓고 작은 덩어리로 오그라들어, 그는 논문을 잊지 않았던가…… 여기다 집을 지을까…… 페오도시야 당국은 다 아는 사람들이잖아. 메데야의 친구들 자식들인데…… 아투지 아니면 노비 스베트** 가는 길 어디쯤 말이야. 주인 모르는 반쯤 허물어진 다차***가 거기 어디 멀리 보이잖아. 누구 소유인지 물어봐야겠어……

메데야도 같은 생각을 하고 있었다. 바로 그가, 게오르기가, 여기

* 과학연구 도시.

** '신세계'란 뜻으로 수다크에 있는 휴양촌.

*** 러시아의 단독주택 형태 별장.

로 돌아왔으면 싶었다. 시노플리 가문이 다시 이곳에서 살았으면 싶었다……

그들은 천천히 보드카를 마셨다. 노파가 선잠에 빠져들었고, 게오르기는 어떻게 우물을 팔까 궁리하고 있었다. 산업용 드릴을 찾으면 좋을 텐데……

2

게오르기의 어머니인 옐레나 스테파냔은 가장 교양 있는 아르메니아 집안의 딸이었다. 그래서 페오도시야 근교 출신으로 김나지움 시절 단짝 친구의 오빠인 평범한 그리스인의 아내가 되리라고는 꿈에도 생각지 못했다.

메데야 시노플리는 여자 김나지움의 꺼질 줄 모르고 빛나는 별이었다. 그녀의 공책은 세대를 이어 김나지움 학생들에게 모범적인 사례로 제시되곤 했다. 두 소녀의 우정은 은밀하고 뜨거운 경쟁에서 시작되었다. 스테파냔 가족은 겨울에 보통 페테르부르크에서 지냈는데, 그해, 그러니까 1912년에 그들은 페테르부르크로 떠나지 않았다. 옐레나의 여동생 아나이트의 폐병 때문이었다. 겨울 동안 가족은 수다크에 있는 다차에서 지냈다. 옐레나는 그해 내내 여자 가정교사와 함께 페오도시야의 호텔에서 살며 김나지움을 다녔고, 메데야가 지닌 가장 뛰어난 학생이라는 명성을 두고 치열한 경쟁을 벌였다.

통통하고 상냥한 레노치카*는 전혀 초조해하지 않고 경쟁에도 참여하지 않는 것 같았다. 그런 행동은 천사 같은 아량이나 아니면 악마적인 오만으로 설명될 수 있었다. 옐레나는 자신의 성취를 개의치 않았다. 스테파냔 자매들은 좋은 가정교육을 받고 있었다. 여자 가정교사들이 그들에게 프랑스어와 독일어를 가르쳤고, 게다가 그들은 아버지가 외교관으로 근무했던 스위스에서 유년기를 보냈다.

두 소녀 모두, 메데야도 옐레나도, 전 과목 최고 등급인 5점의 성적으로 3학년을 끝마쳤다. 하지만 5점이라고 해서 같은 것이 아니었다. 옐레나의 5점은 여유로운 점수로 가볍게 받은 것이었고, 메데야의 5점은 힘들게 고생하여 얻은 것이었다. 그들의 5점이 지닌 전혀 동등하지 않은 무게에도 불구하고 학년말 졸업식에서 그들은 똑같은 포상을 받았다. 황금색 글자가 박힌 짙은 초록색 한 권짜리 네크라소프** 작품집으로, 면지에 달필로 헌사가 쓰여 있었다.

졸업식 다음날 다섯시경 느닷없이 스테파냔 가족이 모두 시노플리의 집에 왔다. 윤기 잃은 머리카락을 하얀 머릿수건 아래 감춘 마틸다를 비롯한 집안의 모든 여자가 늙은 뽕나무 두 그루가 드리운 그늘에 자리잡은 큰 탁자에 붙어서 파흘라바***를 만들 밀가루 반죽을 밀고 있었다. 탁자 위에서 이루어지는 가장 단순한 작업은 이미 끝났고, 이제

---

* '옐레나'의 애칭.

** 19세기 러시아 혁명 시인.

*** 아제르바이잔 전통음식인 호두 파이.

그들은 반죽을 손등에 올려서 끝을 늘이고 있었다. 메데야는 나머지 다른 자매들과 함께 그 일에 동등하게 참여했다.

스테파냔 부인이 손뼉을 쳤다. 그녀가 어릴 적 티플리스*에서 정확히 그렇게 파흘라바를 만들었던 것이다.

"내 할머니가 다른 누구보다 그걸 잘하셨어요!" 그녀가 탄성을 지르더니 앞치마를 부탁했다.

스테파냔 씨는 한 손으로 희끗희끗한 콧수염을 쓰다듬으며 자애로운 미소를 짓고 떠들썩한 여자들의 일을 지켜보고 있었다. 여자들의 버터 바른 손이 아롱진 그늘 속에서 어른거리며 얇게 민 반죽에 가볍고 부드럽게 닿는 모습에 눈이 즐거웠다.

그러고 나서 마틸다는 그들을 테라스로 초대했다. 그들은 설탕에 졸인 과일을 먹으며 커피를 마셨다. 다시 아르미크 티그라노브나는 그 과자에 관한 유년의 추억이 밀려와 감동에 젖었다. 튀르키예에 기원을 둔 요리에 대한 공통의 애착은 저명한 부인이 근면하고 우애로운 가족에게 품은 호감을 한층 더 강하게 만들었다. 그녀는 항만기술자 집안의 잘 알지 못하는 여자아이를 자기 딸의 말동무로 초대한다는 계획을 몹시 미심쩍어했지만, 이제는 아주 좋은 계획이라고 생각하게 되었다.

뜻밖의 제안이었지만 마틸다는 기분이 으쓱해져서 오늘 남편과 꼭 상의해보겠다고 약속했다. 그토록 평범한 가정에서 이루어지는 부부간 존중의 증거가 아르미크 티그라노브나의 호감을 배가시켰다.

나흘 후 메데야는 옐레나와 함께 수다크의 해변에 자리한 아름다운

* 조지아의 수도 트빌리시의 옛 이름.

다차로 보내졌다. 이 다차는 요양원으로 탈바꿈한 채 지금도 같은 자리에 서 있다. 많은 세월이 흐른 후 아르미크 티그라노브나와, 파흘라바를 만들 반죽을 그토록 능숙하게 밀던 빨간 머리 마틸다의 공동의 후손들이 와서 여름을 나게 될 윗마을에서 그다지 멀지 않다……

두 소녀는 서로의 모습에서 완벽함을 발견했다. 메데야는 옐레나의 고결한 소박함과 빛나는 선량함을 높이 평가했다. 옐레나는 메데야의 절제와 자립심, 남자 같은 대담함과, 유전적이기도 하고 어머니를 본받은 것이기도 한 특별한 여자의 손재주에 매료되었다.

밤마다 그들은 위생상 좋은 딱딱한 독일제 접이식 간이침대에 누워 내용이 풍부한 대화를 오래도록 나누었다. 늘그막에는 당시 동이 틀 때까지 도대체 무슨 그런 친밀한 대화를 나눴는지 그다지 잘 떠올릴 수 없었지만, 그때부터 그들은 깊은 정신적 친밀감을 평생 간직했다.

병을 앓던 어느 날 밤, 갑자기 투명해진 벽을 배경으로 나타난 천사의 환영과 벽 뒤로 보았던 아주 밝은 젊은 숲에 대한 옐레나의 이야기를 메데야는 선명하게 기억하고 있었다. 옐레나의 기억에는 메데야의 삶을 그토록 풍요롭게 했던 무수한 습득물에 대한 이야기들이 아로새겨져 있었다. 단적으로 메데야는 그해 여름 크림의 준準보석들을 모두 수집해 모음으로써 그 재능을 충만하게 드러내 보였다.

기억에 보존된 또하나의 에피소드는 어느 날 밤 그들을 덮친 웃음 발작과 연관된 것이었다. 고상을 떠는 절름발이 청년인 성악 선생이, 몸집이 거대하고 엄격해서 창턱에 올려놓은 꽃조차 바들바들 떨게 만드는 김나지움 여교장한테 장가드는 모습을 상상하고는 웃음이 터져 그칠 줄 몰랐다.

가을로 접어들 무렵 엘레나는 페테르부르크로 떠났고, 그때 주고받기 시작한 편지가 몇 번 끊어지긴 했지만 벌써 육십 년 이상 이어져왔다. 당시 엘레나는 러시아어보다 프랑스어를 훨씬 더 잘 써서, 초창기 몇 해에는 프랑스어로만 편지를 주고받았다. 메데야는 그녀의 친구가 가정교사와 함께 제네바의 호숫가를 산책하며 획득한 유창함에 도달하기 위하여 적잖은 노력을 기울였다. 두 소녀는 그 시절의 정신적 유행을 따르며 나쁜 생각과 나쁜 의도를 서로에게 고백하곤 했다. ('…… 그리고 그녀의 머리를 때려주고 싶어서 미치는 줄 알았어……! 잉크병 사건을 나는 알고 있었지만 입을 다물었지. 내가 볼 때, 그건 진짜 거짓말이었어…… 지금까지도 엄마는 표도르가 돈을 가져갔다고 믿고 계셔. 갈랴 잘못이라고 말하고 싶은 걸 참느라 혼났어……') 이런 걸 다 프랑스어로만 썼다!

그런 감동적인 자기 발굴은 1916년 10월 10일자 메데야의 편지에 의해 영원히 끊기게 된다. 러시아어로 딱딱하고 짧게 쓴 편지였다. 편지에서 메데야는 1916년 10월 7일 세바스토폴*만 근처에서 함선 '황후 마리야'가 폭발했고, 죽은 사람들 가운데 선박 기관사 게오르기 시노플리가 포함되어 있음을 알렸다. 파괴공작으로 추정되었다. 점차 혁명과 혼란스러운 크림전쟁으로 흘러가던 전시상황으로 인해 함선은 침몰 직후 곧바로 인양될 수 없었다. 삼 년이 지나 이미 소비에트 시절이 되어서야 전문가들은 실제로 엔진에 설치된 폭발장치로 인해 폭발이 일어났다고 결론 내렸다. 게오르기의 아들 중 하나인 니콜라이가 잠수

* 크림반도 남서쪽에 있는 군항.

부의 일원으로 침몰한 배의 인양 현장에 있었다.

그해 10월 마틸다는 만삭이었다. 열네번째 아이였다. 다른 아이들은 다 8월에 태어났는데, 그 아이만은 10월 중순에 태어날 예정이었다. 그들 둘 다, 마틸다도 장밋빛 머리의 여자 아기도 게오르기가 죽은 지 아흐레 되는 날 그를 뒤따랐다.

메데야가 어머니의 죽음을 가장 먼저 알았다. 아침에 병원에 가자 그녀를 맞으러 나온 병원 잡역부 파티마가 계단에서 그녀를 멈춰 세우고는, 당시 많은 크림 주민들이 알고 있던 크림지방 타타르어로 말했다.

"얘야, 거기로 가지 말고 의사 선생님한테 가거라. 널 기다리고 계셔……"

의사 레스니쳅스키가 젖은 얼굴을 하고 그녀를 맞으러 나왔다. 키 작고 뚱뚱한 노인이었다. 메데야가 머리 하나는 더 컸다. 의사가 말했다.

"아이고, 예쁜 것!" 그러고는 그녀의 머리를 쓰다듬으려고 손을 위로 뻗었다……

그와 마틸다는 같은 해에 자기 일을 시작했다. 그녀는 낳고, 그는 산부인과 진료를 담당해서 마틸다의 아이들을 다 직접 받았다.

그들 열셋이 남았다. 이제 막 아버지를 잃은, 아버지의 죽음을 현실로 받아들일 시간도 채 갖지 못한 열세 명의 아이. 오케스트라가 음악을 연주하고 조총이 발사되는 가운데 치러진 몰살당한 선원들의 그 상징적인 장례식이 나이 어린 아이들에게는 흡사 퍼레이드 같은 군대 오락으로 보였다. 1916년에 죽음은, 죽은 사람들을 거의 벌거벗은 채로 무덤도 없이 도랑에 묻었던 1918년* 같은 야단법석을 아직은 떨지 않았다. 전쟁이 벌어진 지 오래였지만 멀리 있었다. 이곳 크림에서 죽음은 아직 낱개로 팔리는 물건이었다.

마틸다에게 옷을 입히고 억센 머리카락에 검은 레이스를 씌우고는, 세례받지 못한 여자아이를 품에 누였다…… 큰 아들들이 관을 들고 먼저 그리스 교회로 갔다가, 거기에서 옛 묘지로 가서 하를람피 곁에 묻었다.

두 돌 된 막내 디미트리조차 어머니의 장례식을 기억했다. 사 년 후에 그는 그를 놀라게 했던 그날의 두 사건에 대해 메데야에게 이야기했다. 장례식 날은 일요일이었고, 더 이른 시각에 교회에서는 결혼식이 예정되어 있었다. 교회로 가는 좁은 길 위에서 결혼식을 마친 일행과 장례 행렬이 맞닥뜨렸다. 행렬이 지체되었고, 관을 나르던 사람들은 자동차에게 길을 터주기 위해 길 옆으로 비켜야 했다. 웨딩드레스의 희디흰 구름에 잠긴 검은 머리의 놀란 신부가 자동차 뒷자리에 엄숙하게 앉아 있었는데, 스메타나**에 빠진 파리 같았다. 나란히 앉은 신랑은 대머리였다. 도시에 거의 처음 등장한 자동차로, 부자인 무루지 집안 소유였고 초록색이었다. 그 자동차에 대해 디미트리는 또 메데야에게 이야기했다. "자동차는 정말 초록색이었어……" 메데야가 기억을 더듬었다. 두번째 에피소드는 불가사의했다. 소년은 엄마 머리맡에 앉아 있던 하얀 새들의 이름이 무엇이었는지 그녀에게 물었다.

"갈매기?" 메데야가 놀랐다.

"아니야. 하나는 더 컸고, 다른 새는 좀 작았어. 그리고 그 새들은 얼굴이 갈매기하고는 달랐어." 디미트리가 설명했다.

---

* 1917년 사회주의혁명 이후 벌어진 러시아 내전 시기.

** 사워크림의 일종.

그는 더이상은 아무것도 기억해낼 수 없었다. 그해 메데야는 열여섯 살이었다. 언니, 오빠가 다섯, 동생이 일곱이었다. 그날, 필리프와 니키포르, 둘은 없었다. 둘 다 싸우고 있었다. 그리고 후에 둘 다, 한 명은 적군赤軍에게, 다른 한 명은 백군白軍에게 죽었다. 평생 메데야는 그들의 이름을 추도문의 같은 줄에 적었다……

바툼에서 장례식에 온 마틸다의 여동생, 과부 소피야가 큰애들 중에서 사내아이 둘을 데려가기로 했다. 그녀가 죽은 남편이 남긴 큰 농장을 세 딸과 함께 감당하기란 거의 불가능했다. 열네 살 난 아파나시와 열두 살 된 플라톤이 머지않아 그토록 집에 아쉬웠던 남자가 될 것을 약속하고 있었다.

그러나 그들은 이모의 농장을 일으켜 세울 운명이 아니었다. 이 년 후에 지혜로운 소피야가 남은 재산을 팔아서 아이들을 전부 데리고 처음에는 불가리아로 그다음에는 유고슬라비아로 갔기 때문이다. 유고슬라비아에서 아직 완전히 풋내기 청년이었던 아파나시는 정교회 수도원의 수련 수도사가 되었다가 그리스로 갔는데, 거기에서 오랜 세월 그의 자취가 사라지기도 했다. 그에 대해 알려진 마지막 소식은 그가 누구에게도 알려지지 않은 메테오라산 속에 살고 있다는 것이었다. 소피야는 딸들과 플라톤을 데리고 결국 마르세유에 뿌리를 내렸다. 그녀의 삶의 절정은 동방의 과자들, 특히 파흘라바를 소매로 팔던 작은 그리스 식당이었다. 소피야의 민첩하고 못생긴 딸들이 파흘라바 반죽을 너무도 솜씨 좋게 밀었다. 집안의 유일한 남자인 플라톤은 실제로 온 집안을 지탱했다. 그가 자매들을 시집보냈고, 제2차세계대전이 일어나기 전 이모의 장례를 치렀다. 그리고 전후 이미 결코 젊지 않은 나이에 프랑스 여자에게 장가들어 시노플리라는 유쾌한 성을 가진 프랑스인 사내아이 둘을 낳았다.

열 살 된 미론은 시노플리 쪽 친척인 선하디선한 알렉산드르 그리고리예비치가 데려갔다. 그는 콕테벨에서 '부브니'라는 이름의 카페를 경영하고 있었다. 그는 원래 마틸다의 장례식에 와서 새 아이들을 집에 데려가지 않을 작정이었다.

심장이 떨렸고, 그래서 데려갔다. 몇 년 후에 아이는 뭔지 모를 급성 질환에 걸려 죽었다.

한 달 후, 가장 운이 좋다고 여겨지던 맏언니 아넬랴가 와서 트빌리시에 있는 자기 집으로 여섯 살 된 나스탸를 데려갔다. 그곳에서 그녀는 당시 유명한 음악가였던 남편과 함께 살고 있었다. 아넬랴는 어린 사내아이들도 데려갈 작정이었지만, 아이들 고함소리가 너무 커서 당분간 메데야에게 남겨두기로 했다. 늘 메데야에게 강한 애착을 느끼다가 최근에는 아예 떨어지려 하지 않던 여덟 살 된 알렉산드라도 메데야와 함께 남았다.

아넬랴는 당혹스러웠다. 어떻게 어린아이 셋을 열여섯 살 여자아이의 손에 남겨둔단 말인가? 하지만 하를람피의 먼 친척으로 평생 그들의 집에서 일해온 애꾸눈의 늙은 유모 펠라게야가 참견했다.

"내가 살아 있는 동안 어린아이들은 집에서 자라게 둬라."

그렇게 모든 것이 해결되었다.

얼마간 시간이 흐른 뒤 메데야는 옐레나와 아르미크 티그라노브나, 그리고 알렉산드르 아라모비치가 페테르부르크에서 보낸 세 통의 편지를 한꺼번에 받았다. 알렉산드르 아라모비치의 편지가 가장 짧았다.

'우리 가족 모두는 너희에게 닥친 슬픔을 마음 깊이 함께하고 있단다. 힘든 순간에 너희를 돕고 싶어 변변치 않은 것을 보내니 받아다오.'

'변변치 않은 것'은 당시로는 아주 상당한 액수의 돈이었다. 메데야는 그 돈의 절반을 우아한 검은 대리석으로 만든 커다란 십자가를 세우는 데 썼다. 어머니의 이름과, 항해하던 많은 시노플리들을 받아들인 폰토스 에욱세이노스*의 깨끗하고 센 물에 몸이 녹아 사라진 아버지의 이름을 십자가에 새겨넣었다……

바로 그곳, 하를람피의 무덤 위쪽에 심긴 야생 올리브나무 그늘 속에서 1926년 10월 어느 날 메데야는 벤치에 앉아 졸다가 세 사람을 다 보았다. 생전처럼 모아 올려 쪽쪄 있지 않고 머리 위쪽에서 흥겹게 물결치는 빨간 머리카락들의 후광 속에 자리한 마틸다가 장밋빛 머리의 벌거숭이인, 그러나 갓난아이가 아니라 왠지 세 살배기인 여자아이를 팔에 안고 있었다. 턱수염이 새하얀 백발의 아버지는 메데야가 기억하는 것보다 훨씬 늙은 모습이었다. 생전에 아버지가 턱수염을 기르지 않았다는 점은 말할 것도 없었다.

그들은 그녀를 정답게 대했지만 아무 말이 없었다. 그들이 사라졌을 때, 메데야는 자신이 전혀 졸고 있지 않았음을 깨달았다. 여하튼 잠에서 깨어나는 느낌이 전혀 없었다. 대기 속에서 경이로운 송진냄새가, 오랜 옛적의 거무스름한 향기가 풍겨왔다. 그 냄새를 들이마시며 메데야는 그들이 가볍고 장엄한 출현으로, 특히 그 향기로, 그녀가 동생들을 보호한 것에 대해 고마워한 것이라고 추측했다. 또 그들은 오래전

* 흑해의 고대 지명.

에 자발적으로 떠맡았던 어떤 권한들에서 그녀를 해방시켜주는 것 같았다.

시간이 좀 흐른 뒤 메데야는 그 특이한 사건에 대해 옐레나에게 보내는 편지에서 말할 수 있었다.

"옐레노치카, 벌써 몇 주가 흘렀네. 흔치 않은 신비로운 일 하나를 너한테 말해주려 해도 앉아서 편지를 쓸 수가 없었어……"

이후로 그녀는 프랑스어로 옮겨간다. 여기에서 그녀가 쓸 수 있을, '환영' '현상' '기적' 같은 러시아어 낱말들은 다 적절치 않아 보여서, 풍부한 뉘앙스가 없는 것 같은 외국어에 의존하는 것이 한결 쉬웠다.

메데야가 편지를 쓰는 동안, 그녀가 그때 묘지에서 느꼈던 송진냄새가 어딘가에서 다시 밀려왔다.

"Qu'en penses-tu?"* 그녀는 프랑스어로 쓸 때 더 확고하고 더 예리해지는 달필의 필체로 편지를 끝맺었다.

편지들은 우편열차 속 방수포 자루들 안에서 오래 흔들렸다. 그래서 편지 왕래는 삶에서 두세 달 뒤처지곤 했다. 석 달 후 메데야는 보낸 편지에 대한 답장을 받았다. 옐레나가 쓴 가장 긴 편지 중 하나였고, 메데야의 필체와 꼭 닮은 김나지움 필체로 쓴 편지였다.

그녀는 메데야의 편지에 감사를 표했고, 모든 것을 잃어버린 것 같았던 끔찍한 해들을 떠올리며 많은 눈물을 흘렸다고 썼다. 이어서 옐레나는 그녀도 가족이 1918년 11월 17일 밤에 서둘러 소개되기 전날 밤에 그런 신비로운 만남을 체험했다고 고백했다.

* '네 생각은 어때?'라는 의미의 프랑스어.

"그 일이 있기 사흘 전 엄마가 뇌졸중을 일으키셨어. 엄마의 모습은 끔찍했어. 삼 주 후에 우리가 페오도시야에 도착했을 때 네가 보았던 모습보다 훨씬 안 좋았어. 얼굴이 새파랗고 한쪽 눈은 동공이 풀려서, 금방이라도 엄마가 죽을 것만 같았어. 도시에 총성이 난무했고, 항구에는 군인들과 일반 시민들이 앞다투어 배에 오르려고 미쳐 날뛰었어. 네가 알다시피 아빠는 크림 정부 각료였잖아. 도저히 남아 있을 수가 없었어. 아르시크는 늘 달고 다니던 후두염을 또 앓고 있었고, 늘 그토록 발랄하던 아나이트도 울음을 그칠 줄 몰랐어. 아버지는 내내 도시에 있었고, 단 몇 분간 시간을 다투며 와서 엄마의 머리에 손을 올려보고는 다시 떠나곤 하셨어. 이 모든 것에 대해, 아마 가장 중요한 것을 빼고는 네게 얘기해주었을 거야.

그날 저녁 나는 아르시크와 아나이트를 잠자리에 눕히고 엄마와 나란히 누워서 곧 졸기 시작했어. 방들은 곧바로 이어져 전부 문이 통해 있었어. 그냥 언급하는 게 아니라, 이건 아주 중요해. 잠결에 갑자기 누군가 들어오는 소리가 들리는 거야. '아버지.' 나는 생각했어. 집 내부에서 오른쪽 문으로 들어왔다는 걸 금방 깨닫지 못했던 거야. 거리에서 들어오는 입구는 왼쪽에 있었는데 말이야. 일어나서 아버지께 차를 드리고 싶었는데, 묶인 것같이 옴짝달싹할 수가 없었어. 손도 꼼짝할 수 없었어. 네가 기억하다시피 아버지는 키가 크지 않은데, 문가에서 있는 사람은 장대했고 할라트를 입은 것 같았어. 어렴풋이 보였는데 노인이었어. 얼굴이 새하얗고 빛나는 것 같았어. 무서웠지만, 생각해봐, 재밌잖아. 나는 이 사람이 누군가 가까운 친척이라는 걸 깨달았는데, 바로 그때 소리 내어 내게 말하는 것 같았어. 시나라라. 엄마는 아르메니아 교회들을 세웠던 조상들의 놀라운 한 일파에 대해 내게 이야기하곤 하셨어. 그는 어쩐지 물 흐르듯이 내게 가까이 와서는 노래하는 듯한 목소리로 또렷하게 말했어. '다 떠나게 하고, 얘야, 너는 남거라. 페오도시야로 가거라. 아무것도 두려워하지 말거라.'

그때 나는 보았어. 완전한 사람이 아닌 거야. 윗부분만 있고, 아래쪽에는 안개가 깔렸어. 유령이 완전히 모습을 갖출 시간이 없었던 것 같았어.

모든 일이 그렇게 된 거야. 눈물을 쏟으며 아침 무렵에 작별했어. 다른 식구들은 마지막 배로 떠나고, 나는 엄마와 남았어. 하루 밤낮이 지나고 적군들이 도시를 점령했어. 도시 여기저기에서 총살과 사형이 이루어지던 그 끔찍한 날들에 우리는 무사했어. 그 시절 내내 우리는 고인이 된 공작부인의 집에 살았는데, 그녀의 마부 유심이 엄마와 나를 처음에는 근교에 있는 자기 친척한테 실어다주었고, 한 주 후에는 우리를 2인승 마차에 태우고 길을 떠났어. 우리가 페오도시야에 도착하는 데는 두 주가 걸렸어. 그 여행에 대해서는 너도 전부 알고 있지. 내 집에 가듯 나는 네게로 갔어. 너희 집 대문에 못이 박힌 것을 보았을 때는 그저 내 심장이 찢어졌지. 너희 가족이 옆문을 이용하기 시작한 걸 금방 알아차리지 못한 거야.

엄마도 아빠도 단 한 번도, 심지어 잘 때도 내게 나타나지 않았어. 아마 내가 너무 깊은 잠을 자서 내 꿈의 그 어떤 문을 두드려도 들리지 않았기 때문일 거야. 메데야, 넌 크나큰 행복을 선물받은 거야. 부모님이 그렇게 생생한 인사를 보내주시니 말이야. 혼란스러워하지 마. '왜, 무엇을 위해' 같은 질문들로 자신을 괴롭히지 마…… 어차피 우리가 스스로 헤아릴 수는 없는 거야. 기억하지? 네가 좋아하는, 거울을 통해 희미하게 보는 것에 대한 성경 구절*을 내게 읽어줬었잖아. 모든 의문은 시간이 가고 때가 되면 풀릴 거야. 어릴 때 트빌리시에서는 주님이 우리와 함께 한집에 살았고 천사들이 방마다 산책했는데, 이곳 아시아에서는 모든 게 달라. 주님은 내게서 멀리 떨어져 계시고, 여기 교회는 텅 빈 것 같아…… 하지만 불평은 죄악이지. 다 좋아. 나타샤가 아팠어. 이제는 거의 다 나아서 기침만 조금 하는 정도야. 표도르는 일주일 예정으로 들판을 살피러 떠났어. 대단한 소식이 있어. 또 아이가 태어날 거야. 이제 금방이야. 네가 다녀가는 것만큼 간절한 소망은 없어. 애들을 모아서 봄에 오면 안 될까……?"

* 고린도전서 13장 12절.

3

메데야는 늘 아주 이른 시간에 일어났지만, 이날 아침에는 아르톰이 누구보다 먼저 일어났다. 태양이 아직 빛나지 않는 창백한 아침이었다. 모든 것이 눈부신 안개 속에 잠겨 서늘했다. 몇 분 후 땡그랑거리는 구리 소리에 잠이 깬 게오르기도 나왔다. 이번에는 메데야가 가장 늦게 일어났다.

대체로 말수가 없는 메데야는 아침이면 특히 말이 내키지 않았다. 모두 그 점을 알아서 저녁마다 질문들로 그녀를 성가시게 했다. 오늘도 그녀는 고개를 끄덕이고는 욕실로 갔다가, 거기서 부엌으로 석유난로에 불을 지피기 위해 갔다. 집에 물이 없어서 그녀는 빈 양동이를 가지고 나와서 게오르기의 발치에 놓았다. 해가 떨어지고 나서는 우물에 가지 않는 것이 집안 관습 중 하나였다. 모든 식구가 메데야에 대한 존경으로 그 법규도, 해명할 길 없는 다른 법규들도 엄격하게 지켰다. 법규는 해명할 길이 없을수록 그만큼 더 정당한 법이다.

게오르기는 우물로 내려갔다. 우물은 지난 세기 말에 타타르인들이 만든, 돌로 된 깊은 저수조였다. 물을 가져다 붓는 그 우물 안에 다른 곳에서 실어 온 값진 물이 보관되어 있었다. 지금 물은 수위가 얕아서, 게오르기는 양동이를 끌어올리고 나서 오래도록 물을 살펴보았다. 물은 탁했고 심지어 센물로 보였다. 중앙아시아에서 태어난 그에게 크림의 물 부족은 놀랍지 않았다.

'관정을 뚫어야 하는데.' 물동이를 머리에 이고 가는 여자의 걸음에 맞춘 것 같은 불편한 계단길을 따라 집으로 올라가며 어제부터 벌써 두번째 든 생각이었다.

메데야가 찻주전자를 올려놓고는 빛바랜 검은색 치맛단으로 부엌의 흙바닥을 쓸며 밖으로 나왔다. 게오르기는 천장 대들보에서 고르게 다발로 뻗어내린 풀에 눈길을 주며 벤치에 앉았다. 타타르의 구리 그릇들이 높은 선반 위에 놓여 있었고, 구석마다 커다란 가마솥이 수북했다. 구리 쿤간*이 피라미드 꼭대기를 장식했다. 이 식기들은 모두 타슈켄트의 시장에서 파는 고향 우즈베키스탄의 것들보다 투박하고 단순했지만, 참되고 다소 금욕적인 안목을 지닌 게오르기는 수다스러운 아시아의 장식으로 가득한 저 공들인 식기들보다 이 초라한 식기들을 더 좋아했다.

"아빠, 바다는?" 아르툠이 불쑥 끼어들었다.

---

* 타타르 주전자.

"안 되지 싶다." 그는 아버지의 어조를 잘 분별해온 아들에게 은근히 짜증 섞인 말투로 쏘아붙였다.

아이는 바다에 가지 않으리라는 것을 이해했다.

타고난 성향으로 보면 그는 투덜대고 징징대야 했지만, 고요한 아침이 안겨준 은총을 포착한 그의 섬세한 영혼이 입을 다물렸다.

난로 위에서 물이 데워지는 동안, 메데야는 베개와 이불을 침대 발치 곁에 놓인 상자에 집어넣으며 자기 침상을 정리하고 나서 완전히 닳아빠진 기도의 말들로 이루어진, 아침의 짧은 격언을 읊조렸다. 노동과 비애가, 타인들의 공허한 대화가, 그리고 저녁의 피로가 기다리고 있는 새날을 받아들일 것. 누구에게 화를 내거나 기분 상하는 일 없이 저녁까지 즐겁게 살 것. 닳아빠졌을지라도 그 기도의 말들은 불가사의한 방식으로 그녀의 청이 이루어지도록 도와주고 있었다. 어릴 때부터 그녀는 성마름이라는 자신의 불쾌한 자질을 알았고, 그토록 오래전부터 그 성향과 싸워오며 이미 많은 세월 누구에게도 화를 내지 않았음을 깨닫지 못했다. 단 하나, 해묵은 오랜 울분만은 희미한 어둠이 되어 그녀 안에 앉아 있었다…… '정말 무덤까지 가져가야 하나?' 퍼뜩 그런 생각이 들었다.

마지막 말을 중얼거리고 나서 메데야는 많은 해에 걸쳐 다듬어진 손길로 정성 들여 머리를 땋고 감아올려 올림머리를 하고 검은 비단 숄로 머리를 감싸고는, 틀어 올린 머리 밑에서 긴 꼬리를 목으로 빼냈다. 조가비로 테두리를 두른 타원형 거울에 비친 얼굴이 문득 보였다. 사실, 매일 아침 그녀는 거울 앞에서 숄을 맸지만 천 주름, 뺨, 원피스의 옷깃만 눈에 띄었다. 그런데 오늘은, 왠지 게으르기가 온 것과 관련이 있는 것 같았는데, 문득 얼굴을 보고 그 모습에 놀랐다. 해가 갈수록 얼굴은 더욱더 길어졌다. 두 개의 깊은 주름이 삼켜버려 홀쭉해진 볼 때문인 것 같았다. 집안 내력인 코는 세월이 흘러도 나빠지지 않았다. 상당히 긴 코였지만 조금도 앞으로 튀어나오지 않았다. 끝이 뭉툭하게 잘렸고, 콧구멍이 둥글었다.

메데야의 얼굴은 예쁜 말의 얼굴을 떠올리게 했다. 결혼한 지 얼마 안 되어 느닷없이 앞머리를 짧게 자르고, 무거워서 목을 지치게 하던 영원한 올림머리 대신 잠시 미장원 머리 모양을 했던 시절에는 특히 그랬다.

메데야는 다소 놀라며 주의깊고 엄격하게 얼굴을 살펴보다가 갑자기 얼굴이 마음에 든다는 것을 깨달았다. 사춘기 시절 그녀는 빨간 머리, 지나치게 큰 키와 지나치게 큰 입 같은 외모 때문에 많이 고통스러웠다. 커다란 손과 신고 있던 남자 치수의 신발이 부끄러웠다……

'곱상한 할망구가 됐네.' 메데야는 미소 짓고는 고개를 끄덕였다. 거울 왼편에 무리를 짓고 있는 사진들 틈에서 젊은 한 쌍이 검은 직사각형의 틀 안에서 그녀를 바라보고 있었다. 앞머리가 긴 여자와 머리카락이 풍성한 기품 있는 레반트인*의 용모를 지닌 남자였다. 남자의 콧수염이 마른 얼굴에는 지나치게 컸다.

메데야가 다시 고개를 끄덕였다. 젊은 날 뭘 그리 비통해했을까? 좋은 얼굴을 얻었다. 좋은 키도, 힘도, 육체의 매력도. 사무일이다. 그녀의 소중한 남편 사무일이 그녀에게 불어넣은 것이다…… 그녀는 모서

---

* 지중해 동부 연안의 근동 사람.

리에 상장喪章이 달린 남편의 커다란 인물 사진으로 시선을 옮겼다. 그가 마지막으로 찍은 사진을 확대한 것이었다. 그 사진에서 남편은 머리카락이 더 풍성했지만, 깊이 파인 두 관자놀이가 높지 않은 이마를 위로 올렸다. 콧수염은 수수해지고 시들었으며, 눈이 부드럽게 바라보고 있었다. 뭔지 모를 다정함이 얼굴에 어려 있었다.

'다 괜찮아. 다 지난 일이야.' 메데야는 옛 아픔의 그림자를 떨치고서 등뒤로 문을 닫고 방에서 나왔다. 그녀의 방은 신성해서, 어떤 방문객도 특별한 초대 없이는 들어가지 않았다……

게오르기가 벌써 커피를 끓였다. 그는 정확히 메데야와 그의 어머니 옐레나가 끓이는 방식 그대로 커피를 끓였다. 공통의 방식, 튀르키예식이었다. 작은 구리 찻주전자가 탁자 가운데 놓인 닦지 않은 쟁반 위에 세워져 있었다. 메데야는 몹시 꼼꼼하고 세심했지만, 그 일, 구리를 닦는 일은 싫어했다. 녹이 슬어 푸르스름한 구리가 더 마음에 들었던 모양이다. 메데야는 벌써 십오 년쯤 써온 투박한 도자기 잔에 커피를 따랐다. 무겁기만 하고 볼품이 없는 찻잔이었다. 오래전에 조카딸 니카가 선물한 것으로, 그녀가 처음으로 만든 도예 작품 중 하나이자, 오래가지 않아 집어치운 점토 성형에 대한 몰두의 결실이었다. 그을린 갈색 유약 얼룩이 졌고 거칠거칠한데다 매일 사용하기에는 장식이 지나친 그 진한 자주색 잔이 메데야는 왠지 마음에 들었고, 그래서 이때까지 니카는 이모를 기쁘게 한 것을 우쭐댔다.

첫 한 모금을 마시며 메데야는 니카에 대해 생각했다. 오늘이 아이들을 데리고 마샤와 함께 니카가 오는 날이었다. 마샤는 여동생 알렉산드라의 일찍 얻은 손녀였고 니카는 늦둥이 딸로, 나이 차가 크지 않왔다.

"필시 아침 비행기로 오겠지. 그러면 점심때쯤 도착할 거야." 메데야가 마치 누구에게 하는 말도 아닌 듯 말했다.

게오르기는 자신도 시장에 가서 포도주와 봄 기분도 낼 겸 푸른 채소나 무시물라* 같은 걸 사 올까 생각했지만 입을 다물고 있었다.

'아니야, 무시물라는 철이 일러.' 그는 어림짐작하고 나서 잠시 후 점심때 올 건지 고모에게 물었다.

메데야가 고개를 끄덕이고는 말없이 커피를 마저 마셨다.

메데야가 떠났을 때, 아르툠은 아버지에 대한 공세를 시도했다. 하지만 아버지는 시장에 갈 채비를 하라고 그에게 일렀다.

"뭐야, 묘지 아니면 시장이야." 아르툠이 투덜거렸다.

"가기 싫으면 집에 있어도 돼." 아버지가 온화한 태도로 제안했다. 하지만 아르툠은 시장에 가는 것도 나쁘지 않겠다고 이미 판단했다.

삼십 분 후 그들은 이미 길을 걷고 있었다. 둘 다 배낭을 멨다. 아르툠은 캔버스 파나마모자를 썼고, 게오르기는 병사용 방수포 파나마모자를 쓴 것이 군인이나 모험가 같은 모습이었다. 전날과 거의 같은 장소에서 그들은 엄마와 딸을 다시 보았다. 또 똑같은 옷을 입고 있었는데, 이번에 여자는 작은 접의자에 앉아 어린이용 이젤에 그림을 그리고 있었다.

게오르기가 길에서 그들을 알아보고 시장 가는 길에 뭐 사다 줄 거 없냐고 고함쳤지만, 가벼운 바람이 그의 말을 실어가버렸다. 여자가

---

* 서양모과나무 열매.

들리지 않는다고 손짓했다.

"네가 달려가서 뭐 필요한 거 없냐고 물어봐라." 그가 부탁하자 아들은 작은 자갈들을 흩트리며 비탈을 달려 올라갔다.

게오르기는 만족감에 젖어 위쪽을 바라보았다. 풀은 아직 어리고 생기로웠다. 산마루에서 장밋빛이 감도는 연보랏빛 버들이 피어올랐는데, 잎이 하나도 보이지 않았다.

여자가 아르툼에게 무언가 말하다가, 손을 휘젓고는 아래로 달려 내려왔다.

"감자 좀 사다 주실래요? 2킬로그램 부탁드려요. 타냐를 맡길 데가 없어서요. 타냐는 시장까지 지쳐서 못 가요. 딜* 한 다발도요. 수중에 돈도 없네요." 그녀는 말이 아주 빨랐는데 약간 혀짤배기소리를 냈고, 점점 얼굴이 붉어졌다.

작은 이젤과 나란히 서 있는 딸에게로 올라가는 그녀의 심장이 전속력으로 내달렸다. 심장소리가 목 안 가득 울려퍼졌다. '무슨 일이지? 무슨 일이야? 아무 일도 일어나지 않았어. 감자 2킬로그램과 딜 한 다발……'

산으로 올라간 노라는 길로 달려 내려갔던 그 몇 분 만에 모든 것이 변한 것을 보았다. 마침내 태양이 빛나는 아지랑이를 꿰뚫었고, 그녀가 애써 그리던 버들들은 이미 장밋빛 김이 되어 피어오르지 않고 크랜베리 무스처럼 산마루에 꼭 붙어 누워 있었다. 풍경의 모든 부드러운 모호함이 가셨고, 그녀가 선 자리가 갑자기 부동의 중심 같았다. 세

* 허브의 일종.

상들과 별들과 구름들과 양떼들이 그녀를 둘러싸고 움직였다.

그런 생각에도 쿵쾅대는 심장은 진정될 줄 모르고 내내 자신을 앞지르며 어딘가로 내달렸고, 시선은 아무것도 놓치지 않으려, 이 세상의 그 어떤 모습 하나도 잊지 않으려, 그녀의 의지와 상관없이 인근을 빨아들이고 있었다. 우주의 중심에 삐딱하게 세워놓은 이젤 곁에 있는 딸, 피어나는 버들, 두 행인이 뒤돌아보지 않고 걸어가는 길, 멀리 있는 한 조각 바다, 오래전 떠나버린 강의 이랑을 가진 주름진 계곡. 아, 식물학에 심취했던 어린 시절처럼, 이 모든 디테일과 함께 이 순간을 마음에 쏙 든 꽃같이 따서 말릴 수 있다면. 그 자리에서 늙어버린 곱사등의 구릉들 뒤에서 잘린 머리를 하고 유순한 동물처럼 연이어 가지런히 솟은 탁상지卓狀地들. 그녀의 등뒤에 있던 것까지도, 눈길이 미치지 않았던 것까지도 따서 말릴 수 있다면……

심페로폴에서 메데야의 집까지 버스로 오는 길은 다섯 시간가량 걸렸고, 게다가 여름 휴가철까지 버스 편은 하루에 고작 한 번밖에 없었다. 택시로 두 시간 이동하는 비용은 모스크바에서 심페로폴까지 오는 비행기푯값보다 비싸다시피 했다. 비싼 운임에도 불구하고 니카와 마샤는 보통 택시를 타고 왔다.

시장에서 돌아와 아르톰은 낡은 망원경을 들고 지붕으로 기어올라가서는 무장한 눈을 구릉들 사이 빈터에서 떼지 않았다. 마을로 오는 모든 자동차가 그곳에서 어른거렸다. 게오르기는 부엌에서 사 온 물건들을 풀어놓고 있었다. 장이 서지 않아 상인들이 별로 없는 무료한 날이었다. 그는 집에서 말린 자두 파스틸라*를 한 꾸러미 샀다. 뜨거운 철판 위에서 조잡하게 만든 것이었는데, 아이들이 좋아하는 진미였다.

푸른 채소와 큰 봉지 가득 체부레크**도 샀다.

게오르기에게 주된 즐거움을 안겨준 곳은 늘 예기치 않은 풍요로 휴가객들을 놀라게 하던 생활용품점이었다. 이번에 게오르기는 유행하는 장식품인 휘슬 주전자와 각진 유리잔 두 다스, 그리고 노보시비르스크에서 집단농장장으로 있는 그의 친구 타라소프가 구하지 못해 곤란을 겪던 편자용 못 아흐날을 반 킬로그램 샀다. 또 당시에는 쉽게 구할 수 없던 체코산 아교와 상당히 꼴사나운 탁자용 유포도 샀다. 그는 사 온 물건들을 몽땅 탁자 위에 펼쳐놓고 그 풍요를 즐기고 있었다. 게오르기는 물건 사는 것을 좋아했다. 고르고 흥정하고 손에 넣는 과정의 모든 유희가 좋았다. 그의 아내 조이카는 그가 매번 여행에서 돌아오면서 아무 쓸모도 없이 집도 다차도 가득 채운 물건을 잔뜩 실어 올 때마다 화를 냈다. 시 무역국에서 일하는 경제학자인 그녀는 이해와 분별을 갖추고 물건을 사야지 온갖 쓰레기를 사서는 안 된다고 여기고 있었다……

게오르기는 타브리다산 포트와인 한 병의 코르크 마개를 뽑고 적게 샀다고 아쉬워했다. 하지만 그건 넘쳐나서 마을의 구멍가게에서 나중에도 살 수 있었다.

모든 것을 살펴보고 나서, 그는 포도주 한 잔과 체부레크를 손에 들고 집 문지방에 앉았다. 화가와 딸이 언덕에서 내려오는 모습이 보였다.

'빌어먹을, 감자를 잊어먹었네.' 그가 떠올렸다. '그래, 없기도 했어. 봤으면 생각났겠지.'

---

* 과일 퓌레를 끓여서 말린 단 음식.

** 고기, 양배추, 치즈 등이 들어간 커다란 튀김만두.

그렇지만 딜은 많이 샀다. 그래서 책임감 있는 사람으로서 아르툠에게 지붕에서 내려와 휴가 온 여자에게 딜을 가져다주라고 소리쳤다. 메데야의 집에 머무는 사람들은 결코 자신을 휴가객으로 여기지 않았다. 지역민들도 그들을 주민으로 대했다.

아르툠은 딜을 가져다주라는 부탁을 딱 잘라 거절했다. 자동차가 나타나는 너무도 중요한 순간을 놓칠까봐 두려웠다. 실제로 그들이 아직 딜로 인해 다투고 있는 사이에 그 일을 위해 특별히 예정된 공터에서 노란색 '볼가'*가 어른거렸다.

"온다!" 아르툠이 행복에 넋이 나간 목소리로 소리치고는 지붕에서 곤두박질치더니 쪽문 쪽으로 내달렸다.

몇 분이 더 흐르자 자동차가 집에 다가와 멈추었고, 네 개의 문이 모두 동시에 활짝 열리더니 곧장 여섯 사람이 뛰쳐나왔는데 둘은 아주 어린 아이였다. 택시 기사가 트렁크에서 여행 가방들과 종이상자들을 꺼내는 동안 친척들의 난투극이 벌어졌다. 껴안고 키스하고 난리가 났다. 차가 채 떠나기 전에 배가 불룩한 가방을 든 메데야가 어느새 눈에 띄지 않게 다가와서는 실눈을 뜬 채 꽉 다문 입으로 미소를 짓고 있었다.

"이모! 나의 태양! 얼마나 보고 싶었다고요! 어쩜 이리 예쁘실까! 세이지 향기도 나네!" 키 큰 빨간 머리 니카가 메데야에게 키스했고, 메데야는 가볍게 물리치며 투덜거렸다.

"말도 안 되는 소리! 유성페인트 냄새야. 우리 병원이 석 달째 공사

* 2010년 단종된, 구소련과 러시아의 고급 승용차 모델.

중이잖니. 끝내지를 못하는구나."

니카의 열세 살 된 큰딸 카탸가 메데야와 나란히 서서 키스 순서를 기다리고 있었다. 니카가 있는 자리에서 그녀는 의문의 여지 없는 어떤 권리에 따라 항상 첫번째였다. 그 점에 이의를 제기할 사람은 거의 없었다. 마샤도 자기 순서를 기다리고 있었다. 소년같이 머리를 잘랐고 체격이 십대여서, 성인 여자가 아니라 다리가 불안정하게 떨리는 깡마른 사춘기 소녀 같았다. 하지만 얼굴은 예뻤는데 마치 복사한 그림 같아서 아직 아름다움이 나타나지 않은 상태였다. 게오르기가 그녀를 낚아채서 정수리에 키스했다.

"뭐야, 너랑은 말하기도 싫어." 마샤가 밀쳐냈다. "모스크바에 왔었는데 전화도 안 했잖아."

마샤의 다섯 살 된 아들 알리크와 니카의 작은딸 리자도 어제저녁부터 떨어지지 않았음에도 불구하고 격정적인 만남을 연기하며 껴안고 있었다. 모두 주봅스카야 거리에 있는 니카의 집에서 밤을 묵었던 것이다. 거의 동년배여서 태어나면서부터 서로를 사랑했다고 할 수 있을 아이들은 줄곧 어른들의 상호관계를, 그러니까 여자의 교태도, 질투도, 수탉처럼 대담무쌍한 구애도 재현하며 모두를 즐겁게 했다.

"Cousinage dangereux voisinage."* 메데야가 이 사촌들을 보며 몇번째 말하고 있었다.

"우리가 벌써 와 있었던 것처럼 너한테 키스할게." 알리크가 리조치카를 끌어당겼지만, 그녀는 계속 망설였다. 키스를 승낙할 조건을 아

---

* '위험한 사촌 관계야'라는 의미의 프랑스어.

무리 생각해도 생각해낼 수 없어서 질질 끌었다.

"아니야, 네가 먼저…… 먼저 네가…… 강아지를 나한테 보여줘!"

그 자리에 있는 사람들 가운데 둘은 메마른 눈인사를 주고받았다. 아르튬과 카탸였다. 지금 리자와 알리크가 그렇듯이 한때는 그들도 서로를 정열적으로 사랑했는데, 이태 전 깡그리 망가졌다. 카탸는 훌쩍 커서 어딘가에 털이 자라나자 그 즉시 깎기 시작했고, 작긴 해도 완전히 진짜인 가슴도 생겼다. 그들 사이에 성적 성숙의 심연이 가로놓였다.

지난해에 그로서는 도무지 부당한 카탸의 데면데면한 모습에 영혼 깊이 모욕감을 느낀 아르튬은 지치도록 카탸를 기다리기도 했지만, 자기방어를 위해 외면하고는 낙담한 표정으로 연갈색 땅을 신발 코로 콕콕 찍고 있었다.

전혀 가망이 없어 작년에 볼쇼이극장 발레학교에서 제명된 카탸는 직업 발레리나의 모든 버릇을 간직하고 있었다. 니카는 딸의 경이로운 자세를 남몰래 자랑스러워하며 그녀의 버릇을 계속 놀려댔다. "턱 위로, 어깨 아래로, 가슴 앞으로, 배 뒤로, 발끝은 반대쪽으로."

카탸는 바로 그 자세로 꼼짝하지 않고서 희망하는 모든 사람에게 그녀가 여전히 선보이는 발레 예술의 아름다움을 즐기게 했다.

"메데야, 우리 애들 좀 보세요!" 마샤가 메데야의 어깨를 건드렸다.

알리크가 몸통은 길쭉하고 다리가 짧은 메데야의 암캐 뉴크타의 집에서 끄집어낸 똑같이 몸통이 긴 강아지는 이미 리자의 손에 들려 있었다. 알리크는 강아지를 옆으로 밀어제치며 리자의 약속된 뺨에 가닿았다.

모두 웃음을 터뜨렸다. 게오르기가 트렁크 두 개를 집어들었고, 아르톰은 카탸를 외면하며 식료품이 든 종이상자를 집었다. 카탸는 주연 여배우가 절하러 가듯 가볍게 뛰어오르며 아래로 달려가서 집과 부엌 사이에 불빛이 만든 작은 동그라미 위에 일어서더니, 공주처럼 범접할 수 없는 아름다운 모습으로 거기 서 있었다. 아르톰은 전에 겪어보지 못한 심장의 고통과 함께 그 모습을 받아들이고 있었다. 그는 그 이른 봄이 상처를 입힌 첫번째 사람이었다.

노라에게는 다시 스파이 역할이 부여되었다. 타네치카는 점심을 먹고 나서 벌써 자고 있었다. 감자도 딜도 그 잘생긴 사람은 가져다주지 않았다. 이제 마침내 그녀는 그 사람은 결코 로마 병사가 아니라 오디세우스를 닮았다는 결론에 이르렀다. 그러나 아다 아주머니 집 마당에서 식기를 씻고 있는데, 택시가 도착해서 질 나쁜 새빨간 원피스를 입은 빨간 머리의 키 큰 여자가 노파를 껴안고 많은 아이들이 주위를 뛰어다니는 모습이 보였다. 그러자 노라는 저토록 서로를 기뻐하고 저토록 만남을 축하하는 사람들에 대한 예기치 않은 질투로 숨이 턱 막혔다.

두 시간 후 자동차가 한 대 더 마을에 도착했다. 하지만 이번에는 택시가 크랍추크 부부의 집 옆에 섰다. 노라가 수놓은 커튼 귀퉁이를 옆으로 밀자, 집주인을 찾는 목소리에 여름 부엌에서 아다가 먼저 뛰쳐나오고 그녀의 남편도 운전사의 시커먼 손으로 번들거리는 입을 훔치며 뒤따라 뛰쳐나오는 것이 보였다.

긴 머리를 여자처럼 고무줄로 묶고 몸에 착 달라붙는 하얀 면바지에다 장밋빛 티셔츠를 입은 건장한 남자가 쪽문을 열어젖히고 서 있었다. 아다는 그의 건방진 모습에 기가 찰 지경이었다. 방문객이 미소를 짓고 하얀 봉투를 흔들더니 쪽문에서 곧장 물었다.

"크랍추크 내외분이신가요? 아드님이 두 분께 편지와 따끈따끈한 안부를 보냈네요. 어제 그를 만났습니다."

아다가 봉투를 낚아챘고, 크랍추크 부부는 말없이 부엌에 몸을 숨기고 외아들 비티카가 보낸 편지를 읽었다. 그는 군사학교를 마친 후 벌써 삼 년째 포드모스코비예*에 살고 있었고, 마을 사람들이 보기에 출세가도를 달리고 있었다. 방문객은 내내 문 뒤에 서 있는 택시 기사는 전혀 아랑곳하지 않고 벤치에 걸터앉았다. 그사이 크랍추크 부부는 편지를 읽었다. 아들이 아주 필요한 사람을 그들에게 보내니 무슨 일이 있어도 그에게 돈을 받지 말 것이며 마음껏 편히 지내도록 해주라는 편지였다. 그에게, 바로 이 발레리 부토노프에게 마사지를 받으러 오는 사람들의 명단에 다름 아닌 관구 책임자가 있다고 했다……

편지를 마저 다 읽지도 않고 크랍추크 부부는 방문객에게 달려갔다.

"네, 들어오세요. 당신 물건들은 어디 있죠?"

방문객이 트렁크를 안으로 가지고 들어갔다. 겹겹이 두툼한 손잡이가 달린 가죽가방으로 외국 라벨들이 붙어 있었다. 노라는 타냐의 치마를 다리던 주철 다리미의 무게를 감당하다 지쳐서 다리미를 받침판에 세웠다.

집주인 부부가 방문객 근처를 맴돌며 뛰어다녔다. 트렁크가 그들의 눈길도 강하게 끌었다.

'배우인 모양이네. 아니면 재즈 연주자인가. 아니면 그 비슷한 뭐겠

---

* 모스크바 근교 지역. 모스크바주.

지.' 노라는 생각했다. 다리미가 식었지만, 부엌에서 다리미를 데우려고 방에서 나가고 싶지 않았다. 그녀는 다리다 만 치마를 한쪽으로 치웠다.

4

메데아는 여러 솥에 밥을 짓고, 몇 통씩 가지를 절이고, 소금기에 전 바닷바람에 달콤한 향기를 건네주던 과일들을 몇 푸드씩 지붕에 널어 말리던 집에서 컸다. 틈틈이 새로운 형제자매들이 태어나서 집을 가득 채웠다. 겨울이면 그토록 고독하고 조용한 메데아의 지금 거처는 한창 휴가철엔 아이들이 넘쳐나고 대체로 사람들이 많아서 어린 시절의 집을 떠올리게 했다. 철제 삼각대 위에 올려놓은 거대한 통 안에서 쉴새 없이 빨래가 끓어올랐고, 부엌에서는 늘 누군가 커피나 포도주를 마셨다. 콕테벨이나 수다크에서 손님들이 오곤 했다. 이따금 자유로운 젊은이들, 면도하지 않은 대학생들과 빗질하지 않은 소녀들이 멀지 않은 곳에 텐트를 치고는, 새로운 음악을 시끄럽게 울려대고 새로운 노래들로 사람들을 놀라게 했다. 여름날의 그 야단법석에 익숙해지긴 했어도, 사교적이지 못하고 아이가 없는 메데야는 왜 태양이 지글지글 굽고 바닷바람이 때려대는 그녀의 집이 이 온갖 다양한 종족의 많은 사람을 리투아니아와 그루지야*와 시베리아와 중앙아시아에서 끌어오는지 어리둥절했다.

휴가철이 시작되고 있었다. 어제저녁을 메데야는 게오르기와 둘이서 보냈는데, 오늘은 여덟 명이 이른 저녁 밥상에 둘러앉았다.

여행길에서 지친 어린아이들은 좀더 일찍 자리에 눕혔다. 아르톰도 "자러 가!"라는 모욕적인 명령을 피하려고 자리를 떴다. 그가 자발적으로 자리를 뜬 것은 이미 잠자리로 쫓겨나지 않은 지 오래인 카탸와 그를 왠지 동등하게 만들었다.

첫 저녁식사가 어느 사이에 두번째 식사로 옮겨갔다. 사람들은 게오르기가 사 온 포도주를 마셨다. 게오르기는 지질학부를 다니는 동안 모스크바에서 오 년 살았다. 모스크바를 좋아하지 않았지만 수도의 소식에는 늘 관심을 두어서, 지금 그것을 여자 친지들로부터 끌어내고자 애쓰고 있었다. 그러나 니카의 이야기는 전부 그녀 자신 아니면 시시콜콜한 가정사에 빠져 있었고, 마샤의 이야기는 정치 일색이었다. 시절이 그랬다. 대화가 무엇으로 시작되든 간에 목소리가 낮아지고 감정은 격해지는 정치 이야기로 끝났다.

사실 대화는 빌뉴스**에 사는 메데야의 조카, 죽은 남동생 디미트리의 아들인 그비다스-그로밀라***에 관한 것이었다. 그는 집을 지었는데

---

* 조지아의 옛 이름. 2008년 러시아와의 전쟁 후 현 국명으로 변경했다.

** 리투아니아의 수도.

*** '그로밀라'는 '약탈자'라는 뜻.

대규모 공사를 벌였다.

"당국은? 허가하나?" 게오르기가 이 지점에서 완전히 영혼의 활기를 되찾고 흥미를 나타냈다.

"첫째, 거기는 어쨌든 보다 자유로워. 게다가 그는 건축가야. 그리고 그의 장인이 굵직한 당 쓰레기라는 걸 잊지 마."

"뭐야, 그비다스가 그딴 짓거리를 벌인단 말이야?" 게오르기가 놀랐다.

"음, 뭐라고 해야 할까…… 대체로 그들이 손에 쥔 소비에트 권력은 어느 정도는 가장무도회 같은 걸 거야. 그렇지만 리투아니아 사람들한테는 훈제 소시지, 장어, 맥주가 늘 당 회의보다 더 중요하지. 확실히 그래. 특별히 서로 잡아먹는 짓은 없어." 니카가 설명했다.

마샤가 발끈했다.

"무슨 말 같지 않은 소리야, 니카. 전쟁 후에 리투아니아 사람들 반은 감옥에 갇혔어. 거의 50만이나 되는 젊은 사내들이 말이야. 그래, 전쟁중에 잃은 수보다 많아. 가장무도회 좋아하시네!"

메데야가 일어섰다. 진작부터 자고 싶었다. 그녀는 쉬이 순조롭게 잠드는 평소 시간을 놓쳐서, 이제는 바다풀 캄카를 채워 넣은 자신의 매트리스 위에서 아침까지 뒤척이리라는 것을 알았다.

"잘들 자라." 그녀가 나갔다.

"자, 보시오들." 마샤가 속이 상해서 말했다. "정말 우리 메데야는 뭐라 말할 수 없이 대단한 사람, 돌같이 단단한 사람이잖아. 그런데도 겁을 먹었어. 말 안 하고 자리를 떴어."

게오르기가 화를 냈다.

"너, 이런 바보, 마샤! 그대한테는 소비에트 권력이 몽땅 세계악이지. 메데야의 오빠 하나는 적군이 죽였고, 다른 하나는 백군이 죽였어. 하나는 파시스트들이 전쟁에 끌고 갔고, 다른 하나는 공산주의자들이 끌고 간 거야. 메데야한테는 모든 권력이 똑같아. 귀족이자 왕정주의자셨던 내 할아버지 스테파난은 고아가 된 어린 여자아이에게 돈을 보내셨어. 당시 집에 있던 돈을 몽땅 보내신 거야. 아버지는 어머니에게 장가드셨지…… 미안하지만, 열혈 혁명가가…… 레노치카를 구해야 한다는 메데야의 말 한마디에 결혼한 거야…… 메데야에게 권력이 뭐란 말이야? 메데야는 믿는 사람이야. 메데야를 지배하는 권력은 다른 거야. 그러니까 메데야가 뭘 무서워한다는 말 따위는 절대 하지 마……"

"아이고, 주여!" 마샤가 소리치기 시작했다. "아니, 내 말은 전혀 그게 아니잖아! 정치에 관한 대화가 시작되자마자 메데야가 자리를 떴다고 말하는 것뿐이잖아."

"그래, 메데야가 너 같은 바보하고 무슨 얘길 하겠어?" 게오르기가 헛기침을 했다.

"그만해." 게으른 목소리로 니카가 말을 끊었다. "감춰둔 거 있어?"

"아, 물론!" 게오르기가 기뻐하고 등뒤를 더듬더니 낮에 새로 딴 병을 꺼냈다.

마샤는 벌써 전투에 돌입할 태세로 입술을 떨고 있었지만, 다툼을 싫어하는 니카가 마샤에게 잔을 내밀고 노래하기 시작했다.

"강물이 모래밭을 흘러가네. 강변을 적시네. 젊은이가, 용맹한 도둑이 두목에게 비네……"

조용하고 촉촉한 목소리가 울리기 시작했다. 게오르기와 마샤는 마음이 누그러져서 친근하게 서로에게 기댔다. 모든 언쟁이 저절로 멎었다. 살짝 열린 문틈으로, 고르지 못한 작은 창으로 목소리가 빛처럼 흘러나갔다. 반은 도둑들의 노래*인 어렵지 않은 노래가 메데야의 농장을 환히 밝히고 있었다……

한밤중에 변소에 가려고 나온 발레리 부토노프는 작은 판잣집까지 가지 않고 느닷없는 따뜻한 물줄기에 어리둥절해진 토마토 모종에다 볼일을 보고는, 별이 가득한 남방의 깊은 밤하늘을 경이에 찬 눈으로 바라보았다. 모든 것이 검은 잠수복을 입은 영화 속 스파이를 찾기 위해 바닷가를 살피는 탐조등의 음탕한 빛에 잠겨 있었다. 하지만 일 년 중 이때는 달빛 아래 반짝이는 해변의 연인의 엉덩이조차 없었다.

지상은 온통 캄캄한데, 구릉들 사이 좁은 계곡에서 창 하나가 유일하게 깨끗한 노란빛으로 빛나고 있었다. 심지어 그곳에서 여인의 노랫가락이 흘러나오는 것 같았다. 발레리는 귀를 기울였다. 간혹 개들이 짖었다.

정말로 잠을 이룰 수 없는 밤이었다. 하지만 메데야는 젊어서부터 잠을 조금 자는 습관이 몸에 뱄고, 노년에 든 지금은 하룻밤 잠을 이루지 못해도 생활의 궤도를 벗어나지 않았다. 메데야는 자신의 좁은 여자아이용 침대에 가슴 부분 자수가 해진 잠옷을 입고 누워 있었다. 헐렁하게 땋은 한밤의 머리채가 그녀의 몸 곁에 길게 누워 쉬고 있었다.

---

* 범죄 세계의 세태와 기질을 노래한 러시아 전통 민요의 한 장르.

해가 갈수록 성기어갔지만 허리께까지 닿았다.

이내 집이 친숙한 작은 소리로 가득찼다. 니카가 맨발로 돌아다녔고, 마샤는 요강 뚜껑을 쨍그랑거리고는 자는 아이에게 소곤거렸다. "쉬, 쉬." 분명하고도 아름다운 선율로 아이의 오줌줄기가 쏟아졌다. 딸깍하며 스위치가 꺼졌고, 소리 죽인 웃음소리가 들려왔다.

청력도 시력도 아직 메데야를 배반하지 않았다. 또한 타고난 관찰력 덕분에 그녀는 자신의 젊은 친지들의 삶에서 그들도 눈치채지 못한 많은 것을 알아차렸다.

어린아이들을 데리고 오는 젊은 여자들은 보통 휴가철 초에 왔다. 남편들은 일 때문에 오래 머물지 않았다. 보통 이 주 정도였고 한 달은 드물었다. 누군지 모를 친구들이 와서 아랫마을에 오두막을 빌렸고, 밤마다 몰래 집으로 와서는 메데야의 담 뒤에서 신음소리를 내고 비명을 질렀다. 그러고 나서 여자들은 남편과 헤어지고 다른 남자와 결혼했다. 새 남편들이 옛 아이들을 키웠다. 새 아이들을 낳았고, 아버지나 어머니가 서로 다른 아이들이 서로의 집에 놀러갔다. 그런 다음에는 옛 남편들이 큰애들과 함께 휴가를 보내기 위해서 새 아내들과 새 아이들을 데리고 왔다.

촉망되는 젊은 연출가였지만 명성에 걸맞은 것을 아무것도 만들지 못한 카탸의 아버지와 결혼한 니카는, 연출가가 첫 결혼에서 얻은 아들인 칠칠치 못하고 산만한 미샤를 여러 해 데려왔다. 카탸는 온갖 방법으로 아이를 압박했지만, 니카는 어루만지고 보살펴주었다. 연출가를 버리고 물리학자를 택했을 때에도 그녀는 여전히 오래도록 아이를 이끌고 다녔다. 메데야의 눈앞에서 두 쌍의 부부 교환이, 나이 차가 삼십 년 나는 친척 사이의 뜨거운 연애가, 저 프랑스 속담이 전적으로 옳다는 것을 증명한 몇몇 청춘남녀의 관계가 벌어졌다.

전후세대의 삶, 특히 지금 이십대인 사람들의 삶은 메데야가 보기에 다소 장난스러웠다. 혼인에서도 모성에서도 이른 나이부터 그녀의 삶을 결정했던 책임감이 느껴지지 않았다. 그녀는 결코 이런저런 판단을 표명하지 않았지만, 그녀의 어머니, 할머니, 친구 옐레나처럼 대수롭지 않은 일에서나 아주 중요한 일에서나 그녀에게 가능했던 유일한 방식으로, 곧 진지하고 결단력 있게 행동했던 사람들을 지극히 높게 평가했다.

메데야는 한 남편의 아내로 삶을 살았고 또 과부로 삶을 이어왔다. 그녀의 과부살이는 결혼생활보다 하나도 나쁠 것 없이 멋졌다. 남편의 죽음 이래 흘러간 거의 삼십 년에 이르는 긴 세월 동안 과거 자체가 모습이 변했다. 남편이 그녀에게 안긴 유일한 쓰라린 치욕이 아무리 놀라워도 그의 죽음 이후에 이미 사라졌다. 종국에 그의 모습은 생전에 그리고 추도중에는 없던 중요성과 기념비성을 획득했다.

과부살이는 벌써 결혼생활보다 상당히 더 길게 지속되고 있었다. 고인이 된 남편과의 관계는 예전처럼 훌륭했고 심지어 해가 갈수록 더 좋아졌다.

불면으로 황량한 시간을 느끼는 와중에도 메데야는 그녀의 익숙한 사색을 끊지 않던 미묘한 졸음에 빠져 있었다. 기도 같기도 하고, 대화 같기도 하고, 때때로 마치 그녀가 개인적으로 알았고 보았던 것의 경계를 전혀 예기치 않게 넘어가는 회상 같기도 했다.

남편과 알게 되었을 때 그는 이미 마흔 줄에 접어들고 있었음에도,

어린 시절에 대한 남편의 이야기들을 전부 다, 거의 한 마디 한 마디 그대로 떠올리며 메데야는 지금 그를 아이로 회상하고 있었다.

사무일은, 자신의 치욕과 불행을 그 어떤 재산보다도 소중히 했던 과부의 아들이었다. 어머니는 설명할 수 없는 자부심과 함께 자매들에게 작고 연약한 아들을 가리켜 보이곤 했다.

"봐봐, 저렇게 말랐어. 완전 병아리 같잖아. 우리 거리를 통틀어 저렇게 마른 애가 없다니까! 상처들도 좀 봐! 온통 연주창투성이잖아! 손에 돋은 닭살은 또 어때!"

사모냐는 닭살과 여드름과 종기와 함께 자라고 또 자랐다. 정말 마르기도 했고 파리하기도 했지만, 자기 또래와 별반 차이가 없었다. 열세 살 되던 해에 그는 바지가 곤두서는 것과 연관된 어떤 특별한 불안을 겪기 시작했다. 급속하게 자라나는 새싹에 의해 살짝 솟는 바지가 그에게 병적인 불편함을 불러일으키고 있었다.

소년은 새로운 상태를 그의 어머니가 그토록 자긍심에 차서 말하곤 했던 자신의 많은 질병 중 하나로 여겼고, 방해되지 않도록 엄마의 속치마에서 뽑은 끈으로 난감한 음경을 꼭 싸맸다. 한편 또 가장 눈에 잘 띄는 신체의 두 부분인 귀와 코가 불굴의 성장을 향해 나아갔다. 살짝 처진 둥근 눈썹과 움직이는 긴 코와 함께 꼴사나운 뭔가가 곱상한 아이에게서 기어나오고 있었다. 그 무렵 그의 마른 몸은 새로운 자질을 획득했다. 어디에 앉든 그는 두 개의 뾰족한 돌 위에 앉아 있는 것 같았다. 고인이 된 아버지의 회색 줄무늬 바지가 채소밭에 세운 허수아비 같은 그의 몸에 걸려 있었다. 그때 그는 '사모냐—텅 빈 바지'라는 모욕적인 별명을 얻기도 했다.

열네 살 되던 해 사모냐는 그와 함께 공공 비용으로 시너고그 교육을 거친 가난한 가정 출신의 다른 아이들 다섯 명보다 텍스트 읽기 과제에서 다섯 배나 많이 범한 실수로 기념되었을 뿐인 바르미츠바* 의식을 치렀다. 곧이어 어머니가 고인이 된 아버지의 형과 진을 빼는 애매모호한 편지를 주고받은 후 마침내 그는 오데사로 보내져서, 그곳에서 끝이 없고 불명확한 책임 범위를 가진 사환으로서 노동활동을 시작했다.

사환의 직책은 자유로운 시간을 그에게 거의 남겨주지 않았지만, 그럼에도 그는 짬을 내어 당시 이미 한물간 유대인 교육을 아버지의 형제 중 가장 손위인 에프라임의 손을 통해 맛보았다. 에프라임은 독학한 유대인 지식인으로, 잘 제공된 교육이 반유대주의 같은 오해도 포함한 세상의 모든 아픈 문제를 해결할 수 있으리라는, 의심할 여지 없이 허망한 희망을 품고 있었다.

사모냐는 고결하지만 심하게 빛바랜 유대인 계몽의 기치 아래에 오래 서 있지 않았다. 그는 큰아버지의 큰 슬픔을 뒤로하고 인접한 시온주의** 진영으로 떠났다. 시온주의는 교육 수준이 문명화된 다른 민족들의 수준에 도달한 유대인을 십자가에 못박고, 반대로 가나안에 다시 자신의 정원을 만들고자 한 단순한 양날의 결정을 받아들인 자연스러운 유대인들에게 기대를 걸었다.

사모냐의 사촌 형은 이미 팔레스타인으로 떠나고 없었다. 그는 아무도 모르는 에인게디에서 농촌 노동자로 일하며 살고 있었고, 아주 간

---

* 유대인 남자의 성년식.

** 유대인 민족주의.

혹 보내오는 열광적인 편지로 사무일을 유혹했다.

사모냐는 이주자를 위한 유대인 농학 교육과정에 입학했다. 사무소의 큰아버지는 못마땅해했다. 그 공부가 일할 시간을 많이 빼앗았기 때문에 불만이었고, 그래서 사모냐에게 한 번도 주지 않은 급료를 반으로 줄였다. 하지만 큰어머니 게니치카는 진정한 유대인 여자여서, 가벼운 골반 뒤틀림 증상을 타고난 젊지 않은 조카딸을 그와 결혼시키려 했다.

두 달 동안 사모냐는 열심히 수업을 들으며 토양개량과 접목을 파고들었다. 그러나 변덕스러운 그의 영혼은 부화중인 의도가 알을 깨고 나와 행동으로 실천되기까지를 견디지 못했다. 여타의 수강생들이 원예와 포도 재배학의 세계에 몰입해가는 동안 그는 다른 책상으로 자리를 옮겼다. 기계공장 노동자들과 부두 노동자들을 위해 조직된 마르크스주의 비밀 서클이었다.

팔레스타인 지방의 작은 유대인 사회주의의 감동적인 사상은 프롤레타리아의 위대한 전 세계성과 경쟁할 수 없었다.

밀 가격 외에는 관심이 없는 사무소의 큰아버지는 조카가 이전에 몰두했던 모든 것에 상당히 무관심하게 반응했지만, 마르크시즘은 참을 수 없어 다른 곳에서 잠자리를 얻으라고 명령했다. 공정을 기하기 위해 말하자면, 큰아버지는 사모냐의 말을 통해 잉여가치가 무엇인지 이해한 듯했지만, 경제학의 귀재에 대해 느닷없는 적대감을 드러내고는 이렇게 고함을 질렀다.

“잉여가치를 어떻게 할지 그가 나보다 더 잘 안다고 너는 생각하지? 그가 맨 먼저 그걸 얻어도 좋아!”

사모냐는 큰아버지가 잉여가치를 순수익과 혼동하는 게 아닌가 하는 의혹이 들었지만, 그걸 설명할 틈이 없었다. 큰아버지는 아주 가까운 시일 내로 그가 감옥에 갇히게 될 거라고 단언했다. 큰아버지의 말이 실현되는 데 거의 이 년이 걸리긴 했지만, 그는 예언자였다. 그 시간 동안 사모냐는 자물쇠 일을 배웠다. 다양한 책의 도움으로 많은 지식도 얻어서, 이미 인민의 몽매한 의식의 각성을 위한 서클을 이끌고 있었다.

1912년 말 정부는 그를 볼로고다주州로 유형 보냈다. 그곳에서 이 년을 보낸 후 그는 손수 쓴 다듬어지지 않은 책들을 의사의 여행 가방 안에 넣고 이 도시 저 도시 다니며 날랐다. 모처에서 알려지지 않았지만 아주 중요한 인물들과 만났고, 선동하고 또 선동했다…… 평생 그는 자신을 직업 혁명가로 불렀다. 그는 혁명을 모스크바에서 만났고, 그곳에서 중간급의 서클을 이끌었다. 노동자 대중과 함께하는 일에서 강점을 보였기 때문이다. 그러고 나서는 정치 위원의 가죽옷을 빼입고 탐보프주에 파견되었다. 이 지점에서 영예로운 전기는 영문 모르게 갑자기 끝난다. 공백이 입을 딱 벌리고 있다. 그후로 그는 삶에 대한 모든 지대한 흥미를 잃고 완전히 평범한 사람, 풍만한 여인들을 볼 때만 생기를 띠는 치과기공사가 된다.

남동생 콘스탄틴과 디미트리에 대한, 그리고 얼마 전에 첫아이 세르게이와 함께 모스크바에 있는 남편에게 떠나보낸 여동생 알렉산드라에 대한 일상적인 근심에 몰두하느라 금빛 찬란한 처녀 시절을 모르는 사이에 허비하고 메말라가는 메데야와, 미소 지을 때 짧고 굵은 치아들을 연분홍색 잇몸과 함께 드러내는 늘 유쾌한 치과의사의 만남은 요양원에서 이루어졌다. 치료 효과가 있는 크림의 진흙은 추정되는 바대로 출산을 촉진했다. 간호사 메데야 게오르기예브나도 아이를 갖지 못하는 여자의 출산 촉진을 위해 허리에 진흙 찜질 요법을 시행해주고 있었다.

전에는 요양원에 치과의사가 없었지만, 주임의사가 인민 보건 위원회를 통해 그 자리를 짜냈다. 그렇게 해서 치과의사가 나타나서는, 그 조용하고 약간 은밀한 장소에서 완전 난리법석을 떨었다. 그는 시끄러운데다 농을 즐겼고, 니켈 도금된 기구들을 흔들어댔다. 금방 모든 여자 환자의 환심을 사려 했고, 출산 분야의 부가 서비스를 제안했다. 요양원에서 가장 뛰어난 간호사였던 메데야 게오르기예브나는 그 치의학 순회공연에 그의 조수로 배속되었다. 그녀는 슬라이드 위에 충전재 성분들을 짜놓고 주걱으로 섞고 그에게 기구를 건네주고 하면서 전에 보지 못한 치과의사의 뻔뻔함에 조용히 놀라고 있었다. 더더욱 놀라운 일은 불임으로 고통받는 대다수 여자의 이해가 가지 않는 방탕이었다. 치과 진료용 의자에서 채 내려오기도 전에 치과의사와 만날 약속을 정하는 것이었다.

날이 갈수록 커지는 관심과 함께 그녀는 가는 허리에 캅카스 가죽끈을 주름 잡아 맨 마댓자루같이 헐렁한 바지에다 낡은 남색 셔츠를 입은 빼빼 마른 유대인 남자를 관찰했다. 하얀 가운을 걸치면 그는 다소 고상해졌다.

"어쨌든 의사잖아. 그리고 나름대로 재치도 있어." 메데야는 그가 여자들 사이에서 누리는 명백한 성공을 그렇게 해명하고 있었다.

메데야가 진료카드의 빈칸을 채우는 동안, 그는 줄지은 여자 환자들이 믿음에 차서 입을 활짝 벌리기도 전에 머리끝부터 발목까지 자애롭고 경험이 풍부한 남자의 전문가다운 날카로운 시선으로 훑곤 했다. 그 무엇도 전문가의 시선을 피하지 못했고, 메데야가 결론을 내린 바와 같이, 첫 찬사는 오로지 맨 윗부분인 머리카락, 얼굴색, 눈에 관한 것이었다. 호의적인 반응이 보이면, 이 점에서 치과의사는 대단히 섬세한 감각을 드러냈는데, 그는 의도적으로 유창한 언변을 풀어놓았다.

메데야는 몰래 의사를 관찰하며, 들어오는 여인들을 하나하나 볼 때마다 그가 얼마나 생기를 띠는지, 그리고 홀로 남을 때는, 다시 말해 엄격한 메데야와 단둘이 있을 때는, 또 얼마나 권태로운 표정을 짓는지에 놀랐다. 의사는 서로 알게 된 첫날 이미 메데야를 평가해서 그녀의 경이로운 구릿빛 머리카락을 칭찬했지만, 그 어떤 격려도 받지 못해서 더는 그녀의 장점들을 돌아보지 않았다.

다소 시간이 흐른 뒤 메데야는 정말 의사의 시선이 날카롭다는 것을 깨닫고 놀랐다. 한순간에 그는 아주 포착하기 힘든 여인의 장점들을 알아차렸다. 그 장점들이 덜 분명할수록 그 발견이 진정으로 더 기쁜 모양이었다.

의심의 여지 없이 비만으로 고통받는 믿기지 않을 정도로 뚱뚱한 한 여자가 부드러운 엉덩이를 치과 진료용 의자의 좌석에 쑤셔넣는 동안 그는 경탄하며 말했다.

"우리가 이스탄불에서 산다면, 당신은 도시에서 가장 예쁜 여자로 여겨질 겁니다."

물렁물렁한 뚱뚱한 여자는 얼굴을 붉혔고, 눈에 눈물이 가득찼다. 그녀는 모욕감에 꽥 소리를 질렀다.

"무슨 말을 하고 싶은 거죠?"

"맙소사!" 사무일이 동요하기 시작했다. "물론, 최상의 칭찬이지요. 좋은 건 더 많았으면 하는 게 모두의 바람이잖아요!"

메데야가 보기에 그는 심지어 진료를 마칠 즈음에는 지쳐 보였는데, 일 자체 때문이라기보다는 오는 여자마다 실제의, 또 때로는 미심쩍은 장점들에 기초해서 달콤한 말을 해주려는 노력이 힘에 부쳤기 때문인 것 같았다.

우연히 그에게 들른 드문 남성의 대표자들과는 (운동신경을 다루는 작은 과도 있긴 했지만, 요양원의 기본적인 전문분야는 불임치료였다) 부자연스러웠고, 심지어 수줍기까지 한 것 같았다.

메데야는 유쾌한 치과의사가 남자들을 무서워한다는 느낌이 들어 자신의 관찰에 미소 지었다. 후에 메데야는 그 순간적인 관찰이 얼마나 값비싼 것이었는지를 알게 되었다.

그때 메데야는 서른 줄에 접어들고 있었다. 디미트리는 타간로그에 있는 군사학교에 들어가려 준비했고, 콘스탄틴은 열여섯이었다. 그는 지질학자가 되려고 마음먹고 있었다.

여동생 아나스타시야를 트빌리시로 데려간 언니 아넬랴가 오래전부터 메데야에게 다녀가라고 했다. 아넬랴는 남편 쪽 친척 중에서 늙지 않은 홀아비 한 사람을 메데야의 남편감으로 점찍어두고 그들의 만남을 꾀했다. 메데야도 의도를 눈치채지 못한 채 언니와 동생에게 다녀오려 했지만, 봄이 아니라 가을에 양식을 저장해놓고 나서 갈 생각이었다. 만약 아넬랴의 계획이 실현되었더라면 크림에는 마지막 그리스인의 집이 보존되지 않았을 것이고, 시노플리 집안의 다음 세대는 타슈켄트와 트빌리시와 빌나*의 육지 그리스인으로 전락했을 것이다. 하지만 모든 것이 달리 일어났다.

1929년 3월 중순에 요양원의 모든 직원이 즉각 집회에 소집되었다. 얼굴 반쪽에 비대칭적인 미소를 지닌 정신박약자 라이스를 포함하여 누구 하나 예외가 없었다. 라이스까지 소집할 때는 집회가 국가적 중요성을 지닌 것임을 의미했다.

도시의 당 책임자인 거대한 뱌로프가 광택이 나는 붉은 천으로 덮인 탁자 뒤에서 맹렬하게 날뛰었다. 그는 이미 결의안을 읽고 나서 이제 아름다운 내일과 집단농장 이념의 위대함에 대해 자기 견해를 말하고 있었다. 여자가 대부분인 요양원 직원들은 고분고분 귀기울이고 있었다. 이들은 주로 작은 집 반 칸, 몇백 제곱미터의 텃밭, 나무 두 그루, 닭 다섯 마리와 공직을 가진, 교외 거주민이었다. 이들은 시끄러운 사람들이 아니었다. 크림 토박이로 카라이파**의 학자 집안 출신, 짓밟히고 두들겨맞은 사람들 중 하나인 주임의사 피르코비치는 1918년 적군에 징집되어 군 병원들에서 일했지만 여태껏 당원이 아니었다. 그는 늘 가솔을 걱정해서 언제나 입을 다물고 발언 자리와 시간을 다른 희망자에게 내줄 준비가 되어 있었다.

"누가 발언할 겁니까?" 뱌로프가 물었다. 즉각 당세포 비서인 활달한 필로조프가 벌떡 일어섰다.

사무일 야코블레비치는 마지막 줄에 앉아서 벌벌 떨고 있었다. 의자에 앉아 주위를 두리번거리며 약간 들썩이기까지 했다. 메데야가 나

---

* 빌뉴스의 옛 이름.

** 크림반도와 우크라이나 서부, 리투아니아 등지에 거주하는 유대인 소수 분파.

란히 앉아서 해명할 길 없는 그의 동요를 곁눈질로 관찰했다. 그는 메데야의 시선을 포착하자 그녀의 손을 움켜쥐고는 귀에 속삭이기 시작했다.

"내가 발언해야 합니다…… 반드시 발언해야만 해요……"

"예, 사무일 야코블레비치, 왜 그렇게 안절부절못하세요? 원하시면 발언하세요." 그녀가 그의 완강한 손아귀에서 자신의 손을 조용히 빼냈다.

"나는, 아시겠어요, 1912년부터 당원이었어요…… 내가 반드시……"

그의 창백함은 고결함이라고는 없이, 두려움에 찬 우중충한 잿빛이었다.

가르마 왼쪽을 납작하게 붙인 곱슬머리의, 독일 성을 가진 새로 온 여의사가 계속 되풀이 말하며 집단화에 대해 길게 말하고 있었다. "작금의 시점에서 볼 때……"

메데야의 손을 꼭 붙든 채 그는 조용해졌다. 그렇게 그는 집회가 끝날 때까지 앉아 있었다. 얼굴을 실룩거리고 입술로 뭔가를 중얼거렸다. 집회의 천둥소리가 멎고 사람들이 흩어지기 시작했을 때도 그는 여전히 그녀의 손을 잡고 있었다.

"끔찍한 날이에요, 믿어주세요, 오늘은 끔찍한 날입니다. 날 혼자 두지 마세요." 그가 부탁했다. 애원하는 듯한 그의 밝은 갈색 눈이 아주 여성적이었다.

"좋아요." 예기치 않게 메데야가 쉽게 동의했다. 둘이서 요양원의 빛바랜 대문을 나섰다. 버스정류장을 지나치자 몸을 돌려, 도시로 철로가 닦인 때부터 철도 종사자들이 거주하는 조용한 거리로 접어들었다.

사무일 야코블레비치는 별도의 출입구와 앞뜰이 딸린 방에 세 들어 살고 있었다. 앞뜰에는 늙은 포도나무 두 그루가 있었고, 마치 그곳에서 나무들과 함께 자라난 것처럼 거칠거칠하고 이끼 낀 탁자가 놓여 있었다. 포도나무는 이미 탁자 위쪽으로 뻗친 전선을 휘감았다. 그 아주 작은 뜰 한쪽에는 드문드문 울타리가 쳐져 있었고, 다른 쪽은 이웃집 흙벽이 가로막고 있었다.

메데야는 탁자에 앉아, 사무일 야코블레비치가 현관에 있는 석유난로 주위를 뛰어다니고, 인방引枋 뒤에서 거친 수건으로 싼 염소젖 치즈를 꺼내고, 프라이팬에 식물성 기름을 두르는 것을 지켜보았다. 안절부절못하긴 하지만 모든 것을 빠르게 제대로 하고 있었다. 메데야는 시계를 바라보았다. 남동생들은 오늘 돌아오지 않을 것이다. 둘 다 지금 콕테벨에 있는 활공장滑空場에 있고, 필시 그곳에서 유명한 다차의 안주인인 메데야의 오랜 친구 집에서 밤을 묵을 것이다.

"어디 서둘러 갈 데도 없잖아." 메데야가 놀라며 혼잣말을 했다. "초대받아 온 거야."

사무일 야코블레비치는 끊임없이 재잘거리며 너무도 활기차고 자유롭게 행동했다. 아까 메데야의 손가락을 움켜쥐었던 사람은 그가 아니라 전혀 다른 사람인 것 같았다.

'참 이상하고 변덕스러운 사람이네.' 메데야가 생각하더니 그의 집안일을 돕겠다고 청했다.

하지만 그는 앉아서 작은 포도나무 잎사귀 사이로 보이는 경이로운 하늘을 즐기라고 그녀에게 말했다.

"메데야 게오르기예브나, 그간 내가 많은 일을 했다는 걸 당신에게

만 비밀로 말하지요. 나는 유대인 정착민들을 위한 농업교육까지 마쳤어요. 자, 지금 나는 포도밭을 보고 있습니다." 그가 위풍당당한 몸짓으로 구부러진 관목 두 그루를 가리켰다. "이게 얼마나 멋진 일인가 생각하고 있어요. 치아를 끼우는 것보다 훨씬 낫죠. 그렇지 않아요? 어떻게 생각하세요?"

그러고 나서 그는 탁자로 저녁을 가져왔다. 그들은 석유 냄새가 나는 감자와 염소젖 치즈를 먹었다. 그녀는 내내 일어나 떠나려고 했지만 무슨 까닭인지 꾸물거렸다.

얼마 후 사무일은 온 도시를 가로질러 메데야를 배웅하며 자신에 대해, 자신의 크고 작은 실패에 대해, 불운과 몰락에 대해 이야기했다. 하지만 불평하지 않는 듯 킥킥거렸고 놀라워했다…… 그러고 나서 그는 정중하게 그녀와 작별하고는 그녀를 깊은 생각 속에 남겨두고 떠났다. 그 사람 안에 있는 그토록 감동적인 것이 도대체 뭘까? 아주 진지하게 자신을 대하지 않아온 것 같아……

다음날 아침 그들은 평소처럼 치과 진료실에서 만났다. 마치 치과의사가 바뀐 것 같았다. 그는 말없이 엄정하게 여자 환자들을 대하며 전혀 농을 걸지 않았다. 점심 휴식 시간이 다가올 무렵 메데야는 그가 무언가 하고 싶은 말이 있다는 인상을 받았다. 점심 전의 마지막 여자 방문자가 떠나자, 정말로 그는 자신의 육중한 샌드위치를 새싹 채소를 넣은 메데야의 납작한 빵과 나란히 놓더니 고개를 흔들고 혀를 차고는 물었다.

"메데야 게오르기예브나, 뭐 만약 내가 당신을 '캅카스' 레스토랑에 초대하면 어쩔 겁니까?"

메데야는 미소를 지었다. 그가 '캅카스' 레스토랑에 선택받은 여자 환자를 초대한 적은 한 번도 없었다. 게다가 그녀는 그 문형이 재미있어 보였다. '뭐 만약……'

"생각해보겠죠." 메데야가 메마르게 대답했다.

"특별히 생각할 게 뭐 있어요?" 그가 열을 냈다. "일 끝내고 같이 갑시다……"

그가 바로 그 '캅카스'로 그녀와 함께 가기를 몹시 원한다는 것을 메데야는 이해했다.

"음, 어떤 경우든 난 집부터 먼저 가서 옷을 갈아입어야 해요." 메데야가 미약한 구실을 댔다.

"쓸데없는 신경쓰시네! 거기 오는 여자들은 뭐 모피코트를 입고 온답디까?" 치과의사가 압박했다.

그날 메데야는 하녀나 기숙학교 여학생 옷에 있는 둥근 흰색 옷깃과 덧소매가 달린 회색 능직 원피스를 입고 있었다. 아마 백 벌은 됨직한 똑같은 스타일의 원피스 중 하나였다. 그녀는 김나지움 시절부터 평생 그 옷을 입어서 눈 감고도 만들 수 있었을 것이다…… 이때까지도 입어온 과부의 원피스 중 하나였다……

'캅카스' 레스토랑에서의 저녁은 멋졌다. 사무일 야코블레비치는 약간 으스댔다. 급사가 아는 사람이어서 치과의사를 우쭐하게 했다. 급사는 허리를 구부리고 가는 콧수염은 미소를 지어 들어올린 채, 투명한 작은 접시들에 담긴 애피타이저를 자연스럽지만 대칭적인 십자가 모양으로 탁자에 탁 내려놓았다. 종려나무와 털이 긴 벨벳 천으로 만든 레스토랑의 가구들에 둘러싸인 메데야 게오르기예브나는 어제 그녀가 그의 작은 뜰에 빛바랜 벽을 배경으로 앉아 있던 고대 그리스인 같은 옆모습보다 치과의사의 눈에 더 매력적으로 보였다.

메데야는 라바시 빵*을 한 조각 떼어내서 닭고기 캐서롤**에 담가 먹었다. 너무도 조심스럽게 먹어서 그녀의 입 주위에 전혀 오렌지색 자국이 남지 않았다. 접시는 거의 보지 않고 친절한 표정으로 느긋하고 태평하게 먹는 그녀의 모습을 지켜보며 그는 그녀가 훌륭한 몸가짐을 지녔다고 생각했다. 그리고 자신은 한 번도 식사예절을 배운 적이 없다는 생각이 들었다. 그는 몇 분 동안 식욕을 잃었다. 닭고기 캐서롤이 그에게는 시었다.

사무일은 접시와 함께 금속 소스 그릇을 옆으로 치웠다. 그는 작은 디캔터 병에서 독하고 칙칙한 흐반치카라***를 포도주잔에 가득 따라 한 모금 마시고는 잔을 내려놓고 결연한 어조로 말했다.

"드세요, 메데야 게오르기예브나. 내가 할 말에 관심 두지 마세요."

그녀가 기대하며 그를 바라보았다. 그들이 앉은 구석은 안락했지만 좀 어두웠다.

"나는 어제의 내 행동을 당신께 설명해야 합니다. 집회를 말하는 겁니다. 내가 직업 혁명가라는 점을 염두에 두세요. 오데사에서 나를 모르는 사람이 없었고, 나는 삼 년 동안 정치적 유배를 당했습니다. 지금은 이름을 입에 올리는 것 자체가 부적절한 어떤 사람을 탈옥시켜주기도 했지요. 나는 겁쟁이가 아닙니다, 날 믿으세요."

---

* 중동과 캅카스 지역에서 주로 먹는 판판한 빵.

** 뚜껑이 달린 두꺼운 냄비로 만드는 서양식 요리.

*** 조지아산 포도주의 한 종류.

그는 한껏 흥분해서 닭고기 캐서롤 접시를 자기 앞으로 끌어당기고 커다란 고기 조각을 집어 올리더니, 식도락가처럼 입맛을 다시며 입에 넣고 씹었다. 식욕이 돌아온 듯했다.

"이해하시겠어요? 나는 단지 신경…… 신경과민입니다." 그가 다시 접시를 치웠다. "나는 서른아홉 살입니다. 이미 젊은 나이가 아니지요. 그렇다고 아직 늙지도 않았어요. 친척들과는 연락하지 않아요. 고아라고 해도 되죠." 그가 농담했다.

그는 고개를 기울였다. 뒤로 빗어 넘긴 무성한 머리카락 중 일부가 이마로 흘러내렸다. 머릿결이 고왔다.

'지금 청혼하겠구나.' 메데야는 추측했다.

"나는 결혼한 적이 없습니다. 그리고 우리끼리 하는 말이지만 그럴 생각도 없었어요. 하지만, 아시겠어요? 어제 나한테 심하지 않은 발작이 일어났지요. 우리가 집회에 앉아 있을 때요. 그러니까 바로 그겁니다. 당신이 있어서 아무런 결과도 초래하지 않고 발작이 지나갔어요. 그러고 나서 당신이 내게 왔지요. 우리는 저녁 내내 앉아 있었고, 나는 전혀 아무것도 겪지 않았어요……"

'도대체 얼마나 멍청한 거야, 재밌기까지 하네.' 메데야는 속으로 미소 지었다.

"있잖아요," 치과의사가 계속 해명하기 시작했다. "당신은 정말 전혀 내 취향이 아닙니다……"

그와 같은 솔직함은 교태라곤 전혀 없는 메데야조차 지나치다고 느낄 정도였다. 하지만 이제 그녀는 혼란스러워졌고 그가 어디로 튈지 알 수 없었다. 그 지점에서 치과의사는 마치 발치용 겸자를 비틀듯이 급하게 방향을 틀었다.

"대체로 나는 키는 크지 않고 몸집은 풍만한 여자를 좋아합니다. 아시겠어요? 견실한 다리와 러시아인의 영혼을 지닌 여자요. 아니요, 내가 아주 그렇게 단순하다고 생각하지는 마세요. 당신은 뭐랄까 약간 여왕 같다는 걸 나는 이해해요. 하지만 젊었을 때부터 나는 여왕들 쪽을 바라보는 버릇은 없었어요. 세탁부들, 여공들, 죄송합니다, 병원 잡역부들……"

'재밌는 사람이야…… 하지만 다리지 않은 빨래가 집에 산더미인데……'

사무일 야코블레비치는 식은 고기 조각을 포크로 찍어서 서둘러 씹어 삼켰다. 메데야는 그가 몹시 초조해하고 있다는 것을 알았다.

"당신이 내 손을 잡았을 때 말이에요, 메데야 게오르기예브나…… 아니지요, 미안합니다, 내가 당신 손을 잡았던 거지요. 당신과 함께 있을 때는 무섭지 않다고 느꼈어요. 저녁 내내 나는 당신에 대한 아무 감정도 느끼지 않았고, 당신과 나란히 있으니 두려움이 없다는 생각뿐이었습니다. 나는 당신을 배웅하고 집으로 돌아와 누워서는 곧바로 당신과 결혼해야 한다고 결론을 내렸습니다."

메데야는 완전한 무관심 속에 머물러왔다. 그녀는 스물아홉 노처녀였다. 많은 세월 그녀는 드물게 있었던 남자들의 이런저런 청혼을 멸시하며 거부해왔다.

"마침 나는 꿈에 어머니를 보았습니다!" 그가 흥분한 목소리로 외쳤다. "내 어머니가 얼마나 끔찍한 성격이었는지 당신이 아신다면. 하지만 그게 중요한 건 아니지요. 한 번도 어머니 꿈을 꾸지 않았었어요.

그런데 지금 꾼 겁니다. 아주 가까이 다가왔어요. 심지어 머리카락냄새까지 났습니다. 아시겠어요? 노파의 희끗한 머리카락냄새 말이에요. 그러고는 엄격하게 나한테 말하는 겁니다. '그래, 사모냐, 그래.' 그게 답니다. '그래'가 무슨 의미인지 나 스스로 생각해야만 해요."

메데야는 꼿꼿하게 앉아 있었다. 그녀는 늘 아주 꼿꼿했다. 왼쪽 옷깃이 약간 접혔지만, 그녀는 알아차리지 못했다. 그녀는 이 괴짜에게 모욕을 주지 않으려면 어떻게 거절해야 하나 생각하고 있었다. 그는 거절을 예상하지도 않은 것 같았다.

"그래요, 메데야 게오르기예브나, 미래의 남편으로서 당신에게 말해야만 하는 게 하나 더 있어요. 문제는 내가 정신병원 환자로 등록되어 있다는 점입니다. 그러니까 말이지요, 나는 아주 건강합니다. 이건 오래된 이야기지만 어쨌든 나는 당신에게 이야기해주어야만 합니다…… 1920년에 나는 특수부대에 배속되어 곡물을 징발하러 갔습니다. 일급의 중요성을 가진 일이었다는 것을 나는 늘 이해하고 있었어요. 물론 탐보프현에 있는 마을 바실리셰보에서 곡물을 찾았습니다. 나는 농가마다 곡물을 숨겨두었다고 확신했지만, 우리가 곡물을 찾은 집은 아주 부유하지는 않아 보이는 두 농가였어요. 곡물을 은닉한 자들을 본보기로 총살하라는 지령이 미리 내려져 있었습니다. 적군 병사들이 농부 셋을 붙잡아 마을 밖으로 데려갔어요. 그들을 끌고 가는데 그들 뒤에 사람들이 길게 뒤따랐습니다. 그들은 분가하지 않은 형제 둘에 나이가 지긋한 농부 하나였어요. 그들의 부인인 농군 아낙들이 달려왔습니다, 아이들도요. 나이든 농부의 어머니인 중풍에 걸린 노파가 뒤따라 기어왔습니다. 그들 집에서는 곡식을 4푸드 몰수했는데, 형제들한테서 몰수한 곡식은 고작 1푸드 반이었어요. 그런데 나는, 메데야 게오르기예브나, 식량 징발대 대장입니다. 셋을 세우고 적군 병사들은 총을 들고 맞은편에 섰지요. 그 순간 농군 아낙들이 아이들과 함께 너무도 크게 울부짖어서 뭔가가 내 머릿속을 때렸어요. 나는 쓰러졌습니다. 간질 비슷한 발작이 나한테 생겼습니다. 물론 나는 이미 아무것도 기억하지 못했어요. 나는 짐마차에 실린 곡물 위에 곧장 뉘어져 도시로 실려갔습니다. 사람들 말로는 내가 온통 시커멨답니다. 팔다리도 나무토막같이 구부러지지 않았대요. 나는 석 달을 병원에 누워 있다가 요양원으로 보내졌습니다. 그후에 위원회가 열려서 내가 신경쇠약이라는 사실을 확정했어요. 위원회 후에 그들은 나를 당정 실무 분야로 보내고 싶어했습니다. 하지만 나는 생각해보고 나서 치과의사직을 청했습니다. 그들은 내 신경쇠약을 고려해서 허락해주었어요. 아마 당신은 내가 좋은 치과의사라는 걸 알아차렸을 겁니다. 치료할 줄도 알고 의치도 끼울 줄 알지요. 나는 당파적 시각을 바꾸지 않았습니다. 단지 내 유기체가 약할 뿐이지요. 당파적 입장을 밝혀야 할 때 나는 온 마음을 다하고 싶지만, 내 육신에서 힘이 빠지고, 쓰러져 발작을 일으키고 신경과민을 일으키지 않을까 하는 공포에 빠져들어요…… 어제 집회에서처럼요. 하지만 이걸 나는 내 커다란 비밀로서 당신에게 이야기합니다. 진료카드에도 기록되어 있긴 하지만요. 사실 나한테는 지울 기회가 있었어요. 아니, 나는 생각했습니다, 그러지 않을 거야. 만약에, 그들이 나를 다시 당 방침에 따른 작전활동에 끌어들이면? 나는 그렇게 할 수 없어. 죽인다 해도 못해. 하지만 나한테 다른 결점은 없습니다, 메데야 게오르기예브나."

'주여, 주여, 필리프 오빠는 적군들에게 총살당했고, 니키포르 오빠는 백군들이 목매달아 죽였어. 하지만 그들 둘 다 그전에 살인자가 됐었지. 그런데 이 사람은 그럴 수 없었네. 약하다고 슬퍼하네…… 진실로 성령은 마음대로 임하시는구나……*'

사무일이 그녀를 집까지 바래다주었다. 길이 발밑에서 약하게 빛나고 있었다. 당시 그쪽 변두리 지역은 쓰레기가 널린 공터로 황량한 곳이었다. 메데야의 집까지 가려면 4킬로미터 남짓 걸어야 했다. 끊임없이 말하던 사무일이 도중에 갑자기 입을 다물었다. 사실 그는 자신에 대해 전부 다 이야기했다. 그들의 결혼시절에 그는 그날 저녁 이야기한 것에 부차적인 디테일을 덧붙였을 뿐이다.

메데야도 침묵했다. 그가 가늘고 힘센 손으로 그녀의 손을 잡고 이끌었지만, 그때 그녀는 자기가 그를 이끌고 간다는 느낌이 들었다.

그들이 하를람피의 옛 농장으로 다가갔을 때, 달이 하늘로 굴러 나왔다. 정원의 나무들이 은빛으로 빛나기 시작했다. 대문은 오래전에 꼭 닫혀 있었다. 집 주민들은 옆쪽과 뒤쪽의 두 쪽문을 이용하고 있었다. 그들은 옆문 곁에서 멈췄다. 그가 헛기침을 하고는 사무적으로 물었다.

"자, 그럼 우리 언제 등록하러 갈까요?"

"아니요, 안 갑니다." 그녀가 고개를 저었다. "생각 좀 해야겠어요."

"생각할 게 뭐 있어요?" 그는 놀랐다. "오늘은 우리에게 집단화가 생기고, 내일은 또 뭔가가 있겠지요. 삶은 물론 내내 더 좋아질 겁니

* 요한복음 3장 8절의 내용.

다. 하지만 우리 둘이라면 이 좋은 삶을 더 쉽게 견뎌내리라 생각합니다. 내 말 이해하세요?"

집이 고요했다. 그녀는 회색 원피스를 벗고 집에서 입는 비슷한 다른 원피스를 입고는, 앉아서 옐레나에게 편지를 썼다. 길고 우울한 편지였다. 그녀는 우스꽝스러운 치과의사에 대해, 그의 터무니없는 청혼에 대해 단 한 마디도 쓰지 않고, 다 자라서 그녀 곁을 떠나려 하는 아이들에 대해서만 옐레나에게 이야기했다. 지금은 밤이라고, 혼자 집에 있다고, 젊음이 지나갔고 피곤함을 느낀다고.

아침 무렵 바람이 일었다. 메데야는 머리가 몹시 아파왔다. 그녀는 낡은 스카프로 머리를 싸매고 차가운 침상에 누웠다. 다음날 열이 오르고 뼈마디가 아팠다. 당시 인플루엔자라 불렸던 병은 힘들고 길었다. 사무일 야코블레비치가 대단한 정성으로 그녀를 돌보았다. 병이 끝날 무렵 그는 그녀에게 미친듯이 사랑에 빠졌고, 그녀는 한없이 과분한 행복을 느꼈다. 메데야에게는 누군가가 침상으로 차를 가져오고, 그녀를 위해 수프를 끓이고, 옆으로 차낸 이불을 잘 덮어준 기억이 없었다. 그녀가 병에서 회복된 후 그들은 결혼했다. 그들의 결혼생활은 첫날부터 마지막 날까지 행복했다.

메데야는 그의 주된 약점을 알고 있었다. 포도주를 몇 잔 마시고 나면 그는 자신의 혁명적 과거를 미친듯이 자랑해대고 의기양양한 태도로 여자들에게 시선을 던지기 시작했다. 그러면 그녀가 탁자에서 조용히 일어나 말했다. "사모냐, 집으로!" 그리고 그는 죄지은 듯 허겁지겁 그녀를 뒤따랐다. 그러나 그녀는 그의 이 사소한 흠을 용서했다……

……벽 뒤에서 아이가 울기 시작했다. 알리크인지 리조치카인지 메

데야는 분간할 수 없었다. 새날이 시작되고 있었고, 메데야는 간밤에 그녀가 잤는지 안 잤는지 결코 이해하지 못했다. 그와 같은 불명확한 밤이 최근에 점점 더 자주 닥쳐왔다.

아이는, 이제 분명해졌다, 리조치카였다. 어서 바다에 가자고 조르고 있었다.

니카가 화를 냈다.

"왜 이렇게 고함을 지르는지 모르겠네! 일어나, 씻어, 아침 먹어. 그런 다음에 어디 갈 건지 결정할 거니까……"

5

바다로 가는 길은 두 갈래였다. 길 하나는 전쟁 전에 닦은 대로大路였다. 커다란 반원을 그리며 뻗은 이 길은 좁은 계곡 옆을 지나갔다. 계곡에서부터 아래로 가파른 길이 내달리고 있었다. 본디의 길은 산속으로 올라가서 횡목에 막혀 자취를 감추었다. 횡목 뒤에는 군용 시설들이 지하의 삶을 살고 있었다. 이 길의 한 갈래가 페오도시야로 나 있었고, 그곳에서 지나가는 차를 잡아탈 수 있었다.

두번째 길인 옛길은 많이 짧지만 더 험하고 힘들었다. 길들은 두 번, 계곡에서 그리고 윗마을과 아랫마을 사이의 둥근 빈터에서 만났다. 이곳에서부터 눈이 견딜 수 없을 정도로 멋진 광경이 펼쳐졌다. 한때 작은 타타르인 마을이 자리잡았던 언덕은 그다지 높지 않았다. 마치 어떤 중국 퍼즐을 맞추는 것같이, 이곳에서 풍경은 시각적 법칙들을 반드시 따르지는 않았다. 풍경은 평면이 입체로 바뀌기 직전의 마지막 국면에 아슬아슬 걸쳐 있었다. 경이로운 모습으로 곧게 뻗어나가는 시야와 반대로 뒤집히는 시야의 결합으로 도드라진 풍경이 드넓게 펼쳐져 있었다. 물 흐르듯 유연한 선회운동으로 모든 것이 풍경 속에 들어와 있었다. 테라스를 이룬 언덕들. 한때는 포도밭이 빼곡했지만, 지금은 맨 꼭대기에만 남아 있을 뿐이다. 그 너머 탁상지들은 방목하는 양떼가 만들어내는 작은 이끼들에 덮여 빛바랜 모습이다. 더 높게 그리고 더 멀리로는 태곳적부터 존재해온 산맥이 자리하고 있다. 산맥 발치의 울창한 숲, 맨송맨송한 늙은 비탈과 기이한 모습의 벌거벗은 바위들과 기발한 자연의 창조물들, 맨 꼭대기에 놓인 죽은 돌들의 처소들. 산들의 돌 껍질이 지평선의 반에 걸친 바다의 짙푸른 잔 속에 떠다니는 것인지, 아니면 한눈에 담을 수 없는 산들의 거대한 고리가 흑해의 가늘고 긴 물방울을 자신 속에 간직하고 있는 것인지 가늠하기가 불가능했다.

메데야와 사무일은 1931년 가을 이곳에 왔다. 케이퍼와 회색 쑥으로 뒤덮인 여기 빈터에 앉아 그들 두 사람은 지구의 중심에 있다고 느꼈다. 물 흐르듯 하는 산들의 움직임, 바다의 율동적인 숨결, 반투명한 구름들의 빠른 흐름, 보다 두꺼운 구름들의 느린 흐름, 그리고 산에서 오는 따스한 공기가 넓게 고루 퍼져나가며 만들어내는 명료한 흐름. 모든 것이 절대적인 평안을 낳고 있었다.

"대지의 배꼽."* 그때 놀라움을 금치 못한 사무일은 그렇게 말할 뿐

* '세상의 중심'에 관한 종교적·신화적 관점. 그리스어로는 '옴팔로스'라고 한다.

이었다.

하지만 메데야는 이 지역에서 몇몇 그런 '배꼽'을 알고 있었다.

그날 그들은 이곳으로 이주하기로 결정했다. 페오도시야에 있는 메데야의 거처인, 하를람피의 집에서 그녀의 몫으로 남겨진 방 두 개와 마을 가장 끝자락에 멀리 떨어져 있는 타타르인의 옛 농장을 맞바꾸기로 했다……

보통 바로 이곳에서 바다로 가는 가족 원정대가 출발했다. 아이들을 거느린 마을 친구들과 현지의 아이들이 흔히 여정을 함께하곤 했다. 만을 향해 가는 행군은 미리 채비했다. 먹을 것, 텐트 칠 막대기, 한마디로 모든 여행 장비를 갖추었다. 해변에서 하루만 보내는 경우는 드물었고, 이삼일 보내는 경우가 잦았다. 어둠이 깔리기 전에 험한 벼랑길을 지나기 위해서 석양이 지기 전에 해변을 떠났다. 이미 잠든 어린 애들은 목말을 태우고 늦게 집에 도착하곤 했다. 간혹 계곡에서 지나가는 차를 잡아타기도 했지만, 그건 운이 아주 좋은 경우였다.

대다수 지역 주민들도 그랬듯이, 메데야는 바다에 잘 가지 않았다. 하지만 전후에 우크라이나와 북캅카스, 심지어 시베리아에서 이주해 온 지금의 새 주민들과 메데야는 달랐다. 그들은 수영할 줄도 몰랐던 반면, 바닷가에서 태어난 메데야는 농촌의 주민이 자기 숲을 알듯이 이곳의 바다를 알았다. 물의 모든 습성, 물의 가변성과 불변성, 아침부터 저녁까지, 가을부터 봄까지 변하는 물 빛깔, 온갖 바람과 물때를 알았다. 만약 메데야가 바다를 만나러 가기로 했다면, 그녀는 혼자 가는 것을 더 좋아했다. 이번에는 게오르기가 다 같이 가도록 그녀를 설득했다.

며칠 동안 휴일이어서 병원이 문을 닫았다. 그래서 핑계를 대기가 불가능했다. 해가 뜨기 전에 메데야는 언젠가 빛이 바랜 검은 스카프를 머리에 매고, 여행 물품과 수영복이 든 낡은 타타르식 배낭을 어깨에 둘러멨다.

문을 잠갔다. 오래전부터 약속된 장소에 열쇠를 두었다. 늘 예기치 않은 손님들이 기다리고 있었다. 노라는 타네치카를 데리고 이미 '배꼽'에 앉아 있었다. 둘은 발끝부터 머리까지 새하얀 차림이었는데, 노라의 안경 밑에서 포플러 나뭇잎이 삐죽 나와 있었다. 딱 그녀의 코만 한 작고 가는 잎이었다. 게오르기가 그들의 신발을 살폈다.

"자, 출발!"

대열이 움직였다. 아르툠이 앞장서 걸었고, 그의 뒤를 빛나는 표정의 알리크가 리자와 함께 따랐다. 이어 다채로운 여자들의 무리가 따르고, 대열의 맨 끝에는 게오르기가 메데야와 함께 섰다.

이 구간에서 길은 산 아래로 물 흐르듯 이어지다가 첫 가파른 비탈을 지나 여우 협곡으로 내려섰다. 언젠가 이곳에는 작은 강이 내달렸다. 이곳의 대다수 강이 그랬듯이, 강은 오래전 떠나버려 이름조차 잊혔다. 일 년 중 눈이 녹을 때 단 며칠, 강은 눈 녹은 탁한 물이 흐르는 작은 개울로 되살아나곤 했다. 채 가시지 않은 어둠 속을 깊지 않은 협곡의 돌바닥을 따라 걸었다. 아래쪽은 점토로 위쪽은 돌로 이루어진 협곡의 벽들 속에 수많은 여우굴이 있었다. 완전한 고대의 도시였다. 굴들은 비었다가, 창백한 가죽과 음울한 낯짝을 지녀 퍽 볼품없는 작은 타타르 여우 새끼들이 다시 깃들이곤 했다. 게오르기는 내내 꼭대기 쪽을 쳐다보았다. 그가 사냥꾼의 시선으로 이곳에서 어떤 동물을 찾아내지 못한 경우는 아직 없었다.

여우 협곡을 따라 옛 폭포 쪽으로 나오자 방향을 틀어 길로 접어들었다. 길은 종국에 대로를 가로질러 좁은 계곡으로 그들을 이끌었다. 더 길고 쉬운 부분이 이곳에서 끝났다. 해안 암벽에 난 벼랑길을 따라 내려가는 위험한 여정을 앞두고, 작은 노간주나무가 뒤덮고 있는 조그맣고 평평한 풀밭에서 멈추었다. 사위가 암벽으로 둘러싸여 있고, 또 한쪽은 꽤 가파른 산비탈이 가로막고 있는 이 닫힌 공간에는 늘 독특하고 강한 냄새가 맴돌았다. 바다풀과 바다 소금과 물고기 냄새가 노간주나무 향과 섞여 있었다.

녹초가 되어 퍼져버리지 않도록 휴식은 항상 짧았다. 단지 마지막 돌진을 앞두고 힘을 모으기 위해 잠시 쉬었다. 게오르기는 아무런 교육적 과제도 염두에 두지 않았지만, 해마다 친척 아이들 모두에게 그 무엇과도 비교될 수 없는 삶의 가르침을 주고 있었다. 소년 소녀들은 물과 불과 나무를 이교적으로 정확하고 섬세하게 대하는 법을 그를 본받아 익혔다. 바로 지금도 그의 가장 뛰어난 제자가 아닌 아르툠은 배낭을 멘 채로 앉았고, 카탸는 집에서 가져온 끓인 물을 어린아이들에게 작은 컵으로 한 잔씩 주어 목을 축이게 했다.

메데야는 메마른 다리를 뻗고 앉아 있었다. 그녀가 노간주나무 관목 뿌리 사이의 땅을 파더니 니카를 불렀다. 작은 장밋빛 산호가 박힌 까매진 반지가 그녀의 손바닥에 놓여 있었다.

"찾은 거예요?" 니카가 탄성을 질렀다.

모두가 메데야의 비상한 재능에 대해 알고 있었다. 메데야는 고개를 저었다.

"어떻게 말해야 할까……? 잃어버린 거라 해야 맞겠지. 네 엄마가 이 반지를 잃어버렸다. 네 엄마는 바닷물에 쓸려갔다고 생각했지. 여기 있었구나……"

니카의 손에 평범한 작은 반지를 쥐여주고 메데야는 생각했다. '정말 아픈가? 아직도 여전히 아픈가보네……'

"언제요?" 니카가 짧게 물었다. 그녀는 오래전 일어난 자매의 다툼이라는 금지된 주제의 언저리를 건드리고 있음을 감지했다.

"46년 여름." 메데야가 재빨리 대답했다.

니카는 손바닥에 반지를 올려놓았다. 아직 빛이 죽지 않은 산호가 장밋빛으로 빛나고 있었다. 무슨 생명체가 놓여 있기라도 한 것처럼, 모두가 에워싸고 손바닥을 들여다보았다. 게오르기는 여자들의 머리 위로 넘겨다보았다.

"타타르식이네. 어머니한테도 거의 똑같은 게 있어."

카탸가 탐욕에 찬 시선을 겨누었다.

"엄마, 줘봐. 끼어보게."

마샤도 더 가까이 보려고 손을 뻗었다. 소소하지만, 그래도 기적은 기적이었다! 갑자기 어린 타냐가 소리쳤다.

"보세요! 봐요, 누가 와요!"

가파른 산비탈을 따라 한 사람이 그들에게 달려 내려오고 있었다. 그는 듬성듬성 자란 관목들을 뛰어넘고, 쪼그려 방향을 틀고, 한쪽 다리로 또 다른 쪽 다리로 속도를 줄이며 자갈 비탈을 미끄러져 내려오기도 하며, 스키 선수의 속도로 질주하고 있었다. 그의 앞에서 작은 자갈들이 물결을 이루어 내달렸고, 뒤쪽에는 먼지가 꼬리를 세우고 있었다. 야구모자의 챙에 가려 얼굴이 보이지 않았지만, 노라는 하얀 면바지를 통해 이내 그를 알아보았다. 새로 온 그녀의 이웃이었다.

게오르기는 못마땅한 눈길로 바라보았다. 날렵한 젊은이였지만 겉멋만 든 것 같았다. 부토노프가 가벼운 낙석을 앞질러 풀밭 가운데로 날아와서는, 선 자리에서 폴짝 뛰더니 조각상처럼 꼼짝하지 않고 섰다. 이어서 그는 몸을 털고 노라를 향해 말했다.

"당신이 길로 접어드는 걸 마을에서 봤어요, 그래서 뒤쫓아왔지요."

메데야를 비롯한 모두가 그를 흥미롭게 바라보았다. 부토노프에게는 새삼스러운 일이 아니었다. 그는 모자를 벗고 손바닥으로 얼굴의 땀을 훔치고는 물에 젖은 듯 손을 털었다.

"카라타시로는 왼쪽에서 접어들었나?" 게오르기가 사무적인 어투로 물었다.

"어디요?" 부토노프가 되물었다.

"이 산 말이네." 게오르기가 고개를 끄덕여 가리켰다.

"왼쪽에서요." 부토노프가 확인해주었다.

게오르기는 눈에 잘 띄지 않는 그 작은 오솔길을 알고 있었지만, 암벽을 끼고 있는 내리막길이 위험하다고 판단해서 그 길로 아이들을 이끌고 가지는 않았다.

"누구야? 누구냐고?" 마샤가 니카를 성가시게 했다.

니카는 어깨를 으쓱했다.

"휴양객이야. 아다 아줌마네 살아. 어제 노라랑 같이 들렀었어."

"아아, 누가 온 걸 듣긴 했어. 애들을 재우다가 잠들었네."

"봐라, 잠든 사이에 어떤 미남을 놓쳤는지. 멋진 남정네지." 마샤의 귀에 대고 니카가 속삭였다.

"자, 다 일어나, 일어나!" 게오르기가 명령했다.

리자가 엄마의 다리를 껴안고 징징거리기 시작했다.

"엄마, 나 안고 가, 나 지쳤어……"

"걸어가, 혼자 걸어가라고, 다 큰 계집애가." 그녀가 딸을 무심하게 옆으로 밀쳤다.

"마시, 나 조금만 안고 가. 응, 마시." 리자가 마샤에게 달라붙었다.

"뭐하는 사람이야?" 마샤가 물었다.

"운동선수나 마사지사 둘 중 하나겠지." 니카가 헛기침을 했다. "진정하셔, 네가 찾는 영웅 아니니까. 완전 얼간이거든." 그러고는 곧장 좀 떨어진 곳에 서 있던 부토노프에게 소리쳤다. "발레라*, 당신 뭐예요, 마지막 순간에 마음이 변해서 우릴 뒤쫓아오기로 한 모양이죠?"

"그래요, 위에서 보니까 아주 매력적인 일행이데요…… 완전 멍청한 나 혼자 마을에 남았지 뭡니까……"

마샤와 니카가 깔깔거렸다. 생각을 읽네!

"왜요, 집주인 부부도 나갔어요?" 니카가 흥미를 보였다.

"이틀 밤낮을 마셔대네요. 주인 양반들한테 손님들이 왔어요. 그건 내가 썩 좋아하는 게 아닙니다." 예기치 않은 딱딱한 목소리로 부토노프가 대답했다. 여자들의 웃음 속에서 자신에게 모욕적인 무언가를 느낀 모양이었다.

게오르기가 부토노프를 향해 말했다.

---

* 발레라, 발레르, 발레르카는 모두 발레리의 애칭.

"내가 앞장설 테니 자네가 맨 뒤에 서게."

발레리가 고개를 끄덕였다. 게오르기가 길을 따라 아래로 뛰어내렸다. 부토노프는 모두를 앞장세워 보냈다. 마샤가 리자를 어깨에 태우고 그의 앞에서 갔다. 그가 그녀를 따라잡고 팔뚝을 건드렸다.

"당신 딸, 내가 안고 갈게요."

마샤는 고개를 저었다.

"아니요, 애가 싫다고 할 거예요. 원하시면 알리크를 받으세요."

하지만 알리크가 거절했다.

마샤는 방금 이 운동선수인지 뭔지가 건드린 자리에 손을 대보았다…… 피부가 화끈거렸다. 그녀는 기계적으로 다른 팔뚝도 건드렸다. 아니다, 그의 손길이 스친 자리만 타오르고 있었다. 마샤가 걸음을 멈추더니 리자를 어깨에서 내려놓고는 그녀에게 조용히 말했다.

"리지크, 혼자 가. 어쩐지 몸이 안 좋아졌어……"

리자가 지혜로운 눈길로 그녀를 바라보았다.

"가방 내가 멜까?"

"아이고, 내 예쁜 새끼!" 마샤가 응석받이 계집아이가 보여주는 예상치 못한 선함에 기뻐했다. "내가 지치면 너한테 부탁할게, 괜찮지?"

벼랑길이 시작되고 있었다. 한때 백 년 전에는 이곳에 제대로 된 길이 있었다. 만으로 이어진 그 길을 따라 이 지방의 밀수업자들이 값진 물건들을 실어날랐다. 그때는 소가 끄는 짐수레도 이곳을 지나갈 수 있었다. 해가 갈수록 길이 허물어졌다. 한때 버팀목을 세우고 비탈을 단단히 다지며 길을 돌보았던 밀수업자들은 오래전에 늙었거나 용감한 죽음을 맞아 이미 자취를 감추었다. 그들의 후손들은 쫓겨났거나,

처음에는 위원회에서, 그다음에는 지구 평의회에서 관료들이 되었다. 즉 다른 형태의 강도질을 벌이기 시작했다. 메데야 한 사람만이 이 지방에서 과거에 벌어지던 낭만적인 범죄를 기억하고 있었다. 오래전에, 그나마 운이 좋아서 내륙 크림지방으로 이주해 이제는 노인이 된 몇몇 크림 사람들이 그걸 기억하고 있을지도 몰랐다.

"백 년쯤 후엔 완전히 무너져내리겠네요." 게오르기가 말했다.

메데야가 퍽 무심하게 고개를 끄덕였다. 카탸와 아르톰은 이 말을 듣지 못한 모양이었다. 노인들과 아이들에게 백 년은 진지하게 말하기에는 서로 다른 이유로 인해 너무 긴 시간이다.

노라가 오른쪽 벼랑을 외면한 채 겁에 질려 축축해진 손으로 게오르기의 어깨에 올라타고 가기를 거부한 타네치카를 끌고 가고 있었다. 뭐하러 이렇게 힘든 행군에 아이를 끌고 왔을까? 노라는 자신을 욕했다. 멍청한 짓이다, 멍청한 짓. 그렇지만 중간에 혼자 돌아갈 수는 없는 노릇이다…… 타네치카는 놀랍게도 불평하지는 않았지만, 무언가 자기 환상을 좇으며 이따금 물었다.

"엄마, 성이 있을까?"

계속해서 아이는 성이 없을 거라고, 바다만 있고 성은 없을 거라고는 믿고 싶지 않았다.

하지만 벼랑길의 마지막 지점에 다다르자 어쨌든 성이 모습을 드러냈다. 비바람에 씻긴 석회암 단층에 다양한 높이의 고딕 첨탑들이 솟구쳐 있었다. 화강암과 응회암, 그리고 3차 퇴적물들이 카라다크* 산

* 크림의 페오도시야 지역 흑해 연안 콕테벨과 오투스카 계곡 사이에 솟은 화산 암석.

줄기의 지질층을 이루고 있었다. 게오르기의 말처럼 지구의 다른 어디에도 없는 아주 독특한 지질층들의 결합이었다. 수십 미터 길이의 고드름들이 위로 자라난 것 같았는데, 곧게 선 곳들도 있고, 끊이지 않고 불어대는 바람의 우세가 드러난 곳들은 거대한 지하 동물의 더듬이가 표층을 뚫고 튀어나온 것처럼 우애롭게 한쪽으로 몸을 숙이고 있었다.

"엄마, 봐, 여기 성이 있잖아!" 타냐가 소리치자 모두 웃음을 터뜨렸다.

그 광경은 인간의 눈에는 무척 이상해 보여서 오래 눈길을 줄 수 없었다. 너무도 이 세상 것이 아닌 듯한 광경이어서 회피하고 싶어졌다.

메데야는 이곳에 올 때면 매번 김나지움 시절부터 아는 사이였던 고인이 된 화가 보가옙스키*를 떠올렸다. 페오도시아의 수많은 화가 중 한 사람으로, 아마 아이바좁스키** 이후로 가장 유명했을 것이다. 그의 이상한 그림들은 이 기이한 암벽에서, 초목이 자란 카라다크의 검은 벼랑들과 장밋빛 단층들에서 비롯된 것이었다. 메데야는 그 그림들이 사실성 없는 허위여서 마음에 들지 않았지만, 이곳에 올 때면 속으로 말하곤 했다. 이건 다 불가능해. 사실적이지 않아. 하지만 세상 속에서 살아 있어. 형태를 바꾸며 굵고 밝은 모래들을 떨구고 있어. 저 아래에는 벌써 인근에는 없는 작은 모래사장이 생겼네……

30미터쯤 더 간 지점에서 길은 조심스레 암벽과 떨어져 몇 갈래로 구불구불 바다로 달려가고 있었다. 거기서 목말을 태웠던 어린아이들을 내려놓고, 좀더 큰 애들은 손을 놓아주고, 바위 구멍과 틈을 건너고

---

* 페오도시아 출신의 러시아와 소련의 풍경화가.

** 페오도시아 출신의 러시아 해양 화가.

울퉁불퉁한 돌덩이들 옆을 지나 아래로 내려가서, 노고에 대한 포상을 받았다. 그 닿기 어려운 곳에서 바다는 너무도 깨끗했고, 매번 다시 쟁취한 것처럼 값졌다.

연이은 바위들의 가는 둑이 작은 만을 둘로 나누었다. 만은 상당히 깊숙이 해변을 밀고 들어왔고, 몇몇 커다란 암벽이 만 바로 맞은 편 바다로 튀어나와 있었다. 만도 바다의 돌들도 무수한 이름을 겪었지만, 최근 수십 년간 점점 더 자주 메데야의 만, 메데야의 돌로 불렸다. 메데야의 젊은 친척들이 처음 이 별명을 붙였고, 전후의 이주민들이 이 새 이름을 넘겨받았다. 다른 모르는 사람들도 뒤따라 이 이름을 넘겨받았는데, 그들이 메데야의 존재에 대해 들어보았다 해도 그 메데야는 신화상의 다른 존재였다.

물속으로 들어가기가 불편했다. 울퉁불퉁한 바위들이 굵은 자갈에 덮여 있었다. 언젠가 이곳에 어린 트롤*들의 놀이터가 있었다는 듯이, 바위들은 무질서하게 던져져 있었다. 마노, 홍옥수, 크림의 가지각색 벽옥 등과 같은, 콕테벨의 만에서 만날 수 있는 예쁜 조약돌들은 이곳에서 탄생하지 않았다. 그 대신 밝은색에 어두운 가는 띠가 8자 모양으로 들어간 동글납작한 돌들이 무수했다. 지난 폭풍들의 흔적인, 온갖 바다 쓰레기도 넘쳐났다. 물가 가장자리를 따라서는 노란빛이 없는 하얀 모래가 빛나고 있었다.

모두 바다로 내려가 물건들을 내던지고는 동시에 입을 다물었다. 발치에서 부드럽게 찰랑거리는 상대적인 영원성을 마주하고 존경을 표

* 스칸디나비아신화에 등장하는 초자연적 존재로 바위와 연관된 산의 정령.

하는, 늘 있는 침묵의 순간이었다.

카탸가 맨 먼저 슬리퍼를 벗고 고상 떠는 발레의 걸음걸이로 물을 향해 나아갔다. 그녀가 돌아서서 등을 보이고 가고 있는 지금, 아르톰은 마침내 조소를 머금은 적대적인 시선과 마주칠까봐 겁내지 않고 그녀를 바라볼 수 있었다. 그러나 카탸의 등조차 그녀가 누구도 필요로 하지 않으며, 그녀에게는 누구의 우정도 필요 없음을 보여주고 있었다.

카탸의 딱딱한 등을 보며, 메리 포핀스*의 머리카락처럼 정수리로 들어올려 쪽찐 머리카락이 윤이 나는 작은 머리를 보며, 아르톰은 고통받고 있었다. 그녀는 몸을 구부리고 자갈 위를 팔자걸음으로 걸었다. 안쪽에서 불룩 도드라진 탄탄한 종아리가 걸을 때마다 약간 떨렸다. 물을 따라 걸으며 카탸 또한 고통받고 있었고, 즐기고 있기도 했다. 그녀는 잘 걷고 있다고 느꼈지만, 그녀 쪽을 바라보는 사람은 풋내기 아르톰뿐이었다. 게오르기 삼촌은 보았다 해도 못마땅한 눈빛이었고, 새로운 이웃은 전혀 그녀에게 눈길을 주지 않았다…… 카탸는 발레를 재현하며 걷고 있었지만, 가장 끔찍한 일이 이미 일어나고 말았다. 그녀는 도약이 되지 않아 발레학교에서 제명당했다. 턴아웃**은 됐고, 유연성도 있었다. 그런데 빌어먹을 도약이 되지 않았다. 즉 걸음걸이는 나는 듯 가벼웠지만, 무대 위에서 날지 못했다. 선생들은 그녀가 결코 날지 못하리란 걸 알았다…… 멀리서 밀려온 장밋빛 바다풀들이 해변에 닿은 물속에서 살랑거리고 있었다. 카탸는 물로 들어가서

* 영국 작가 P. L. 트레비스가 쓴 동화의 주인공. 마법을 사용하는 보모로, 동명의 영화로도 유명하다.

** 뒤꿈치를 붙이고 발끝이 몸 바깥쪽을 향하게 선 자세.

발레의 걸음걸이로 바다풀을 쳤다. 차가웠지만 벨벳같이 촉감이 좋았다……

"아주 차가워?" 니카가 딸에게 외쳤다.

"11도." 미소 없이 카탸가 대답했다.

"끔찍하네!" 니카가 소리쳤다.

"13도면 충분히 수영할 수 있어." 마샤가 말하고 물 쪽으로 갔다.

어린아이들이 그녀를 뒤따랐다. 모두 셋이었다. 알리크가 리자의 손을 잡아끌었고, 다른 손으로는 타냐를 붙잡으려 애쓰고 있었다.

"바람둥이가 되겠네." 니카가 콧방귀를 뀌었다.

"무슨 소리야! 그냥 아주 친절한 거지." 게오르기가 반박했다.

니카가 뭔가 대답하려는 차에 예기치 않게 메데야의 목소리가 울렸다.

"나는 지금 세대 이 아이들이 좋아. 저 둘도, 레바지크 토모치킨도, 브리기타도, 바센카도."

"다 똑같지 않아요?" 니카가 놀랐다. "과연 이 꼬마들이 카탸랑 아르튜샤, 아니면 우리 어릴 때랑 다른 게 뭐예요?"

"한때는 세대를 삼십 년씩 나눴는데, 내 생각에, 이제는 십 년마다 변하는 것 같아. 카탸, 아르툠, 쌍둥이 슈신, 그리고 소피코는 목적의식이 뚜렷한 아이들이야. 실제적인 사람들이 될 거야. 하지만 이 시시한 애들은 약해빠졌고 늘 애정 타령이지. 온통 관계에, 정분에……"

메데야가 말을 채 끝맺을 새도 없이 물가에서 리자가 필사적으로 울부짖는 소리가 들려왔다.

"놔줘, 개 손 놔줘! 개 놔주라고!"

리자가 타냐의 손아귀에서 알리크를 빼내고 있었고, 타냐는 고개를 숙이고 알리크의 손을 자기 쪽으로 당기고 있었다.

모두 웃음을 터뜨렸다.

"아이고, 여자들이란……"

노라가 타냐에게 달려가서 손을 낚아채고 뭔가 속삭이기 시작했다…… 이 사람들을 알게 된 지 겨우 며칠이 지났을 뿐이었다. 그녀는 이 사람들이 다 마음에 들었다. 매력적이지만 이해가 되지 않는 사람들이었다. 그녀가 딸을 대하는 방식과는 왠지 다르게 아이들을 대하고 있었다.

'저 사람들은 애들한테 너무 엄격해.' 아침에 노라는 생각했다.

'저 사람들은 애들한테 너무 관대해.' 그녀가 낮에 내린 결론이었다.

'저 사람들은 끔찍이도 애들을 제멋대로 하게 내버려두고 있어.' 저녁에는 또 그렇게 보였다.

감탄도 하고 부러워도 하고 비난도 했다. 그들이 삶의 전부가 아닌 일부만 아이들에게 쏟고 있다는 것이 관건임을 그녀는 아직 짐작하지 못했다.

"땔감을 모아 와라, 아르툠." 게오르기가 아들에게 조용히 지시했다.

소년의 얼굴이 빨개졌다. 그가 카탸에게서 눈을 떼지 못하고 있음을 아버지가 알아차렸던 것이다. 아르툠이 몸을 굽히고 폭풍에 쓸려 온 부서진 판자 조각을 집어 올렸다.

"조금 위에 가서 주워라. 거기 가면 마른 잔가지들이 많아." 게오르기가 충고했다. 아르툠은 가슴을 쓸어내리며 위로 기어올라갔다.

게오르기는 물통 두 개를 들었다.

"내가 물 뜨러 같이 가지요." 부토노프가 제안했다.

게오르기는 어릴 적 메데야가 가르쳐준 그 오래된 장소로 혼자 가는 게 더 좋았겠지만, 예의상 거절하지 않았다.

따뜻한 날이었다. 덥기까지 했다. 메데야는 이 비밀의 장소에서 자연이 어떤 격렬한 삶을 살아왔음을 오래전부터 알고 있었다. 겨울에 이곳은 더 추웠고, 따뜻한 때에는 더 더웠다. 비바람이 들이치지 않을 것 같은 이 막힌 장소에서 바람은 미친듯이 거세게 소용돌이쳤고, 바다는 벌써 백 년이나 해안에서 마주칠 수 없었던 물고기, 심해에 서식하는 연체동물과 새조개와 백합, 그리고 아이 손바닥만한 작은 불가사리 등 전례 없는 진귀한 것들을 해변으로 내던지곤 했다.

메데야가 수영복을 입었다. 1924년 파리에서 유행한, 당시로는 새로운 대담한 스타일의 수영복으로 그 시절 유명했던 한 여성 작가가 메데야에게 가져온 것이다. 이미 완전히 색이 바랜데다, 소매가 짧고 아래쪽도 미니스커트 같았다. 니카가 그걸 다 짙은 남색과 검붉은색 메리야스 헝겊을 써서 솜씨 좋게 복원했다. 메데야의 생일과 아이 시절의 끝을 기념하여 항상 집에서 축하하던 8월의 축일에 그 수영복을 입게 해달라는 요청이 끊이지 않았다. 다른 사람이 입으면 죄다 광대 옷 같은데, 메데야가 입으면 우스꽝스럽지 않았다.

"수영하려고요?" 니카가 놀랐다.

"어디 보자." 메데야가 불확실하게 대답했다.

노라가 비통한 심정으로 일찍 늙어버린 자기 어머니를 떠올렸다. 정맥이 시퍼렇게 드러난 하얀 다리가 부어 있었다. 그녀는 히스테리를 부리며 부산스레 사악한 나이와 싸웠다. 어머니가 끊이지 않고 투덜대며 하던 요구, 최후통첩, 끈질긴 충고와 권고가 노라의 뇌리를 스쳤다.

'주여, 이 얼마나 정상적인 인간관계란 말인가. 서로 아무것도 요구하지 않아. 아이들조차.' 그녀가 탄식했다.

바로 그 순간 울고불고 난리인 리자가 엄마한테 매달려, 방금 발견한 실고기를 타냐가 즉각 돌려주게 해달라고 졸랐다. 자신이 먼저 봤는데 타냐가 가로챘다는 것이다……

니카는 튀르키예식으로 앉아 있었다. 그녀는 눈썹도 꿈쩍하지 않고 손으로 등뒤를 더듬었을 뿐이다. 보지 않고 등뒤에서 평평한 돌을 끄집어냈고, 그 즉시 충적토에서 무언가 작고 불그스름한 것을 뽑아내서 탁탁거리며 회색 돌에 빨간 그림을 그리기 시작했다.

그녀는 딸을 달래지 않았고, 분쟁을 공정하게 해결하려는 시도도 전혀 하지 않았다. 그래서 아량을 베풀어 작은 물고기를 돌려주도록 딸을 설득하려던 참이었던 노라 또한 그냥 앉아 있었다.

"지금 난 평생 노력해도 도무지 알아차리지 못할 그런 걸 그릴 거예요." 니카가 다 들으라고 말했다. 계속 눈물 바람이던 리자는 이미 니카의 손놀림을 눈으로 좇고 있었다.

하지만 엄마는 손으로 그림을 가렸다. 그러자 리자가 들여다보려고 옆구리 쪽으로 돌았다. 니카가 몸을 돌렸다.

"엄마, 보여줘." 리자가 부탁했다.

노라는 니카의 교육적 재능에 감탄했다.

그날 좀더 후에 그녀는 또 한번 니카의 재능에 감탄했다. 이번에는 요리 솜씨였다. 니카가 오래되어 구부정한 냄비를 장작불에 올리고 봉지에 든 마른 재료로 수프를 끓이고 있었다. 아침식사 후 식탁에서 쓸어내서 마포에 싼 빵 조각과 부스러기, 어제 쓰고 남은 것을 깨끗하게 씻어서 잘게 썬 승아, 심지어 만으로 오는 길에 딴 성모의 풀*의 억센 작은 잎까지 냄비에는 별의별 게 다 들어 있었다.

그건 메데야의, 더 정확히 말하면, 대가족과 적은 수입을 고려한 마틸다의 요리법이었다. 메데야는 이날까지도 아무것도 버리지 않았고, 심지어 감자 껍질로도 소금과 풀을 넣고 바삭바삭한 비스킷을 만들었다. 게오르기가 장담컨대, 더할 나위 없이 좋은 맥주 안주였다.

노라는 그런 걸 전혀 몰랐다. 그녀는 공동 냄비에서 나무 숟가락으로 빵 조각을 떠서 메데야가 하던 대로 숟가락으로 누르고는 오래전 잊은 아이 같은 배고픔의 느낌과 함께 냄새 좋은 진한 수프를 먹으며, 별도의 돌 탁자에 아이들이 둘러앉아 있는 옆쪽을 쳐다보곤 했다. 아이들은 별도로 식탁을 차려 먹일 것. 또하나의 가문의 전통이었다.

"노라, 자, 여기에 좀 따라줘요." 게오르기가 손을 뻗어 메데야의 빈 사발을 노라에게 건넸다.

그녀가 당황해서 냄비 위로 몸을 숙였다.

"숟가락으로, 숟가락으로 떠요, 여긴 국자가 없어요." 그가 말했다.

'저 두 사람 어울려.' 니카는 생각했다. '아주 잘 어울리기까지 해. 게오르기가 그녀랑 사귀면 좋겠는데. 요 몇 년 아주 생기를 잃었어.'

니카는 사냥꾼처럼 사랑의 사냥감냄새를 맡았다. 심지어 타인의 사냥감냄새도 맡았다. 자기 몫으로는 어제저녁부터 부토노프를 정해두었다. 실상 선택의 여지가 없었지만, 그는 잘생겼고, 체격도 좋았고,

* 성모승천축일에 꽃다발로 성모의 성상화를 장식하던 데서 유래한 백리향의 별칭.

행동도 자유로웠다. 사실 그의 안에는 니카가 그토록 가치 있게 여겨 온 내면의 밝은 빛이 없었다. 하지만 솔직히 말해, 그는 아무런 초대의 신호도 보내지 않고 있었다.

'좋아, 어디 두고 보자고.' 니카는 결심했다.

부토노프는 누구도 쳐다보지 않고 말없이 수프를 홀짝거렸다. 그의 곁에는 우울한 낯빛을 하고 어깨를 움츠린 마샤가 앉아 있었다. 그녀는 팔이 손찌검을 당한 것처럼 아직도 계속 화끈거렸다. 그 손길을 다시 느끼고 싶었다. 마샤는 의도적으로 그와 나란히 앉아, 숟가락과 빵을 건네주며 그를 두 번 건드렸다. 그러나 더는 타는 느낌 없이 어떤 내면의 신음뿐이었다. 부처 같은 부동의 몸통과 함께 곁에 앉은 그에게서 돌의 힘이 뿜어져나오고 있었다. 마샤는 계속 안절부절못하며 편안히 자리잡고 앉아 있지를 못했다. 마침내 이 모든 호들갑이 그에 대한 무의식적인 끌림이란 것을 깨닫자 자신에 대한 혐오감이 밀려왔다. 그녀는 숟가락을 내려놓고 일어서서 바다 쪽으로 가며 햇빛을 가리던 하얀 남자 셔츠를 내던졌다. 그러고는 맹렬하게 물에 뛰어들어 곧바로 숨을 참고 헤엄치며 팔과 다리로 무수히 물보라를 일으켰다.

'저 계집애가 제정신이 아니구나.' 메데야는 생각했다.

부토노프가 그녀 쪽을 바라보았다.

"물이 꽤 차요."

"카티카 말로는 11도예요. 카티카는 우리 온도계예요." 니카가 그에게로 몸을 돌렸다.

'원하는군.' 부토노프가 냉철한 시선으로 곧장 그녀 쪽을 보며 속으로 말하고는, 서두르지 않고 물 쪽으로 가기 시작했다. 마샤는 이미 고개를 흔들고 숨을 헐떡이며 나오고 있었다.

"얼음 구멍 같네." 그녀가 이를 덜덜 떨었다.

"네, 강한 느낌이죠." 부토노프가 헛기침을 했다.

마샤는 뜨거운 돌 위에 누워 하얀 셔츠로 몸을 가렸다. 한기와 열기가 동시에 그녀의 몸을 채우고 있었다.

부토노프가 메데야와 나란히 앉았다.

"메데야 게오르기예브나, 겨우내 수영하신다면서요?"

"아닐세, 여보게, 수영 안 한 지 벌써 이십 년은 됐네."

수프를 다 먹자, 니카가 카탸에게 냄비를 닦으라고 시켰다.

"왜 늘 나야?" 카탸가 성을 냈다.

"그러게." 니카가 미소 지었다. 노라는 몇번째 감탄했다. 그 어떤 훈계도, 해명도, 이유도 없다.

카탸가 불만스러운 얼굴을 하고 냄비를 집어들고는 물 쪽으로 가기 시작했다.

"카티! 잊어버렸어!" 니카가 그녀의 등뒤에다 외쳤다.

"뭘?" 카탸가 돌아보았다.

"미소!" 니카가 명랑한 미소를 지으며 대답했다.

카탸가 가슴에 냄비를 밀착시키며 무대에서 하는 인사를 선보였다.

"아주 좋아!" 니카가 평했다.

니카는 참 서슴없이 예쁜 얼굴을 일그러뜨리지 않는가. 손가락으로 얼굴을 잡아 늘여서 아이들한테 설사약 먹은 원숭이 흉내를 내준다. 또는 엄마에게 키스하고 싶지만 가시가 방해하는 어린 고슴도치 흉내를 내준다. 그녀는 못생겨 보이는 걸 전혀 겁내지 않는다! 노라에게는 놀랍고 이해가 가지 않는 노릇이었다.

메데야는 그 광경에 아무런 눈길도 주지 않았다. 그녀는 바다 쪽으로 등을 돌리고 앉아 고개를 약간 들고 가깝고 먼 산들을 바라보았다. 두 가지 생각이 동시에 뇌리에 떠올랐다. 젊은 시절에는 세상에서 무엇보다 바다를 사랑했는데, 지금은 산을 바라보는 것이 그녀에게 훨씬 더 중요하다는 것. 또다른 생각은 이랬다. 그녀의 등뒤에서, 이 젊은 친척 애들 사이에서 사랑의 고뇌가 벌어지고 있고, 그래서 대기가 온통 그들의 서로에 대한 갈망으로, 영혼과 육체의 섬세한 움직임으로 가득하다는 것……

6

메데야가 만에서 발견한 반지는 실제로 한때 알렉산드라의 것이었다. 메데야의 기억에 1946년 여름은 그들 자매가 가장 가까웠던 때로 남아 있었다. 그때 그들은 전쟁이 끝나고 나서 처음으로 만났다. 전쟁 내내 메데야는 크림뿐 아니라 마을에서도 한 발짝도 나가지 않았다. 산드라도 전쟁 초에 군인 가족들을 보낸 쿠이비셰프*로의 피란을 딱 잘라 거절하고 전쟁이 끝날 때까지 모스크바를 떠나지 않았다. 1946년 당시 그들은 나이가 비슷해 보였고, 늘 따라다니던 여동생에 대한 염려가 마침내 메데야를 떠났다. 또 그녀는 뭘 떨칠 것인가?

알렉산드라는 아이가 셋 딸린 전쟁 과부였다. 힘든 시절에 지쳤고,

* 볼가강 하류에 면한 도시 사마라의 소련 시절 명칭. 제2차세계대전 때 많은 정부 기관이 옮겨갔다.

이미 최상의 시기도 지났다. 바로 지금 그녀가 또 어리석은 장난을 하리라는 징조는 어디에도 없었다……

어느 모로 보나 반지를 잃어버린 것은 별 의미가 없었다. 산드라는 쉽게 잃어버렸다. 물건들이 붙어 있지 않았고, 그녀도 물건에 대한 애착이 없었다. 하지만 메데야에게는 삼십 년 전에 잃어버린 이 반지의 발견이 뇌리에서 떠나지 않았다. 사건들 사이에는 일반적인 인과관계 이외에 때로는 명백하게, 때로는 비밀스럽게, 또 때로는 도무지 납득할 수 없게 사건들을 관련짓는 다른 인과관계가 존재한다는 것을, 아마 그녀가 알고 있었기 때문일 것이다.

'그래, 좋아. 내가 알아야 할 것이 있다면 언젠가 해명되겠지.' 모든 것을 알고 있는 이에 대한 완전한 신뢰와 함께 메데야는 이렇게 생각하고는 마음을 가라앉혔다.

산드라에게는 반지가 컬렉션을 방불케 할 정도로 많았다. 거의 어릴 때부터 그녀는 온갖 잡동사니를 몸에 달고 다녔는데, 그녀의 젊은 시절은 마침 이 사랑스러운 여성적 약점이 무자비한 사회적 비난에 처하던 시기와 맞아떨어졌다.

메데야에게는 어린 동생이 여럿 딸린 고아라는 처지가, 웃음기 없는 엄정한 모습과 단 한 순간도 떠나지 않는 동생들에 대한 걱정이 안전한 방패가 되어주었던 1920년대에, 천성이 경박하지만 결코 바보는 아닌 산드로치카는 그 용서받을 만한 약점을 풍선처럼 부풀리고 있었고, 금방이라도 어디든 영문 모를 곳으로 날아가버릴 것 같았다.

시간이 흐를수록 그 죄 없는 결점이 발전을 거듭해서, 러시아 레닌 공산주의 청년동맹, 전 연방 공산주의 청년동맹 등등의 기관에서 파견된 온갖 이데올로기 전도사들이 시도한 그녀의 영혼에 대한 침략은 저절로 무위로 끝났다. 산드로치카의 시민적인 열등함이 확정되었고, 그녀의 근절할 수 없는 경박함은 그녀가 깊이 몰두할 짬이 없었던 바로 그것, 곧 위대한 건설의 과업에 대한 참여에서 그녀를 해방해주는 진단이 되었다……

가족 중 유일하게 김나지움을 마친 메데야는 전쟁과 혁명의 시대적 상황 때문에 제대로 된 교육을 받지 못했다. 그래서 자기 동생들은 줄세시키고픈 마음이 간절했다. 하지만 산드라에게서는 뚜렷한 성과가 없었다. 소질이 없지 않았지만 공부를 못했다. 산드라가 다녔던 도시 시콜라*에는 김나지움 선생들이 아직 남아 있었고, 학교도 나쁘지 않았다. 메데야는 가끔 여동생을 데리러 학교에 갔다. 그럴 때면 크림에 대해 대단히 정통한 늙은 지리학자 니콜라이 레오폴도비치 벨데가 메데야를 교무실에 앉혀놓고 요즘 학생들은 공부에 관심이 없다고 거침없이 욕했고, 우수에 찬 정열과 함께 사람의 발길이 가장 닿지 않은 카라다크의 숨겨진 구석과 틈으로 소녀들을 데리고 소풍 가던 시절에 대한 회상에 젖곤 했다. 그 공동의 회상 속에는 아직은 모든 것이 정상적인 삶으로, 곧 전쟁 전의 삶, 혁명 전의 삶으로 돌아갈 수 있으리라는 은밀한 희망이 울리고 있었다.

비록 정상적인 삶은 되지 못했지만, 모든 것이 점차 자리를 잡아갔고 보다 견딜 만해졌다. 사내아이들은 유년기를 벗어났다. 시노플리 집안의 모든 남자가 그랬듯, 그들은 바다에 이끌렸다. 사내아이들이

* 초중등 통합 교육과정.

늘 하는 오락거리인 고기잡이는 어린 시절부터 그들에게 생계를 위한 노동이었다. 젊어서부터 하를람피의 집에서 일했던 지혜로운 노인인 그리샤 포르첼리 아저씨가 한밤의 숭어잡이에 그들을 데려가곤 했다. 그건 쉬운 오락거리가 아니었다.

1924년 산드로치카는 세미레트카*를 마쳤다. 메데야는 여동생의 일자리를 어디다 마련해야 하나 골머리를 썩였다. 기아는 물러갔지만, 극심한 실업난이었다.

이틀 밤낮, 심지어 꿈속에서도 산드로치카의 일자리에 대한 생각이 메데야를 떠나지 않았다. 그러던 사흘째 되는 날, 당시 페오도시야 시립병원의 산부인과에서 일하던 메데야는 아침 일찍 일터로 가다가 검역소 쪽으로 아침 산책을 다녀오던 니콜라이 레오폴도비치 벨데와 마주쳤다. 그녀가 근심을 나누려고 입을 열자마자 그는 마치 자신이 그녀를 위해 모든 것을 궁리하고 결정해둔 것처럼 일 끝내고 그에게 들르라고 말했다.

메데야가 그에게 갔을 때는 일이 거의 해결되어 있었다. 메데야를 위해 그가 이미 옛친구인 카라다크 학술연구소 소장에게 보내는 편지를 써둔 것이다.

"자리가 있는지 모르겠구나. 그렇지만 이제 연구소는 중앙연구소 관할이니까 자리가 늘었을 수도 있다. 게다가 여름철로 접어드는 지금은 방문 학자들을 맞아야 해서 일이 늘고 있을 거야." 그가 그녀에게 봉투를 내밀었다.

---

* 1920~1950년대 소련에 존재했던 7년제 초중등학교.

질 나쁜 종이로 만들어진 회색 봉투를 손에 쥔 메데야는 이내 일이 잘 풀렸음을 느꼈다. 매번 옛 실들이, 과거로부터 옛사람들이 나타날 때마다 모든 일이 잘되곤 했다.

그녀는 그 연구소도 지금의 소장도 아주 잘 알고 있었다. 심지어 연구소 설립자인 테렌티 이바노비치 뱌젬스키도 기억하고 있었다. 그녀가 수다크에 있는 스테파냔 일가의 다차에 머문 첫 여름에 그가 바로 연구소 일과 관련해서 그들에게 왔었다. 그는 홀대받은 노인이었다. 색이 바래서 불그레한 프록코트를 입고, 구식 넥타이 매는 방식으로 맨 여성용 목도리를 하고 있었다. 그와 함께 또다른 사람이 왔었는데, 못지않게 주목할 만한 인물이었지만 완전히 다른 부류였다. 얼굴과 배가 둥글둥글했고, 희끗희끗한 검은 눈썹이 짙었다. 러시아어를 할 때나 프랑스어를 할 때나 한결같이 강한 유대인 말투를 드러냈던 그 사람은 국회의원으로 그 지방의 명사인 솔로몬 솔로모노비치 크림이었다.

큰 독지가이자 문예 후원자인 스테파냔은 그때 모종의 이유로 탄원인들에 대한 지원을 거절했다. 저녁에 식사를 하고 나서 그는 생리학자이자 알코올중독에 맞서 싸우는 투사이며 아주 이상한 이상들의 담지자인 그 뱌젬스키 박사가 얼마나 독창적이고 비상한 사람인지 이야기했다. 그가 오래도록 품었던 이상 중에서 가장 독창적인 생각은 이랬다. 그는 국가가 지식층을 감옥에 가두면 국익을 위해 이용할 수 있을 훌륭한 지적 에너지를 잃게 되니까, 감옥에 학술연구소를 만들면 공익을 위해 지적 에너지를 보존할 수 있으리라고 생각했다. 테렌티 이바노비치는 당시 교육부 장관이던 델랴노프 백작 앞에서 그런 생각을 확신에 차서 펼쳤다. 그의 구상은 수십 년 뒤에는 국가에 성공적으로 정착되었지만, 백작에게 기이하고 심지어 위험하게 비쳤다.

"C'est un grand original."* 아르미크 티그라노브나가 중얼거리고는 아이들을 위층 침실로 올려보냈다.

그러나 당시는 다행히 모두가 관대한 광인의 무모한 이상을 잊었다. 몇 년 뒤 그는 자기 전 재산을 보다 성공적인 이상에 쏟아부었다. 그것은 카라다크에 있는 자기 땅에 진지한 과학의 일꾼이면 누구나 들어갈 수 있는 학술연구소를 만드는 것이었다. 심지어 교육 수준을 증명하는 법적 서류가 없어도 괜찮았다. 건강이 좋지 못해도 괜찮고, 그편이 더 낫기까지 했다! 건강은 바로 그곳에서 생산적인 학문활동중에 호전될 수 있기 때문이었다. 물질적 곤란을 겪는 사람도 들어갈 수 있었다. 바로 그곳에 뱌젬스키 박사가 요양원을 열 것이고, 그 요양원에서 나오는 수입으로 지속적인 연구활동을 보장할 것이기 때문이었다……

바로 다음날 메데야는 여동생을 데리고 연구소로 갔다. 연구소장이 메데야와 여러 번 입을 맞추었다. 그의 큰딸 크세니야 루드스카야가 메데야와 김나지움을 같이 다녔고, 병원에서 그녀와 함께 일하다가 1919년 티푸스로 죽었다.

늙은 루드스키는 조치를 취하러 갔다. 그는 관리 노동자에게, 옛날식으로 말하면 관리인에게, 산드로치카를 위해 연구소 숙박동에 있는 작은 구석방을 비우라고 시켰다. 그러고 나서 그들은 오래도록 차를 마시며 함께 알았던 적잖은 사람들을 추억했고, 아주 따뜻한 감정으로 작별했다.

---

* '참 대단한 괴짜야'라는 의미의 프랑스어.

사흘 뒤 산드로치카는 완전히 연구소로 거처를 옮겼고, 학생들의 실습 수행에 필요했던 모든 것을 배우기 시작했다. 그해 모스크바에서, 레닌그라드에서, 카잔에서, 그리고 니즈니노브고로드에서 학생들이 올 예정이었다.

첫 시즌은 유쾌하고 성공적이었다. 처음에 산드로치카는 하리코프에서 온 2등 연구원과 사귀었다. 그가 꼭 필요한 수량만큼의 벌레를 모아서 떠나자, 더할 나위 없이 매력적인 지질학자가 나타났다. 그는 카라다크의 1베르스타 지질 지도를 작성하고 있었다. 측량 작업에 파트너가 요구되었기 때문에 산드로치카가 조수로 파견되었다. 그들은 훌륭한 파트너였다. 둘 다 키가 컸고, 머리카락에 붉은 기가 감돌았으며 눈이 갈색이었다. 둘 다 경쾌하고 쾌활했다. 이름이 알렉산드르여서 또한 두 사람을 다 즐겁게 했던* 지질학자는 자리잡기 좋은 곳들을 새 지도에 가는 십자가로 표시했다. 7월부터 10월이 다 끝날 때까지 산드라는 해안의 산등성이부터 시작해서 로보비에서 코크카이에 이르는 그 모든 다섯 개의 산지에 걸쳐 자기 척추를 아끼지 않으며 과학에 봉사했다. 이후로는 날씨가 나빠졌다. 지질학자는 일의 마무리를 다음 해로 미루고 떠났다.

겨울은 무료하게 지나가지 않았다. 산드라는 연구소 도서관과 박물관에서 많은 일을 했다. 그녀는 꼭 필요한 범위 내에서 분별 있고 능숙한 사람이었다. 3월 말에 온갖 부류의 학자들이 오기 시작해서 삶이 소생했다. 게다가 지난해에 쇠퇴를 겪었던 활공장도 부활했다. 그리고

---

* 남자 이름 알렉산드르와 여자 이름 알렉산드라의 공통 애칭이 사샤다.

멀지 않은 곳인 조용한 콕테벨의 클레멘티예프산에 어깨가 떡 벌어진 운동선수들과 낭만적인 발명가들이 나타나기 시작했다. 그런 이유로 지난해의 지질학자가 올 무렵 산드로치카는 이미 글라이더 비행사와 사랑에 빠져 있었고, 한 달 후에는 쌍둥이 동생이 형을 대신했다. 둘이 너무 닮아서 산드로치카도 동생이 형을 대신한 순간을 거의 알아차리지 못했다.

여동생의 사생활을 깊이 들여다보지 않고 있던 메데야는 동생이 모욕을 받지 않고 반대로 대접받는 좋은 자리에 있다는 점을 기뻐하는 한편으로, 남동생들 걱정이 태산이었다. 디미트리는 수학에 뛰어난 재능을 보였으며, 포병학교에 들어가고 싶어했다. 메데야는 그를 군인이라는 직업에서 멀찍이 떼어놓으려고 세심한 노력을 기울였지만, 누나의 교묘한 책동을 깊이 느낀 디미트리는 마음의 문을 닫고 멀어졌다. 그는 비록 말은 안 했지만 메데야가 속물이고 구정권의 군더더기라는 것을 온갖 표정으로 보여주었다. 콘스탄틴은 겨우 두 살 위였지만, 그쪽은 바라보지 않고 전처럼 그리샤 포르첼리 아저씨와 물고기를 잡으러 다녔다. 정치망, 후릿그물, 통발그물 같은 것 외에는 아무것도 꿈꾸지 않는 것 같았다.

남동생들과의 사이에 생긴 가벼운 소원함이 메데야를 몹시 슬프게 했다. 게다가 산드라도 이제 보기 힘들었다. 산드라는 한 달에 두 번 정도 페오도시야에 와서는, 친구들을 찾아 쏘다녔고 잽싸게 나갔다 오기도 했다. 그녀는 저녁을 먹으며 연구소 생활에 대해 얘기해주곤 했는데, 주로 견학과 발견에 관한 것이었고 격렬한 사생활은 굳게 닫힌 괄호 속에 남겨두었다. 그러나 메데야는 여동생이 어떤 기쁨도 마다하지 않고, 모든 물속에서 진주를 건져 올리고, 모든 꽃에서 꿀을 딴다는 것을 짐작하고 있었다. 그것이 메데야 자신의 삶은 갖춰지지 않았고, 아마 결코 갖춰지지 않으리라는 슬픈 생각을 불러일으켰다.

메데야는 성공을 구가하지 못했다. 이콘* 같은 얼굴, 당시 벌써 스카프를 두른 작은 머리, 페오도시야 남자들의 취향에는 밋밋한 깡마른 몸은 숭배자들을 끌어오지 못했다.

'내 신랑은 전쟁터에서 죽은 모양이야.' 메데야는 그렇게 마음먹고 빠르게 마음의 안정을 찾았다. 하지만 산드라는 서둘러 결혼시켜야 할 텐데……

산드라가 연구소에서 일한 지 삼 년째 되는 해, 더 정확히 말하자면 세번째 시즌이었다. 산드로치카의 미래의 남편이 모스크바의 폴랸카 거리에서 카라다크로 학술적 목적의 출장을 가기 위해 이미 짐을 꾸리고 있었다.

알렉세이 키릴로비치 밀레르는 페테르부르크의 꽤 유명한 집안 출신이었다. 한때 꽤 위험했던 '진보적 성향'의 아우라와 오랜 인문적 전통을 지닌 집안이었다. 주된 조상은 표트르의 독일인들**에서 나왔고, 친할아버지와 외할아버지 모두 교수직을 지냈다. 아버지는 영국에서 공부한 유망한 자연과학자였지만, 북쪽을 탐험하다가 불의의 사고를 당해 서른이 채 안 된 젊은 나이에 죽었다. 남편의 출판업에 많이 관여

---

* 정교회의 종교적 상징물. 그리스도와 성모, 성인을 포함해 성경에 등장하는 인물 및 그들의 삶과 관련된 이야기를 상징적으로 묘사한 그림이나 조각.

** 18세기 초 표트르 대제의 근대화 개혁 시기에 초빙된 독일인.

하는 교양 있는 부인인 부유한 숙모가 알렉세이 키릴로비치를 키웠다. 그도 영국에서 수학하는 기회를 가졌지만, 독일과의 전쟁이 발발해서 학위를 따지 못하고 러시아로 돌아왔다.

타고났지만 아주 적당한 근시가 그를 군복무에서 면제시켜주었고, 모스크바대학교에서 학위를 딴 그는 조교직을 얻어 학교에 남았다가 후에 조교수가 되었다. 곤충학자였던 그는 복잡한 사회적 행동을 지닌 곤충을 연구하고 있었다. 사실상 그는 동물사회학 분야의 첫 전문가 중 한 사람으로, 그가 좋아하는 연구대상은 땅벌과 개미였다. 이 말없는 피조물들은 관찰력 있는 연구자에게 복잡한 행정, 경제, 군사 구조를 지닌 무수한 그들의 도시국가에서 일어나는 흥미롭고도 극도로 불가사의한 사건들에 대해 이야기해줄 수 있었다.

많은 해가 흐른 뒤 그는 전보된 자의 모호한 신분과 학술연구원 자격으로 남부 독일에 머물렀다. 그가 소속되었던 곳은 고인이 된 테렌티 이바노비치 뱌젬스키가 언젠가 주창했던 바로 그 원칙에 따라 구축되어, 점령한 유럽의 지적 잠재력을 모아들였던 비공개 학술기관이었다. 그곳에서 그는 깊은 염세적 우아함으로 가득찬 작은 책을 쓰기까지 했는데, 그 연구서에서 그는 연구소로 전보될 때까지 거의 일 년을 통역 자격으로 머물렀던 전쟁포로 수용소의 조건과 사회적 곤충들의 식민지에서 관찰되는 공통의 행동 구조를 도출하고자 시도했다.

인종차별주의가 생물학적 현상임을 입증하는 슬픈 근거가 제시된 그 책은 1945년 초에 폭격을 맞아 소멸됐다. 불행히도 저자도 책과 운명을 함께했다.

하지만 그 1925년 여름 크림에서 그는 상대적으로 더 작지만 턱은 더 육중한 한 개미 종족이 다른 종족을 점령하는 드라마를 첫 침입부터 시작해서 끝까지 처음으로 관찰하는 데 성공했다.

몇 시간을 개밋둑 위쪽에 앉아 홀로는 생존할 능력이 없는 존재들의 기만적으로 분별 있는 삶을 들여다보면서 그는 마치 자기가 거의 주 하느님이 된 것처럼 느꼈다. 개미들의 죄 없는 우글거림 속에는 비밀도 숙명도 선한 젊은이들에게 주는 가르침도 있음을 잘 이해했지만, 그에게 익숙한 학술적 언어로 설명할 수는 없었다.

생물학뿐만이 아니다. 여기에는 다른 뭔가가 많다. 그는 발견의 예감이, 멋진 기분이 들었고, 힘이 넘쳐났다.

알렉세이 키릴로비치는 채 마흔이 되지 않았다. 그는 단번에 그리고 영원히 정해진 나이를 지닌, 태어날 때부터 견실한 사람들의 부류에 속했다. 세월의 흐름에 좌우되지 않는 그의 그 나이가 달력상의 나이와 일치했다는 바로 그 점 때문에, 최근 여러 해 동안 그는 그토록 기분이 좋았던 것일 수 있다.

그는 머리가 일찍 벗어졌지만, 반짝이는 자잘한 혹이 대칭적으로 자리잡은 둥근 머리를 머리카락이 저절로 저버리기도 전에 머리를 깨끗이 밀기 시작했고 크지 않은 턱수염과 콧수염을 길렀다. 금테 안경과 때 이르지만 지극히 꽉 찬 살집이 요구하는 것보다 훨씬 넓은 치수의, 혁명 전의 마직이나 명주로 된 옷 한 벌이 그 모습과 세트를 이루고 있었다. 그는 가볍게 움직였고, 수영 실력이 탁월했으며, 테니스에서 축구에 이르기까지 이런저런 식으로 공과 관련된 모든 경기에서 의심의 여지 없이 뛰어난 선수였다. 영국식 교육이 낳은 결과였다.

그해 카라다크 연구소에서는 배구가 유행이었다. 현지 연구원들과 외지에서 온 연구원들 및 실습 나온 대학생들로 이루어진 잡다하고 민주적인 무리가 저녁 수영을 하고는, 해질 무렵 미끄러운 돌밭을 벗어나 해변으로 나와서 비공식적인 원형 배구 경기를 했다. 절도 있고 예의바른 알렉세이 키릴로비치는 민감한 손가락뼈들로 가벼운 공을 받아 정확히 패스했고, 바다의 물결처럼 공 밑으로 굴러들어가 아주 어려운 서브를 받아냈다.

산드로치카는 폴짝폴짝 뛰었다. 팔꿈치와 장딴지 근육이 힘줄에 높이 달라붙은 긴 정강이가 어른거렸다. 공을 놓치면 장밋빛 목구멍이 보일 정도로 입을 크게 벌리며 비명을 지르고 깔깔댔다.

'참 매력적인 아가씨네.' 알렉세이 키릴로비치는 관조적이고 추상적으로 생각했다. 그는 결혼한 지 오래되었다. 아내는 부교수로 수생생물학자였는데, 적잖이 확고한 명성을 지니고 있었다. 그때로부터 여러 해 전인 언젠가 그녀는 당시 아직 학생이었던 알렉세이 키릴로비치를 위해 첫 남편을 떠났다. 그들의 결혼은 사실혼이었다.

루터교 집안에서 태어나 양육된 그녀가 혼인을 공식화하기 위해 정교를 받아들이려고까지 했던 때가 있었다. 그러나 혁명 이후 시절에 그 생각은 잊혔고 심지어 웃음거리가 되었다. 종교들 사이의 깊은 차이는 슈말칼덴 조항*의 그 어떤 항목도 알고 싶어하지 않는 신세계의 대기 속에서 남김없이 흩어졌다.

부부는 사실혼 관계를 유지한 채 평화롭고 화목하게 살며 저녁 식탁에서 전문적인 정보를 나누었고, 불륜을 저지르려는 마음이 전혀 없

* 마르틴 루터가 가톨릭교회에 대항하여 작성한 루터파의 신앙고백 문서.

었다.

만약 산드로치카가 재미있고 고루한 그 교수에게 끌리지 않았더라면, 그래서 불꽃 없이 간신히 타고 있는 그 애매한 관심을 부채질하지 않았더라면, 무성한 털 아래 가슴에서 타오른 가늘디가는 불꽃은 아마 알렉세이 키릴로비치 자신도 알아차리지 못한 채 사그라졌을 것이다.

처음에 그녀는 그에게 사흘의 기간을 주었다. 그는 배구 경기의 원 속에서 그녀의 반대편에 서서 그녀에게, 오로지 그녀에게 공을 패스했지만 다가가지는 않았다. 그런 다음 그녀는 그에게 다시 이틀을 더 주었다. 매일 저녁 소란스러운 무리 속에서 그들은 함께 수영과 공놀이를 했지만, 그는 계속 그녀에게 다가가지 않고 겁먹은 짧은 시선으로 힐끗거릴 뿐이어서 점점 더 그녀의 마음을 끌었다. 그들은 근무시간에는 보지 못했다. 그는 자기 구역들에 있는 개미들에게 갔고, 그녀는 식물학자들의 표본집 작업을 도왔다.

윤리적으로 확고하고 생리적으로 건전한 사람들에게, 알렉세이 키릴로비치가 틀림없이 그런 사람인데, 삶은 가장 단순한 대신 가장 이상적이기도 한 덫을 쳐놓는다. 그 작은 돌은 그가 승리자가 되어 시작되지 않은 유희에서 이미 거의 벗어났을 때 갑자기 나타났다. 사실은 격하게 배구를 하다가 산드로치카가 발을 접질렸다. 걸을 수가 없었다.

해변에서 집까지 남자 연구원들이 차례차례 산드라를 팔로 옮겼다. 처음에는 대학원생 둘이 팔을 이어 만든 의자에 앉혀서 갔고, 그런 다음에는 어류학자 보타진스키가 등에 업고 갔다. 길의 마지막 3분의 1은 마침내 알렉세이 키릴로비치가 그녀를 옮겼다. 바로 그날 저녁 그는 팔꿈치와 무릎과 탈골된 복사뼈와 여타 모든 것과 함께 그녀를 얻었다.

그는 구석방으로 산드라를 옮겨놓고, 고인이 된 뱌젬스키가 윤게*의 다차에 비축해둔 것 외에는 달리 붕대를 구할 방도가 없었던 탓에 그곳에 들러 약통에서 혁명 전의 독일제 붕대를 꺼내서는 그녀에게 돌아와 빨갛게 부어오른 발에 붕대를 감아주었던 것을 아주 잘 기억했다. 그러나 붕대를 감던 때와 그가 문을 닫지 않은 채 초짜 배구선수의 살팍진 품속으로 억지로 들어가던 순간 사이에 흘러간 삼십 분은 완전히 그의 기억에서 온데간데없었다.

산드라는 거의 그날 저녁 바로 임신했다. 두 달 후, 출장 기간을 끝까지 다 채운 알렉세이 키릴로비치는 최대한 가까운 시일 내로 그녀를 데리러 돌아오리라는 전적인 확신에 차서는 임신이 분명한 그녀를 남겨두고 떠났다.

그러나 그 낭만적인 사건이 초래한 예전 삶의 개조는 그가 예상한 것보다 더 많은 시간을 요구했다.

아내는 루터교적으로 차분하고도, 심지어 다소 차갑게 새로운 상황에 대한 알렉세이 키릴로비치의 소식을 받아들였다. 그녀가 그에게 내놓은 유일한 조건은 예견치 못한, 그래서 해결하기 어려운 것이었다. 그녀는 함께 일하던 대학에서 그가 떠날 것을 요구했다. 고등교육기관이 휴가철이었기 때문에, 9월까지 그는 교직을 구하는 것과 관련된 아무런 행동도 취할 수 없었다. 9월에 티미랴제프카**에 자리가 났지만, 숙소와 관련된 복잡한 문제가 또 생겼다. 폴랸카에 있는 아파트는 아

---

* 콕테벨의 시조인 안과의사.

** 모스크바 티미랴제프 농업 아카데미. 지금의 러시아 국립농업대학.

내 것이 되었다. 티미랴제프 아카데미에 사택이 있었지만, 필요한 서류를 꾸미고 필수적인 서명과 허가를 받는 데 시간이 걸렸다.

시간이 흘렀다. 산드라는 일곱 달까지 단추를 풀지 않으며 임신 상태를 눈에 잘 띄지 않게 유지했다. 그녀는 매주 알렉세이 키릴로비치가 보낸 편지를 받았고, 만약 알렉세이 키릴로비치가 느닷없이 나타났던 것처럼 그렇게 사라져버리면 도대체 무엇이 그녀 앞에 놓여 있게 될 것인지에 대해 자신의 행복한 경솔함 덕분에 전혀 걱정하지 않았다. 아마도 그녀의 평온함은 메데야가 한때 산드라 자신과 남동생들을 맡았던 것처럼 이 아이도 거두어줄 것이라는 확신에 기초하고 있었을 것이다.

한동안 두 자매는 입을 다물었다. 하지만 메데야는 낡은 내의를 꺼내서 수선했고, 기저귀들 위에 무언가를 포개놓았다. 메데야가 손에 쥐고 가는 바늘로 가장자리에 푸른 크로스 십자수를 놓고 있던 구식의 작은 두건을 보고서야 산드라는 머리카락을 흔들고 '아주'라는 말 속의 철자 '아'를 강하게 누르며 알렉세이 키릴로비치에 대해 이야기했다.

"난 그 사람이 아주 마음에 들어…… 아주 재밌어…… 언니도 아주 잘 아는 사람이야……"

실제로 메데야는 대학생이던 알렉세이 키릴로비치가 아직 영국으로 떠나기 전에 그들 집의 방을 빌렸던, 오래전 어린 시절부터 그를 기억하고 있었다. 당시 크림은 많은 자연 연구가들을 유혹했다.

이제 시노플리 자매 둘 다 알렉세이 키릴로비치의 도착을 기다리고 있었다.

그사이 알렉세이 키릴로비치는 거처를 얻었다. 솔로멘나야 스토로

시카[*] 근처, 티미랴제프공원 곁에 있는 겨울 다차였다. 다차는 완전히 방치된 상태여서 서둘러 수리를 해야 했고, 게다가 알렉세이 키릴로비치는 새로 개설하는 대규모 일반 곤충학 강좌와 '정원의 해충들'이라는 특강을 준비하고 있었다.

그렇게 산드로치카의 아들은 모스크바에 갈 때까지 참지 못하고, 마틸다가 아이들을 낳았던 바로 그 페오도시야 시립병원에서 이모 메데야의 보살핌 아래 태어났다. 다만 의사 레스니쳅스키는 이미 사망하고 없었다.

이 주 후, 사전에 전혀 편지로 알리지도 않고 알렉세이 키릴로비치가 곧장 메데야의 집에 왔다. 그는 산드라의 편지를 통해 그녀가 출산이 멀지 않은 시점에 언니 집으로 거처를 옮겼다는 것을 알았다. 그는 창가에 놓인 빈Wien식 의자에 앉은, 짧게 잘라서 얼굴을 반쯤 가린 빨간 단발머리의 젊은 여인과 푸르스름한 하얀 가슴에 붙어 젖을 빠는 머리가 둥근 아기를 발견했다. 그의 가족이었다. 가슴이 벅차올랐다.

이틀 후 알렉세이 키릴로비치는 새 가족을 데리고 모스크바로 떠났다. 메데야는 가지 않아도 됐지만, 그날들 동안 대모代母가 되어 이미 세례도 준 조카에게 심장이 온통 달라붙어 새로운 장소에 산드라가 자리잡는 것을 돕기 위해 휴가를 내서 그들과 함께 갔다.

세료자의 삶의 그 첫 달에 메데야는 이루어지지 못한 자신의 모성을 아주 충만하게 체험했다.

이따금 그녀는 가슴에 젖이 도는 것 같았다. 그녀는 깊은 내적 공허

---

* 모스크바 북쪽에 있는 역사유적지.

와 상실감을 안고 페오도시야로 돌아왔다. '젊음이 지나갔구나.' 메데야는 깨달았다.

7

발레리 부토노프의 고향은 라스토르구예보였다. 그는 어머니 발렌티나 표도로브나와 함께 오래전부터 무너질 거라 위협하던 땅딸막한 민가에 살고 있었다. 아버지는 기억하지 못했다. 아잇적 그는 아버지가 전선에서 전사했다고 확신했다. 어머니가 특별히 그렇게 주장하지는 않았지만, 전설을 파괴하지도 않았다. 발렌티나 표도로브나의 오래지 않은 남편은 전쟁 전 고용계약을 맺고 북쪽 어딘가로 떠나더니, 그곳에서 의미 없는 편지 한 통을 보내고는 저 멀고 광활한 북극 지방에서 영원히 사라져버렸다.

발레라는 대다수 또래 아이들처럼 긴 유년 시절 전부를 허술한 담장에 매달리거나 아니면 삶의 주된 보물인 전리품 주머니칼을 닳아빠진 근교의 땅에 박으며 보냈다. 그 일에서 그에게 필적할 아이들이 없어서, 그는 버스 정류장 뒤편에 있는 반질반질한 공터에 그린 모든 왕국과 도시를 알렉산드로스대왕처럼 자기 칼로 가볍고 유쾌하게 취하곤 했다.

그의 압도적 우세를 확인한 이웃 아이들은 더는 그와 함께 놀지 않았다. 그래서 그는 많은 시간을 자기 집 마당에서 거대한 배나무의, 톱으로 잘린 아래쪽 가지의 창백한 부연 눈알에 작은 칼을 박으며 보냈다. 그는 점점 더 멀리에서 과녁을 겨누며 그 오랜 시간 동안 던짐의 역학을 깨쳤다. 그는 외우다시피 손끝으로도 눈길로도 던짐의 역학을 알았지만, 주된 쾌락을 가져다준 것은 과녁 중심에 꽂힌 칼 손잡이의 떨림으로 마무리되던, 칼을 쥔 손과 바랐던 지점이 서로 연결되는 불길 같은 순간이었다.

가끔 그는 다른 칼, 그러니까 부엌칼을 쥐고 다른 표적을 골랐다. 그러면 칼은 갈라지는 소리나 앓는 소리, 아니면 가는 휘파람소리를 내며 과녁에 꽂혔다. 안 그래도 낡은, 어머니의 오래된 집은 그의 장난질 때문에 온통 흠집투성이였다. 그러나 완벽의 경지에 도달하자 재미가 없어져서 그는 그 짓을 집어치웠다.

그가 초등학교에서 새로운 데샤틸레트카*로 진학하자 새로운 가능성이 열렸다. 소변기, 도자기 조가비, 부엉이 박제, 피부 없이 발가벗은 사람 그림, 아주 멋진 유리그릇, 작은 램프가 달린 철제 기구 등, 진기한 것이 많았다. 그러나 그가 좋아한 가장 매력적인 장소는 당시로서는 설비가 잘 갖춰진 체육관이었다. 철봉과 평행봉과 가죽 '말'이 5학

* 1964년에 도입된 10년제 중등학교.

년 때부터 그가 좋아하는 물건들이 되었다.

음악적 재능이나 시적 재능, 아니면 체스의 재능만큼이나 드문 고대의 육체적 재능이 부토노프에게 잠재되어 있다가 모습을 드러냈다. 하지만 그때 그는 자신의 재능이 지적 재능보다 값어치가 떨어진다는 것을 몰라서, 달이 갈수록 점점 더 두드러지는 성공을 즐겼다.

체육과목 여선생이 그를 체에스카 팀*에 보냈고, 새해가 다가올 무렵 그는 이미 생애 첫 시합에 나섰다. 트레이너들은 그의 경탄할 만한 민첩성에, 타고난 간결한 움직임과 집중력에 놀라움을 금치 못했다. 그는 보통 수년에 걸쳐 단계를 밟아가며 이루게 되는 결과들에 이내 도달하곤 했다.

그는 열두 살도 채 되지 않아 처음으로 소집되었다. 그때는 어린 운동선수들을 모스크바에서 교외로 데려가지 않고, 다만 코뮌광장에 자리한, 붉은 카펫이 깔려 있고 값비싼 나무로 만든 탁자 위에 물병과 전화기가 있던 군인 호텔 4인실에, 군사적 경향이 강한 스탈린 양식의 육중한 웅장함 속에 묵게 했을 뿐이다.

선수들은 재학중이어서 아침에 각자 자기 학교로 갔고, 돌아온 후에는 지역 군인식당에서 30루블짜리 쿠폰을 내고 점심을 먹었다. 붉은 깃발 홀이 심장부를 차지한, 땅딸막하니 높지 않은 건물의 오른쪽 곁채에 복합 체육 시설이 자리잡고 있었다. 소비에트 스포츠의 미래의 꽃이 또한 그곳에서 행복한 어린 시절 최상의 시간을 보내고 있었다.

허가증에 의해 출입이 엄격하게 통제되었고, 식사 쿠폰, 초콜릿과

* 모스크바에 위치한 스포츠 클럽. 소비에트 시절에는 군 체육단이었다.

연유와 케이크가 곁들여져 열량이 높은 멋진 식단, 사진이 붙은 수첩으로 제작된 출입증, 그리고 특별히 무상으로 지급된, 옷깃 가장자리에 하얀 줄이 들어간 남색 모직 훈련복 등, 한꺼번에 받은 그 모든 것이 지상의 것이 아닌 그 모든 축복에 합당한 자기 몸에 대한 존경을 어린 부토노프에게 불어넣었다.

공부는 좀 떨어졌다. 정정되지 않은 2점이 그를 계속 따라다녔는데, 훈련에 보내주지 않을까봐 겁이 나서 보통 학기말 즈음 점수를 만회했다. 그가 학교를 빛내는 자랑스러운 운동선수였기 때문에, 선생들은 얼굴을 찌푸리면서도 특별한 논쟁 없이 아주 억지스러운 3점을 주곤 했다.

열네 살 무렵 그는 체격이 멋지고 이목구비가 반듯한 청년이 되었다. 스포츠형으로 머리를 짧게 깎은 그는 규율이 몸에 밴 야심만만한 젊은이였다. 그는 청소년 선발팀에 속해서 거장들의 계획에 따라 훈련하며 눈앞에 다가온 전 연방 대회에서 1등을 노리고 있었다.

지혜롭고 경험 많은 노련한 스포츠인인 코치 니콜라이 바실리예비치는 그에게 적잖은 희망을 걸며 그가 대단한 경력을 쌓는 선수가 되리라 예감했다. 그는 많은 시간을 발레라에게 매달렸다. 소년은 그가 별 뜻 없이 아이를 대하며 불렀던 호칭인 '아들'을 의미심장한 말로 받아들였다. 발레라는 자기 우상과 닮은 모습을 찾다가, 머리카락 색깔이 같고 잿빛이 감도는 푸른 눈이 닮은 것을 기뻐했다. 그는 니콜라이 바실리예비치처럼 실눈을 떴고, 비틀거리며 걷는 그의 탄력 있는 걸음걸이를 흉내냈으며, 니콜라이 바실리예비치가 지닌 것과 같은 하얀 손수건을 샀다.

하지만 전 연방 대회에서 그는 자신이 있었음에도 1등을 차지하지 못했다. 그는 탁월하게 연기했다. 그는 날아가는 칼 같았고, 과녁에 명중했음을 알았다. 그러나 코치는 아주 잘 알고 있었던 다른 중요한 것들, 즉 성공의 비밀스러운 메커니즘을, 유력자의 비호를, 심판에 대한 압박을, 체육계에 판치는 파렴치와 매수를 발레라는 알지 못했다.

부토노프를 2등으로 밀어낸 두 개의 10점은 그가 보기에 지독하게 불공정했다. 그래서 그는 무료로 받은 체에스카의 쓰레기를 탈의장에서 벗어던지고는, 벌거벗은 몸에 교복 바지를 입고 라스토르구예보로 갔다.

니콜라이 바실리예비치는 무의미한 말들로, 벌어진 일에 대한 번지르르하고 그럴듯한 해명으로 패배를 얼버무려서 그를 돌아오게 할 수 있었을 것이다. 하지만 불행히도 팀에서 가장 어렸던 부토노프의 손위 동료 중 하나가 그 공정하지 못한 패배의 은밀한 측면을 그에게 폭로했다. 그것은 코치 자신도 연루된 공모였다. 1등을 차지한 선수의 코치가 연맹 의장의 사위여서 심판진이 편파적이었다. 뇌물이 오가지는 않았지만, 손발이 묶여 있었다.

늘 발레리에게 승리에 대한 생각을 일깨우던 니콜라이 바실리예비치가 시합 전날 우연인 듯 다음과 같이 말했던 이유를 이제 발레리 자신도 알아차렸다.

"좋아, 발레라, 걱정할 것 없어. 너한테는, 네 나이에는, 2등도 나쁘지 않을 거야. 아주 괜찮아……"

여러 번 코치가 라스토르구예보에 왔었다. 처음에 발레리는 다락방으로 기어들어가서 아이처럼 그곳에 숨어 있었다. 두번째는 밖으로 나와서 우물우물 말하며 눈길을 피했다. 세번째 왔을 때 니콜라이 바실리예비치는 발렌티나 표도로브나와 말을 나누었지만, 그녀는 양팔을 벌리고 우는 소리를 낼 뿐이었다.

"나야 좋지요, 나쁠 게 뭐 있어요, 발레르카 재가……"

그녀도 공짜인 올림픽 복장이 마음에 들었던데다, 그녀가 보기에는 2등도 나쁘지 않았다.

그러나 발레라는 요지부동이었다. 니콜라이 바실리예비치는 아이 녀석이 '트루도비예 레제르비'*나 '스파르타크'**에 합류할까봐, 그래서 삼 년에 걸친 그의 모든 작업이 다른 사람 손에 들어갈까봐 전전긍긍했다. 하지만 그런 일은 생기지 않았다. 라스토르구예보의 배나무 그늘 속에서 자라난, 부토노프의 무시무시하고 은밀한 자기애는 모욕적인 패배의 가능성이 없을, 악취나는 부정 승부와 배신이 없을, 더 믿음직한 어떤 다른 길로 이제 그를 떠밀고 있었다.

여름방학이 시작되었다. 그는 그 어떤 소집 훈련에도 나가지 않았고, 온종일 배나무 아래 누워 내내 일어난 일이 어떻게 그렇게 일어났는지 곰곰이 생각하기 일쑤였다. 일주일 후 그는 계시를 받았다. 자신을 다른 사람이나 상황에 좌우되는 처지에 놓이게 해서는 안 된다. 그가 무화과나무 아래 있었더라면 계시가 더 고양된 성격을 띨 수도 있었겠지만, 러시아의 배나무로부터는 큰 열매를 기다려서는 안 되었다.

이 주 후 그는 서커스 학교에 등록했다.

이 얼마나 기적이었던가! 매일 수업에 올 때마다 부토노프는 처음으

---

* 모스크바 기술전문학교 학생 및 노동자 대상 체육단.

** 소비에트 연방 체육단.

로 서커스를 보러 온 다섯 살 아이의 환희를 맛보았다. 서커스 훈련장은 완전히 제대로여서, 똑같이 톱밥과 동물들과 활석냄새가 났다. 공들과 알록달록 다채로운 곤봉들과 날씬한 아가씨들이 자유로운 대기 속을 날아다니고 있었다. 유일무이한 독특한 세계였다. 부토노프의 체세포 하나하나가 바로 그렇게 느끼고 있었다.

시합에 대한 말은 있을 수도 없었다. 저마다 자기 전문분야가 가치 있는 만큼 가치가 있었다. 공중곡예사는 목숨을 걸었으니 일을 못할 수 없었다. 그 어떤 전화도, 아무런 움직임이 없는 완전히 무표정한 낯짝을 하고 뒷발로 서서 조련사를 박살내러 가는 곰을 멈춰 세울 수 없었다. 수뇌부와의 그 어떤 인척 관계도, 그 어떤 상부의 지지도 뒤로 공중제비 넘는 것을 돕지 않았다.

'이건 스포츠가 아니야.' 경험이 있는 부토노프는 심사숙고했다. '스포츠에는 부정부패가 판을 치지만, 여기는 그렇지 않아.'

그는 끝까지 분명하게 말할 수는 없었지만, 기교의 정점, 전문 기술을 절대적으로 발휘하는 공간에는 자주성의 아주 작은 영역이 놓여 있음을 깊이 이해하고 있었다. 그곳, 올림포스의 정상에는 자유롭게 국경을 가로지르는, 상상하기 어려운 멋진 옷을 입은, 부유한, 자주적인 서커스의 별들이 자리잡고 있었다.

서커스가 많은 점에서 창고, 목욕탕, 아니면 아카데미 등 여타 소비에트 시설과 전혀 다를 바 없었지만, 무언가 본질적인 부분에서 소년은 옳았다. 당 위원회, 지방 위원회 등 상위 조직에 대한 공식적인 예속과 신비로운 상부로부터 걸려오는 모든 전화에 대한 비공식적인 예속이 존재했다. 질투와 음모와 공포가 서커스의 삶에서 강력한 지렛대였지만, 그는 그 점에 대해 앞으로 곧 알게 될 뿐이었다. 그는 아직은 스포츠가 그에게 가르쳐준 반은 수도사와 같은 삶을 살고 있었다. 그 어떤 정식 서약도 없었지만 금욕을 지켰다. 기도의 규율을 아침 체조와 저녁 수업이 대체했고, 정진이 다이어트로, 순종은 선생에 대한, 그곳에서 하는 말로는 거장에 대한 절대적인 규율적 복종으로 변형되었을 뿐이었다. 그 자체로는 전혀 높이 평가받지 못하던 순결과 관련해서는, 진정한 운동선수의 삶의 구조가 그러해서, 엄청난 육체적 부하와 혹독한 생활 규칙이 청춘남녀에게 공동의 만족을 얻기 위한 노력을 함께 경주하게 하는 저 자유롭고 여유로운 축제 같은 기분을 극도로 제한했다.

서커스 학교는 이날까지도 부토노프를 기억하고 있다. 그는 곡예, 마술, 평형 등 모든 서커스 기술을 놀이 삼아 익혔는데, 그 기술들 하나하나가 그를 탐냈다. 체조에서 부토노프에게 필적할 자는 없었다.

배움의 첫 달들부터 벌써 그를 기성 공연에 참여하라고 불렀다. 그는 무엇이 되고 싶은지 정확히 알았기 때문에 거절했다. 그는 공중곡예사가 되어 대기를 조련하고 싶었다…… 혈통이 모호하지만 서커스 왕조 출신인 젊지 않은 곡예사가 타락한 니콜라이 바실리예비치를 대신해서 부토노프의 선생이 되었다. 외양은 행상인인데 안토니오 무체토니라는 이탈리아식 이름이었다. 간단히 그를 안톤 이바노비치라 불렀다.

아버지 무체토니는 갈리치아*에서 오데사로 가는 삼륜마차 안에서

* 동유럽 북부, 우크라이나 북서부에서 폴란드 남동부에 걸친 지방으로, 카르파티아산맥 북쪽의 구릉과 평야 지대.

빛바랜 푸르고 붉은 서커스 말 옷을 깔고 태어났다. 그의 어머니는 곡마단 기수였고 아버지는 곡예사였다. 그의 얼굴을 얼기설기 덮은 무수한 깊은 주름은 그가 이야기하곤 했던 무수한 자기 이야기만큼이나 진기했다.

그 이야기들 속에는 아주 오래전부터 진실이 허구와 뒤섞여, 그 자신도 어디에서 거짓말을 섞고 있는지 이미 잊어버렸다. 새로운 제자의 범상치 않은 재능이 눈에 띄자 그는 벌써 그의 아들과 조카와 열두 살 된 손녀 니나가 그네에서 그네로 날아다니고 있던 공중곡예단에 차차 그를 집어넣으면 어떨까 생각하고 있었다.

이 년 차 교육이 끝날 즈음 부토노프는 지식과 기술이 부쩍 늘고 아주 아름다워졌다. 그는 단순한 수평과 수직의 직선들로 그린 적백赤白의 포스터들을 통해 알려진, 턱에 가로로 움푹 파인 상처가 있는 공산주의 건설자의 집합적 형상에 점점 더 가까워졌다. 오리같이 코끝을 향해 늘어진 코에서 약간의 마무리되지 못한 부분이 어렴풋이 눈에 띄었지만, 대신에 발달한 어깨와 슬라브인 같지 않은 긴 다리와 어디서 받은 것인지 모르는 우아한 손…… 그리고 그 모든 것에도 불구하고 전례 없는 여성에 대한 면역성.

전에 시콜라 여학생들이 그랬듯이, 서커스단의 소녀들이 그에게 달라붙었다. 털을 민 겨드랑이와 사타구니의 주름, 살팍진 엉덩이, 작고 탄탄한 가슴…… 여기는 모든 것이 너무도 벌거벗었고, 너무도 가까웠다. 그의 동년배 젊은 곡예사들은 사회주의의 뒤뜰에서, 얌스코예 폴레 5번가*의 오아시스에서 만개한 성적 혁명과 예술적 자유의 열매를 즐겼지만, 그는 마치 다른 누구도 아닌 브리지트 바르도가 라스토르구예보의 집에서 푹 꺼진 소파에 누워 그를 기다리고 있다는 듯이 넌더리를 내며 조소 띤 눈길로 소녀들을 바라보았다.

발렌티나 표도로브나는 아들을 애지중지하지 않을 수 없었다. 그는 술을 마시지도 담배를 피우지도 않았고, 여자들과 쏘다니지도 않았다. 좋은 장학금을 받고 있었고, 그녀에게 잘했다. 그래서 그녀는 이웃 여자들 앞에서 우쭐댔다. "네 아들 슬라프카는 건달 중의 상건달이지. 나는 내 아들 발레르카한테 평생 나쁜 말을 들어본 적이 없어……"

이 년 차 말에 부토노프는 도제 자격을 얻어, 특권을 지닌 학생에 포함되었다. 이제 그는 공통의 일과를 따르지 않고, 거장에게 꼭 붙어 공연 파트에 들어가서 일했다. 안톤 이바노비치는 그를 자기 아들의 프로그램에 집어넣었다. 조반니-바냐는 아버지의 재능을 지니지는 못했지만, 아버지의 도제로 어려서부터 서커스 극장의 돔 지붕 밑을 날며 공중제비를 돌았다. 하지만 그의 진정한 열정은 자동차였다. 그는 러시아에 외국산 자동차를 들여온 첫 서커스 단원 중 한 명이었다. 독일에서는 구형이었지만, 서서히 진행되는 조국의 진보를 삼십 년 앞선 빨간색 '폭스바겐'이었다.

그는 소중한 자기 등 밑에 낡은 담요를 신중하게 깔고는 몇 시간씩 자동차 밑에 누워 있곤 했다. 그러면 악독하고 행실이 나쁜 그의 아내 랼카가 악다구니를 퍼부었다.

"저 인간이 차 밑에 누워 있던 만큼 내가 저 인간 밑에 누워 있었으면 귀하게 대접해줬겠네……"

---

* 모스크바 북부 지역의 거리로 국립 서커스 학교가 있던 곳.

아들 무체토니와 아버지의 관계는 단순하지 않았다. 아들이 벌써 서른이 넘어 부토노프의 눈에도 이미 젊어 보이지 않았고 서커스의 개념으로 보면 '공중'은 거의 은퇴할 나이였지만, 그는 아이처럼 아버지를 무서워했다. 많은 세월 그들은 함께 일해왔다. 안톤 이바노비치는 공중서커스의 모든 시간 기록을 깼다. 젊어서부터 안톤 이바노비치는 가장 위험한 묘기를 익힌 첫번째 사람이었다. 1920년대에 그는 선회하며 세 번 공중제비 넘기를 성공한 유일한 사람이었고, 팔 년 남짓 지나서야 그 기술을 되풀이한 또 한 명의 곡예사가 나타났다. 아들에 대해 안톤 이바노비치는 깊이 감춰진 짜증과 함께 이렇게 말하곤 했다.

"바냐가 완벽하게 할 줄 아는 건 떨어지는 거지……"

실제로 그 기술은 극도로 중요했다. 그들은 지붕 밑에서 일했다. 허리에 묶은 안전줄과 그물이라는 이중 안전장치가 마련되어 있었지만, 안전장치와 함께해도 박살이 날 수 있었다. 아들 무체토니는 떨어지는 기술의 대가로 여겨졌다. 타고난 개척자였던 아버지 무체토니는 아들에게 없던 것을 희망 없이 기다리는 데 지쳤다.

하지만 그해 배우들은 전부 프라하에서 열리는 커다란 서커스 축제를 준비중이어서, 안톤 이바노비치는 목에 칼을 대듯이 아들에게 다가갔다. 전쟁 전 한때 아버지 무체토니가 온 나라에 걸쳐 명성을 날렸던 그 기술을 복원해야 했다.

조반니는 마지못해 아버지에게 복종했다. 노인은 그가 전심전력을 다해 일하도록 만들었다. 계속해서 예행연습에 임한 발레리는 그야말로 근육이 떨렸다. 그는 그 길고 복잡한 비행 속에서 몹시 자신을 시험해보고 싶었지만, 안톤 이바노비치는 그것에 대해 말하는 것도 원하지 앉았다. 그는 발레리가 조카 아나톨리와 계속 쌍을 이루도록 했다. 그들은 만나는 비행을 동시에 정확하게 했지만, 그것으로는 누구도 놀라게 할 수 없었다. 모든 공중곡예사가 그 기술부터 시작했다.

예행연습이 반년 동안 이어졌지만, 마침내 이즈마일로보에 있는 중앙이사회에 가서 예술 위원회에 프로그램을 제출하는 날이 왔다. 프라하로의 여행이 결정되었다. 부토노프에게는 첫 외국행이었다.

이사회 내부에 대소동이 일었다. 서커스의 별들과 서커스 거물들의 회합이었다. 모두가 초조해하고 있었다. 벌써 시연 시간이 가까워져오고 있었다. 안톤 이바노비치는 지붕 뒤에 있었던 결속 장구 일부를 검사하러 위로 올라갔다. 너트 하나하나, 볼트 하나하나 꼼꼼히 살폈고, 밧줄들을 만져보았다. 그의 오랜 라이벌 두토프가 무대 감독관이었다. 두토프의 직책이 안전장치에 대해 전적인 책임을 지는 것이었지만, 안톤 이바노비치는 마음을 졸였다.

바냐는 독립된 분장실을 배정받았다. 톨랴와 발레리가 함께 다른 방을 받았고, 세번째 분장실은 여자들에게 제공되었다. 그들은 셋이었다. 젊은 여자 곡예사 둘과, 의심할 여지 없는 미래의 주역인 열두 살된 바냐의 딸 니나였다.

발레리가 복도에서 나는 욕설 소리를 들었을 때, 배우들은 이미 금색 별들이 들어간 진홍색 타이츠를 입고 있었다. 바냐의 자동차가 어떤 차가 들어오는 것을 막고 있다고, 화물차가 지나갈 수 없다고 욕하는 소리였다. 바냐가 뭐라고 대답했고, 목소리가 뭔가 요구하고 있었다. 아나톨리가 문으로 다가가서 귀를 기울였다.

“저 사람들 왜 성가시게 구는 거야? 차 잘 세워놨구먼……”

다른 사람들 일에 끼어들지 않는 발레리는 심지어 내다보지도 않았다. 모든 것이 잠잠해졌다. 몇 분 후 그들의 분장실 문을 두드리는 소리가 나더니, 니나가 코를 들이밀었다.

"발레르, 토마가 널 불러."

젊은 곡예사인 토마는 오래전부터 그와 사귀고 싶어했다. 그것은 부토노프를 우쭐대게도 짜증나게도 했다. 발레리가 그녀에게 가서 들여다보았다.

"발레르, 내 분장 어때?" 그녀가 자신의 둥글둥글한 낯짝을 햇살 아래 드러내듯 부토노프의 시선 아래 놓았다.

늘 그렇듯 분장은 평범했다. 누런 기가 도는 장밋빛 기초화장, 그 위에 은은하게 그린 두 개의 인공적인 홍조의 진홍색 날개에다 짙푸른 색으로 윤곽을 짙게 칠한, 관자놀이 쪽으로 치켜올려진 눈.

"괜찮아, 토마. '안경 쓴 뱀' 모델……"

"에이, 뭐야, 발레르." 토마가 교태를 부리며 값싼 플라스틱 인형같이 래커 범벅인 머리를 돌렸다. "늘 못된 말만 하지……"

발레리가 몸을 돌려 복도로 나왔다. 바냐의 분장실 방문에서 작업복에 스코틀랜드식 타탄체크 셔츠를 입은 머리가 희끗한 사람이 나왔다. 바로 그 셔츠가 부토노프의 주의를 끌기도 해서 나중에 그는 복도에서의 그 만남을 떠올리기도 했다. 십 분 후 출연이었다.

빛줄기, 도약, 빛, 떠밀기, 그네, 연속되는 북소리, 휴지, 음악, 빛줄기…… 모든 것이 정확하게 초 단위로 연출되어 진행되었다. 심지어 들어가고 나가는 것에 이르기까지 프로그램 순서를 외우고 있어서, 모든 것이 탁월하게 진행되고 있었다.

조반니는 이 파트에서 아껴두고 있었다. 그는 위층 둥근 지붕 밑에 신처럼 팔다리를 쫙 벌리고 서서, 젊은이들이 날아다니는 동안 자신에게 빛을 붙잡아두고 있었다. 정확하고 능숙한 연기였지만, 뛰어난 것은 아무것도 없었다. 프로그램 중 최고인, 선회하며 세 번 공중제비 넘기가 조반니의 몫이었다. 예술 위원회의 위원들이 다 그 프로그램을 본 것은 아니었다. 그것은 아주 드물게 연기되었다.

아버지 무체토니는 아주 능숙한 연출가여서 모든 것을 효과적으로 배열했다. 유연한 빛이 흐르고, 음악이 뒷받침한다. 이어서 단번에 완전한 단절. 모든 빛이 둥근 지붕 밑 조반니를 향한다. 어둠에 잠긴 무대, 최고조에 달해 끊기는 음악.

조반니는 온통 빛난다. 금빛으로 물든 머리. 다리에는 훌륭한 예술가가 그의 오다리를 감추기 위해 고안한 정강이 보호대를 했다. 조용히 연이어 울리는 북소리. 조반니가 금빛 머리를 홱 쳐든다. 악마, 그는 악마의 현현이다…… 벨트를 향한 순간적인 움직임. 걸쇠 점검……

부토노프는 아무것도 알아차리지 못했지만, 안톤 이바노비치는 심장이 멎을 뻔했다. 너무 오래 검사하고 있다. 뭔가 문제가 있는 것이다…… 하지만 당장은 모든 것이 박자에 맞는다. 늦지 않았다. 북소리가 숨을 죽였다. 하나, 둘, 셋…… 초과된 일 초…… 그네가 뒤로 멀어져 간다…… 떠밀기…… 도약…… 조반니가 아직 날고 있고 누구도 아무것도 이해하지 못했지만, 안톤 이바노비치는 자세 잡기가 마무리되지 않았음을, 그가 마지막 회전을 다 돌지 않았음을 이미 본다…… 정확하다!

톨랴가 제때 바냐에게 그네를 보내지만, 그는 시간을 못 맞추고 20센티미터가량 틀린다. 그가 날아가며 그네를 잡으려고 손을 뻗는다. 따라잡으려 시도한다. 결코 일어날 수 없는 일이다. 그는 완성된 기하학을 벗어나 날다 아래로, 그물 맨 가장자리로 날아간다. 그물이 가장 팽팽한 곳이어서 거기로 착륙하는 것은 위험하다. 그물이 흔들어 내동댕이칠 것이다…… 정확히 가장자리에 떨어졌다……

그물이 튀어올라서 바냐를 바깥쪽이 아니라 안쪽으로 내동댕이쳤다. 어쨌든 그는 떨어질 줄 안다…… 물론, 실패다, 실패…… 하지만 젊은이는 크게 다치지 않았다.

아니다. 크게 다쳤다. 그물을 내렸다. 안톤 이바노비치가 맨 먼저 달려가서 걸쇠를 와락 움켜쥐었다. 걸쇠가 느슨해져 있었다. 그는 조용히 욕을 내뱉었다. 바냐는 살아 있었지만 의식이 없었다. 부상이 심했다. 두개골? 척추? 판자 위에 눕혔다. 칠 분 후 구급차가 왔다. 최상의 장소인 부르덴코 연구소*로 실어 갔다. 안톤 이바노비치가 아들과 함께 갔다.

부토노프는 두 주가 지나서야 자기 거장을 보았다. 바냐는 살아 있지만 움직이지는 못한다고 알려져 있었다. 의사들이 마법을 부리고 있었지만, 일어서게 할 것이라는 보장은 못했다.

안톤 이바노비치는 아주 수척해져서 이탈리아 그레이하운드를 닮게 되었다. 암울한 생각이 그를 떠나지 않았다. 그는 바냐가 도약 바로 직전에야 걸쇠가 헐거워진 것을 알아차리게 된 일이 어떻게 일어난 것인지 스스로에게 설명할 수 없었다. 그는 그런 경우에도 긴장을 유지하

* 유명한 신경외과 전문 연구소.

면 떨어지지 않으리라는 것을 속으로 알고 있었다. 언젠가 그도 그런 유사한 경우에 처한 적이 있었다. 그때 그는 허리띠를 벗어던지고 밧줄을 묶지 않고 출발했다…… 그런데 바냐는 정신이 나가서 어쩔 줄 몰라하다가 '박살나버렸다'…… 출연 바로 직전에 차를 다시 세우라고 그를 불러낸 점도 이상했다. 차는 잘 주차되어 있었다. 나중에 안톤 이바노비치가 직접 확인해보니 화물차가 지나다녔다……

안톤 이바노비치가 자신이 품은 명확하지 않은 의혹을 부토노프에게 말하자, 그는 억지로 밀어내듯 말했다.

"작업장에서 바냐한테 왔다 간 사람은 일꾼만이 아니었어요……"

안톤 이바노비치가 그의 소매를 붙잡았다.

"말해봐……"

"바냐가 차를 다시 주차하러 나갔을 때, 그의 분장실에 두토프가 들렀어요. 나오는 걸 복도에서 봤는데 체크무늬 셔츠를 입고 있었어요……"

그즈음 발레리는 두토프가 무대 감독관이기도 했다는 것을 이미 알고 있었다.

"빌어먹을…… 잘했다, 이 멍청한 늙은이!" 안톤 이바노비치가 축 늘어진 자기 얼굴을 움켜쥐었다. "바로 그거였어…… 바로 그거……"

부토노프는 병원으로 바냐의 병문안을 갔다. 그는 석관 안에 든 것처럼 턱부터 엉치뼈까지 깁스를 하고 있었고, 머리카락이 빠져서 두 갈래 탈모가 이마 양쪽에서 머리 위로 깊숙이 생겨 있었다. 그가 윙크로 '안녕' 하고 인사했다. 그는 거의 말이 없었다. 발레리는 병원에 간 자신을 저주하며 하얀 손님용 의자에 십 분 정도 앉아 있다가 뭔가 이야기를 해보려 했다. "음, 어." 그러고는 입을 다물었다. 그 일이 있기 전까지 인간이 얼마나 허약한지 몰랐던 그는 진저리를 쳤다.

황량하고 축축한 가을이었다. 라스토르구예보의 배나무가 잎을 떨구고 불에 탄 것처럼 까맣게 서 있어서, 부토노프는 그 밑에 누워 새로운 계시가 나타나지 않을까 귀를 기울일 수 없었다.

서커스 학교를 마칠 때까지 반년이 남아 있었다. 부토노프가 거대한 희망을 걸었던 프라하는 날아가버렸다. 학교도 날아가버렸다. 흐릿한 바냐의 눈이 부토노프의 뇌리를 떠나지 않았다. 바냐-조반니 무체토니는 바로 부토노프가 되고 싶었던 자주적이고 부유하고 외국에도 나갈 수 있는 유명한 배우였다. 그가 타고 다녔던 자동차는 부토노프가 본 것 중 제일 좋은 것이었다. 벌써 오래전부터 그는 빨간 곱사등이 '폭스바겐'이 아니라 하얀색 '피아트' 새 차를 타고 다녔다. 그런데 이렇게 한순간에 전부 무너져내렸다. 겉보기에만 그랬을 뿐, 어떠한 자주성도 없었던 것이다. 죽음의 순간까지 움직이지 못하는 불구상태……

부토노프는 마지막 겨울 시험을 보러 가지 않았다. 학교에는 특화 교육과정과 별도로 보통의 시콜라 과목들도 있었다. 그 시시콜콜한 과목들을 통과하지 못하면 졸업장을 주지 않았다. 부토노프는 아예 더는 학교에 가지 않았다. 반년을 소파에 누워 뒹굴며 입영 통지서를 기다렸다. 2월에 그는 만 18세가 되어, 초봄에 머리를 깎고 군대에 갔다. 처음에 그는 체조에서 1등급 판정을 받아 체에스카로 갈 것을 제안받았지만, 군사 위원회를 몹시 당혹하게 만들며 거절했다. 뭐든 상관없었지만, 스포츠로 돌아가는 것은 원치 않았다. 그는 다른 사람들처럼 병사가 되었다……

하지만 모두에게 그렇듯이, 그에게 '뭐든 상관없어'는 이루어지지 않았다. 재능 때문에 몸을 숨길 데가 없었다. 재능이 그를 어떤 특별한 길로 떠밀었고, 게다가 특별한 기회는 늘 뜻밖에 찾아왔다. 부토노프는 기관총이든 소총이든 권총이든, 뭐든 손에 쥐면 그 누구보다 사격을 잘했다. 심지어 어릴 적부터 사냥을 해온 시베리아 출신 병사들조차 눈과 손의 정확성에서 그에게 뒤졌다.

교육 평가에서 부토노프는 대단한 사격 스포츠 애호가였던 연대장의 눈에 띄었다. 그래서 채 일 년이 가기도 전에 그는 바로 그 체에스카 부대에 속해 있었지만, 이번에는 스포츠 사격팀이었다. 훈련이, 소집이 다시 시작되었고, 다시 등위가 매겨졌다. 최소한 군복무 기간의 후반에는 더없이 즐거운 군생활이 이어졌다.

그는 몸이 7킬로그램 불고 키가 3센티미터 커서 라스토르구예보로 돌아왔다. 제대 후 그의 생활은 거의 하루하루 지체되는 일 없이 정확한 일과로 이루어졌다. 가장 핵심은 그가 뭘 해야 할지 다시 명확히 알았다는 것이다. 그는 서둘러 힘도 들이지 않고 검정고시로 시콜라 졸업 자격증을 받은 바로 그해 여름 체육대학에 합격했다. 모두 허를 찔렸다. 그는 물리치료학부에 들어갔다.

시콜라 시절부터 부토노프의 기억에 자리잡은 그림인 에코르셰, 살갗이 벗겨지고 근육이 드러난 사람이 이제 그의 관심의 중심에 놓여 있었다. 그는 1학년 학생 모두에게 역병인 해부학을 깊이 숭상하며 열의에 차서 공부했다. 기억력이 그다지 예리하지 못해서 읽은 책을 흔적도 없이 영원히 잊어버리곤 했던 그가 모두에게 따분하기 짝이 없는 그 과목에서는 모든 것을 이해하고 기억했다.

부토노프에게는 타고난 육체적 재능과 더불어 당시의 그를 있게 한 또하나의 특성이 있었다. 도제교육에 대한 소질이었다. 그를 배신한 코치 니콜라이 바실리예비치도, 불쌍한 무체토니도, 기꺼이 복종하며 기술을 파고들어 마치 안에서부터 통달하는 것 같은 그의 소질을 높이 평가했다.

부토노프는 세번째이자 마지막 선생을 대학에서 3학년 때 만났다. 중국 동부철도 종사원 출신의 변변찮고 볼품없는 사람으로, 이바노프라는 가짜 성을 쓰는 모호하고 굴곡진 과거사의 소유자였다. 그 자신이 말하기를, 그는 상하이에서 태어나 중국어를 완벽하게 알았고, 여러 해를 인도에서 살았고 티베트도 가봐서 우리의 반半유럽에서 신비로운 아시아를 대표하고 있었다. 그는 당시 유행하기 시작하던 동양의 격투기들에 통달했고, 중국식 마사지를 가르쳤다.

가짜 이바노프는 육체에 대한 부토노프의 비상한 감각에 탄복했다. 그의 손가락들에는 많은 자주성과 지혜가 들어 있었다. 부토노프는 디스크 탈출이 일어난 곳이 어디인지, 어디어디에 염분 축적이 일어났는지, 단순 근수축이 일어난 곳은 어디인지 순간적으로 포착하곤 했다. 그의 손이 불가해한 점點의 과학을 저절로 습득하고 있어서 머리를 끌어들일 필요가 없었다.

부토노프가 충분한 언변과 인문적 소양을 지녔더라면, 그는 등의 활기찬 기분에 대해, 다리의 기쁨에 대해, 손가락들의 지혜에 대해 이야기할 수 있었을 것이고, 마찬가지로 등에 깃든 게으름에 대해, 힘을 쏟을 기분이 아닌 넓적다리나 잠결에 겨운 손에 대해서도 이야기할 수 있었을 것이다. 그는 몸의 삶이 지닌 그 모든 특성을 앞에 놓인 마사지용 탁자에 누워 있는 사람 속에서 당장 판별해낼 수 있었다.

가짜 이바노프가 반쯤 텅 비었고, 벽에는 티베트의 성상화가 가득 걸린 방 하나짜리 아파트에 부토노프를 초대했다. 섬세한 동양 전문가인 그는 비범한 제자에게 고결한 요가와 지혜로운 바가바드기타*와 중국의 우아한 팔괘 역학에 대한 관심을 불러일으키려고 애썼다. 그러나 부토노프는 정신의 영역에는 완전히 문외한이었다.

"이것들은 다 너무 지적이네요." 그가 오른쪽 손끝의 벌림근들을 가볍게 움직이며 말했다.

선생은 실망했다. 대신 부토노프는 실제적인 요가와 점 마사지를 아주 빠르게 모든 뉘앙스와 함께 익혔다.

그 시절 이바노프는 커다란 성공을 누리고 있었다. 비단 역도 세계 챔피언, 천재적인 발레리나, 스캔들이 끊이지 않는 작가 등 보기 드문 여러 유명인들이 마사지를 받는 위대한 마사지사로서뿐만이 아니었다. 그는 그 시절의 세련된 오락인 집에서 열리는 다양한 세미나에 참여했고, 요가 특별 수업을 했다. 그는 자신의 활동에, 적어도 자신의 활동 중 표면적으로 드러나 보였던 부분에 부토노프도 끌어들였다. 부토노프는 정보기관과 관련된, 선생의 활동의 다른 측면에는 관여하지 않았다. 많은 세월이 흐른 뒤에야 그는 어떤 견장이 선생의 어깨에 보이지 않게 붙어 있었는지 대체로 짐작할 수 있었다.

선생은 부토노프를 조수로 승급시켰다. 그는 자기 수강생들인 요가 애호가들을 곧장 '열반'을 향한 해방의 지고한 길로 이끌었고, 부토노

---

* 베다, 우파니샤드와 함께 힌두교의 3대 경전으로 꼽히는 철학서.

프는 양탄자 위에 다리를 벌리고 앉아 그들에게 연꽃, 사자, 뱀 등의 자세와 인간 같지 않은 여타 형상을 가르쳤다.

모임 중 하나는 아카데미 회원인 대학자의 커다란 아파트에서, 그 딸의 초대로 이루어졌다. 모임 참석자들 모두의 육체가 하나같이 반죽 모양으로 이루어져 있어서, 부토노프는 자신이 그토록 좋은 결과를 얻었던 몸의 감각을 그들에게 가르쳐야 했다. 그들은 모두 학자들로, 물리학자, 화학자, 수학자였다. 부토노프는 그들에 대해 그들 모두가 전혀 납득할 수 없을 가벼운 멸시의 감정을 느끼고 있었다. 그들 중에 키 크고 살찐 수학자인 올랴라는 아가씨가 있었다. 다리가 육중하고 얼굴이 좀 투박했는데, 연습 시간에는 타고난 부드러운 장밋빛 얼굴이 당장 덤빌 듯 벌게졌다.

알게 된 지 두 달 후 그들은 양쪽 친구들이 깜짝 놀라 만류하는 가운데 결혼했다. 아파트의 안주인은 목전에 닥친 혼인에 대해 알고 나서 혀를 찼다.

"그래, 불쌍한 올레치카가 이 번드르르한 짐승하고 뭘 할 거냐고!"

그러나 올랴는 그와 특별한 그 무엇도 하지 않았다. 그녀는 머리만 있는 차가운 사람이었는데, 아마 그녀의 직업과 관련이 있을 것이었다. 그 무렵 그녀는 수학의 귀중한 영역인 위상기하학 분야의 학위논문 방어를 이미 마쳐서, 잘 감지 않은 덥수룩한 머리카락들의 엄호 아래 놓인 그녀의 거대한 머리에서 진행되던 섬세한 지적 노동이 그녀의 삶의 주된 내용이었다.

부토노프는 눈 위에 난 새의 발자국들처럼, 아내의 탁자 위에 놓인 종이들을 뒤덮은 구불구불한 작은 갈고리들에 대해 특별한 존경을 느끼지 않았다. 그는 작은 부호들과 종이의 왼편에서부터 간혹 나오는 인간의 말을 보며 헛기침을 할 뿐이었다. "상술한 바를 통해 보이듯이, 이로부터 뒤따르는 것은…… 정의를 살펴보자……"

올가는 유순하고 좀 꾸물대는 성격이었다. 발레리는 그녀의 둔중함과 생활상의 게으름에 놀라고 있었다. 그녀는 변비를 벗어나게 해주는 몇몇 요가 연습을 하는 데도 게으름을 피웠다.

발렌티나 표도로브나는 며느리가 마음에 들지 않았다. 우선, 발레리보다 네 살이나 많아서였고, 또 둘째로, 도통 살림을 몰라서였다. 그러나 올랴는 무심하게 미소만 지을 뿐, 시어머니의 불만을 전혀 눈치채지 못했다. 발렌티나 표도로브나는 울화통이 터질 지경이었다.

부부생활의 기쁨은 아주 적당했다. 어릴 적부터 근육의 만족을 지향한 부토노프는 특별한 쾌락을 담당하는 크지 않은 무리의 근육은 놓쳤다. 당연히 그 분야에서의 성취에는 등위가 매겨지지도 않았고, 뛰어나다고 해서 받아줄 팀도 없었다. 그래서 그의 본능은 젊은이의 허영심 앞에서 물러섰다.

여자들에 대한 그의 놀라운 절제를 촉진하는 원인이 하나 더 있었다. 여자들은 그가 꽉 끼는 짧은 바지만 입어도 바로 그 순간부터 그에게 사랑에 빠졌다. 연모하는 여자들이 구름떼처럼 그를 따라다니며 피곤하게 만들었다. 그는 좀더 나이가 들어서는 그에 대한 이 지속적인 관심을 그의 몸에 대한 가해로 느끼기 시작해서, 최상의 자산을 필사적으로 지켰다. 그 자신의 몸이 지닌 가치는 갈망하는 여자들의 몸에 대한 놀랍도록 손쉬운 접근과 수많은 만남의 신청에 의해 더더욱 강조되었다.

첫 성적 경험들은 그다지 성공적이지 못했고 중요하지도 않았다. 서른 살 먹은 이웃 여자, 체에스카 식당 여급, 표정이 지워진 얼굴을 한 동창생 수영 선수 등 그들 모두가 열렬히 그를 원하며 관계를 지속시키는 데 골몰했다……

부토노프 자신에게 그 만남들의 값어치는 복도에서 쾅쾅대는 문소리와 벽 뒤 화장실에서 물 내리는 소리 때문에 요정의 형상이 아직 완전히 흩어지지는 않은 끝자락에 성공적으로 마무리되는 달콤하고 에로틱한 꿈보다 약간 더 높은 정도였다.

부토노프의 삶을 이루는 모든 것이 평온하고 정연했다. 올가가 학위 논문을 방어한 지 석 달 뒤에 그들은 결혼했고, 또 석 달 뒤에 그녀는 임신해서 서른 살이 되기 석 달 전에 딸을 낳았다.

그녀가 아이를 배고, 낳고, 그토록 육중한 두 부모에게서 태어난 아주 작은 여자아이를 식량의 관점에서 보면 부족한 큰 가슴으로 젖 먹여 기르는 동안, 부토노프는 대학을 마치고 테니스 선수들에게 팔렸다.

그는 행성에서 가장 건강한 사람들의 건강을 돌보며 그들의 외상을 치료하고 근육을 풀어주었다. 한가한 시간에 그는 똑같은 일을, 그러나 사적으로 했다. 그는 많은 돈을 벌어 자립했다. 스승에게 환자 집단을 물려받은 그에게는 브토* 레스토랑에서 당 중앙위원회 매표소에 이르기까지, 모든 문이 열려 있었다.

일 년 후 큰 테니스 대회가 마침내 그를 외국으로, 먼저 프라하로—부토노프는 프라하에 당도했다!—그다음에는 런던으로 데려갔다. 그

* 소비에트 연방 연극협회.

게 꿈꿀 수 있는 전부였다.

부토노프의 명예를 위해, 그가 취한 높은 보수는 일의 대가였다는 점을 말해야만 한다. 그는 자기가 보호하는 테니스 선수들과 발레리나들과 배우들의 몸을 완전한 상태로 유지해주고 있었지만, 그 밖에 심각한 부상 후의 회복에도 종사했다. 그의 허영심이 마침내 합당한 근거를 찾았다. 그를 두고 기적을 이루어낸다고들 했다. 그의 손에 관한 전설이 자라났지만, 그 자신은 전설의 가격을 잘 알아서 예전에 운동할 때 그랬던 것처럼 가능한 것의 경계 위에서 일했다. 그리고 그 경계는 조금씩 움직였다.

그는 바냐 무체토니를 자기가 이룬 최상의 성취로 여겼다. 그는 이바노프가 그에게 척추 진단과 시술의 첫 단계들을 보여주던 바로 그때부터 바냐의 회복에 몰두했다. 부토노프는 여러 번 이바노프를 무체토니에게 데려갔다. 이바노프가 한번은 위대한 중국인을 보냈는데, 그는 강한 향을 내는 풀로 만든 뜸들을 바냐의 등에 놓고 지졌다.

그러나 주된 작업은 부토노프의 것이었다. 그는 육 년을 계속해서 거의 한 번도 거르지 않고 일주일에 두 번씩 움직임 없는 등 위에서 주술을 행했다. 그러자 바냐는 일어나서 특별한 보행기구에 의지해 집안을 걸어 다닐 수 있게 되었고, 서서히, 아주 서서히 회복되어갔다.

얼굴에 주름이 한층 더 늘어난 안톤 이바노비치는 부토노프를 신처럼 떠받들었다. 열두 살 때부터 그에 대한 사랑에 빠진 손녀 니나는 단 하나의 관점에서 남자들을 바라보았다. 이런저런 구애자가 부토노프를 얼마나 닮았는가. 십 년을 바냐와 이혼하려 했던 악독한 랼카 무체토니는 불행한 일이 일어난 뒤에 변해서 점잖고 신중하고 활기찬 다른 사람이 된 것 같았다. 그녀는 주문받은 스웨터를 떠서 가족을 먹여 살렸고, 결코 한탄하지 않았다. 부토노프의 생일에는 보통 뭔가 털실로 짠 걸작을 선물하곤 했다.

10월 중순에 부토노프는 찌푸린 얼굴을 하고 바냐에게 왔다. 일할 기분이 아니었다. 그는 한 시간 반 동안 일하더니 항상 그래왔던 것과 달리 차나 커피를 마시지도 않고 떠나려 했다. 랼랴가 그를 붙들고 차를 가져와서 이야기를 나누었다.

부토노프는 다음날 운동선수들 무리와 함께 하는 시연을 위해 아무짝에도 쓸모없는 도시 키시뇨프*로 바보 같은 여행을 가야 한다고 푸념했다.

랼카가 갑자기 안달하며 기뻐했다.

"가, 가, 거기는 지금 기적같이 멋져. 네가 지루하지 않게 너한테 일을 하나 맡길게. 내 친구한테 선물을 가져다줘."

그녀가 장롱을 뒤지더니 하얀 모헤어 스웨터를 끄집어냈다.

"그들은 교외에 살아. 촙다르 시소예프의 유명한 곡마단이야. 들어본 적 없어? 촙다르는 아주 무서운 늙은 집시야. 로스카는 곡마단 기수고." 랼랴는 스웨터를 봉투에 집어넣고 주소를 썼다.

부토노프는 별로 내키지 않아하며 가져다줄 물건을 집어들었다.

……키시뇨프에서의 첫 반나절은 부토노프에게 자유로운 시간이었다. 그래서 호텔에서 숙박하고 아침 일찍 거리로 나선 그는 모르는 도시를 지시된 방향으로 걸어 시장을 향해 갔다. 그나마 눈앞에서 녹아

* 몰도바의 수도.

내리는 아침 안개 속에서 발레리에게 드러나 보이던 도시의 일부는 볼만한 건축이 전혀 없어 볼품없었다. 하지만 땅 위에서 썩어가는 달콤한 열매 향기를 품은 남방의 대기는 좋았다. 향기는 어딘가 먼 곳에서 실려오고 있었다. 새로 건물을 짓기 시작한 거리들에는 나무 한 그루 없었기 때문이다. 색만 화려하지 향기는 전혀 없는 붉은색과 진홍색 쑥부쟁이들만 콘크리트판에 둘러싸인 장방형의 잔디밭에 자라 있었다. 따뜻한 휴양지 느낌이 들었다.

발레리는 시장에 이르렀다. 손수레와 우마차, 말과 소가 크지 않은 빈터에 가득했다. 콧수염이 늘어진 키 작은 사내들이 따뜻한 털모자를 쓰고 바구니들과 상자들을 끌고 있었다. 아낙들은 판매대 위에 토마토와 포도와 배를 산더미처럼 쌓고 있었다.

'집에 가져가야겠네.' 얼핏 생각이 스치던 차에 발레리는 바로 앞에 있는, 그에게 필요한 번호를 가진 버스의 우글쭈글한 궁둥이를 보았다. 버스는 텅 비어 있었다. 발레리가 버스에 타고 몇 분이 지나자 운전사가 운전석으로 기어들어와서 말 한마디 없이 출발했다.

길은 작은 흙집들과 작은 포도밭들을 지나며 점점 예뻐지는 교외로 오래 이어졌다. 정거장이 자주 있었다. 길의 한 구역에서 아이들이 가득 몰려들었다가는 시콜라 근처에서 한꺼번에 다 내렸다. 마침내 거의 한 시간이 지나서 마지막 정거장에 닿았다. 도시도 아니고 농촌도 아닌, 이상한 중간 지역이었다.

발레리는 오늘 아침 그의 삶에서 얼마나 중요한 날이 시작되었는지 아직 모르고 있었지만, 왠지 세세한 것을 다 아주 잘 기억했다. 작은 공장 두 개가 길 양편에 서서, 물리학 법칙을 완전히 무시하며 서로의 얼굴에다 대고 연기를 내뿜고 있었다. 물리학 법칙에 따르면 바람이 그들의 쥐색 연기를 한 방향으로 실어가야 할 것이었다.

관찰력이 있는 부토노프는 어깨를 으쓱했다. 길을 따라 온실들이 줄지어 늘어서 있었는데, 그것 또한 이상했다. 10월 말에도 기온이 20도여서 모든 것이 유리 없이 잘 영그는데 여기에 온실이 있을 까닭이 뭐란 말인가……

이어서 길을 따라 농장 부속건물들과 마구간들이 서 있었다. 부토노프는 바로 그곳으로 향했다. 멀리서 마구간 문이 열리는 것이 보였다. 문 열린 구멍이 벨벳의 어둠으로 가득차 있었고, 거기에서 키 큰 검은 수말이 하얀 이빨을 드러내며 나왔다. 뜻밖에도 부토노프는 그 말이 청동 기마상*에 있는 말처럼 거대해 보였다. 하지만 청동 기마상 같은 건 전혀 없었다. 곱슬머리의 작은 소년이 수말의 고삐를 잡아끌고 있었다. 가까이 가서 보니 사내아이가 아니라 빨간색 블라우스에 더러운 하얀색 면바지를 입은 젊은 여자였다.

처음에 부토노프는 그녀의 장화에 주의를 돌렸다. 코가 두껍고 뒤꿈치가 투박한 가벼운 장화여서 말을 타고 달리기에 아주 적당했다. 그러고 나서 그는 그녀와 눈길을 마주쳤다. 그녀의 거울 같은 검은 눈이 검은 화장으로 조잡하고 길게 늘여져 있었다. 주의깊고 호의적이지 않은 시선이었다. 모두 멈추었다. 말이 짧게 울었다. 그녀가 짧게 자른 손톱이 빨간 눈부시게 하얀 손으로 말의 기갑**을 철썩철썩 때렸다.

"춥다르 만나려고?" 그녀가 상당히 무례하게 물었다. "저기 있어."

---

* 표트르대제의 청동 기마상.

** 목과 등 사이에 불룩 올라온 부분.

그녀는 가까이 있는 헛간 쪽을 가리키고는, 화장품냄새와는 전혀 다른, 어떤 달콤하고 불안한 향기를 발레리에게 끼얹고서 높이 걸어올린 등자에 발을 걸고 안장으로 날아올랐다.

"아니야, 로자를 만나야 해." 부토노프는 그녀가 바로 로자라는 사실을 이미 이해하고 있었다. "랼랴 무체토니가 보내는 물건이 있어서." 그가 배낭에서 봉투를 끄집어내서 들어올렸다.

그녀는 말에서 내리지 않은 채 봉투를 잡고는 팔을 휘저어 활짝 열린 마구간 문 안으로 던졌다. 그러고는 치아를 반짝이고서, 미소를 지었다기보다는 치아를 드러내고 활짝 웃고서, 재빨리 물었다.

"어디 묵고 있는데?"

"호텔 '시월'에."

"아하, 좋아. 나 지금 바빠." 그녀가 손을 흔들고 와 하는 함성을 지르더니 그 자리에서 전속력으로 달려나갔다.

그는 그녀를 시선으로 뒤쫓았다. 흥분과 환희, 그리고 그가 앞으로 오랫동안 해명해야 했던 어떤 알지 못할 감정이 일었다. 어쨌든 그날은 그의 삶에서 그가 아직 여자들에 대해 전혀 흥미를 느끼지 않았던 마지막날이었다.

저녁에 발레리는 세제 냄새가 나는 호텔방 침상에 오랫동안 누워, 건방진 집시 여자와 그녀의 멋진 수말과 정류장에서 버스를 기다리며 관찰했던, 마구간 뒤에 몰아놓은 드문 종의 키 작은 노란 말들을 떠올렸다.

'아무튼 불쾌한 여자야.' 발레리는 말들과 마구간냄새와 텅 빈 따뜻한 하루의 느릿느릿한 기쁨에 물든 꿈속으로 미끄러져 내려가며 결론을 내렸다. 가볍고 긴 스타카토의 노크가 그 상태에서 그를 끄집어냈다. 그는 베개에서 몸을 일으켰다.

그가 잊고 잠그지 않은 것으로 드러난 문이 서서히 열리더니 방으로 여자가 들어왔다. 발레리는 침묵하며 응시했다. 처음에는 청소부라고 생각했다.

"아, 기다리고 있었네." 여자가 약간 쉰 목소리로 말한 순간 그는 그녀를 알아보았다. 아침의 그 말 탄 여자였다.

"거기 누구냐고 물으면 돌아서서 가려고 했지." 그녀가 웃음기 없이 말하고는 침대에 걸터앉았다.

그녀는 그가 아침에 속으로 인정했던 바로 그 장화를 벗었다. 먼저 왼쪽 장화 뒤축을 밟아서 벗어던진 다음, 오른쪽 장화는 손으로 벗겨내고 약간 힘들여 구석에 집어던졌다.

"뭘 멍하니 쳐다봐?"

그녀가 침대 곁에 일어서니 키가 작았다. 그 겨를에 그는 또 저런 작고 날카로운 여자는 전혀 좋아하지 않는다는 생각이 들었다.

그녀는 선물받은 바로 그 하얀 스웨터를 벗어던지고 더러운 하얀 면바지의 단추를 끄르더니, 바지를 벗지 않은 채 이불 밑으로 파고들어서는 그를 껴안고 떨리고 지친 목소리로 말했다.

"온종일 애타 죽는 줄 알았어. 널 너무 원했어……"

부토노프는 숨을 내뱉고, 보통 그가 좋아한 여자들이 어떤 여자들인지를 영원히 잊었다……

부토노프가 그녀에 대해 알게 된 모든 것은 나중에 알게 된 것이었다. 그녀는 집시 여자가 아니라 페테르부르크의 교수 집안 출신의 유대인 여자였고, 칠 년 전 집을 떠나 시소예프에게 갔다. 첫 결혼에서 낳은 딸은 그녀의 부모가 키웠는데 그들은 그녀를 신뢰하지 않았다. 그러나 가장 중요하고 놀라운 사실은 아침 무렵 그에게 드러났다. 스물아홉이 다 되도록 그는 광대한 대륙 하나를 모르고 지냈다. 안팎으로 활활 타는 이 작고 연약한 여자가 어떻게 그를 그토록 자기 몰입에 빠지게 할 수 있었는지 알 수 없는 노릇이었다. 자신이 걸쭉하고 달콤한 액체 속에서 녹는 장밋빛 알사탕 같다는 느낌이 들 정도였고, 온몸의 피부가 신음하다 부드러움과 행복에 녹아내릴 정도였다. 온갖 접촉과 미끄러짐이 영혼 자체를 꿰뚫고, 표면이 다 내면 깊숙이, 심연 속에 자리한 것 같았다. 그는 자신의 안팎이 뒤집힌 것 같은 느낌이 들었고, 그녀가 가녀린 손가락들로 그의 귀를 막지 않는다면 그의 영혼이 틀림없이 멀리 날아가버리리라는 것을 깨닫고 있었다……

아침 여섯시에 그녀가 손에서 풀지 않은 진기한 손목시계가 약하게 재깍거렸다. 그녀는 두 다리로 그의 허리를 감고 창문턱에 앉아 있었다. 그는 그녀 앞에 서서 그녀의 배꼽 아래에 툭 튀어나온, 그의 존재를 의미하는 돌출물을 보고 있었다.

"끝." 그녀가 말했고, 얇은 뱃가죽을 거쳐 빠져나오는 돌출물을 쓰다듬었다.

"가지 마." 그가 부탁했다.

"벌써 갔어." 그녀가 웃음을 터뜨리자 흡혈귀같이 불쑥 튀어나온 위쪽 송곳니들이 눈에 띄었다.

그가 손가락으로 그녀의 치아를 쓰다듬었다.

"나 뱀파이어 아니거든." 그녀가 웃음을 터뜨렸다. "그냥 음탕한 년

일 뿐이야. 내가 마음에 들어?"

"아주." 그가 솔직히 대답했다. 그녀는 그의 화살을 발사되지 않은 채로 남겨두고 뛰어내렸다.

그녀가 샤워하러 갔다. 그녀의 다리는 굽어 있었고, 몸에 그다지 가지런히 끼워져 있지 않았다. 그러나 욕망은 타오를 뿐이었다. 그는 밤에 그녀의 목에서 미끄러져 끊어진 금목걸이를 뒤집힌 침구에서 꺼냈다.

욕실에서 물이 울부짖었고, 그는 손가락으로 목걸이를 만지작거리며 창밖을 보고 있었다. 어제처럼 오늘도 눈부신 안개가 끼어 있었고, 태양은 안개의 녹는 광채 뒤에 있으리라 짐작되었다.

그녀가 커다란 물방울들에 뒤덮인 채 방으로 들어왔다. 그는 그녀에게 목걸이를 내밀었다. 그녀가 목걸이를 쥐고는 완전히 길게 펴서 탁자 위에 던졌다.

"고치면 그때 줘. 오늘 수요일이야?"

그녀가 작은 가슴에서 남은 물방울을 털어내고, 젖은 좁은 몸에 힘겹게 바지를 끌어올렸다. 아직 '아프로'*로 불리지 않아 다른 누구의 것도 아니라 그녀 자신의 스타일이었던, 탄력 있는 검은 머리카락 속에 또한 큰 물방울들이 맺혀 있었다. 이미 걱정스럽고 사랑스러운, 보기에도 심한 몇몇 작은 흉터가 가슴 아래 그녀의 몸에서 왼쪽 배와 오른 팔뚝에 보였다. 그녀는 전혀 여성스럽지 않았던 것 같다. 하지만 그가 이전에 알았던 여자들은 다 그녀와 비교하면 밀가루 죽도 삶은 양배추도 아닌 것 같았다……

* 아프리카계 미국인들이 주로 하는 곱슬머리 스타일.

"있잖아, 발레라? 우리 딱 일주일 후에 피테르* 중앙우체국에서 만나자. 열한시에서 열두시 사이에……"

"오늘은 어때?" 부토노프가 물었다.

"아니야, 안 돼. 시소예프가 널 죽일 거야. 아마 나도……" 그녀가 웃음을 터뜨렸다. "정확히 누굴 죽일지는 모르지만, 누굴 죽이긴 할 거야……"

일 년 동안 그들은 또 세 번의 만남을 가졌다. 그다음 그녀는 사라졌다. 발레리에게서 사라진 게 아니라 완전히 사라져버렸다. 부모도 시소예프도 그녀가 누구와 그리고 어디로 모습을 감췄는지 몰랐다……

그때부터 부토노프는 여자를 거부하지 않았다. 기적은 없지만, 만약 가능한 것의 경계에, 집중의 극한에 머물면, 여기, 바로 육체의 아래쪽에서 번개가 치고, 모든 것이 환히 밝아오기도 하고, 바로 그 칼의 느낌이 활활 타오르기도 한다는 것을 알았다. 과녁을 향한 칼이 부르르 떨고는 과녁의 정중앙에서 가만히 멈춘다……

* 페테르부르크.

8

밤 아홉시가 넘어 만에서 돌아와 잠든 아이들을 자리에 눕힌 어른들은 메데야의 부엌에 둘러앉아 차를 마셨다. 모두 지쳤지만 헤어지고 싶지 않았다. 어떤 불분명한 '다음 편에 계속'이 대기 중에 걸려 있었다. 성실한 어머니인 노라조차 잠시 앉아서 차를 마시기 위해 딸을 낯선 곳에 눕히는 데 동의했다.

마샤만 부엌에 없었다. 돌아오는 도중에 이미 그녀는 피가 근질근질한 불쾌한 느낌이 들었고, 뭔지 모를 드문 경련 중 하나가 그녀에게 닥치고 있음을 알았다. 병마다 모두 별개의 과제처럼 심사숙고하는 그녀의 의사 남편 알리크는 마샤에게 어떤 드문 형태의 혈관 알레르기가 있다고 여겼다. 한번은 그와 같은 경련이 그의 눈앞에서 시작된 적이 있다. 그들이 새해를 축하하기 위해 시골에 갔을 때였다. 세면대의 차가운 수도꼭지에 닿은 마샤의 팔에 화상 비슷한 흔적이 남았다. 두 시간 후 열이 올랐고, 저녁 무렵에는 마샤의 온몸에 두드러기가 돋았다……

비슷한 뭔가가 이번에 그녀에게 일어났지만, 무심한 금속과 접촉했기 때문이 아니라 순간적으로 스친 부토노프의 손길 탓이었다. 아마 그저 봄볕에 너무 많이 노출된 탓일 수도 있었다…… 그러나 오른 팔뚝이 선홍색이었고 약간 부풀어올랐다.

집에 도착하자마자 마샤는 곧장 손에 잡히는 대로 이불로 몸을 둘둘 말고 자리에 누웠다.

오한에 몸이 떨리고 갈증으로 고통받는 동안, 그녀는 내내 반복되는 똑같은 꿈을 꾸었다. 그녀가 침대에서 일어나 부엌으로 간다. 물이 맨 밑바닥에 조금 남은 양동이에서 물을 떠내려고 하는데, 컵이 양철 바닥을 긁기만 하고 물은 모이지 않는 것 같다…… 그와 동시에 해변과 뜨거운 태양 그리고 실제 갈증과 뒤섞인 불명확한 기다림이 담긴 어떤 거친 시구들이 저절로 형성되고 있었다……

게오르기는 담배를 피우러 밖으로 나와 집 곁에 있는 벤치에 앉았다. 그러고는 객석에서 연극 무대를 바라보듯이 어둠 속에서 활짝 열린 부엌문의 환한 직사각형 안을 바라보았다. 석유램프에서 나오는 노란 빛과 난로에서 낮게 깔려 나오는 검붉은 빛, 이중의 빛이 떨리고 있었다. 하루 동안 위험한 봄볕에 그을린 얼굴들이 짙은 화장을 한 듯했다. 어두운 메데야와 나란히, 머리카락을 높이 들어올려 핀으로 고정하고 앞머리를 세운, 밝은 노라가 앉아 있었다. 니카가 그녀에게 얼굴에 케피르*를 바르라고 했다. 얼굴이 이제 윤기 없이 빛났다. 그녀가 머리카락을 들어올렸을 때, 그녀의 이마는 어린아이들과 중세 독일 성모상의 이마가 그렇듯이 너무 높고 가팔랐다. 그 결함이 그녀의 얼굴을 더 사랑스럽게 만들고 있었다.

장미색 티셔츠를 입은 부토노프의 탄탄한 등과 니카의 날개 돋친 그림자도 보였다. 기타의 목과 손들이 벽에서 흔들리는 것이었다. 탁자 가운데에는 값비싼 공처럼 사모바르가 서 있었지만, 차를 끓이지는 않았다. 게오르기가 마침내 부엌으로 전깃줄을 끌어왔지만, 이날은 무슨 일인지 마을에 전기가 공급되지 않았다.

빛 외에 니카가 꾸밈없고 강한 목소리를 짜내어 부르는 선율 또한 밖으로 흘러나왔다. 음악을 배우지 않은 손이 빚는 단순한 화음이 노래를 뒷받침했다.

당시에는 모두가 오쿳자바[**]를 불렀는데, 그 노래들을 좋아하지 않는 사람은 게오르기가 유일했다. 게오르기에게 그 노래들은 소맷동 같았고 벨벳 캐미솔 같았다. 하늘빛과 금박으로, 우유와 꿀 냄새로, 온갖 낭만적 매력으로 그를 짜증나게 했다. 아마 그의 신경이 거슬린 주된 이유는 매혹적인 그 노래들이 의지에 반해 영혼 속으로 기어들어서는 오랜 울림으로 기억 속에 어떤 흔적을 남겨놓고 있었기 때문일 것이다.

많은 세월 그의 일은 가장 쓸데없는 학문인 고동물학과 연관된 것이었고, 그것이 그의 인식에 이상한 특성을 부여하고 있었다. 세상 모든 것이 단단한 것과 부드러운 것으로 구분되었다. 부드러운 것은 감정을 어루만졌고, 냄새가 났고, 달콤하거나 역겨웠다. 한마디로 말해 정서적 반응과 연관되어 있었다. 반면 단단한 것은 현상의 본질을 규정하

* 동물의 젖을 발효시켜 만든 알코올음료.

** 20세기 후반에 많은 사랑을 받은 소련 음유시인.

고 있었고, 현상의 뼈대였다.

게오르기에게는 페르가나*나 이곳 알차크** 근방 어느 산비탈의 돌 속에 박힌 굴껍데기를 하나 손에 쥐어보는 것으로, 오래전 사라진 살집 두툼한 이 동물이, 그것의 단단한 근육과 원시적인 신경절, 다시 말해 조그만 살을 이룬 모든 것이 팔레오기紀***의 열 단계 중 어느 단계에 살아 있었는지 규정하기에 충분했다. 그처럼 오큇자바의 노래들도 살 같았다. 말하자면 그가 음악의 단단한 골격을 느끼던 슈베르트의 노래들과 달리, 순전히 살 같았다. 그가 독일어를 몰라서 방해받지 않는 것도 다행이었다……

게오르기는 평평한 돌로 꽁초를 짓누르고 부엌으로 들어가서, 졸음에 겨운 노라의 사랑스러운 얼굴이 잘 보이는 가장 어두운 구석에 앉았다.

'별로 행복해 보이지 않는 게, 완전 북쪽 여자야.' 그는 곰곰이 생각했다. '페테르부르크 여자야. 저런 유형의 원기 없는 금발 여자들이 있지. 손가락이 투명하고, 파란 실핏줄도 보이고, 복사뼈하고 손목이 가늘고…… 젖꼭지는 아마 옅은 장밋빛일 거야……' 갑자기 그의 몸이 후끈 달아올랐다.

노라가 그의 생각을 느끼기라도 한 것처럼 가녀린 두 손바닥으로 얼굴을 감쌌다.

게오르기의 젊은 시절은 동료 지질학자들과 함께, 지방의 여자 요리

---

* 우즈베키스탄의 도시.

** 수다크 인근의 곶 명칭.

*** 신생대의 첫번째 시기.

사들과 함께, 늘 탄탄한 넓적다리를 모기한테 뜯길 준비가 되어 있던 실험실의 고분고분한 여자 조수들과 함께, 여자 친구였던 지리학자들과 함께 오래전 과거에 남겨졌다.

아집과 게으름이 뒤섞인 아르메니아인 기질로 인해, 또한 어머니가 불어넣은 가족 신화에 충실해서 그는 대중적 가벼움과 그의 집단의 모든 관례와 친구들의 조롱을 무시하고 뚱뚱한 조이카에 대한 음울한 정절을 간직했다. 그러나 아무리 노력해도 십오 년 전 도대체 그녀의 무엇이 그의 마음에 들었던 것인지 전혀 떠올릴 수 없었다. 하얀 양말을 하나하나 가지런히 쌓던 감동적인 동작 외에는 아무것도 없었다……

그는 방울방울 끓어오르며 자신을 속 타게 하고 흥분시키는 자극적인 안쪽 공기를 피해 바깥바람을 쐬고 싶어서 다시 부엌에서 나갔다.

'가버렸어.' 노라가 속상해하며 생각했다.

니카는 좋아하는 유혹 작업을 벌이고 있었다. 레이스같이 섬세하고, 달구어진 레인지에서 나서 어느 공간이든 한순간 가득 채우는 파이 냄새처럼 보이지 않지만 느껴지는 일이었다. 그것은 그녀의 영혼의 요구, 영적 양식에 가까운 일이었다. 니카에게 있어서 남자를 자신에게로 돌려세우던, 보통 남자들 특유의 내면 깊은 곳에서 흐르는 그들 자신의 삶에 대한 염려를 뚫고 그녀에 대한 관심을 일깨우던, 작은 미끼들과 올가미들을 놓던, 선명한 실들을 그녀 자신에게로 자신에게로 끌어당기던 순간보다 더 지고한 순간은 없었다. 여기 지금, 여전히 방 반대쪽 끝에서 계속 누군가와 말을 나누고 있는 그가 그녀의 목소리에 귀를 기울이기 시작하고, 그녀의 기쁨에 찬 호감의 억양과, 수나비에게 수십 킬로미터를 극복하며 게으른 암나비를 만나러 가게 하는 그

불분명한 무언가를 붙잡는다. 여기 지금, 니카가 점찍은 남자가 자기 자신의 욕구와 상관없이 그녀가, 풍만하고 유쾌한 빨간 머리의 니카가 기타를 쥐고 아니면 기타 없이 호소의 눈길을 보내며 앉아 있는 구석으로 이미 이끌려온다……

그것은 아마 사냥감이 텅 빈 잔을 손에 들고 혼란스러운 표정으로 어렴풋한 샘에 다가가며 방마다 빙빙 돌아다니기 시작한, 그 어떤 다른 생리적인 희열에도 비견되지 않는 지고한 승리의 순간이기도 했을 것이다. 니카는 미리 승리를 맛보며 빛나고 있었다.

니카의 맞은편 벤치 가운데에 가만히 앉아 있는 부토노프는 이미 그녀의 손아귀에 들어가 있었다. 눈부시게 멋진 모든 모습에도 불구하고 그는 쉬운 사냥감이었다. 그가 여자를 거부하는 경우는 드물었다. 그러나 오랜 관계보다 한 번의 행위를 선호하며 손아귀에 붙잡히지는 않았다.

지금 그는 자고 싶어서, 저 빨간 머리 여자를 내일로 미루면 어떨까 저울질하고 있었다. 니카 자신으로서는 오늘 할 수 있는 것을 내일로 미룰 뜻이 전혀 없었다.

그녀가 가볍게 일어서서 이미 자기 방으로 떠난 메데야의 안락의자에 기타를 놓았다.

"나머지는 침묵."* 그녀는 부토노프에게 파티의 지속을 약속하는 미소를 지었다.

부토노프는 인용구를 이해하지 못했다.

---

* 셰익스피어의 희곡 『햄릿』 5막 2장에 나오는 대사.

'할망구가 흥분했네.' 게오르기가 무시했다.

"아이들 잘 자나 확인해보자." 노라를 향해 말하는 것처럼 그녀가 말했다.

부토노프는 기다리라는 말이라는 것을 알아차렸다.

여자들이 어두운 집안으로 들어가서 아이들 방을 들여다보았다. 아무것도 살필 게 없었다. 지친 행군 후에 모두 자고 있었다. 리자만 여느 때같이 달콤한 한숨을 내쉬고 있었다. 어린 타냐는 아주 넓은 타흐타*에 가로로 누워 자고 있었고, 카탸는 자면서도 자세를 추구하는 것을 그치지 않아서 끝에서부터 손발을 가지런히 쭉 펴고 누워 있었다. 방 한가운데에는 커다란 공동 요강이 놓여 있었다.

"여기 눕고 싶으면 누워." 니카가 타흐타를 가리켰다. "원하면 작은 방에서 자도 돼, 거기 잠자리가 마련돼 있어."

노라는 딸 곁에 누웠다. 벌써 세시가 넘어 잘 시간이 얼마 없었다.

니카가 부엌으로 돌아와 가볍게 스쳐가는 움직임으로 부토노프의 목에 손을 놓았다.

"탔네……"

"조금." 부토노프의 반응에 불현듯 니카는 아무런 승리도 일어나지 않았음을 느꼈다.

"좋아, 까짓것, 하자." 부토노프가 돌아보지 않고 아무 표정 없는 목소리로 제안했다.

뭔가 잘못되었다. 니카의 유희의 법칙들이 파괴되어 있었다. 하지

---

* 캅카스 지방의 등받이 없는 넓은 소파.

만 그녀는 교태를 부려서 필요한 억양을 얻어내려 하지 않고, 몸에 꼭 붙는 장미색 메리야스를 입은 탄탄한 그의 등에 가볍게 가슴을 밀착시켰다.

아다의 농장에서 뒤이어 일어난 모든 일은 자세히 기술할 가치가 없다. 두 참가자 모두 아주 만족했다. 니카가 떠난 후 부토노프는 농장 끝에 있는 판자로 지은 화장실에서, 북적이는 긴 하루 후 그제야 몸을 가뿐하게 한 다음 건강한 잠에 빠져들었다.

니카는 이미 날이 밝은 후 집으로 돌아왔다. 그녀는 잠을 청하고픈 마음이 전혀 없이, 오히려 생기로 넘쳐났다. 제공된 만족에 감사하는 듯한 그녀의 몸은 노동과 오락에 준비되어 있었다.

그녀는 간밤에 불렀던 어떤 곡조를 흥얼거리며 꼼꼼하게 설거지를 했고, 메데야가 자기 커피잔을 가지러 들어왔을 때는 긴 숟가락으로 큰 냄비를 저으며 아침 게르쿨레스*를 끓이고 있었다.

"우리가 어제 많이 방해되지 않았어요?" 니카가 메데야의 메마른 뺨에 키스했다.

"아니다, 얘야, 평소 같았다." 그리고 메데야는 니카의 머리를 만졌다.

그녀는 니카의 머리를 사랑했다. 탄력 있고 약간 정전기가 이는 그녀의 머리카락은 꼭 사무일의 머리카락 같았다.

"이모, 어제 몹시 지친 것 같던데." 니카가 반쯤 묻는 어조로 말했다.

"있잖니, 니카, 전에는 몰랐는데 올해는 줄곧 지치는 것 같구나. 늙

---

* 오트밀 스튜.

어서 그러나?" 메데야가 순박하게 대답했다.

니카가 난롯불을 줄였다.

"병원 안 지겨워요? 그만둬도 되지 않아?"

"모르겠다, 모르겠어…… 일하는 게 습관이 돼서…… 아르미크 티그라노브나가 말하곤 했듯이, 노예의 병이지……" 메데야가 말을 마치고 일어섰다.

마샤가 잠옷 위에 재킷을 걸치고 들어왔다. 열이 나서 장밋빛이 된 얼굴에 점같이 작은 두드러기가 돋아 있었다.

"마시카! 왜 이래?" 니카가 경악했다.

마샤가 컵에 담긴 물을 벌컥벌컥 다 마시고 나서 이상한 소리를 했다.

"양동이가 가득하네…… 알레르기가 생겼어."

"홍진紅疹 아니냐?" 메데야가 안절부절못했다.

"어디서 홍진이 걸려요? 오늘 저녁 되면 지나갈 거예요." 마샤가 미소를 지었다. "밤에는 끔찍했어요. 열이 나고 오한이 들어서. 이제 다 끝났어요."

간밤에 쓴 시가 적힌 구겨진 종잇조각이 주머니에 들어 있었다. 마샤는 그 시가 아직은 아주 마음에 들어서 속으로 되풀이 읊조렸다. "아이가 바구니에 담겨 바다로 떠갔네. 이름 없는 아이. 해변의 모래 속에 누워 있네. 파라오의 딸이 하얀 옷을 입고 그의 운명을 도우러 서둘러 가네. 물고기가 낚싯대에 걸렸네. 해변에서 꼬리를 파닥거렸네. 나는 다 잊었네, 다 잊었네. 이름을 떠올리지 못하네. 나는 이 해변에서 손가락 사이로 모래를 쏟네. 뜨거운 태양 아래 잠드네. 잠이 깨면 다시 기다리네. 뭘 기다리나. 나도 모르네……"

하지만 사실 그녀는 이미 모든 것을 알고 있었다. 뒤숭숭한 어제 낮과 끔찍한 밤이 지나고 명료함이 도래했다. 그녀는 사랑에 빠졌다.

아직 기운이 없었다. 열이 난 후에 보통 찾아오는 무기력이었다.

9

이내 싫증난 남자들뿐 아니라 직업도 평생 바꿔온 알렉산드라는 세 번째 남편을 말리극장에서 만났다. 그녀는 1950년대 중반부터 그곳에서 유명한 원로 여배우의 의상 담당으로 일하고 있었고, 남편은 상당한 액수의 공무원 월급을 받으며 좋은 가구를 보는 눈이 있던 극장 엘리트들인 공훈배우들과 인민배우들이 헐값에 사들인 박물관의 값진 물건들을 복원하는 일을 했다.

사랑이 늘 가벼운 알렉산드라는 재물에는 무관심했지만, 광채를 아주 좋아했다. 그녀와 알렉세이 키릴로비치의 결혼은 눈부시지 않았다. 그녀의 삶에서 가장 권태로웠던 그 삼 년의 결혼생활은 한바탕 소동과 함께 끝이 났다. 알렉세이 키릴로비치가 적절치 못한 시각에 집에 와서, 그녀가 티미랴제프 다차촌에서 일하는 잘생긴 농아 보일러공과 함께 있는 것을 보고 말았다.

알렉세이 키릴로비치는 몹시 당혹해서 거대한 게라심의 품에 아내를 남겨두고 영원히 집을 나가버렸다. 산드로치카는 어둠이 내려앉을 때까지 울고 또 울었다.

그후로 그녀는 알렉세이 키릴로비치를 단 한 번, 이혼할 때 법정에서 보았다. 하지만 바로 그 1941년*까지 그녀는 그로부터 우편환으로 돈을 받았다. 알렉세이 키릴로비치는 아들을 보고 싶어하지 않았다.

물론 보일러공은 사소한 에피소드였다. 그녀에게는 호남인 시험비행사와 아카데미 회원인 유명한 유대인 학자, 재치 있고 파렴치한 바람둥이, 그리고 때 이른 명성과 훨씬 더 때 이른 알코올중독을 얻은 젊은 배우 등, 여러 눈부신 관계가 있었다.

그녀의 두번째 남편은 체격 좋고 목소리 큰 군인 예브게니 키타예프로, 그는 우크라이나 노래를 즐겨 불렀다. 그녀가 그에게서 딸 리디야를 낳고 나서 이 결혼도 뭉개져버렸다. 그들은 이혼하지는 않았지만 따로 살았고, 전쟁 전에 태어난 둘째 딸 베라는 다른 아버지에게서 난 자식이었다. 그가 너무도 유명한 사람이어서 키타예프는 죽는 순간까지 자기 가족의 삶에 대해 얌전히 침묵했다. 키타예프가 죽은 지 삼 년 뒤인 1947년에 태어난 알렉산드라의 막내딸 또한 그의 즐거운 성을 물려받았다.

그러나 쉰 고개를 넘어 알렉산드라의 광채를 잃은 머리카락의 불길을 향해 숭배자들의 먹구름떼가 더는 날아오지 않자, 그녀는 한숨을

* 독소전쟁이 일어난 해.

짓고 혼잣말을 내뱉었다. "그래, 때가 됐네……" 그녀는 여자의 예리한 눈으로 주변을 훑고는 느닷없이 극장 가구공 이반 이사예비치 프랴니치코프에게 눈길을 멈추었다.

그는 늙다리가 아니었다. 쉰가량으로 그녀보다 한두 살 젊었다. 키는 크지 않았지만 어깨가 떡 벌어졌고, 일반적인 노동계급 사람들보다 머리를 더 길게, 마치 배우같이 길렀으며, 늘 깨끗이 면도한 모습이었다. 푸른 할라트 안에 입은 셔츠들은 산뜻해 보였다. 그녀는 언젠가 복도에서 그를 뒤따르며 그에게서 나는 그의 직업과 연관된 복잡하고 톡 쏘는 냄새를 익혔다. 테레빈유와 바니시와 송진 냄새와 뭔지 모를 또 다른 냄새가 매혹적이기까지 했다.

가구공에게는 다른 특별한 장점도 있었다. 그는 일반적인 극장의 위계질서에 속해 있지 않았다. 위계질서대로라면 무대장치 담당자와 분장사 사이의 소박한 위치에 머물러야 할 테지만, 그는 공훈배우처럼 고개를 끄덕여 인사에 답하고 인민배우처럼 자기 작업실 문을 굳게 닫으며 극장 복도를 다녔다. 한번은 하루가 끝날 무렵, 작업실 노동자들이 아직 떠나지 않았고 배우들과 공연을 올리는 데 필요한 사람들은 모두 이미 모였을 때, 알렉산드라 게오르기예브나가 그의 작업실 문을 두드렸다. 그들은 인사를 나누었다. 그 무렵 그녀가 극장에서 일한 지 벌써 삼 년이 되었지만, 그는 그녀의 이름을 모르고 있었다. 그녀는 고인이 된 시어머니가 남긴 호두나무 시렁에 대해 그에게 이야기하고는, 재빠른 시선으로 작업실 벽을 훑었다. 선반들 위에 검고 붉은 액체가 든 큰 병들이 서 있었고, 다양한 공구들이 대칭적으로 사방에 걸려 있기도 하고 바닥에 놓여 있기도 했다.

이반 이사예비치는 손톱 둘레가 시커먼 갈색 손을 분해된 작은 탁자의 밝은 상판에 올려놓고 거친 손가락으로 뾰족뾰족한 꽃을 쓰다듬다가, 알렉산드라 게오르기예브나가 시령에 대한 이야기를 마치자 눈을 보지 않고 말했다.

"지금 하는 이반 이바노비치의 상감세공을 끝내면 그때 살펴볼 수 있을 겁니다……"

일주일 후 그는 우스펜스키 골목에 있는 그녀의 집에 왔다. 그녀는 두 딸 베라와 니카와 함께 구석방이 딸린 방 두 개짜리 집에서 살고 있었다. 전날 구운 큰 만두 조각이 들어간 고깃국 국물 한 컵과 러시아식 난로 안에서 끓인 것 같은 메밀죽을 대접받고, 남부끄럽지 않고 깨끗하긴 해도 좋은 가정식 없이 외로운 삶을 살고 있던 이반 이사예비치는 깊은 인상을 받았다.

그는 알렉산드라 게오르기예브나가 나무 빵 상자에서 빵을 꺼내서 빵을 싼 냅킨을 벗기던 조심스러운 동작이 마음에 들었다. 그에게 훨씬 더 깊은 인상을 자아낸 것은 찬장 모서리에 그녀가 던진 짧은 눈길이었다. 거기에는 코르순 성모의 작은 이콘*이 걸려 있었는데, 그는 그것을 곧바로 알아차리지 못했다. 바로 그것이 정해진 구석에 걸려 있지 않고 숨겨져 있었기 때문이다. 그는 그녀가 아직 어렸을 때 메데야에게 본받은 "오, 주여!" 하는 조용한 탄식도 마음에 들었다.

그는 구교도** 집안 출신이었지만, 아직 젊었을 때 신앙을 거부하고

---

* 아기 예수를 안고 있는 성모마리아의 이콘.

** 17세기 중엽 러시아 총대주교 니콘의 동방정교회 개혁에 반대하여 러시아정교회로부터 분리되어 나온 종파.

집을 떠났다. 그러나 고향의 해변을 떠나서는 그렇게 다른 해변에도 닿지 못하고 평생을 자신과 다투며 살았다. 그는 부모의 세계에서 완전히 도망친 것이 끔찍스럽기도 했고, 수많은 정력적이고 광포한 동포들과 융화될 수 없는 것이 고통스럽기도 했다.

그 기도의 탄식이 그를 동요시켰지만, 핵심은 그녀가 평생 그를 괴롭혀온 문제를 놀랍도록 단순하게 해결한 것이었음을 그는 그녀의 남편이 되어 많은 시간이 흐른 뒤에야 이해했다. 그에게 올바른 신과 올바르지 않은 삶에 대한 관념은 결코 하나로 결합되지 않았지만, 산드로치카에게는 모든 것이 아름다운 단순성 속에서 어우러지고 있었다. 그녀는 입술도 칠하고 옷도 화려하게 차려입고 진심으로 즐기기도 했지만, 때가 되면 탄식하고 기도도 하고 울기도 하고 갑자기 자비롭게 누굴 돕기도 했다……

호두나무 합판을 붙인 시렁은 대수롭지 않은 물건이었고, 열쇠가 없어지고 자물쇠 뚜껑이 망가져 있었다. 이반 이사예비치는 공구들을 펼쳐놓고 전면에 덧댄 판을 떼어냈다. 그사이 알렉산드라 게오르기예브나는 채비를 갖추고 자신의 늙어빠진 프리마돈나에게 두꺼운 명주실로 만든 상인의 덧저고리를 차려입히기 위해 저녁 공연에 달려갔다. 노파는 거의 예외 없이 오스트롭스키*를 연기했다.

두 딸과 함께 남은 이반 이사예비치는 조용히 일할 준비를 하고, 표면을 닦고, 망가진 데가 있는 합판을 떼어내며 과부에 대해 생각했다. 좋은 여자야. 깨끗하게 살고 있고, 아이들도 예의바르게 잘 키웠어. 교

* 모스크바 상인 계층을 다룬 희곡을 주로 쓴 19세기 러시아 극작가.

육받은 사람 같고. 무엇 때문에 추악한 성격으로 유명한 늙은 마님 곁에서 의상 시중을 드는지 모르겠지만 말이야……

그는 안주인이 돌아올 때까지 기다리지 못했다. 그녀가 공연이 끝난 후 평소보다 더 지체했기 때문이다. 공연 후 늙은 프리마돈나는 주 연출자를 자기 방으로 불러서 "말은 짜내지 못하면서 계속 무례한 행동을 하고 또 하는" 상대역을 맡은 젊은 여배우를 바꾸라고 지시했다.

격분이 가라앉는 동안, 알렉산드라가 위대한 노파를 진정시켜서 옷을 갈아입히는 사이, 이미 열두시 삼십분이 되어 알렉산드라는 걸어서 집에 가야 했다. 그날 저녁 여배우가 평소처럼 택시를 불러서 그녀를 집에 데려다주게 하는 걸 잊었거나, 아니면 그럴 마음이 없었기 때문이었다.

이반 이사예비치는 사전에 공연계획표를 훑어보며 오스트롭스키 공연이 없어서 알렉산드라 게오르기예브나가 집에 있는 날들을 골라 호두나무 시렁을 만나러 다녔다. 첫날 저녁 그녀는 작은 탁자에 앉아 편지를 썼고, 둘째 날에는 딸에게 줄 치마를 짰으며, 그다음에는 곡식 낟알을 골라내며 입에 붙은 어떤 오페라 멜로디를 부드럽게 흥얼거렸다. 이반 이사예비치에게 차를 권하기도 저녁을 권하기도 했다.

그녀는 속으로 '가구장이'라고 별명을 붙인 그의 진지하고 신중하며 말과 동작을 아끼는 모습이 점점 더 좋아졌다. 그녀가 속마음을 털어놓는 친구인 키라에게 그를 소개한 것처럼, 비록 "약간 우둔"하기도 했지만 대신 "완전 남자다운" 그의 모든 행동이 그녀는 마음에 들었다.

여하튼 그녀는 분명 대놓고 치근대던 남자보다 그를 더 선호했을 것이다. 얼마 전에 홀아비가 된 공훈배우였다. 울림이 좋은 목소리의 소유자였는데, 김나지움 여학생처럼 말 많고 허영심에 찬데다 성말랐다. 얼마 전 배우는 조르고 졸라서 그녀를 모스크바시 인민위원회와 나란히 붙은 스탈린 양식의 크고 예쁜 아파트에 초대했다. 다음날 그녀는 키라 앞에서 그가 하던 짓 하나하나를 장황하게 비웃었다. 고풍스러운 만찬용 식기로 식탁을 가득 채워놓고는 거대한 크리스털 치즈 접시에는 메마른 치즈 한 장 달랑 올려놓았던 것이며, 50센티미터짜리 '아소르티' 병에는 똑같이 말라비틀어진 소시지 조각 하나 들어 있었던 것이며, 천장이 4미터인 거대한 방 전체를 가득 채운 우레 같은 목소리로 처음에는 죽은 아내에 대한 자신의 사랑에 대해 말하고 그다음에는 똑같이 쩌렁쩌렁한 목소리로 그가 얼마나 능력이 있는지 보여주겠다며 침실로 가자고 그녀를 졸라대기 시작했던 것이며, 마침내 알렉산드라가 이미 집에 가려고 했을 때는 아내의 보석함을 꺼내 와서, 열어젖히지는 않고, 모든 것이 그가 지금 아내로 선택하려 하는 여자의 몫이 될 것임을 공표했던 것까지 말이다.

"그래서, 산드로치카, 너 거절했어? 아니면 그런데도 빌어먹을 침실로 들어갔어?" 맨 마지막 지점까지 산드로치카의 삶을 구석구석 아는 것이 중요했던 친구가 궁금해했다.

"뭐야, 키라." 알렉산드라 게오르기예브나가 깔깔거렸다. "분명 그는 아주 오래전부터 분장실이 아니고서는 바지 단추를 끄른 일이 없을 거야! 나는 뾰로통한 얼굴을 하고 이렇게 그 사람한테 말했지. '아이, 이걸 어쩌나, 나는 당신 침실로 갈 수 없네요. 오늘 생-리-중이거든요……' 그는 바닥에 주저앉다시피 했지. 아니야, 아니야, 그는 식모가 필요한 거고, 난 집에 남자가 필요하거든. 어울리지 않아……"

이반 이사예비치는 서두르지 않고 일했다. 사실 서둘러 일한 적도 없었다. 그러나 서두르지 않았음에도 일한 다섯째 날 저녁 시렁 일이 끝났고, 그는 마지막 바니시 칠을 내일 하려고 특별히 조금 일찍 떠났다. 그 집을 떠나서 다시는 안으로 들어가지 못할 생각을 하니 쓸쓸해서, 눈에 띄는 결함들을 지닌 볼품없는 모던 스타일의 화초 올리는 선반을 때때로 희망 어린 눈길로 바라보았다.

그는 알렉산드라 게오르기예브나와 그녀의 집 전체가 마음에 들었다. 그는 마치 호두나무 시렁을 엄폐물 삼아 그녀의 삶을 관찰하는 것 같았다. 찌푸린 얼굴을 하고 계속 쥐처럼 종이를 바스락대던 여대생 베라와 진홍빛의 니카와 거의 매일 어머니에게 들러서 차를 마시고 가던 큰아들. 여기서 그는 어린 시절부터 그에게 익숙하던 부모에 대한 공포와 존대가 아니라, 어머니에 대한 아이들의 유쾌한 사랑과 모두들 사이의 따스한 우정을 보았다. 놀라기도 경탄하기도 했다.

알렉산드라 게오르기예브나가 화초 올리는 선반을 고치는 것에 동의해서, 이제 이반 이사예비치는 일주일에 두 번 그녀가 쉬는 날에 그녀에게 다녀갔다. 그녀는 그가 와 있는 것이 다소 거북하기까지 했다. 손님을 부를 수도, 자기가 나갈 수도 없었다……

그녀의 속사정은 이랬다. 가구장이가 그녀의 주머니에 들어 있었지만, 그녀 자신이 주저하고 있었다. 그는 물론 괜찮은 남편감이긴 해. 하지만 그래도 촌스럽잖아…… 그러는 사이에 그가 어딘가에서 보트 모양의 어린이 침대를 끌어왔다.

"귀족 자제들이 쓰던 겁니다. 니카한테 꼭 맞을 겁니다." 그러고는 선물했다.

알렉산드라는 탄식했다. 남편 없이 사는 데 지쳤다. 게다가 일 년 전에 여성 후원자가 그녀에게 은혜를 베풀어 말리극장이 있는 마을에 다차 부지를 주었지만, 혼자서 집을 지을 수는 없는 노릇이었다. 모든 것이 느릿느릿한 이반 이사예비치에게 유리한 쪽으로 향하고 있었다. 그의 내면에서도 외로운 남자를 가정의 삶으로 이끄는 무의식적인 동요가 은연중 일어나고 있었다.

그들의 혼인을 위한 가구의 전주곡이 계속 흐르는 동안, 그는 알렉산드라 게오르기예브나가 지닌 특별한 장점들을 점점 더 확신하게 되었다.

'고상한 사람이야, 바람둥이 여자하고는 달라.' 그는 몇 년의 좋은 시절을 함께 살다가 우연히 동향인 대위를 만나 그를 배신한 발렌티나에 대한 비난과 함께 생각했다.

산드로치카가 뒤꿈치가 통통한 그의 발렌티나와는 거리가 먼 여자였던 것은 정말 사실이었다.

그 무렵 겨울은 막바지를 향해 가고 있었다. 언젠가 그녀에게 말리극장에 일자리를 마련해주었던 정부 관료와 산드로치카의 오래 이어진 연애도 끝나가고 있었다. 수뢰자이자 국고 도둑인 그는 여자들에게 후해서 늘 알렉산드라를 도와주었다. 그러나 이제는 그에게 새로운 굳건한 관계가 시작되어 알렉산드라와 그의 만남이 뜸해졌다. 그래서 알렉산드라는 계속 돈에 좀 쪼들리게 되었다.

3월 말에 그녀는 이반 이사예비치에게 지난 시즌에 집을 세우기 시작했지만 끝내지 못한 다차 부지에 함께 가자고 부탁했다. 그때부터 그는 매주 일요일 여행에 그녀와 동행하게 되었다.

그들은 아침 여덟시에 정거장 매표소 옆에서 만났다. 그는 준비해 온 음식이 든 배낭을 그녀의 손에서 넘겨받았다. 그들은 텅 빈 교외 전차에 올라 아주 간혹 말을 나누며 필요한 역까지 갔다. 그러고 나서는 대로를 따라 2킬로미터를 말없이 걸어갔다. 산드라는 동행자에게 별 관심을 돌리지 않고 자기 일에 대해 생각했고, 그는 그녀의 골똘한 침묵에 기뻐했다. 그 자신이 말수가 별로 없었고, 말할 것도 거의 없었기 때문이었다. 극장의 소문들은 둘 다 좋아하지 않았고, 공동의 삶은 아직 꾸려지지 않았다.

그들 사이에 제대로 된 대화 주제도 점차 생겨났다. 살림과 집 짓는 일에 관련된 근심거리였다. 이반 이사예비치의 조언은 현명하고 실제적이었다. 시작된 건축을 끝내기 위해 4월 말부터 다시 나타난 장인들은 집주인 대하듯 그를 대했고, 그의 감독 아래 예전과는 완전히 딴판으로 일했다.

혼인과 관련된 일만은 여전히 제자리걸음이었다. 산드라는 그의 조언 없이는 손가락 하나도 까딱하지 않는 데 익숙해졌고, 그의 곁에서 전에 없던 안도감을 느끼고 있었다. 전적으로 가족을 책임져야 하는 홀로 사는 여자의 오랜 세월에 걸친 긴장이 그녀를 지치게 했고, 그녀가 불필요한 도덕적 문제를 초래하지 않으며 가볍게 이용할 줄 알았던 남자들의 물질적 후원도 왠지 저절로 시들해졌다.

그녀는 이반 이사예비치에게서 계속해서 새롭고 또 새로운 장점을 찾아냈지만, 매번 그의 '핀자키'와 '투바레트키' 때문에* 맥이 풀렸다.

---

* 외투를 뜻하는 '피드자키'와 의자를 뜻하는 '타부레트키'를 잘못 말한 것.

비록 알렉산드라 게오르기예브나 자신이 채 마치지 못한 시콜라와 실험실 조수 과정의 변변치 않은 교육을 받았지만, 메데야의 양육이 그녀에게 나무랄 데 없는 언변을 주었다. 그리고 폰토스해의 뱃사람들을 통해서는 왕족의 피 한 방울, 이타카와 미케네의 왕들인 남편들을 위해 털실을 짜고 속옷을 짓고 치즈를 만들던, 늘 옆모습으로 관객을 향해 있는 저 왕비들과의 명예로운 친족관계를 받은 것 같았다.

알렉산드라는 서로 지켜보는 눈길이 긴장되어 있음을 이해했지만, 그때는 그녀가 모든 점에서 그보다 훨씬 더 높은 위치를 점하고 있는 만큼 그녀가 그를 선택한다면 그에게 큰 행운일 거라는 잘못된 믿음이 아직 그녀를 떠나지 않고 있었다. 그래서 그녀는 꾸물거리며 이반 이사예비치가 그토록 기다리던 무언의 승낙 표시를 계속 주지 않았다. 그해 여름 일어난 지울 수 없는 커다란 불행이 그들을 가깝게 하고 결합시켰다……

세르게이의 아내인 타냐는 장군의 딸이었지만, 이 점은 진부한 특성 묘사가 아니라 기껏해야 전기적 디테일이었다. 그녀는 아버지에게서는 공명심을, 어머니에게서는 예쁜 코를 물려받았다. 혼수로는 장군의 보살핌으로 체레무시키에 방 하나짜리 새 아파트와 낡은 '포베다'*를 받았다. 꼼꼼하고 자주적인 사람인 세르게이는 차에 손대지 않았고, 면허조차 없었다. 차는 타티야나가 몰았다.

그들의 딸 마샤는 학교 입학 전 마지막이었던 그해 여름을 장군의 부인인 할머니 베라 이바노브나의 다차에서 지냈다. 심술궂고 신경질

* 1940년대부터 생산된 소련의 중형 승용차 모델.

적인 그녀의 성격은 모두에게 아주 잘 알려져 있었다. 때때로 손녀는 할머니와 다투었고, 와서 그녀를 데려가라고 모스크바에 있는 부모에게 전화하곤 했다. 이번에는 마샤가 저녁 늦게 할아버지의 서재에서 전화를 걸어서는 울지는 않고 애처롭게 한탄했다.

"심심해, 할머니가 아무데도 못 가게 해, 도둑질할 거라고 친구들도 집에 못 오게 해. 맹세코 친구들은 아무것도 안 훔칠 건데……"

자신도 아직 어머니의 양육을 완전히 잊지 못했던 타냐는 며칠 후에 데리러 가겠다고 그녀에게 약속했다. 그건 가족의 계획을 심하게 어그러뜨렸다. 이 주 후에 그들은 모두 함께 크림의 메데야 집으로 갈 계획이었다. 휴가가 잡혀 있었고, 메데야와도 약속이 되어 있었다. 요컨대 좀더 이른 시간으로 여행을 옮기는 것은 불가능했다.

"어머님께서 마시카를 일주일이라도 데리고 있으면 어떨까?" 타냐가 조심스럽게 심중을 떠보았다.

하지만 세르게이는 '장군 부부'에게서 딸을 데려오고 싶은 마음이 별로 없었다. 그는 처가를 그렇게 불렀다. 장군의 다차는 거대하고 식모까지 딸려 있는 데 비해 산드라의 집은 방 둘에 베란다가 전부라는 점은 말할 것도 없이, 이제 막 집을 다 지었는데 어머니가 불쌍했다.

"마시카가 불쌍해." 타냐가 한숨을 쉬자 세르게이는 받아들였다.

그들은 주 중반에 하루 휴가를 받아 아침 일찍 출발했다. 장군의 다차에 그들은 닿지 못했다. 술 취한 트럭 운전사가 맞은편 차선으로 뛰어들어 그들의 자동차를 파고들었고, 그들 두 사람은 정면충돌로 인해 한순간에 세상을 뜨고 말았다.

니카가 자신의 사랑하는 친구이기도 한 조카를 기다리다 이미 지쳐버린, 그녀를 위해 이미 인형을 일렬로 세워놓고 산딸기 무스 거품도 열심히 만들어둔 그날 저녁 무렵 장군의 '볼가'가 왔고 키 작은 장군이 자동차에서 내려 위태로운 걸음걸이로 집을 향했다.

알렉산드라가 투명한 커튼을 통해 그를 보고 현관으로 나와서는 맨 위 계단에 멈춰 서서, 짙어가는 저녁 대기에 실려 무언의 끔찍한 괴로움으로 그녀에게 이미 전해진 소식을 기다렸다.

"주여, 주여, 잠시만요, 기다려요, 난 준비가 안 됐어요……"

길을 걸어오던 장군이 걸음을 늦추었고, 시간이 느려지더니 완전히 멈추었다. 그네만이 거기에 앉아 있던 니카와 함께 완전히 멈추지 않고, 가장 높은 지점에서 아래로 천천히, 천천히 미끄러지고 있었다.

그 멈춰 선 시간 속에서 알렉산드라는 자신과 세료자의 삶의 큰 조각을 보았다. 심지어 그해 여름 카라다크 연구소에 있던 첫 남편 알렉세이 키릴로비치도, 메데야의 품에 안겨 있던 갓 태어난 세료자도, 그들이 함께 값비싼 고풍스러운 기차를 타고 모스크바로 떠나던 모습도, 티미랴제프 다차에서 세료자가 뗀 첫 걸음마도 보았다…… 장군이 걷다가 한쪽 다리를 들고 길에 서 있는 동안 알렉산드라는 시콜라에 입학할 때 머리를 빡빡 밀고 재킷을 입은 세료자의 모습도, 많고 많은 잊힌 사진인 듯한 것들도 보았다.

그제 세료자가 우스펜스키 골목에 와서 그들이 크림으로 떠날 때까지 마샤를 다차에 며칠 데리고 있어달라고 부탁하던 모습이며, 그의 겸연쩍은 미소며, 고데기로 만 그녀의 머리에 키스하던 모습에 이르기까지, 그녀는 모든 것을 끝까지 다 보았다.

"고마워요, 엄마. 엄마가 우리를 위해 얼마나 많은 것을 해주는지 몰라요……"

그녀는 손사래를 쳤다.

"그게 무슨 소리냐, 세료자. 여기에 무슨 고마운 게 있다고. 우리 모두 마시카를 얼마나 좋아하는데……"

표트르 스테파노비치 장군이 마침내 그녀에게 와서 걸음을 멈추고 퉁퉁 부은 목소리로 느릿느릿 말했다.

"우리 애들이…… 그러니까…… 사고를 당해서 죽었습니다……"

"마샤도요?" 알렉산드라가 찾은 말은 그것뿐이었다.

"아니요, 마샤는 다차에…… 길에서 애들이…… 마샤를 데려가려다가……" 장군이 콧소리와 함께 힘겹게 숨을 쉬며 말했다.

"안으로 들어가십시다." 알렉산드라가 그에게 지시했고, 그는 고분고분 위로 움직였다.

장군 부인 베라 이바노브나의 상태는 아주 안 좋았다. 사흘 동안 그녀는 갈라져 쉰 목소리로 거칠게 고함을 지르고 주삿바늘을 꽂아야만 잠이 들었지만, 불쌍한 마샤를 단 한 걸음도 떼어놓지 않으려 했다. 부석부석하게 부은 베라 이바노브나가 마샤를 장례식에 데려가자, 아이는 곧장 알렉산드라에게 달려가서 길고 긴 장례식 내내 그녀의 옆구리에 꼭 붙어 서 있었다.

베라 이바노브나는 닫힌 관을 치다가 결국, 장군 부인이라는 자리가 망가뜨린 보통 사람의 영혼의 심연에서 터져나와 끊어지다 이어지다 하는 볼로그다 민중 애가의 말을 외쳐대기 시작했다.

돌같이 굳은 알렉산드라는 굳센 손을 마샤의 검은 머리 위에 올려놓고 있었고, 큰 딸 둘이 오른편과 왼편에 서 있었다. 뒤에는 이반 이사예비치가 니카의 손을 잡고 그들 가족의 비애를 지키고 있었다.

추도식은 코텔니체스카야 강변 거리에 있는 장군의 아파트에서 거행되었다. 식기를 포함한 모든 것을 고위층 인사들이 식사하던 어떤 특별한 곳에서 실어 왔다. 표트르 스테파노비치는 쓰라린 술잔을 몹시 취하도록 들이켰다. 베라 이바노브나는 계속 마셴카가 자기에게 오도록 요구했지만, 아이는 알렉산드라에게 꼭 달라붙어 있었다. 공통의 손녀에 의해 연결된 사돈, 그렇게 그들은 셋이서 저녁 내내 앉아 있었다.

"산드로치카 할머니, 나 좀 데려가줘, 응? 산드로치카." 아이가 알렉산드라의 귀에 대고 속삭였다. 장군에게 그들의 유일한 아이를 데려가지 않기로 약속한 알렉산드라는 마샤를 달래며 베라 할머니가 좋아지면 바로 데려가겠다고 말했다.

"할머니를 혼자 둬서는 안 돼, 너도 이해하잖니." 그녀가 마샤를 설득하고 있었다. 그녀 자신도 마샤를 우스펜스키 골목에 있는 구석방이 딸린 방 두 개짜리 집으로 데려가고만 싶었다.

바로 그날 저녁 알렉산드라는 마샤의 창백해진 얼굴에 여기저기 난 빨간 주근깨를, 시노플리 집안의 주근깨를, 오래전 죽은 마틸다가 살아 있음을 나타내는 작은 표지들을 알아보았다.

"마샤를 여기서 데려가야 할 텐데. 내가 도와야 할 텐데." 같은 날 늦은 저녁 이반 이사예비치는 그녀를 코텔니체스카야 강변 거리에서 집으로 바래다주며, 늘 그렇듯이 내밀한 '너'와 공식적인 '당신'을 피하려고 알렉산드라 게오르기예브나로도 산드로치카로도 부르지 않고 애매한 문법 형태로 중얼거렸다.

"그래야지요, 뭐. 그런데 어떻게 데려올 건데?" 똑같이 애매하게 산드라가 대답했다.

메데야는 대자代子의 장례식에 오지 않았다. 고인이 된 아넬랴의 양녀 니나가 힘든 수술을 받고 병원에 누워 있어서, 메데야는 그녀의 어린아이 둘을 트빌리시에서 데려와 여름 동안 데리고 있어야 했다. 지금은 그애들을 맡겨놓을 사람이 아무도 없었다……

8월이 끝날 무렵 이반 이사예비치는 울타리 공사를 끝내고, 창마다 격자 방범창을 설치하고 복잡한 자물쇠도 달았다.

"아무리 솜씨 좋은 도둑이라도 여기로는 기어들지 못할 거고, 어중이떠중이도 얼씬 못할 거야."

장례식 날부터 시작해서 그 암울한 시간 내내 그는 알렉산드라의 곁을 떠나지 않았다. 여기에서, 이 슬픈 자리에서 그들의 결혼생활도 시작되었다.

그들의 관계는 이 비극적인 사건으로 영원히 물든 것 같았다. 청춘의 가장 이른 시절부터 전쟁이든 평화든 아니면 전 지구적인 홍수든 그 어떤 상황에도 아랑곳하지 않고 자신의 삶을 즐겁게 누려왔던 알렉산드라 자신도 이미 그럴 능력을 잃은 것 같았다.

이반 이사예비치는 그런 것에 대해서는 전혀 짐작하지 못했다. 그는 다른 사람이었다. 알렉산드라가 알았던 말들이 그의 사전에 없었고, 알파벳에 그런 철자들이 없었고, 기억 속에 그런 꿈들이 없었다. 그는 아내를 지고하고 완전한 존재로 받아들였다.

한마디로 말해 만약 그때로부터 사 년 전에 죽은 키타예프 대령의 성을 따른 막내딸 니카가 그에게서 태어났을 리 만무하다는 생각이 들었다면, 이반 이사예비치는 흡족해하며 다른 어떤 설보다 원죄 없는 잉태설*을 믿었을 것이다.

순전히 그의 지고한 믿음을 지켜주고 싶은 마음에 알렉산드라는 시험비행사에게 시집갈 참이었는데 그가 임신한 그녀를 남겨두고 결혼식 전날 사고로 산산조각나버렸다는 이야기를 지어내야 했다.

몽땅 지어낸 이야기인 것만은 아니었다. 비행사와의 관계는 실제로 있었고, 심지어 유쾌한 헌사가 들어간 사진도 지니고 있었다. 또 실제로 불행히도 그는 시험비행중에 추락했다. 그러나 결혼에 대한 말은 그들 사이에 단 한 번도 오간 적이 없었다. 니카의 아버지는 그가 아니었고, 또 그는 니카가 태어난 지 오 년 후에 추락해서 죽었다. 그가 후에 자취를 감춘 '유즈니 오레흐'** 초콜릿이 든 길쭉한 봉지를 늘 가져오곤 했기 때문에, 니카는 그를 기억했다……

그러나 이반 이사예비치는 아내의 전기에 있어 그 의심스러운 대목에서도 덕목을 볼 정도로 아내를 믿었다. 그런 상황에서 다른 여자라면 낙태나 아니면 다른 어떤 몹쓸 짓을 했을 테지만, 산드로치카는 다른 것을 다 포기하고 아이를 낳아 길렀다…… 그는 그녀의 쓰라린 삶을 그가 상상할 수 있는 모든 수단을 동원하여 채색할 준비가 되어 있었다. 옐리세예프 상점***에서 본 것 중 가장 좋은 것을 그녀에게 가져오곤 했고, 선물을 하곤 했는데 때로는 아주 어리석은 것이었고, 그녀의 아침잠을 줄곧 지켜주었다…… 아내와의 내밀한 관계에서 그는 관

---

* 성모마리아가 잉태되었을 때 원죄에 조금도 물들지 않았다고 보는 로마가톨릭의 마리아론.

** '남방의 견과류'라는 뜻.

*** 소비에트 제1호 국영 식료품점의 혁명 전 명칭.

계를 하고 있다는 사실 자체를 무엇보다 높이 평가했고, 단순한 영혼 깊숙한 곳에서 처음에는 고결한 그의 아내에게 그가 하는 요구들은 귀찮게 조르는 것밖에 안 된다고 생각했다. 산드로치카가 별 울림 없는 조그만 부부생활의 기쁨에 어떻게든 그를 적응시키는 데에는 적잖은 시간이 걸렸다. 이반 이사예비치의 지조는 이 개념의 일반적인 의미보다 훨씬 더 큰 것이었다. 그는 생각과 감정을 온전히 다 아내에게 바쳤고, 여자의 인생의 막바지에 그런 생각지도 못한 선물에 놀란 산드로치카는 그의 사랑을 감사히 받아들였다.

글라디셰프 장군은 살아오면서 수없이 많은 군사적, 반半군사적 기관을 설립했고, 넓고 짧은 가슴에 수없이 많은 훈장을 받아서 권력을 거의 두려워하지 않았다. 물론 어떤 느긋한 부르주아 국가에서 철학자나 예술가가 권력을 두려워하지 않는다는 의미가 아니라, 흔들리지 않고 스탈린을 겪고 전시부터 알던 흐루쇼프와 화합해서 어떤 권력과 함께하든 소통할 언어를 찾아내리라 확신하고 있었다는 의미다.

아내인 베라 이바노브나만은 무서워했다. 단 한 사람, 충실한 아내이자 전우인 베라 이바노브나만이 그의 평안을 파괴하고 신경을 해쳤다. 그녀는 남편의 높은 지위와 큰 의무를 자기에게 속한 것인 양 여겨서, 그녀가 마땅히 받아야 한다고 생각하는 모든 것을 요구할 줄 알았다. 이따금 한바탕 난리를 피우는 것도 마다하지 않았다. 그런 난리를 표트르 스테파노비치는 무엇보다 두려워하기도 했다. 아내의 목소리는 너무도 컸고, 천장이 높은 방들 속에서 너무도 잘 울렸는데 방음은 불충분했다. 그러니 그녀가 소리치기 시작할 때면, 그는 재빨리 항복했다.

"이웃들 보기 창피해요, 당신 완전히 미쳤어."

볼로그다에서 배고픈 유년기와 궁핍한 청년기를 보낸 베라 이바노브나는, 탐욕스럽지는 않지만 어설프지도 않은 사람인 표트르 스테파노비치가 1945년 말 독일에서 약탈해 화차 하나 가득 실어 온 전리품에 단번에, 영원히 사로잡혔다. 그때부터 베라 이바노브나는 계속 멈추지 못하고 재산을 더하고 또 더했다.

그는 정신 나갔느니 미쳤느니 아내를 욕하면서도 그녀를 말 그대로의 의미로 그렇게 여기지는 않았다. 그래서 딸이 죽고 몇 달이 지난 어느 날 밤, 기억에 포츠담에서 가져온 것인 부인용 책상의 서랍을 빼놓고 그 앞에 돼지털 색깔 잠옷 차림으로 서 있던 아내가 중얼거리는 소리에 잠을 깼을 때, 그녀를 정신병원에 보낼 때라는 생각이 추호도 들지 않았다.

"이제 그애는 내 걸 다 받게 될 거라 생각하고 있어…… 받게 되겠지…… 어린 살인마……" 베라 이바노브나는 중국 부채와 목이 가느다란 어떤 작은 병들을 테리* 수건으로 싸고 있었다.

"밤중에 거기서 뭐하는 거요, 어멈?" 표트르 스테파노비치가 팔꿈치를 세워 몸을 일으켰다.

"감춰야 해, 페탸, 감춰야 한다고. 그애는 이게 다 성공할 거라고 생각하고 있어." 그녀의 동공이 확장되어 홍채의 검은 테두리와 거의 합쳐져 있었고, 눈이 회색이 아니라 검은색으로 보였다.

장군은 너무 울화통이 터져서 마음속에 일던 불길한 예감이 이내 사

* 수분 흡수가 잘되도록 짠 천.

라졌다. 그는 장화같이 긴 상스러운 욕을 그녀에게 꽂아넣고는, 베개와 이불을 집어들고 병사용 속바지의 긴 끈을 뒤에 끌며 마저 잠을 청하러 서재로 갔다.

광기는, 광기를 가까이서 지켜본 사람이면 누구나 아는 사실인데, 광인 곁에 있는 사람의 신경이 예민할수록 전염성이 더 강하다. 장군은 전혀 그것을 알아차리지 못했다. 베라 이바노브나의 먼 친척으로 젊어서부터 '먹을 것을 위해' 그들의 집에서 살았던 모탸는 여주인의 행동 속에서 어떤 이상한 점들을 감지했지만, 특별한 주의를 기울이지는 않았다. 그녀 자신도 유명한 러시아의 기근을 두 번에 걸쳐 겪고서, 오래전부터 다소 그 점에 연루되어 있었기 때문이다. 그녀는 먹기 위해 살았다. 그녀가 밤마다 먹는다는 것을 알고 있기는 했지만, 가족 중 누구도 어떻게 그리고 언제 그녀가 그렇게 하는지 보지 못했다.

그녀는 식품 창고용이었던 창 없는 자신의 좁은 방에서 쇠 문고리를 걸어 잠그고 잔치를 벌였다. 먼저 하루 동안 가족이 먹다 남긴 음식을 모은 것을, 그다음에는 자기 몫이라 여긴 것을, 마지막으로는 가장 달콤한 것, 곧 훔친 것을 먹어치웠다. 그녀는 크렘린의 배급 식량을 제 손으로 몰래 빼돌렸다. 만약 봉인된 상자가 아닌 종이 봉지에 담겨 왔다면 철갑상어 살 보충분과 마른 소시지 조각, 사탕에도 손을 댔다.

모탸는 집안사람 모두에게 출입이 금지된 자기 거처로 고양이도 들이지 않아서, 신비로운 문제에 둔감한 장군조차 여기에서 어떤 께름칙한 비밀을 느끼고 있었다. 거기로 그녀는 작은 봉지에 부은 곡물과 밀가루와 통조림을 날랐다. 매년 한 번 시골에 사는 언니에게 갈 때면 하루 전날 여주인의 눈을 피해 커다란 가방 두 개를 가지고 문을 살짝 빠져나와서는 야로슬랍스키역으로 가서 가방을 보관소에 맡겼다. 그녀는 그 모든 식료품을 언니에게 선물로 가져다주었지만, 해마다 똑같은 일이 반복되었다. 그녀는 바로 첫날 저녁 탁자 위에 식욕을 돋우는 싸구려 기름으로 뒤덮인 고기 통조림을 세워놓고 나머지는 나중에 주려 했지만, 그녀의 아픈 영혼이 그 절실한 행동을 용납하지 않아 전처럼 밤마다 어둠과 고독 속에서 비축 식량을 먹었다. 난로와 벽 사이에 놓인 침상*에서 그녀의 한밤의 잔치를 지켜봐온 언니는 그녀의 식탐이 몹시 안쓰러울 뿐 화가 나지는 않았다. 그녀는 모타의 언니이기도 했지만, 텃밭을 가꿔 살고 젖소도 있는데다 식탐은 없었다.

음식을 채집하느라 계속 바쁜 모타가 베라 이바노브나를 덮치던 경련도, 그녀가 이 방 저 방 집안을 돌아다니기 시작할 때 나타나던 우리에 갇힌 맹수 같은 갑작스러운 흥분도 알아차리지 못한 것은 놀라운 일이 아니다. 알아차렸다 하더라도 일상적인 방식으로 설명하곤 했다.
"베르카는 완전 악마야."

표트르 스테파노비치 또한 많은 해 동안 아내와의 소통을 피해와서 아무것도 알아차리지 못했다. 그는 일찍 일어났고, 집에서 아침을 먹지 않았고, 거대한 자기 집무실에 도착하면 여비서가 곧장 차를 가져왔다. 늦게 귀가했고, 예전에는 자정을 넘겨 관청에 열여섯 시간을 연속해서 앉아 있곤 했다. 그는 기관들에 대한 감찰 여행을 무엇보다 좋아해서 모스크바를 자주 떠났다. 자기 주도로는 부인과 두 마디 말도 하지 않았다. 집에 오면 저녁을 먹고는 곧장 그녀의 비단 솜털 이불에

---

* 러시아 전통 가옥 이즈바의 난로와 벽 사이 지붕 아래 설치되는 침상.

몸을 파묻고 건강한 사람이 그러하듯 빠른 잠에 빠져들었다.

그렇게 해서 베라 이바노브나가 부리는 광기의 기괴한 힘이 온통 마샤를 엄습하게 되었다. 그녀는 이미 이곳, 코텔니체스카야 강변 거리에서 1학년에 입학했다. 모타가 마샤를 깨워서 학교로 데려가고 데려왔고, 점심때부터 마샤는 할머니와 시간을 보냈다.

마샤를 식탁에 앉혔다. 맞은편에는 할머니 베라가 앉아 마샤에게서 눈을 떼지 않았다. 그녀가 이런저런 지적으로 마샤를 괴롭혔다고 할 수는 없다. 그녀는 깜빡이지 않는 회색 눈으로 마샤를 바라보았고, 간혹 무언가 분명치 않은 말을 속삭였다. 마샤는 은 숟가락으로 접시를 휘저을 뿐, 숟가락을 입으로 가져갈 수 없었다. 수프는 베라 이바노브나의 차가운 시선 아래 빨리 식었고, 이 국면에서 자기 관심사를 지닌 모타는 그것을 어딘가 모르는 곳으로 재빨리 가져갔다. 모타가 마샤 앞에 놓은 두번째 요리가 든 큰 접시도 이내 거의 손도 대지 않은 채 수프를 뒤따랐다. 그러고 나서 마샤는 설탕에 조린 과일과 함께 흰 빵 한 조각을 먹었는데, 어쨌든 그건 평생 그녀가 좋아하는 음식으로 남았다. 그리고 할머니가 그녀에게 말했다.

"가자."

마샤는 두꺼운 백과사전 세 권을 놓고 피아노 앞에 고분고분 붙어 앉아 건반에 손가락을 내려놓았다. 살면서 그녀는 혐오스러운 건반의 검고 하얀 이빨들을 거쳐 그녀의 뼈를 타고 흐르던 것보다 더 살을 에는 듯한 한기를 알지 못했다. 베라 이바노브나는 아이가 피아노 수업을 증오한다는 것을 알았다. 그녀는 옆구리에 붙어 앉아 아이를 바라보며 계속 무언가를 속삭이고 또 속삭였다. 그러면 마샤의 두 눈에 눈물이 솟구치고 두 뺨을 따라 흘러내려 차갑게 식어가는 축축한 흔적들을 남겼다.

그러고 나서는 그녀를 구석방으로 보냈다. 여기에는 액자에 넣은 타냐의 사진이 탁자 위에 세워져 있었고, 다른 많은 사진도 마분지 상자에 들어 있었다. 마샤는 공책을 펼쳐 종이들 사이에 엄마의 사진 중 하나를 꽂아넣었다. 어느 시골집 문구멍에 엄마가 서 있고, 한쪽으로 울타리 한 조각과 꽃핀 관목이 보이는 사진을 무엇보다 자주 골랐다. 엄마는 좁은 얼굴에 간신히 들어간 드넓은 환한 미소를 짓고 있었다…… 그 아마추어 사진은 세르게이가 찍은 것으로, 그 여름날 아침의 행복과 타냐 자신이 세르게이에게 청혼한 후 처음으로 함께 보낸 그 밤의 모습을 비추고 있었다. 세르게이는 오래전부터 말없이 사랑에 빠져 있었지만, 타냐의 등뒤에 서 있던 장군의 그림자가 당혹스러워서 머뭇거리며 동요하고 있었다……

마샤는 쓰기 연습을 하다가, 때때로 얼어붙은 듯 꼼짝하지 않고 오래도록 사진을 바라보았다. 그녀는 몇 시간씩 앉아서 수업에 임했다. 산책하러 내보내주지도 않았는데, 베라 이바노브나에게는 어떤 특별한 생각이 있었다. 드물게 모타가 그녀를 상점으로, 빵집으로, 구둣방으로 데려갔다. 상점들은 거의 다 그들 집 아래 1층에 있어서 산책은 대단하지 않았다. 이따금 그들은 솔랸카까지 갔다 왔는데, 그곳에는 마샤가 '거인들'이라고 부른 여인상의 기둥들이 있는, 그녀가 좋아하는 집이 있었다. 더 큰 매력은, 그들이 선 11층에서 창으로 보면 야우자강*도

* 모스크바강의 한 지류.

작은 교회들도 건축 현장에 둘러 세운 울타리도 갑자기 커져서 사랑스러운 모습을 잃는 대신 미세한 부분과 아름다운 디테일이 눈에 들어오는 데 있었다.

밤마다 모탸가 마샤를 잠자리에 눕히고 나면 가장 끔찍한 일이 시작되었다. 그녀는 잠들지 못하고 큰 침대에 누워 뒤척이며, 삐걱거리는 문소리가 나고 할머니 베라가 그녀의 방으로 들어올 순간을 계속 기다렸다. 베라는 마샤가 가늠할 수 없던 늦은 시각에 다홍색 할라트 차림에 머리채를 등뒤로 길게 빗어 내리고 왔다. 할머니가 침대 곁에 앉으면 마샤는 몸을 작은 덩어리로 오므리고 실눈을 떴다. 그녀는 어느 날 밤을, 11월의 축일들을 앞두고 집을 치장한 전기장식 때문에 특히 잘 기억했다. 빛은 황색과 적색의 줄무늬를 만들었는데, 베라 이바노브나는 붉은 빛줄기 속에 들어앉아 한 마디 한 마디 느릿느릿 명료하게 속삭였다.

"살인마, 어린 살인마…… 네가 전화해서 걔들이 길을 나선 거야…… 다 너 때문이야…… 지금은 살아라, 살아, 기뻐해."

베라 이바노브나가 나가고 나서야 마샤는 마침내 울음을 터뜨릴 수 있었다. 그녀는 베개에 얼굴을 푹 파묻고 눈물 속에 잠이 들었다.

일요일마다 사랑하는 산드로치카가 다녀갔다. 마샤는 일주일 내내 그녀를 기다렸다. 점심때까지 몇 시간 동안 마샤를 내주었다. 아래쪽 현관 입구 근처에서 이반 이사예비치가, 바냐* 아저씨가, 때로는 혼자, 더 자주는 니카와 함께 그들을 기다렸고, 그들은 산책하러 갔다. 동물

* '이반'의 애칭.

원에도 가고 천문관에도 가고 우골로크 두로바 극장*에도 갔다. 마샤에게 이별은 늘 만남보다 강했고, 그 짧은 산책 자체가 우스펜스키 골목에 사는 다른 사람들의 행복에 대해 떠올리게 했다.

여러 번 산드라는 마샤를 그곳에 데려갔다. 그녀는 아이가 우울해하는 것을 이해했지만, 미친 노파의 끔찍한 비난이 무엇보다 마샤를 괴롭히고 있다는 생각은 추호도 하지 못했다. 마샤는 사랑하는 산드로치카와 니카가 자기가 저지른 짓을 알게 되어 더는 자기에게 오지 않는 것이 세상에서 무엇보다 두려워 아무 말도 하지 않았다.

늦가을 마샤는 처음으로 무시무시한 꿈을 꾸었다. 그 꿈에서는 전혀 아무 일도 일어나지 않았다. 단지 그녀의 방문이 열려서 무서운 누군가가 들어와야 했다. 복도에서 공포가 계속 자라고 또 자라며 엄습해 왔다. 마샤는 비명을 지르며 잠에서 깼다. 누가 무슨 목적으로 항상 현실의 문에서 조금 옆으로 옮겨져 있던 문을 열어젖혔던가…… 비명을 듣고 보통 모탸가 달려왔다. 모탸가 그녀를 감싸고 쓰다듬고 성호를 긋고 하면 이미 아침이 다 된 그때서야 마샤는 깊은 잠에 빠졌다.

마샤는 전에도 할머니가 오기를 기다리며 잘 잠들지 못했는데, 이제는 그녀가 나간 후에도 한동안 잠들 수 없었다. 꿈이 무서웠고, 더 자주 꿀수록 더 무서워졌다. 아침마다 모탸는 힘겹게 그녀를 일으켰다. 그녀는 졸음에 겨운 채로 수업에 앉아 있었고, 졸음에 겨운 채로 집에 와서는 베라 이바노브나 앞에서 음악의 노역을 치렀다. 그리고 나서 그녀는 신경쇠약에서 지켜주는 짧은 낮잠을 잤다……

* 모스크바의 유명한 아동 동물극장.

그들의 집이 서 있던 야우자강 위쪽은 오래전부터 안 좋은 곳으로 여겨지고 있었다. 더 높은 곳에는 브시바야 언덕이 있고, 바로 강변을 따라서는 한때 구리 세공인들과 도공들의 오두막이 서 있었다. 반대편 기슭에는 히트로프시장이 쭉 펼쳐져 있었고, 고물상들과 매춘부들과 부랑자들이 그 주변에 살았었다. 그들의 후손이 세기 초에 여기 지어진 셋집들의 주민을 이루고 있기도 했다. 이제는 썩어 문드러진 콤무날카*에 쑤셔넣어진 바로 이 사람들이 이곳의 모든 교회보다 높이 들어올려진 거대한 건물을, 첨탑과 아치와 다양한 높이의 단 위에 세운 주랑이 있어 유희적 요소가 없지는 않은 건축적 망상을 가리켜 말하곤 했다. "안 좋은 자리야……"

집의 많은 거주민이 강요된 죽음을 맞았고, 빼곡한 창들과 짧은 발코니들이 자살자들을 끌어들이고 있었다. 한 해에 몇 번씩 구급차가 울부짖으며 당도해서, 널브러진 채 자비심 많은 시트에 덮여 있는 인간의 유해를 거두어 가곤 했다. 해가 없는 겨울날에 자살자 수가 증가한다는 것을 러시아에서 그토록 사랑받는 통계학이 오래전에 확증해 주었다.

그해 12월은 특히 암울해서, 햇살이 단 한 번도 황량한 구름을 뚫지 못했다. 마지막 공중 부양에는 더없이 좋은 철이었다.

글라디셰프가의 식구들은 보통 점심은 식당에서, 저녁은 부엌에서 먹었다. 저녁에 모탸가 구운 레표시카 모양으로 만든 시골식 감자튀김을 마샤가 다 먹어갈 때, 베라 이바노브나가 부엌에 들어왔다. 모탸가

* 부엌과 욕실을 공동으로 사용하는 소비에트 시대의 도시 공동주택.

그녀에게 오늘 또 '뛰었다'고 알려주었다. 저명한 항공기 설계 기사의 딸이 7층에서 몸을 던졌다.

"십중팔구 사랑 때문이겠죠." 모타가 자기 견해를 밝혔다.

"응석받이로 기르니 그런 거야. 여자애들은 밖에 내보내면 안 돼." 베라 이바노브나가 엄중한 태도로 반응했다.

그녀가 컵에 뜨거운 물을 따라서 나갔다.

"모티, 그 여자는 어떻게 됐어?" 마샤가 감자튀김에서 손을 떼고 물었다.

"뭐가 어떻게 돼? 그 자리에서 죽었지. 아래에 있는 건 돌이지 짚이 아냐. 아, 죄악이야, 죄악……" 그녀가 탄식했다.

마샤가 빈 접시를 개수대에 넣고 자기 방으로 갔다. 그들은 11층에 살고 있었다. 그녀의 방에는 발코니가 없었다. 그녀는 의자를 밀어붙이고 넓은 창문턱 위로 기어올랐다. 10층과 11층 사이에 엉성한 작은 난간이 붙어 있었다. 마샤가 창을 열려 했지만, 유성페인트가 빈틈없이 칠해진 쇠고리들이 열리지 않았다.

마샤는 옷을 벗고 자기 물건들을 의자에 내려놓았다. 모타가 '잘 자라'는 말을 하러 들렀다. 마샤는 미소 짓고 하품을 하고는 일순간 잠이 들었다. 코텔니체스카야 강변 거리에서 평생 처음 그녀는 가볍고 행복한 잠에 빠져들었다. 한밤에 베라 이바노브나가 그녀에게 들려 속삭이던 조용한 저주가 처음으로 들리지 않았고, 끔찍한 꿈의 문이 그날 밤에는 열리지 않았다.

'뛴' 아가씨에 대해 알게 된 날부터 마샤의 내면에서 무언가가 변했다. 그녀가 전에는 몰랐던 가능성이 존재했다는 것이 그녀를 보다 가볍게 했다.

다음날 산드로치카가 전화해서 니카와 함께 브토의 피오네르* 겨울 캠프에 가지 않겠냐고 물었다. 니카와 함께라면 마샤는 어디든 갈 준비가 되어 있었다. 니카는 예전 삶에서 남은 유일한 친구였다. 그녀가 예전에 살았던 유고자파트** 지역의 다른 친구들은 다, 마치 그녀의 부모와 함께 그들 또한 죽은 것처럼 흔적도 없이 사라졌다.

마샤는 새해까지 남은 며칠을 행복한 기다림 속에서 살았다. 모탸가 그녀의 짐을 트렁크에 꾸려준 다음, 돛천으로 만든 덮개를 씌우고는 거기에 하얀 네모를 덧기워서 그 위에 그녀의 이름을 썼다. 장군의 운전사가 유고자파트에서 그녀의 스키를 실어 왔다. 그는 스틱을 찾지 못해서 '데츠키 미르'***에서 빨간 새 스틱을 샀다. 마샤는 스틱을 어루만지며 냄새를 맡았다. 그 어떤 음식보다 맛있는 냄새가 났다.

12월 31일 아침에 그녀를 푸시킨광장으로 데려가야 했다. 그곳에서 그녀는 니카와 만날 것이고, 거기로 버스가 올 것이었다. 올랴, 나댜, 알료나, 그녀는 옛 마당에서 같이 놀던 친구들이 바로 그곳에 다 있을 것 같았다.

30일 저녁 그녀는 열이 40도 가까이 올랐다. 베라 이바노브나가 의사를 부르고, 알렉산드라 게오르기예브나에게 전화로 알렸다. 그렇게 해서 여행은 취소되었다.

---

* 소련 및 공산권 국가의 소년단 조직. 공산권판 보이스카우트로, '피오네르'는 '개척자'라는 뜻.

** 모스크바 남서지구의 대규모 주거 지역.

*** '아이들 세상'이란 뜻으로 대형 아동용품 매장.

이틀을 마샤는 심한 열 속에 누워서, 이따금 눈을 뜨고 물었다.

"몇시야? 벌써 갈 땐데…… 우리 늦지 않을까?"

"내일이야, 내일 가." 거의 그녀 곁을 떠나지 않던 모탸가 계속 말했다.

어떤 빛줄기 속에서 마샤는 모탸도 산드로치카도 베라 이바노브나도, 심지어 할아버지 표트르 스테파노비치도 보았다.

"나 캠프 언제 가?" 병이 그녀를 놓아주자 맑은 목소리로 마샤가 물었다.

"방학 끝났는데, 마셴카, 이제 와서 무슨 캠프야?" 모탸가 알려주었다.

엄청난 슬픔이었다.

저녁에 산드로치카가 와서 그녀를 오래 달래고, 여름에 자고랸카*의 자기 집에 데려가겠다고 약속했다.

밤에 그녀는 다시 그 꿈을 꾸었다. 복도에서 문이 열리고, 끔찍한 누군가가 천천히 그녀에게 다가왔다. 그녀는 고함치고 싶었지만 그럴 수 없었다. 그녀는 황급히 침대에서 뛰어내렸고, 꿈과 현실 사이의 이상한 상태 속에서 의자를 창문턱에 밀어붙이고 기어올라서 어디서 얻은 것인지 모를 힘으로 쇠고리를 잡아당겼다. 첫번째 창틀이 열렸다. 두번째 창틀은 아주 가볍게 활짝 열어젖혀졌고, 그녀는 몸에 닿는 양철 덮개의 얼음 같은 한기를 느낄 새도 없이 창문턱에서 아래로 미끄러져 내려갔다.

* 모스크바 근교의 다차촌.

그녀는 날카로운 덮개 모서리에 걸린 잠옷 옷자락을 가볍게 잡아당기고는 눈이 가득 쌓인 10층 난간 위로 부드럽게 떨어졌다.

한 시간 후 모탸가 자신의 향연을 마치고 창고에서 나왔다. 찬 기운이 확 끼쳐왔다. 마샤의 열린 방문에서 얼어붙은 공기가 들이닥쳤다. 방에 들어가서 활짝 열린 창문을 본 그녀는 경악하며 창문을 닫으러 내달렸다. 창문턱에 고르지 않은 작은 눈더미가 쌓여 있었다. 창문을 닫고 나서야 그녀는 마샤가 침대에 없다는 것을 알았다. 서 있을 수가 없었다. 그녀는 바닥에 주저앉았다. 침대 밑을 들여다보았다. 창문으로 다가갔다. 무성한 눈이 내리고 있었다. 서서히 내리는 눈송이 외에는 아무것도 보이지 않았다.

모탸는 벌거벗은 발을 펠트 장화에 끼워 넣고는, 숄을 두르고 여주인의 낡은 외투를 걸쳐 입고서 엘리베이터로 달려갔다. 아래로 내려간 그녀는 붉은 카펫이 깔린 큰 현관을 거쳐 달려나갔고, 아주 육중한 문을 밀고 거리로 뛰쳐나가서 집 모퉁이를 돌았다. 보드라운 눈이 고르게 쌓여 축일같이 빛나고 있었다.

'벌써 눈에 파묻혔을 거야.' 그녀는 생각했고, 그들 집의 창문들 아래 쌓인 두터운 눈을 장화로 흩트리며 걷기 시작했다. 아이가 없었다. 그러자 그녀는 올라가서 주인들을 깨웠다.

한 시간 삼십 분이 지나서 마샤를 난간에서 끌어내렸다. 그녀는 의식이 없었지만, 상처 하나 없기도 했다. 표트르 스테파노비치가 이불로 감싼 아이를 차까지 배웅하고 집으로 돌아왔다. 베라 이바노브나는 그 한 시간 삼십 분 동안 자기 침대 끝에 꼼짝하지 않고 앉아서 말 한마디 떨구지 않았다. 마샤가 실려가고 나서 장군은 베라 이바노브나를 자기 서재로 데려가 차가운 가죽 안락의자에 앉히고는 어깨를 굳게 부여잡고 흔들었다.

"말해!"

베라 이바노브나가 상황에 맞지 않는 미소를 지었다.

"다 그 아이가 꾸몄어…… 내 타네치카를 죽였어……"

"뭐?" 마침내 아내가 미쳤다는 것을 알아차리고 표트르 스테파노비치가 재차 물었다.

"어린 살인마…… 다 꾸몄어…… 걔가……"

그다음 자동차가 베라 이바노브나를 실어 갔다. 장군은 아침까지 기다리지 않고 즉시 차를 불렀다. 그날 밤 그는 한번 더 구급차를 맞으러 아래로 내려가야 했다. 엘리베이터를 타고 올라가며 그는 단 하루도 더는 아내와 한 지붕 밑에서 보내지 않겠다고 맹세했다.

아침에 그는 알렉산드라 게오르기예브나에게 전화해서 일어난 일에 대해 아주 메마른 목소리로 짧게 전하고, 퇴원 허가가 나는 대로 마샤를 병원에서 바로 집으로 데려가줄 것을 부탁했다. 하루가 지나고 장군은 극동으로 감찰 여행을 떠났다.

마샤는 그후로 할머니 베라 이바노브나를 단 한 번, 장례식에서 보았다. 표트르 스테파노비치는 자신의 말을 지켰다. 베라 이바노브나는 그녀에게 남았던 팔 년의 삶을 값비싼 가구와 도자기와 유리그릇과 멀리 떨어져서, 특권층을 위한 진료소에서 살았다. 마샤는 드문드문 흰 머리카락을 지닌 죽은 노파의 메마른 모습에서 머리카락이 무성했던 아름다운 할머니 베라 이바노브나를, 다홍색 할라트를 입고 일곱 살짜리 그녀에게 와서 한밤의 저주를 속삭이던 그녀를 알아보지 못했다……

불행이 행복하게 끝난 지 일주일 후 볼품없는 시골 사람 같은 모습의 유대인 의사 펠드만이 알렉산드라 게오르기예브나를 낡은 침대와 찢어진 시트 꾸러미와 작은 상자가 가득 널린 사다리 밑 창고에 밀어 넣어 흔들리는 걸상에 앉히고는, 자신은 다리가 세 개인 의자에 자리를 잡았다. 목이 늘어난 낡은 메리야스와 비뚤어진 넥타이 매듭이 할라트의 파인 틈으로 보였다. 머리가 빠진 곳조차 단정치 못한 모습이었다. 털갈이하지 않은 털같이 어떤 데는 머리털이 많았고 다른 데는 거의 남아 있지 않았다. 그는 가슴 앞에서 의사 특유의 직업적인 팔짱을 끼고 말을 시작했다.

"알렉산드라 게오르기예브나, 제가 틀리지 않았다면…… 이곳은 말을 나누기가 도무지 불가능합니다. 그나마 여기가 방해받지 않을 유일한 장소지요…… 당신에게 할 얘기는 심각한 겁니다. 아이의 정신 건강이 전적으로 당신 손에 달려 있다는 것을 이해하셨으면 합니다. 아이가 겪은 정신적 충격이 너무 깊어서 먼 미래에 어떤 결과가 초래될지 예견하기 힘든 지경입니다. 확신컨대, 내 동료 중 많은 사람은 아이를 입원시켜서 심각한 약물치료를 해야 한다고 주장할 겁니다. 그게 필요할 수도 있지요. 상황이 어떻게 전개될지는 모릅니다. 하지만 나는 그런 일을 묻어버릴 기회가 있다고 생각합니다……" 그는 엉뚱한 얘기를 하고 있다는 것을 느끼고 당황했다. "내 말은 정신에는 거대한 방어 메커니즘들이 있어서 효과를 발휘할 수 있다는 겁니다. 다행히도 마샤는 일어난 일에 대해 완전히 알고 있지는 못합니다. 자살하려는 생각이 아이의 의식 속에서 무르익지 않았고, 아이는 자살을 시도한 사실 자체를 깨닫지 못하고 있어요. 아이에게 일어난 일은 차라리……

그러니까요, 뜨거운 것에 닿은 손을 홱 치우는 일 같은 겁니다. 마샤와 많은 얘기를 나눴습니다. 아이는 접촉을 내키지 않아하지만, 일단 접촉이 이루어지면 진심으로 마음을 터놓고 말합니다. 그리고 말이지요." 그는 반쯤 학문적인 자기 말을 헝클어뜨렸다. "마샤는 매력적인 존재입니다. 지혜롭고 맑아요. 아주 양호한 정신구조를 지니고 있습니다…… 경이로운 아이예요."

그의 얼굴이 밝아졌다. 잘생겨 보이기까지 했다.

'아는 사람하고 닮았는데.' 얼핏 그런 생각이 산드라를 스쳤다.

"어떤 사람들은 고통에 망가지지만, 아세요? 다른 사람들은 어쩐지 고양됩니다. 아이에게는 지금 온실이, 인큐베이터가 필요해요. 나라면 모든 위험을 배제하기 위해 아이를 올해 학교에서 데려가겠습니다. 나쁜 선생님, 거친 학생들…… 내년까지 아이를 집에 데리고 있는 게 가장 좋아요. 그리고 아주, 아주 안정적인 상황입니다." 그가 분발했다. "그 할머니와는 어떤 접촉도 안 됩니다! 배제해야죠. 그녀가 아이에게 부모의 죽음에 대한 죄의식을 불어넣었습니다. 그건 어른도 다 견뎌낼 수 있는 게 아니에요. 이건 다 몰아낼 수 있어요. 이 시기에 대해 아이에게 상기시키지 않도록 애쓰세요. 부모에 대해서도 상기시킬 필요 없습니다. 내 전화번홉니다, 전화하세요." 그가 미리 준비한 종이를 꺼냈다. "마샤를 내버려두지 않을 겁니다, 살필 거예요. 꼭이요, 꼭……"

알렉산드라는 마샤를 그렇게 빨리 돌려받으리라고는 기대하지 않았다. 반년 동안 장군의 운전사가 두 번에 걸쳐 새로운 집으로 옮긴 마샤의 물건들이 쓸모없는 트렁크와 스키와 함께 여전히 정리되지 않은 채로 있었다. 알렉산드라는 의사와 이야기를 나눈 후 곧장 마샤의 물건들을 정리하러 집으로 갔고, 바로 그날 그녀를 우스펜스키 골목으로 데려갔다……

1월 중순이었다. 크리스마스트리를 아직 치우지 않았고, 명절이라 식탁도 늘려놓았다. 손님도 왔다. 알렉산드라의 큰딸, 임신한 리디야였다. 비트 샐러드, 파스타를 곁들인 커틀릿, 그리고 마샤가 도착하기 직전에 니카가 서둘러 만들어 살짝 탄 비스킷 등, 음식은 소박했다. 명절 음식이 아니었다.

대신에 의사가 권한 사랑과 함께 모든 상황이 더할 나위 없었다. 알렉산드라의 심장은 마샤가 기적적으로 구원되었음에 대한, 그녀가 건강하고 자기 집에 있음에 대한 감사의 기도로 그저 터질 것만 같았다. 이 순간에는 자기 아이 중 누구도, 그들 부류가 전혀 아닌 이 연약한 회색 눈의 여자아이만큼 강렬하게 사랑스럽지는 않은 것 같았다.

니카가 그녀를 어루만져주고, 안아주고, 알고 있는 모든 수단을 동원해서 재미있게 해주었다. 마샤는 식탁에 좀 앉아 있다가, 그다음에는 아이용 고리버들 의자에 옮겨 앉았다. 그녀가 오기 며칠 전에 이반 이사예비치가 어딘가에서 가져와서는 망가진 팔걸이를 이틀에 걸쳐 고치고 바닥에 빨간 천 조각을 붙이고 술을 단 것이었다.

임신 때문에 몸이 약해진 리디야는 이내 자리를 떴다. 그녀는 지금 남편과 함께 이반 이사예비치의 방에서 지내고 있었다.

온 가족이 마샤를 기다렸음에도 불구하고 예기치 않게 온 것이어서 그녀의 잠자리를 마련하지 못했다. 니카가 어머니와 자러 가고, 마샤는 니카의 작은 보트 안에 잠자리를 마련해주었다. 니카는 여름 동안 많이 자라서 그 침대가 거의 맞지 않았다. 마샤는 눈꺼풀이 무거웠지만, 그녀를 눕히자 잠이 달아났다. 그녀는 눈을 뜨고 누워서 내년에 니카와 함께 겨울 캠프에 갈 생각을 했다.

알렉산드라가 식기를 씻어 치운 다음 아이에게 가서 옆에 앉았다.

"손 줘." 마샤가 요청했다.

알렉산드라가 마샤의 손을 쥐자 아이는 빠르게 잠이 들었다. 하지만 알렉산드라가 조심스럽게 손을 빼려 하자 마샤가 눈을 떴다.

"손 줘……"

그렇게 아침까지 알렉산드라는 잠든 손녀 곁에 앉아 있었다. 이반 이사예비치가 그 침묵의 파수를 대신 서려 했지만, 그녀는 고개만 저을 뿐 그에게 가서 자라고 몸짓했다. 많은 밤 중 첫 밤이었다. 한밤의 인도자 없이, 할머니나 니카의 손 없이, 마샤는 잠들 수 없었다. 잠든 후에도 가끔은 비명을 지르며 깨어났고, 그러면 산드라나 니카가 그녀를 품에 안고 진정시켰다. 평온하고 다정하며 상냥한 낮의 마샤와 쫓기는 듯 겁에 질린 밤의 마샤, 서로 다른 두 사람 같았다.

마샤의 침대 곁에 접이식 간이침대를 놓았다. 보통 니카가 거기 누워 잤다. 니카가 연약한 마샤의 잠을 어머니보다 더 잘 지켜서, 불안에 찬 마샤는 순간적으로 잠이 들었다. 대체로 니카는, 대학에 다니며 온갖 배움에 대한 열정이 대단해서 대학 수업 외에 독일어 강의도 어떤 모호한 미학 강의도 들으러 다니던 손위의 베라보다 더 뛰어난 어머니의 조수였다.

니카는 열세 살이었는데, 벌써 키가 꽤 컸고 여자의 다양한 솜씨를 많이 습득했다. 이마 가운데 돋은 여드름이 그녀의 재능이 쓰일 때가 가까이 오고 있음을 증명하고 있었다.

마샤가 우스펜스키 골목으로 이사했을 때 때마침 니카는 여자아이의 일반적인 오락인 인형 놀이에 시들해졌다. 살아 있는 마샤가 그녀가 그토록 오래 어렴풋한 모성 본능을 연습하던 모든 카탸와 랼랴를 단번에 대신해주었다. 민첩한 알렉산드라가 부지런히 지어준 산더미 같은 원피스와 외투를 가진 인형들은 다 마샤 것이 되었고, 니카는 딸 마샤와 많은 장난감 손녀를 거느린 대가족의 가장이 된 것 같았다.

많은 세월이 흘러 이미 카탸를 낳은 후에, 니카는 모성의 첫 열정을 조카딸에게 다 쏟은 것 같다고, 그들 집에서 마샤가 보낸 삶의 첫 시절에 쏟았던 전율에 찬 사랑을, 다른 사람을 가슴에 충만히 받아들이는 사랑을 자기 아이에게는 한 번도 느껴보지 못했다고 알렉산드라에게 고백하곤 했다. 마샤에 대한 연민으로 살았던, 밤마다 그녀의 손을 쥐고 있었던, 아침이면 머리를 땋아주었던, 학교가 파하면 스트라스트노이 가로숫길로 산책하러 데려갔던 그 첫해에 특히 그랬다. 니카는 마샤의 삶에서 규정하기 힘든 거대한 자리를 차지했다. 모든 면에서 최상인, 모든 면에서 이상적인, 사랑하는 친구이자 언니였다……

마샤를 다시 학교에 보낸 이듬해에는, 니카가 그녀를 학교에 데려가고 이반 이사예비치가 데려왔다. 수업이 끝난 후 그는 그녀를 집에 데려오거나 자기가 일하는 극장에 데려가기도 했다.

마샤가 이사오자마자 자신의 유명한 여성 후원자의 장례를 치른 알렉산드라는 극장을 떠났다. 이제 그녀는 정부 관료의 귀부인을 위한 작은 비밀 아틀리에의 지배인으로 일했다. 불법에 연루된 곳이었지만, 알렉산드라에게는 옛 시절의 후원자들이 남아 있었다.

광대한 관용 의상들에서 나온 크레이프 드 신*의 자른 부스러기가 인형들에게 멋진 옷이 되어주었다. 하지만 그들 둘 다, 니카도 마샤도 장미색과 하늘색 치마에 대한, 프릴치마와 주름치마에 대한 혐오를 앞으로 평생 간직했다. 성인이 되자마자 그들 둘 다 남자 셔츠와 청바지를 입는 유행을 따르기 시작했다.

열여섯 살 무렵 니카는, 산드로치카가 생각한 대로 그토록 여성적이지 않은 스타일에도 불구하고, 아주 놀라운 성공을 구가하기 시작했다. 밤낮으로 전화벨이 울려서, 이반 이사예비치는 이제나저제나 딸의 격렬한 삶을 중지시킬까 기대하며 산드로치카를 바라보았다.

하지만 알렉산드라 자신도 니카의 성공에 만족하는 것 같았다. 9학년 말 니카는 선풍적인 인기를 얻기 시작한 젊은 시인과 매력적인 연애를 시작하더니, 학년의 마지막 4분의 1을 마치지 않고 그와 함께 차를 타고 콕테벨로 떠나버렸다. 일이 벌어지고 나서 그 사실에 대해 전보로 알린 것은 이미 심페로폴에서였다.

열두 살 때부터 마샤는 니카의 절친한 친구가 되었고, 은밀한 경악과 환희에 차서 그녀의 고백을 받아들였다. 니카는 크고 작은 만족을 양손으로 긁어모았고, 쓰라린 잔 열매와 자잘한 돌멩이는 큰 의미를 부여하지 않고 쉽게 내뱉었다. 그나저나 학교 공부도 내뱉어버렸다.

산드라는 으르렁거리지도 무의미한 해명을 요구하지도 않았고, 젊은 시절 자기 모습을 떠올리며 서둘러 니카를 극장 시절부터 알고 지낸 좋은 지인들이 있던 연극예술학교에 집어넣었다. 니카는 그림을 좀 공부하고 필수인 4점으로 시험을 통과하고는 기꺼이 교복을 내팽개쳤

* 중국 비단에서 유래한 직물의 일종.

다. 또 일 년 후 그녀는 이미 결혼한 것이나 다름없었다.

마샤가 노쇠한 부모의 마지막 아기로 남았다. 가족의 모든 삶이 이제 그녀의 주위를 맴돌았다. 한밤의 공포는 끝났지만, 광기의 어두운 심연과의 때 이른 접촉으로 인해 그녀의 내면에는 신비주의에 대한 예민한 청각이, 세상에 대한 민감한 반응과 예술적 상상이 남았다. 이 모든 것이 시적 소질을 만들어냈다. 열네 살에 그녀는 파스테르나크에 심취했고, 아흐마토바를 숭배했으며, 비밀 공책에 비밀스러운 시를 썼다.

10

저녁 무렵 그닐리 우골*이라 불리던 곳에 있는 산들 위에 구름이 걸렸고, 집안에는 적막한 기다림의 기운이 모였다. 니카는 부토노프가 들르기를 기다렸다. 그녀가 이해하기에, 한밤의 밀회 후 그다음 행보는 그의 몫이었다. 더욱이 그녀는 곧 떠난다고 그에게 말했는지 기억이 나지 않았다……

마샤도 기다리고 있었다. 누굴 더 기다리는지, 월차를 모아서 며칠 예정으로 와야 했던 남편 알리크인지 아니면 부토노프인지 그녀 자신도 몰라서, 그녀의 기다림은 더욱 긴장된 것이었다…… 가시덤불을 뛰어넘고 자갈이 널린 비탈을 달리며 산에서 내려오던 그의 모습이 전

* '끔찍한 구석'이라는 뜻으로 습기 찬 찬바람이 불어오는 북서쪽이나 북동쪽 끝을 이르는 말.

부 눈에 어른거렸다. 그와 함께 부엌에 좀 앉아서 말이라도 잠시 나누었더라면, 유혹이 사라졌을지도 모른다……

"멍청해." 그녀는 마치 지혜롭지 못한 사람은 사랑의 유혹의 원천이 될 수 없다는 듯, 무가치한 구원의 논리에 주의를 돌리며 니카의 말을 떠올렸다.

그 누구보다 리조치카가 사무치는 그리움과 기다림에 고통받고 있었다. 사소한 다툼과 타냐의 불만의 하루가 지난 이튿날 아침, 그녀는 이미 타냐 없이는 살 수도 없을 것 같았다. 온종일 타냐를 기다리며 우는소리를 해댔고, 저녁 무렵에는 기다림에 지쳐서 팔을 꺾으며 히스테리를 부렸다. 니카는 리조치카의 삶에 대한 과도한 요구에 큰 의미를 부여한 적이 없었지만, 이번에는 미소를 지었다. 리조치카도 연애에 빠진 것이다…… '내 성격이야. 뭘 원하면 그 즉시 가져야 하잖아.'

지금은 어머니와 딸의 바람이 부분적으로 일치했다. 둘 다 연애가 지속되길 갈망하고 있었다.

"그만…… 옷 입어. 너의 타냐한테 갔다 오자." 니카가 딸을 달랬고, 딸은 화려한 옷차림을 위해 달려갔다.

그녀는 등 단추를 채우지 않은 채 한아름 가득 장난감을 안고 부엌에 있는 니카에게 돌아왔다. 타냐에게 어떤 장난감을 선물할지 묻기 위해서였다.

"네가 아깝지 않은 걸 주면 되지." 니카가 미소 지었다.

메데야는 울어서 눈이 퉁퉁 부은 손녀딸을 보며 속으로 말했다. '피가 뜨거워. 참 매혹적인 아이야……'

"리자, 이리 와, 단추 채워줄게." 메데야가 말했다. 아이가 고분고분

다가와서 등을 돌렸다.

작은 단추들이 그보다 훨씬 더 작은 단춧구멍에 힘들게 꿰어졌다. 창백한 머리카락에서 아이의 달콤한 냄새가 났다. 익숙한 향기였다.

십오 분 후 그들은 이미 등꽃과 타마리스크 꽃다발이 가득한 노라의 작은 집에 앉아 있었다. 아주 작은 여름집은 우크라이나식으로 쾌적했다. 깨끗하게 하얀 칠을 했고, 흙바닥에는 매트를 깔았다.

리자가 가져온 토끼를 치마 밑에 감추고 타냐의 관심을 끌려 했지만, 타냐는 눈을 내리깐 채 죽을 먹고 있었다. 노라는 어제 몹시 지쳤다고, 완전히 익었다고, 너무도 먼 산책이었다고 여느 때같이 부드럽게 불평했다…… 자세하고 좀 따분하게…… 니카는 창가에 앉아 계속 주인집 쪽에 눈길을 던졌다.

"저기 발레리도 온종일 집밖에 나오지 않았어." 노라가 주인집 쪽을 고개로 가리켰다. "텔레비전 보고 있어."

니카가 가볍게 일어서더니 문가에서 몸을 돌리고 말했다.

"아다 아줌마한테 잠깐 갔다 올게……"

텔레비전을 제일 크게 틀어놓고 있었다. 식탁에 큼직한 음식이 가득했다. 집주인 미하일이 작은 조각을 좋아하지 않았고, 아다에게 있는 냄비 역시 가족이 적은데도 거의 양동이만했다. 그녀는 요양원 부엌에서 일하고 있어서 공공급식 규모만큼 손이 컸는데, 그들 부부가 키우던 암퇘지 두 마리의 먹이에 잘 나타나 있었다.

발레리와 미하일은 덩치 큰 음식 때문에 약간 얼이 빠진 채 앉아 있었고, 아다는 마침, 그녀가 말하던 식으로 하면 '움으로' 설탕에 졸인 과일을 가지러 가고 없었다. 그녀가 3리터짜리 병 두 개를 들고 니카를 뒤따라 방으로 들어왔다. 아다와 니카가 키스했다.

"자두죠." 니카가 추측했다.

"응, 니카, 앉아. 미시, 뭐 좀 따라요." 아다가 남편에게 지시했다.

부토노프는 텔레비전에서 눈을 떼지 않았다.

"그냥 인사드리러 왔어요. 내 리스카가 아주머니 댁 숙박 손님한테 놀러와 있거든요." 니카가 구실을 대며 사양했다.

"우리한테는 들르지 않고, 묵고 있는 사람들한테만 가는 거냐." 아다가 그녀를 질책했다.

"아니, 진짜, 몇 번 들렀어요. 일터에 계시거나 여기저기 다니러 가고 안 계시던데요." 니카가 변명했다.

아다가 좁은 이마를 찡그리고는 통통한 얼굴에 파묻혀 보이지 않는 코를 문질렀다.

"맞아, 카멘카에 있는 대모님한테 다녀왔어."

미하일이 벌써 잔에 차차*를 따랐다. 그는 뭐든 다 잘 만들 줄 알았다. 발레리는 그 사실을 이웃 비티카에게 들어서 알고 있었다. 차차를 만들고, 고기를 훈제하고, 생선을 절였다. 미하일이 어디에서 살았든, 무르만스크든, 캅카스든, 카자흐스탄이든, 그는 무엇보다 사람들이 무엇을 먹고 사는지에 관심이 있었고, 최상의 것은 다 알아차렸다.

"만남을 위해!" 니카가 외쳤다. "건강을 위해!"

그녀는 마침내 텔레비전에서 눈을 뗀 부토노프에게도 잔을 내밀었다. 부토노프는 그녀가 바라보는 시선이 마음에 들지 않았다. 게다가

---

* 조지아산 독한 포도 브랜디.

니카 자체가 지금 마음에 들지 않았다. 낡은 녹색 스카프로 머리를 꽉 싸매서 유쾌한 머리카락들이 보이지 않고 얼굴은 너무 길어 보였고, 원피스는 당초무늬가 들어간 요오드색이었다. 부토노프는 니카가 바로 그녀에게 제일 잘 어울리는 것들을 걸쳤다는 사실을 알아채지 못했다. 그녀가 유명한 화가에게 포즈를 취해주었을 때의 차림새였는데, 화가는 그녀에게 스카프를 더 꽉 매라고도 하고, 거의 눈물을 흘리다시피 하며 오래도록 그녀를 찬찬히 살펴보기도 하면서 연신 이렇게 되풀이 말했었다. "이런 얼굴이 있을까…… 오, 하느님, 얼마나 멋진 얼굴입니까…… 파윰의 초상화* 같구나……"

그러나 부토노프는 파윰의 초상화에 대해서는 전혀 알지 못했다. 그는 부르지도 않았는데 와도 되는 권리를 아직 주지 않았는데 그녀가 발을 질질 끌고 온 것에 화가 났다.

"우리 비티카의 친구야. 유명한 의사지." 아다가 우쭐댔다.

"네, 우리 어제 발레라하고 같이 만에 갔다 왔어요, 벌써 알아요."

"너는 언제나 앞질러나가지." 부토노프가 모르는 뭔가를 암시하며 아다가 빈정댔다.

"맞아요, 그래서요." 니카가 무례하게 대답했다.

그 순간 리자가 소리를 질러대기 시작했다. 니카는 새로운 연애에 뭔가가 잘못되었음을 어렴풋이 느끼고는 긴 요오드색 원피스를 흔들고 문을 빠져나갔다.

니카는 저녁을 마샤와 보냈다. 아무도 그들에게 오지 않았다. 그들

* 이집트 카이로 인근 파윰에서 발견된 미라들의 수의에 부착된 생전 모습을 그린 초상화.

은 담배도 피우고 입 다물고 있기도 하고 이야기도 했다. 마샤가 사랑에 빠졌다고 니카에게 고백하고, 밤에 쓴 시와 또다른 시 두 편을 읽었다. 니카는 살면서 처음으로 사랑하는 조카딸의 작품에 시큰둥한 태도를 보였다.

온종일 그녀는 어제의 성공을 마샤와 나눌 짬을 포착할 수 없었는데 이제는 성공의 맛이 완전히 시큼해졌고, 우연한 경쟁으로 마샤를 속상하게 하고 싶지도 않았다. 그러나 자신에게 골몰한 마샤는 아무것도 알아차리지 못했다.

"어떻게 하지, 니카? 어떻게 해?"

그녀는 갓 생겨난 사랑의 감정에 몹시 조바심이 나서, 어렸을 때처럼 기대에 찬 눈으로 니카를 아래에서 위로 올려다보았다. 니카는 영문 모를 이유로 그녀를 벌하기로 결심한 부토노프에 대한 화를 감추며, 백치 같은 겁쟁이 주제에 사랑에 빠질 대상을 찾은 조카딸에게 어깨를 으쓱하고는 말했다.

"줘버리고 진정해."

"'주라니', 어떻게?" 마샤가 반문했다.

니카가 더 화를 냈다.

"'어떻게'는 뭘 '어떻게'야…… 너 뭐야, 어린애야? 그 사람 거길 잡아……"

"그렇게 간단하다고?" 마샤는 몹시 놀랐다.

"아주 간단해." 니카가 식식거렸다. '이런 순진한 바보. 아직도 시詩나부랭이를…… 진창에 떨어지고 싶은 거지. 그러라지 뭐……'

"니카, 있잖아." 마샤가 갑자기 결심했다. "당장 지금 우체국에 가서 알리크한테 전화할게. 아마 그는 올 거야. 그럼 다 제자리를 찾을 거야."

"찾을 거야, 찾을 거야……" 니카가 악의적으로 깔깔 웃어댔다.

"갔다 올게!" 마샤가 급히 벤치에서 뛰어내리더니 재킷을 와락 움켜쥐고 길로 달려갔다.

도시로 가는 마지막 버스는 열시 출발이었고, 오 분 후에 떠났다……

도시의 우체국에서 마샤가 첫번째로 본 사람은 부토노프였다. 그는 그녀에게 등을 돌리고 전화 부스에 서 있었다. 그의 커다란 손안에 든 수화기가 보이지 않았다. 그는 새끼손가락으로 다이얼을 돌렸다. 통화를 하지 못한 부토노프가 수화기를 걸고 나왔다. 그들은 인사를 나누었다. 마샤는 줄 끝에 서 있었고, 그녀 앞에는 두 명이 더 있었다. 부토노프가 옆으로 한 걸음 비켜서서 다음 사람을 들여보내며 시계를 보았다.

"벌써 사십 분이나 통화중이네."

형광등이, 푸른빛이 감도는 희미한 빛을 내는 막대가 빽빽하게 걸려 있었다. 무서운 영화에서 무언가가 일어나야만 할 때처럼 빛이 날카로웠다. 마샤는 공포를 느꼈다. 푸른 면 셔츠를 입은 이 키 큰 영화 주인공 때문에 그녀의 합리적이고 정연한 삶이 와르르 무너질 수 있었다. 그가 말을 계속하며 그녀에게로 움직였다.

"여자들이 수다 떨고 있나…… 아니면 전화기가 망가졌나……"

마샤의 차례가 다가왔다. 그녀는 알리크의 목소리를 끔찍이도 듣고 싶어하며 번호를 돌렸다. 그가 모든 것을 제자리로 돌려놓을 것이었다. 그러나 전화를 받지 않았다.

"역시 통화중이야?" 부토노프가 물었다.

"집에 없어." 침을 삼키고 마샤가 대답했다.

"해변 길에서 산책 좀 하고 다시 걷자." 부토노프가 제안했다.

그는 갑자기 그녀의 얼굴에 호감을 느꼈다. 짧게 자른 머리에 불쑥 솟은 둥근 귀도 인상적이었다. 그가 다정한 몸짓으로 올이 가는 코르덴 재킷에 손을 올렸다. 마샤의 머리가 그의 가슴께에 왔다. 소년같이 가늘고 예민했다.

'이 여자하고 같이 공중곡예를 할 수 있겠는데.' 그는 생각했다.

"여기 해변 길에 있는 어떤 술통에 특별한 포도주가 있다던데……"

"노보스벳스코예 샴페인."* 마샤가 벌써 걸음을 떼고 대답했다.

그들이 해변 길을 향해 걸어 내려가는데, 갑자기 마샤는 그들이 휴양지의 배경을 끼고 빠른 걸음으로, 자유로운 동시에 목적 지향적인 모습으로 내달리다시피 하는 것을 스크린으로 보듯 곁눈질로 보았다. 요양소 입구 쪽으로 협죽도를 심어놓은 화분들이 배열되어 있었다. 가짜 석고 기둥들과 작은 빛으로 반짝이는 무늬회양목을 지나쳤다. 파빌리온의 삶에 지치고 병들어 꾀죄죄한 종려나무들을 지나치자, 얼굴이 커다란 이 지역의 매춘부 세라피마가 화면 깊숙이 어른거렸다. 그리고 두 눈을 부릅뜬 몇몇 군센 광부들. 그리고 물론 음악, '오, 가그라의 바다여'**…… 그리고 이때 그녀의 두 다리는 그의 걸음에 박자를 맞추어 기쁘게 튀어올랐다. 그리고 육체에 깃든 축일의 가벼움, 그리고 심지어 벌써 샴페인을 다 마셔버린 듯 말없는 유쾌함……

부토노프는 마샤가 데려간 지하 술집이 마음에 들었다. 내놓은 샴페

---

* '신세계 샴페인'이라는 뜻으로 1900년 파리 전시회에서 그랑프리를 수상한 샴페인. 수다크는 러시아의 샴페인 발상지다.

** 러시아 옛 노래. 가그라는 흑해 연안의 휴양도시다.

인이 차갑고 아주 맛있었다. 길에서 상연되기 시작한 영화가 계속 이어졌다. 마샤는 자신이 약간 오른쪽 뒤에 자리한 것처럼, 등받이 없는 둥근 의자에 앉은 자신과 그녀를 향해 반쯤 돌아앉은 부토노프를 보았다. 가장 재미있는 점은, 그녀의 등뒤에 있는, 금니를 하고 금 재킷을 입은 여자 바텐더와 지하실에서 뒷걸음으로 상자를 끌어올리는, 반은 짐꾼이고 반은 급사인 사내아이들이 동시에 보이던 것이었다. 모든 것이 와이드스크린으로 보이는 동시에 납작 눌려 있었다.

스크린 위 그림자 형상인 마샤 자신의 모습이 멋지게 보인다는 것이 또한 그녀의 주의를 끌었다. 그녀는 곧은 자세로 차분하게 앉아 있다. 옆모습이 예쁘고, 머리카락들이 좁은 곶처럼 긴 뒷목으로 예쁘게 내려온다……

그래, 그래, 영화는 유희를 허락한다, 가벼움을 허락한다…… 정열…… 샴페인의 거품…… 그와 그녀…… 남자와 여자…… 밤바다…… 니카, 넌 천재야, 넌 재주꾼이야…… 그 어떤 존재의 무거움도 없어…… 자기 인식을 향한, 자기완성을 향한 그 어떤 긴장된 움직임도, 자기……

"여기 기막히지." 니카의 억양으로 그녀가 말했다.

"좋은 포도주네…… 더 따를까?"

마샤가 끄덕였다. 지혜로운 마샤, 교양 있는 마샤, 일행을 통틀어 처음으로 베르댜예프와 플로렌스키*를 읽기 시작했던, 성서와 단테와 셰익스피어의 원전보다 주석을 더 좋아했던 마샤, 별로 좋지 않았던 통

* 20세기 초의 러시아 종교철학자들.

신교육을 제외하면, 영어와 이탈리아어를 독학으로 익힌 마샤, 두 권의 얇은, 사실 아직 출판되지 않은 시집을 쓴 마샤, 잠시 방문한 미국인 교수와는 에즈라 파운드에 대해, 가톨릭 신자인 이탈리아 저널리스트와는 니케아 성당*에 대해 대화를 나눌 줄 알았던 마샤가 침묵하고 있었다. 아무 말도 하고 싶지 않았다.

"더 따를까?" 부토노프가 시계를 바라보았다. "자, 그럼 다시 전화해볼까?"

"어디?" 마샤가 놀랐다.

"어디긴 집이지……" 부토노프가 웃음을 터뜨렸다. "뭐야……"

영화가 이전의 불안에 자리를 내주고 약간 뒤로 물러난 것 같았다. 그러나 그들이 우체국으로 길을 되돌아가는 동안, 휴양지의 무대장치들이 다시 직립했다.

부토노프는 곧바로 통화가 됐다. 몇몇 짧은 사무적인 질문을 하고 스웨덴 여행이 연기되었다는 사실을 아내에게 듣고는 수화기를 걸었다.

뒤이어 마샤가 전화를 걸었다. 이제 그녀가 원하는 것은 단 하나였다. 알리크가 집에 없었으면 싶었다. 그리고 그는 집에 없었다. 그녀는 산드라에게 전화하지 않았다. 거기는 일찍 잠자리에 들었고, 게다가 니카는 내일 모스크바에 있을 것이고, 산드라에게 보내는 편지는 이미 써둔 터였다.

"전화 안 돼?" 부토노프가 건성으로 물었다.

"집에 없어. 남편이 어디 놀러갔나봐."

---

* 세계 종교회의가 열렸던 고대 도시 니케아에 있는 성소피아성당. 니케아의 현재명은 이즈니크.

새빨간 거짓말이었다. 그녀는 그렇게 생각하지 않았다.

필시 알리크는 당직근무중이었다. 그녀가 얼마나 태연하게 그 말을 뱉었는지, 거짓이 배가되었다……

그러나 계속되고 있던 영화의 법칙에 따르면, 모든 게 제대로였다.

"그럼 갈까?" 부토노프가 묻고는 미심쩍은 눈으로 마샤를 바라보았다. "택시 탈까?"

"아니, 여긴 택시 없어. 평생 밤마다 우린 걸어다녔어. 두 시간 거리야……"

그들은 조명이 켜진 거리에서 골목길로 빠져서 50미터가량 걸었다. 거기는 가로등도 협죽도도 나타나지 않았다. 길은 이내 캄캄한 시골길이 되었다. 게다가 꼬불꼬불 산으로 났다가 막다른 지점에 다다라 아래로 내려가곤 했다. 칠흑 같은 어둠이 땅에 깔려 있었다. 대신 하늘의 어둠은 그에 필적할 정도가 아니었다. 바다 위 하늘은 더 밝아 보였는데, 서쪽 끝은 석양에 대한 희미한 기억을 간직하고 있었다. 별들조차 어쩐지 어둑한 게 시시했다.

"여기서 좀 질러가자." 마샤가 반질반질한 점토 길을 따라 아래로 휙 움직였다. 계단 같기도 하고 다리 같기도 한 뭔가가 앞에 있었다.

"정말로 뭐가 보여?" 부토노프가 그녀의 어깨를 건드렸다.

"나는 고양이같이 밤눈이 밝아."

어둠 속에서 미소가 보이지 않았지만, 그는 그녀가 농담하고 있다고 생각했다.

"가족 중에 밤눈이 밝은 사람이 나오곤 해. 어쨌든 아주 편리해. 아무도 못 보는 걸 보잖아……"

그토록 의미심장하게 여자가 주는 신호였다. 바다의 심연같이 거대하지만 한순간 쪼그라들 수 있는, 사람 사이의 거리를 줄이기 위해 던진 패였다.

마샤에게 어떤 계획이 무르익었다고 할 수는 없다. 오히려 어떤 계획 속에서 마샤가 무르익었다. 아이들이 가지고 노는 공처럼 그녀는 어떤 골문에 들어갔고, 가는 밧줄을 꼬아 만든 당구대 포켓의 비어 있는 구멍 외에 다른 출구는 없는 좁은 도랑을 따라 굴러갔다. 그러나 이 모든 것은 마샤가 나중에, 겨울의 긴 불면의 시간에 곰곰이 생각하게 될 것이었다.

그녀는 먼저 부토노프의 손을 잡고 다리를 건너 계단을 올랐고, 그 다음에는 오솔길을 따라 위로 올라가서, 실제로 길을 약 1.5킬로미터 단축한 끝에 그를 피라미드 같은 포플러가 늘어선 단단한 흙길로 데리고 나왔다. 오솔길에서 발전되어 나온 지혜로운 길이었다. 그 길이 짧은 경로를 통해 대로로 이어졌다. 대로에서 그들의 손은 떨어졌다. 부토노프가 확신에 찬 빠른 걸음으로 걷기 시작해서, 마샤는 따라가기가 힘겨웠다. 부토노프는 모스크바의 일에 대해, 연기된 여행에 대해 생각하며 그 의미를 가늠하고 있었다.

마샤가 두 걸음 앞에 두고 보던 부토노프의 등은 참으로 완전한 소외를 구현하고 있어서, 순간순간 그녀는 뾰족한 주먹으로 그의 등에 달려들고 싶고, 푸른 셔츠를 찢고 싶고, 소리치고 싶었다……

그들은 마을로 들어섰다. 마샤는 몇 분 후면 그들이 헤어지리라는 것을 알았고, 그럴 수 없었다.

"멈춰!" 그들이 '배꼽'을 지나갈 때, 그녀가 그의 등에다 대고 말했다. "이리로 와."

그가 고분고분 옆으로 방향을 틀었다. 이제 마샤가 앞서가고 있었다.

"여기야." 그녀가 말하고 땅에 앉았다.

그가 곁에 멈춰 섰다. 갑자기 그는 그녀의 심장이 쿵쾅대는 소리가 들리는 것 같았다. 마샤 스스로는 심장이 주변 사방에다 경종을 울리는 것 같은 느낌이 들었다.

"앉아." 그녀가 청했고, 그는 그녀의 옆에 쭈그리고 앉았다. 그녀가 그의 머리를 껴안았다. "키스해줘."

부토노프가 애완동물에게 미소 짓듯이 미소 지었다.

"그렇게 하고 싶어?"

그녀가 고개를 끄덕였다.

그는 욕구를 전혀 느끼지 못했지만, 양심적인 전문가의 습성이 어쩔 수 없게 만들었다. 그는 그녀를 꼭 안고 키스하고서, 그녀의 입이 얼마나 뜨거운지 놀랐다.

그는 모든 일에서 규칙을 중시해, 이 경우에도 먼저 파트너의 옷을 벗긴 다음 자기 옷을 벗는다는 규칙을 지키고 있었다. 그는 그녀의 바지 지퍼를 쓰다듬다가 팽팽한 지퍼를 끄르는 그녀의 조급한 손과 마주쳤다. 그녀가 빳빳한 옷을 벗고 그의 셔츠 단추를 연신 잡아당겼다. 그가 웃음을 터뜨렸다.

"뭐야, 집에서 아예 밥도 안 줘?"

그녀의 이 흥미로운 정열이 부토노프를 다소 흥분시켰지만, 그는 제대로 준비가 안 됐다고 느끼고 서두르지 않았다. 그녀의 뜨거운 손길. '니카, 니카, 그거 잡았어!' 안달하는 신음. '부토노프! 부토노프!' 그는 이제 필수적인 행위를 할 수 있음을 느꼈다.

그에게 그녀는 바깥보다 안이 더 매력적이고, 예기치 않게 더 뜨거웠다.

"너, 거기 뭐야, 난로야?" 그가 웃음을 터뜨렸다.

그러나 그녀는 웃을 생각도 못했다. 그녀는 눈물에 젖은 얼굴로 중얼거리기만 했다.

"부토노프, 대단해! 부토노프, 너……"

부토노프는 여자가 성취의 부분에서 그를 몹시 앞지르고 있다고 느꼈고, 그녀가 로스카와 같은 부류라고 추측했다. 속사포같이 맹렬한 여자. 심지어 아프리카 흑인의 머리카락만 없을 뿐, 외양도 어느 정도 닮았다. 그가 그녀의 작은 머리를 껴안고, 귀를 아프게 누른 채 움직였다. 그녀의 심장이 맹렬하게 쿵쾅대서, 마치 그가 그녀의 흉부 안에 있는 것 같았다. 그는 그녀를 다치게 했을까봐 몹시 놀랐지만 이미 늦었다.

"미안, 꼬맹아, 미안……"

그가 무릎을 꿇고 머리를 드니, 탐조등 빛이 그들을 비추고 있는 것 같았다. 대기가 푸르스름한 빛으로 빛나고 작은 풀줄기 하나하나 다 보였다. 탐조등은 없었다. 하늘 가운데 둥근 달이, 거대하고 완전히 편평한 푸른 은빛의 달이 떠 있었다.

"미안하지만 상연 끝났네." 그가 그녀의 넓적다리를 철썩 때렸다.

마샤가 땅에서 일어서니 몸매가 좋았다. 다리만 아주 약간 굽어서 로스카처럼 위쪽이 조금 벌어져 있었다. 그 좁은 틈이 그는 마음에 들었다. 서로 비벼져서 붉은 반점이 가득한 올가의 두꺼운 넓적다리보다 훨씬 좋았다.

그는 이미 옷을 다 입었는데, 그녀는 계속 달빛 속에 서 있었다. 그는 그녀의 느린 행동을 잘못 이해했다. 하지만 이제 자고 싶었고, 자기 전에 마저 연기된 여행에 대해 곰곰이 생각해보고 싶었다……

마을은 이제 손바닥 보듯 한눈에 보였다. 부토노프는 그를 곧장 비티카의 집으로, 아다의 농장건물 뒤편으로 이끌던 좁은 길을 보았다. 그는 마샤를 꼭 끌어안고 손가락으로 그녀의 가는 등뼈를 훑었다.

"바래다줄까, 아니면 혼자 갈래?"

"혼자." 그러나 그녀는 떠나지 않고 그를 붙잡았다. "사랑한다고 말 안 했어……"

부토노프는 웃음을 터뜨렸다. 기분이 좋았다.

"여기서 우리가 방금 한 게 뭔데?"

마샤는 집으로 달려갔다. 모든 것이 새로웠다. 손도 다리도 입술도……

어떤 육체적인 기적이 일어났다…… 이 얼마나 미칠 듯한 행복인가…… 니카가 평생 좇았던 것이 과연 바로 이것이란 말인가…… 불쌍한 알리크……

마샤는 아이들 방을 들여다보았다. 방 한가운데 이미 짐을 꾸린 배낭이 있었다. 리자와 알리크는 접이식 간이침대에서 자고 있었고, 카타는 타흐타 위에 쭉 뻗고 누워 있었다. 니카가 없었다. '사모냐 방에 누웠나보네.' 마샤는 생각했다. 곧장 그녀를 깨워서 줄줄 다 털어놓고 싶은 마음이 굴뚝같았지만, 그래도 한밤인데 그녀를 성가시게 하지 않기로 했다. 그녀는 사모냐의 방문을 열지 않고, 발끝으로 걸어서 푸른 방으로 갔다……

그날 밤 부토노프의 애정행각은 아직 끝나지 않았다. 그는 비티카의 집 문이 조금 열려 있는 것을 보고 놀랐다. 기억에 자물쇠를 걸지는 않았지만, 밖에서 고리를 걸어두었었다. 그는 삐걱 문소리를 내고 들어가서 도어매트에 운동화를 벗어던지고 평소 자던 두번째 방으로 갔다.

테두리 장식이 달린 복잡한 우크라이나식 구조의 높은 침대에 펴놓은 하얀 천 이불 위에서 니카가 커다랗게 부풀린 머리를 흐트러뜨린 채 자고 있었다. 매일 아침 아다가 시트 위에 크기순으로 반듯하게 배열해놓던 수북한 베개들이 초토화되어 있었다.

사실 그녀는 문이 삐걱대는 소리를 듣고 벌써 깨어 있었다. 그녀가 눈을 뜨고 다소 연출된 행복한 미소를 얼굴에 띠었다.

"깜짝 선물! 집까지 배달이요!"

……부토노프에게 두번째 장전은 늘 첫번째보다 더 성공적이었다. 니카는 단순하고 유쾌했다. 그녀는 어리석은 질책으로 마지막 밤을 어둡게 하지 않았고, 모욕당한 여자가 할 만한 말을 전혀 하지 않았다.

부토노프는 여자를 대하는 규칙을 다 섭렵했지만, 오늘 그 첫번째 규칙은 마샤의 조급함 때문에 활용할 새가 없었다. 그는 두번째지만 가장 중요한 규칙을 활용했다. 결코 여자에게 구구절절 고백하지 않을 것.

서로가 충만한 만족감에 젖은 동틀녘, 니카는 부토노프의 곁을 떠나며 그의 수첩에 자기 전화번호를 적는 것을 잊지 않았다. 니카가 돌아왔을 때, 메데야는 이미 잔을 들고 앉아 모닝커피 향기를 퍼뜨리고 있었다. 메데야가 부엌 창문으로 니카가 집으로 돌아오는 것을 보았는지 그녀의 얼굴로는 알 수 없었다. 그렇지만 뭐든지 메데야에게 감출 필요는 없었다. 젊은이들은 메데야가 모두에 대해 전부 다 알고 있다고 늘 확신했다. 니카는 그녀의 뺨에 키스하고 곧바로 나갔다.

대체로 메데야의 명민함은 몹시 과장되어 있었지만, 바로 오늘 그녀는 진앙에 있었다. 밤 두시가 넘어 그녀는 소득 없이 잠을 기다리다못해 자신의 '불면증 탕약'을 마시기 위해 부엌으로 나왔다. 그녀는 꿀을 넣어 끓인 양귀비 한 숟가락을 그렇게 불렀다. 그녀와 동시에 나온 달이 언덕을 비추었다. 언덕 위에서 젊은 한 쌍이 신원불명의 하얀 몸을 눈부시게 반짝이며 소란을 피우고 있었다. 얼마 후 메데야가 탕약을 조금씩 주의깊게 목에 다 넘기고 나서 자기 방에 이미 누웠을 때, 그녀는 옆방 문이 열리고 스프링이 가볍게 삐걱하는 소리를 들었다. '마샤가 돌아왔구나.' 메데야는 생각하고 잠결에 빠져들었다.

돌아온 니카를 본 지금 메데야는 순간 생각에 잠겼다. 사실 부근을 통틀어 젊은이라고는 한 사람뿐이지. 강철 같은 몸에다 꽁지머리를 길러서 사제 같은 머리 스타일을 한 스포츠맨 발레라. 그렇게 메데야는 다소 어찌할 바를 모르며 이 사건을 주목했고, 빈번히 뜨거운 연애에 빠지며 혼인을 견고히 지켜가지 못하던 젊은 친척들의 삶에 대한 여타 그녀의 관찰이 보관되어 있던 곳에 두었다.

니카가 막 빨랫줄에서 걷은 산더미 같은 빨래를 안고 다시 들어왔다.

"리투아니아 사람들을 위한 거예요. 다려놓고 갈게요……"

정오에 이웃이 니카와 카탸와 아르툠을 심페로폴로 태워다주었다.

정오가 되기 삼십 분 전 니카는 빨랫더미를 안고 마샤가 리투아니아 사람들을 위해 비워주고 있던 푸른 방으로 들어갔다. 바로 그곳에서, 아침나절 동안 처음으로 마샤와 단둘이 있게 된 니카는 한없이 놀라운 고백을 받았다.

"니카, 끔찍해!" 마샤의 말라빠진 얼굴이 빛났다. "나 너무 행복해! 모든 게 그렇게 간단한 거였어…… 그리고 강렬했어! 네가 아니었다면, 난 결코 엄두를 내지 못했을 거야……"

니카가 빨랫더미 위에 앉았다.

"엄두를 못 내? 뭘?"

"네가 말한 대로, 나 그거 붙잡았어." 마샤가 바보스러운 웃음을 터뜨렸다. "네가 옳았어. 늘 그렇듯이, 네가 옳아. 그저 손을 뻗기만 하면 됐던 거야."

"언제?" 니카가 짜낼 수 있었던 말은 그것뿐이었다.

마샤가 우체국에서 있었던 일에 대해 자세히 이야기하기 시작했다…… 하지만 니카는 이미 긴 이야기를 나눌 시간이 없어서 그녀의 말을 멈추었다. 단지 아주 이상해 보이는 질문 하나만 던졌다.

"어디서?"

"'배꼽'에서! '배꼽'에서 곧장 모든 게 일어났어. 이탈리아 영화같이 말이야. 이제 그 자리에 남편에 대한 나의 불굴의 정절을 추모하는 십자가를 세울 수 있을 거야." 그리고 마샤는 예전처럼 지혜로운 미소를 지었다.

니카는 짜증이 나서 했던 충고가 그렇게 빨리 말 그대로 받아들여지리라고는 전혀 예상하지 못했다. 그러나 부토노프는 기회를 놓칠 바보가 아니었다……

"그래, 뭐, 마샤, 이제 시를 쓸 거리가 생겼겠네. 연애시……" 니카가 예언했고, 조금도 틀리지 않았다.

'좋지 않은데, 어쩐다…… 마샤한테 이 스포츠의학 박사를 선물해

버려?' 니카는 생각했다. '좋아, 어쨌든 난 떠나. 어떻게 되는지 보지 뭐……'

11

나무 테가 둘러져 있고 안에는 연분홍 줄무늬 사라사가 붙어 있으며, 복잡하게 상호작용하며 층층이 많은 칸을 이루는 작은 칠보七寶 상자들이 가득 들어 있는 가죽 상자는 한때 레노치카 스테파냔의 것이었다.

그녀는 이 상자를 가지고 1909년 제네바에서 돌아왔고, 이 상자를 가지고 페테르부르크에서 티플리스로 여행했으며, 이 상자를 가지고 1911년 크림에 왔다. 그녀는 이 상자를 가지고 1919년 페오도시야로 돌아와서는, 여기에서 타슈켄트로 떠나기 전에 메데야에게 선물했다.

삼대의 여자들은 이 상자 앞에서 갈망에 차 꼼짝을 못하곤 했다. 모두가 메데야의 상자가 값진 보석들로 가득차 있을 거라고 믿었다. 사실 거기에 몇몇 초라한 보석이 들어 있기는 했다. 1924년에 파먹은 큰 진주조개의 세팅되지 않은 카메오, 은반지 세 개와 캅카스의 장식용 허리띠 등이었다. 허리띠는 남자용이었는데 아주 좁은 허리용이었다. 그러나 그런 보잘것없는 보석들 외에 상자 안에는 로빈슨 크루소가 꿈꿀 수 있었던 모든 것이 들어 있었다. 양초, 성냥, 모든 색실, 바늘과 모든 크기의 단추, 존재하지 않는 재봉틀들에 끼는 실패, 바지 고리, 모피코트 고리, 낚싯바늘과 뜨개바늘, 황실 우표, 크림 우표, 독일 점령군 우표, 끈, 장식용 수술, 레이스와 바느질감, 시노플리가의 돌배기 아이들의 처음 깎은 머리카락을 담배 종이로 싸둔, 다양한 색깔의 머리채 열세 개, 많은 사진, 늙은 하를람피의 파이프와 또다른 많은 것들…… 이 모든 것이 단단히 포장되어 흠잡을 데 없는 질서 속에서 여기에 보관되어 있었다.

아래쪽 작은 상자 두 개에는 편지들이 담겨 있었다. 커터 칼의 도움으로 조심스럽게 한쪽 옆을 개봉해서 틀림없이 온전한 봉투 속에 담긴 편지들이, 연도별로 나뉘어 있었다.

여기에는 또 갖가지 증명서도 보관되어 있었는데, 개중에는 이를테면 의용군의 수송에 필요해서 시노플리 씨에게서 자전거를 징발한다는 증명서같이 재미있는 것들도 있었다. 진정한 가문의 기록보관소였고, 진정한 기록보관소가 다 그렇듯 이 상자는 때가 되기 전에는 공개되지 않는 비밀들을 감추고 있었다. 하지만 비밀들은 믿을 만한 손에 들어가서 간직되었고, 그것이 메데야에게 달린 한에는 상당히 면밀하게 보존되고 있었다. 적어도 간직되고 있는 비밀 중 첫번째 것은 그랬다.

그 비밀은 마틸다 치룰랴 앞으로 1892년 2월에 쓴 편지에 들어 있었다. 편지는 바툼에서 보내온 것으로, 아주 서툰 러시아어로 쓰였고 메데야의 그루지야식 이름으로 서명되어 있었다. 지금의 메데야는 바툼의 동명인의 존재에 대해 물론 알고 있었다. 마틸다의 올케, 오빠 시도르의 아내였다. 가문의 전설에 따르면, 저 그루지야인 메데야는 사고로 죽은 남편의 장례식에서 슬픔으로 인해 죽었다. 바로 그녀를 기려서 메데야는 그리스인들에게는 아주 드문 자기 이름을 받았다…… 표준 철자법으로 고친 편지는 이렇다.

"소중한 친구, 마틸다, 저번 주에는 아직 그들이, 너의 테레시와 카르마크 형제가 물에 빠져 죽었다는 말만 있었어. 그런데 그저께 그가 코불레티* 해변으로 밀려왔어. 목격자들인 바르타난과 쿠르수아-푸라시카가 그를 알아보았어. 장례를 치렀어. 천국에 가길. 더는 말 못하겠어. 네가 달아났을 때, 그는 더 악랄해져서 플라톤 아저씨를 때렸고, 니코스와 늘 싸웠어. 하느님이 널 자유롭게 놓아주신 거야. 나는 다리가 몹시 아파. 지난겨울에는 거의 걷지를 못했어. 시도르가 날 돕고 있어. 그는 큰 상을 받을 거야. 이제 바로 혼례를 올려. 내 사랑을 네게 보내. 신의 가호를 빌어. 메데야."

메데야는 이 편지를 부모가 죽은 지 몇 년이 흐른 뒤에 발견하고는 형제자매에게서 감추었다. 젊은 산드로치카가 첫 편력을 시작했을 때, 메데야는 어떤 막연한 교육적 목적과 함께 그녀에게 그 이야기를 해주었다. 마치 산드로치카의 운명에 주문을 걸어, 여러 실패와 이 편지에 나타난 바와 같이 그들의 어머니 마틸다가 거쳐간 힘든 운명의 추구를 예방하려는 듯했다. 메데야는 경솔함은 사람을 불행으로 이끈다는 점을 깊이 확신했고, 경솔함이 그에 필적하는 성공과 함께 행복으로도

* 조지아의 흑해 연안 휴양도시.

이끌 수 있으며 아무런 결과를 초래하지 않을 수도 있다는 것을 전혀 헤아리지 못했다. 그러나 산드라는 어려서부터 그녀의 왼다리가 원하는 대로 행동했다. 메데야는 그녀로서는 납득이 가지 않는 그 왼다리의 법칙, 기분, 즉각적인 욕망, 변덕 혹은 정열의 법칙을 결코 이해할 수 없었다.

두번째 가족의 비밀은 바로 이 산드로치카의 특성과 연관되어 있었고, 문 하나짜리 옷장 아래쪽 선반에 놓인 사무일 야코블레비치의 장교용 야전가방 안에 든 채 때가 될 때까지 메데야 자신으로부터 감춰져 있었다.

메데야는 사무일이 생의 고통스러운 마지막 해를 보낸 작은 방에 자기 거처를 마련했다. 남편의 안락의자를 창 쪽으로 돌려놓고 곁에 궤짝을 놓고는, 계속 읽던 책 몇 권을 그 위에 늘어놓았다. 이 방에서 그녀는 하얀 커튼을 훨씬 더 하얀 커튼으로 계속 바꾸고, 책장과 사무일의 물건이 든 장롱에서 크림의 하얀 먼지를 닦아냈다. 그녀는 사무일의 물건을 건드리지 않았다.

그해 내내 그녀는 매일 저녁 한 장씩 시편을 읽었고, 다 읽고는 또다시 읽기 시작했다. 그녀가 가진 시편은 김나지움 시절부터 간직해온, 교회 슬라브어로 된 낡은 것이었다. 하를람피의 것이었던 두번째 그리스어 시편은 폰토스 그리스인들의 언어가 아닌 현대 그리스어로 쓰였기 때문에 그녀에게 어려웠다. 집에는 또 지난 세기말 빌나에서 간행된, 러시아어와 유대어 텍스트가 병치된 시편도 있었는데, 지금 다른 두 권의 유대교 책과 함께 궤짝 뚜껑 위에 놓여 있었다.

메데야는 이따금 러시아어로 시편을 읽어보기도 했는데, 의미가 더

명확한 부분이 있긴 해도 애매한 교회 슬라브어의 은밀한 아름다움이 살지 않았다……

메데야는 두꺼운 윗입술이 거칠게 갈라진 젊은이의 거무스름한 얼굴을, 끝이 뾰족한 코와 갈색 재킷의 크고 평평한 앞깃을 또렷이 기억하고 있었다. 심페로폴행 버스를 기다리며 페오도시야의 버스터미널 옆 벤치에 앉아 있는 사무일에게 그가 단호한 걸음으로 다가왔었다. 젊은이는 책 세 권을 팔꿈치로 눌러 옆구리에 붙이고 사무일 곁에 멈춰 서더니 단도직입으로 물었다.

"실례지만, 유대인이신가요?"

아픔에 지친 사무일은 평소 하던 농담을 뽐낼 생각도 못하고 말없이 고개를 끄덕였다.

"받아주세요, 우리 할아버지가 돌아가셔서 이 말을 아는 사람이 아무도 없습니다." 젊은이가 너덜너덜한 책들을 사무일의 손에 억지로 쥐여주기 시작하자, 그 순간 그는 몹시 당황한 모습이었다. "언젠가는 읽으시겠지요. 제 할아버지는 하임이라 합니다……"

사무일이 말없이 맨 위에 놓인 책을 펼쳤다.

"시두르*…… 젊은이, 사실 나는 헤데르**에서 공부를 잘하지 못했다오." 사무일이 생각에 잠겨 말했지만, 젊은이는 사무일의 주저하는 모습을 보고 서두르기 시작했다.

"받으세요, 제발 받아주세요. 이 책들을 도저히 버리지 못하겠습니다. 우리한테 무슨 소용이겠어요? 우리는 믿는 사람들도 아닌데

* 유대교 기도서.

** 유대교와 히브리어를 가르치는 유대인 초등학교.

요……"

갈색의 젊은이는 세 권의 책을 사무일 곁 벤치에 남겨두고 달아났다. 사무일이 아픈 눈으로 메데야를 바라보았다.

"자, 보다시피, 메데야……" 그는 그가 보는 모든 것을 그녀가 보고 있고, 거기에 더해서 또 뭔가를 더 보고 있다는 것을 알아차렸기 때문에 말을 더듬고는, 교묘하게 궁지에서 벗어났다. "이제 저 무거운 걸 심페로폴로 가져갔다가 되가져와야 한다고……"

희망의 마지막 잎이 떨어졌다. 우연이 아닌 신의 계시를 믿는 메데야는 이 의심의 여지 없이 명료한 징후를 이해했다. 준비해! 그 순간부터는 그들이 주립병원에 가서 하려 했던 어떤 조직검사도 그녀에게 필요하지 않았다.

그들은 서로를 바라보았을 뿐, 머릿속에 떠오른 것은 뭐든 다 즉시 말하는 데 익숙한 사무일조차 입을 다물고 있었다.

심페로폴에서 그는 조직검사를 받지 않고, 둘째 날 대장을 대부분 들어내고 옆구리에 스토마, 즉 인공항문을 다는 수술을 받았다. 그리고 삼 주 후 메데야는 임종을 위해 그를 집으로 데려왔다.

그러나 수술 후에 그는 점차 계속 호전되었다. 그는 극도로 말랐는데도 뜻밖에 튼튼해졌다. 메데야는 그에게 죽만 먹이고, 직접 채집한 풀의 즙을 마시게 했다. 병원에서 돌아온 지 며칠 후 그는 그 낡은 책들을 읽기 시작했다. 올샤나 헤데르의 가장 아무짝에도 쓸모없는 학생은 자기 생의 마지막 해에 누군지 모를 하임을 축복하며 자기 민족에게로 돌아왔고, 정교회 신자인 메데야는 기뻐했다. 그녀는 신학을 공부해본 적이 없었는데, 아마 그 덕분에 아브라함의 품이 기독교의 영혼들이 거하는 곳들에서 그다지 멀리 있지 않다고 느꼈을 것이다.

그의 삶에서 그 마지막 해는 아름다웠다. 고요하기 그지없고 온화하며 특별히 자비로운 가을이 마당에서 서성거렸다. 오래전부터 손질되지 않고 방치된 타타르의 오래된 포도밭들이 마지막 수확을 땅에 선물했다. 뒤이은 해들에 늙은 포도덩굴은 완전히 퇴화해서 수세기에 걸친 노동이 무익하게 사라졌다.

가지들이 휘도록 배와 복숭아와 토마토가 달렸다. 차례로 수확을 기다렸는데, 설탕이 한 알도 없었다. 안주인들이 토마토를 끓여서 절이고, 지붕 위에서 과일을 말렸다. 메데야같이 능숙한 여자들은 설탕 없이 타타르 파스틸라를 만들었다. 우크라이나 돼지들이 떨어진 달콤한 과일을 먹고 살이 통통하게 올랐고, 썩어가는 열매들의 꿀 향기가 마을 위를 떠돌았다.

메데야는 그때 병원의 관리자였다. 1955년이 되어서야 의사가 파견되어, 그때까지 그녀는 마을에서 유일한 의사 대리였다. 아침 일찍 그녀는 따뜻한 물이 담긴 대야를 들고 남편의 방에 들어가서, 조잡하게 만들어진 불편한 기구를 아픈 옆구리에서 떼어내 닦고 샐비어와 카밀레 달인 물로 상처를 씻어냈다.

그는 통증 때문이 아니라 불편해서 찡그리며 중얼거렸다.

"도대체 정의는 어디 간 거야? 나는 황금이 든 자루를 얻었는데, 당신이 얻은 건 똥자루잖아……"

그녀는 그에게 묽은 죽을 먹이고 반 리터짜리 컵으로 약초 달인 물을 마시게 하고는, 옆구리 아래 쟁반을 놓고 죽이 자신의 짧은 여정을 완수하고 열린 상처에서 흘러나오기를 기다렸다. 그녀는 무엇을 하고 있는지 알았다. 풀이 그의 병독을 씻어내고 있었지만, 음식은 사실상 섭취되지 않았다. 두 사람이 맞을 준비를 하던 죽음은 중독이 아닌 쇠약 때문에 찾아올 것이었다.

깔끔을 떠는 사무일은 처음에 얼굴을 돌리고 그 지저분한 기관이 드러나는 것 때문에 고통스러워했다. 그러나 그다음 그는 메데야가 역겨움을 감추기 위해 조금도 노력하고 있지 않음을, 상처 끝에 생긴 염증이나 모습이 조금 바뀐 죽이 제때 흘러나오지 않을 때가 상처에서 나오는 불쾌한 냄새보다 정말 그녀를 훨씬 더 동요시키고 있음을 느꼈다.

통증이 심했지만 규칙적이지는 않았다. 때로는 며칠이 평안하게 지나갔다. 그런 다음에는 어떤 내적 장애가 생기곤 했는데, 그때 메데야가 끓인 해바라기 기름으로 인공항문을 깨끗이 씻으면 다시 모든 것이 정상이 되었다. 어쨌든 삶이었고, 메데야는 그 짐을 한없이 지고 갈 준비가 되어 있었다……

아침마다 그녀는 세 시간가량을 남편 옆에서 보내고, 여덟시 삼십분경 일터로 떠났다가 점심을 챙기러 달려오곤 했다. 가끔 늙은 간호사인 타마라 스테파노브나가 그녀와 짝을 이뤄 일했을 때는, 메데야를 점심때부터 놓아주어 그녀는 더는 일터로 돌아가지 않았다.

그때 사무일은 마당출입을 하고 있었다. 그녀는 그를 안락의자에 앉히고 자신은 나란히 놓인 낮은 벤치에 앉아, 이가 거의 다 빠진 작은 칼로 배를 긁거나 익힌 토마토 껍질을 벗겼다.

생을 끝마칠 무렵 사무일은 말이 없어졌다. 그들은 조용히 앉아 함께 있음을, 평온을, 이제 어떠한 흠도 없는 사랑을 즐겼다. 흔히 볼 수 없는 그의 천성적인 선함을 잊은 적이 없던, 그가 씻을 수 없는 수치로 여겼던 사건을 그의 온화한 영혼의 진실한 발현으로 여겨 잊은 적이 없던 메데야는 이제 그로 하여금 아픔을 견디게 하고, 두려움 없이 죽음에 다가가게 하며, 문자 그대로 신이 창조한 온 세상을 향한, 특히 그녀, 메데야를 향한 감사를 발산하게 하는 고요한 담대함에 기뻐했다.

그는 보통 탁상지들, 잿빛이 도는 장밋빛 안개에 잠긴 매끈한 구릉들이 보이도록 안락의자를 놓았다.

"여기 산들은 갈릴리 산들을 닮았어." 그는 갈릴리 산들과 마찬가지로 한 번도 본 적이 없는 알렉산드르 아쇼토비치를 뒤따라 되풀이 말하곤 했다. 단지 메데야의 말을 통해 알고 있을 뿐이었다.

그는 그때로부터 반세기 전 유대인 성년식에서 일부를 누구보다 제일 못 읽었던 그 책을 천천히 읽고 있었다. 잊힌 말들이 작은 공기 방울처럼 기억의 바닥에서 떠올랐고, 만약 그런 일이 일어나지 않아서 사각 철자*들이 자신의 내밀한 의미를 그에게 열어주고 싶어하지 않았을 때는 상응하는 러시아어 텍스트에서 대략적인 암시를 찾았다.

그는 책이 정확한 번역에 저항하고 있다는 것을 빠르게 이해했다. 그가 의심도 하지 않던 것들이 생의 가장자리에서 그에게 드러나기 시작했다. 말은 생각을 완전히 전달하지 못하고 굉장히 가깝게 전달한다는 것. 생각과 말 사이에는 어떤 틈, 어떤 구멍이 있고, 그것은 언어의 제한된 가능성을 보충하기도 하는 긴장된 의식의 노동에 의해 메워진다는 것. 이제 사무일에게 크리스털 비슷한 것으로 여겨지는 생각을 향해 나아가기 위해서는 텍스트를 놔두고 가야 한다. 언어 자체는 시

* 히브리어 철자.

간 속에서 부유하는 경계를 지닌 부정확한 말들로, 낱말과 철자의 서체로, 다양한 발음으로 값진 크리스털을 지저분하게 만든다.

그는 어떤 의미의 혼동이 일어나고 있음을 감지했다. 그가 구사하던 두 언어, 러시아어와 히브리어는 생각을 다소 상이하게 표현하고 있었다.

'형식에 있어 민족적인,' 사무일이 미소 짓고 있었다. '내용에 있어 신적인……' 그는 습관적으로 농담을 했다.

그는 힘이 별로 없었다. 그가 하던 모든 것을 이제 그는 아주 천천히 했다. 메데야는 그의 동작이 얼마나 변했는지 깨닫고 있었다. 너무나 의미심장하게, 심지어 장엄하게 찻잔을 입으로 가져갔고, 최근 몇 달 동안 자란 콧수염과 백발이 된 짧은 턱수염을 메마른 손가락들로 쓸었다. 그러나 그 육체적 쇠약에 대한 보상인 듯, 메데야의 풀들이 아주 효험이 좋았던 것일 수도 있다, 머리는 맑았고, 생각들이 느리기는 했지만 아주 정확했다. 그는 삶의 시간이 얼마 남지 않았음을 이해했지만, 너무나 놀랍게도 끝이 없던 서두름의 느낌과 타고난 야단법석이 완전히 그를 놓아주었다. 이제 그는 잠을 조금 잤다. 그의 낮과 밤이 아주 길었지만, 그는 그것을 힘겨워하지 않았다. 그의 의식은 다른 시간으로 재편되었다. 과거를 들여다보며 그는 살아낸 생이 순간이었음에 놀랐고, 고리버들 의자에 석양을 등지고 앉아 얼굴을 동쪽으로, 어두워져가며 자줏빛 감도는 짙푸른 하늘로, 반시간이 흐르는 동안 장밋빛에서 음울한 푸른빛이 되어가는 산들로 향하고 있었을 때는 매 순간이 길어서 놀랐다.

그쪽을 바라보며 그는 또다른 발견을 했다. 평생 그는 서두르며 살았을 뿐만 아니라, 자기 자신에게 감춰지는 깊은 공포 속에서도, 더 정확히 말하자면 많은 공포 속에서도 살았다. 그중 가장 날카로운 것이 살인의 공포였다. 바실리셰보에서 일어났던 그 끔찍한 사건, 그가 지휘해야만 했는데 수치스럽게 신경 발작을 일으키며 쓰러져서 보지 못한 총살을 지금 회상하며, 그는 이제 남자에게는 적절치 못한 연약함에 대해, 그를 살인에서 구한 여자 같은 과민행동에 대해 신에게 감사했다.

'겁쟁이, 겁쟁이.' 그는 그렇게 자신에게 실토하곤 했지만, 여기에서도 반어적으로 말할 기회를 놓치지 않았다. '그녀는 그가 겁쟁이여서 사랑했고, 그는 그녀가 그것을 용서해줘서 그녀를 사랑했도다……'* 이제 사무일은 자신을 이렇게 심판했다. '자신의 비겁함을 늘 여자들 뒤에 숨겼다.'

심리학자는 사무일의 경우에서 신화적 명칭을 지닌 어떤 콤플렉스를 뽑아낼 수도 있을 것이다. 아니면 여하튼 치과의사의 고양된 성적 적극성을, 풍만한 육체를 가진 여인들의 부드러운 살 속으로의 단순한 왕복운동을 통해 피에 전 삶에 대한 공포를 제거하려는 무의식적인 시도로 설명할지도 모른다…… 메데야와 결혼하고서 그는 영원한 공포로부터의 은신처를 그녀의 담대함에서 찾았다…… 그의 우스갯소리, 장난, 주변 사람들에게 미소를 불러일으키려는 지속적인 욕구는, 웃음은 공포를 죽인다는 본능적인 앎과 연관되어 있었다. 치명적인 질병

* 셰익스피어의 비극 『오셀로』 1막 3장의 오셀로의 대사에 대한 패러디. "그녀는 제가 겪은 위험 때문에 절 사랑했고 전 그녀가 그 위험을 동정했기 때문에 그녀를 사랑했던 것입니다."

또한 생의 공포에서 벗어나게 해줄 수 있는 것으로 드러났다.

유대인 한 사람 한 사람의 발뒤꿈치를 물어뜯을 준비가 된 마지막 무시무시한 개는 코즈모폴리터니즘이었다. 이 용어가 자리잡아 '반동적인 부르주아 이데올로기'라는 딱딱하고 폭넓은 정의로 아직 뒤덮이기 전에, 사무일은 즈다노프*의 첫 발표문들부터 시작해서 그 거품이 부풀었다 빠졌다 하는 신문들을 불안한 마음으로 훑었다. 역사의 직접적인 지배자 대열에서 실험 대상인 관찰자 무리로 수치스럽게 도망쳤던 시기부터, 사무일은 사회적으로는 별 의의가 없어도 물질적으로는 그럭저럭 참을 만한 지구 치과의사 자리에 앉아 연이은 민족들의 이주를 예견했다. 크림의 타타르인들과 독일인들, 부분적으로는 폰토스 그리스인들과 카라이파들이 그 무렵 이미 크림에서 추방당했다. 그러자 그에게 약삭빠른 생각이 생겼다. 선제공격을 가하고** 한 오 년 계약으로 북쪽으로 떠나는 거야. 그러면 아마 거기서 저절로 무마되겠지……

아직 병들기 전 그는 친구인 수다크 요양원 물리치료사 파벨 니콜라예비치 시메스와 한때 스테파난가의 다차에 속했던 잘 관리된 공원을 자주 거닐며, 가장 중요한 당면 문제의 견지에서 위대한 역사를 소곤소곤 논했다……

1951년 10월 말의 일요일 이른아침에 의사 시메스는 희석된 알코올 반 리터를 가지고 수다크에서 그에게 왔다. 술을 마시지 않는 의사의 습관으로 추정해볼 때, 극히 이상한 선물이었다. 그가 단둘이 있게 자

* 볼셰비키 정치가. 스탈린 우상화와 소비에트 독재의 이데올로기에 의거하여 문화대숙청을 주동했다.

** 추방당하기 전에 먼저 떠난다는 뜻.

리를 비켜달라고 메데아에게 요청하자 사무일은 몹시 놀랐다.

그러고 나서 그는 그다지 잘 맞지 않는 의치를, 사무일이 만든 게 아니라는 것을 말해야 한다, 딱딱거리고 손가락들로 탁자 끝을 두드리며 끝이 왔다고 알렸다. 전날 요양원에서 열린 당 집회에서 지방의 지적인 둔중함이 그를 코즈모폴리턴으로 몰아세운 것이었는데, 의사가 지난 세기말 독일 생리학자들이 전적으로 개발한 다른 물리치료법들과 더불어 많은 해 동안 계속해서 선전했던 불행한 샤르코* 샤워가 원인이었다.

"그 멍청이는, 요양원장 말이야, 샤르코가 우크라이나인이라고 생각했어. 누군가가 그에게 찌른 거야…… 나는 말이야, 사무일, 이런 생각이 들었어. 그에게 증명서를 보여주면 어떨까? 우리집에 증명서가 있어." 시메스가 속삭이기 시작했다.

"무슨 증명서? 샤르코가 우크라이나인이라는 거?" 사무일이 놀랐다.

"내가 세례받은 신자라는 거. 그들은 내가 유대인이라고 생각하고 있어. 개가 묻힌 데가 여기야.** 아버지가 세례를 받았고, 1904년에 집단 학살이 임박해서 가족을 다 세례받게 했어…… 어떻게 하지? 어떻게 해?" 그가 대머리를 양손에 떨구었다.

그래도 그는 진정한 유대인이었다. 정교회 신자라면 그와 같은 순간에 가져온 술병을 잊는 걸 용납하지 않았을 것이기 때문이다. 사무일은 작은 턱수염을 쓰다듬고는 평소 하던 식으로 대답했다.

"자네 증명서는 장례식을 위해 남겨둬. 자네 사제들이 자네에게 그

* 현대 신경학의 기초를 세운 프랑스 의학자.

** '그게 문제의 근원이야'라는 뜻.

들의 기독교 장례 찬송을 불러주도록 말이야. 그 증명서는 출구가 못 돼. 러시아인들에게 자넨 어쨌든 유대인이고, 유대인들한테는 고이*보다 더 나빠…… 자, 샤르코에 관해서는 그 당나귀들한테 의사 샤르코가 우리 학자가 고안한 걸 훔쳤다고 밝히는 거야…… 보트킨**이나 스파소쿠코츠키*** 걸 훔쳤다고 하지 뭐…… 아, 학술원 회원 파블로프가 고안한 거라고 하는 게 훨씬 좋겠네. 뭘 그렇게 봐? 치료실에 이렇게 써놔. '학술원 회원 파블로프의 샤워.' 그러면 모두 진정할 거야. 파블로프도 자네한테 화내지 않을 거야. 그는 전쟁 전에 벌써 죽었어." 사모냐가 능글맞게 씩 웃었다. "만약 자네가 그토록 독실한 정교회 신자라면, 교회에 그를 위한 초를 세울 수 있어. 메데야가 자네에게 가르쳐줄 거야. 어떻게 하는지 알아……"

불쌍한 시메스는 모욕을 느끼고 가버렸다. 그러나 생각 끝에 그래도 커다란 빨간 철자로 '학술원 회원 파블로프의 샤워'라고 써서 걸었다. 하지만 때가 늦었다. 그 안내문이 이 년도 넘게 문에 걸려 있긴 했지만, 그는 직장에서 쫓겨났다…… 시메스가 떠난 후 그때 사무일은 공포가, 도대체 왜 이런 가망 없는 어리석음이 사방에 널려 있는지에 대한 유감으로 점차 대체되고 있음을 느꼈다…… 아마 병이 이미 그때 보기에는 건강한 사무일의 몸속에서 자신의 은밀한 작업을 시작했던 것일까?

……평소 이곳과는 다르게 11월 말까지도 오래도록 따뜻했다. 대신

---

* 유대교를 믿지 않는 사람.

** 러시아의 임상의학 창시자.

*** 저명한 소비에트 외과의.

12월의 바로 첫날들부터 이내 눈으로 바뀌는 차가운 비와 폭풍이 시작되었다. 바다가 상당히 멀리, 그리고 훨씬 아래에 있었지만, 바다의 동요가 밤이면 더 강해지며 마을까지 전해졌다. 완연하고 은밀한 물기를 가득 머금은 바람이 불어왔고, 땅 위에 떠 있는 뚱뚱한 물베개가 너무 두꺼워서 이 차가운 반半액체 혼합물보다 겨우 5킬로미터 남짓 높은 위쪽에서 끝없고 한없는 태양이 빛나고 있다는 것을 상상도 할 수 없었다.

사무일은 바깥출입을 그만두었다. 메데야가 그의 고리버들 의자를 여름 부엌으로 옮기고, 거기에 겨울 자물쇠를 걸었다. 이제 그녀는 집 안에서 레인지로 음식을 준비했고, 그들이 이주하던 해에 페오도시야의 난로공이 만든 작은 난로에 불도 피웠다. 타타르인들은 집안에 난로를 두지 않았고, 바닥도 흙바닥으로 두었다. 이주한 이듬해에 마루를 깔았다.

사무일이 그의 방에 두꺼운 커튼을 달아달라고 했다. 그는 황혼의 과도적인 빛을 좋아하지 않아서, 진한 남색 커튼을 치고 스탠드를 켜두었다. 전기가 나가면—상당히 자주 있는 일이었다—그는 선명한 하얀 빛을 내던 낡은 '샤흐툐르카'*를 켰다.

창은 이제 닫혀 있었다. 메데야가 집에서 만든 등잔에 약초를 넣은 기름을 넣고 계속 태워서 동방의 달콤한 향기가 집안을 감돌았다.

사무일은 신문을 읽지 않았다. 간혹 학문과 문화의 모든 분야에서 포착되는 코즈모폴리턴들조차 더는 그의 관심을 끌지 않았다.

---

* 광부의 헬멧 램프.

그는 이미 레위기에 도달했다. 모세 5경*의 첫 두 책과 비교할 때 별로 매력적이지 않은, 주로 사제들에게 말하는 이 책은 유대인의 삶이 펼쳐지는 기초인 613개의 금지 중 거의 절반을 담고 있었다.

사무일은 이 이상한 책을 오래 주의깊게 읽어도, 왜 "기어다니고, 날아다니고, 네 발로 걷는 것 중에서" 오직 "정강이가 발보다 높이 있어 땅을 뛰어다닐 수 있는" 것만 먹을 수 있는지 계속 이해할 수 없었다. 그러나 그중에서도 먹기에 적합한 것으로는 메뚜기와 아무도 모르는 하르골과 하가프만이 공표되었고, 온갖 다른 것들은 끔찍한 것으로 여겨져 있었다.**

아무런, 전혀 아무런 논리적인 해명도 주어지지 않았다. 어설프고 완고했다. 그 율법 말이다. 그리고 많은 곳이 사원의 예배와 연관된 온갖 제의에 할애되었는데, 오래전부터 사원은 없었고 언젠가 사원이 복원될 가능성도 전혀 없음을 고려한다면 완전히 무의미한 것이었다.

그다음 그는 출애굽기에서 이미 윤곽이 드러났고 탈무드에서 완전히 전개된 그 어설픈 율법의 전반적인 개요가, 인간이 빠질 수 있다고 상상할 수 있거나 혹은 상상도 할 수 없는 모든 상황을 살펴보며 그런 상황들 속에서 해야 할 행동을 정확히 지시하고 있다는 것과, 뒤죽박죽 겹쳐진 그 모든 금지가 단 하나의 목적, 곧 이스라엘 민족의 삶의 성스러움 및 이와 연관된 가나안 땅의 율법들에 대한 전적인 거부를 추구하고 있었다는 것을 알아차렸다.

젊은 시절부터 그에게 제시된 길이었고, 그는 그것을 거절했다. 게

---

* 구약성서의 첫 5경.

** 레위기 11장의 내용. 하르골과 하가프는 알려지지 않은 메뚜기의 변종.

다가 그는 성스러움이 아니라 정의에 기초한 어떤 상대적인 질서를 약속했던 가나안 땅의 율법 또한 거부하고, 둘 다를 파괴하기 위해 젊은 시절을 바쳤다……

이제 고대 유대인의 법규를 탐구하며 그는 자신을 포함한 그의 나라 사람들의 삶이 빠져 있던 깊디깊은 무법 상태에 대한 생각에 이르고 있었다. 사실 그것은 가나안의 율법보다 못한, 순진도 무례도 지혜도 어리석음도 동시에 따르는 만유의 무법의 법이었다…… 이제 그가 깨닫고 있던 것처럼, 실로 그의 아내 메데야야말로 나름의 어떤 법규에 따라 사는 유일한 사람이었다. 그녀가 아이들을 기르고 일하고 기도하고 단식하며 보여주었던 저 조용한 고집은 그녀의 이상한 성격적 특성이 아니라, 자발적으로 떠안은 의무, 어느 곳 할 것 없이 모두가 오래전에 폐기한 율법의 실천이었다.

하지만 그는 그와 같은 정신구조를 가진 다른 사람들도 알고 있었다. 고인이 된 그의 삼촌 에프라임이 그런 사람이었는데, 술 취한 병사가 어쩌다 그를 죽이고는 뒤돌아보지 않고 거리 끝으로 사라졌다. 정신이 박약한 젊은 타타르인 청소부 라이스도 그런 사람일 수 있었다. 그는 자신의 작은 머리에 고작해야 두 개의 규범만 담고 있었다. 모두에게 미소 지을 것, 그리고 꼼꼼하게, 백치같이 꼼꼼하게 요양원 공원의 길들을 청소할 것……

머리에 떠오르는 것이면 뭐든 늘 메데야에게 불쑥 말하는 데 익숙하던 사무일은 지금의 자기 생각은 속에 담아두고 있었다. 이해받지 못하리라는 두려움 때문이 아니라, 오히려 그것을 완전히 정확하게 표현할 수 없을 것 같은 느낌 때문이었다. 메데야는 그가 간혹 하는 말들을 통해 그의 내적 삶이 얼마나 변했는지를 이해하고 기뻐했지만, 그 변화를 깊이 들여다보기에는 그의 육체적 상태에 대한 염려가 너무도 컸다. 그의 등에 통증이 시작되어, 이제 그녀는 그가 잠들 수 있도록 주사를 놓아주었다.

12월이 지나 폭풍이 가라앉았지만, 전처럼 음울하고 추웠다. 1월 중순부터 벌써 그들은 봄을 기다리기 시작했다. 전에는 친척들의 편지에 정성껏 답장하던 메데야는 이제 짧은 엽서로 답할 뿐이었다. 편지 받았다, 고마워, 우리는 다 전과 같아. 메데야, 사무일……

편지를 쓸 시간이 없었다. 겨울을 통틀어 그녀가 쓴 제대로 된 편지는 레노치카와 산드라에게 보내는 단 두 통이었다.

2월이 끝없이 이어졌고, 마치 일부러 그런 것처럼 29일도 있었다. 대신 3월 중순에는 태양이 떠올라서 한 시간도 빼먹지 않고 대지를 비추어, 이내 모든 것이 초록으로 물들기 시작했다. 일터에서 돌아오는 길에 메데야는 태양에 데워진 언덕에 올라 제비꽃과 수선화 몇 송이를 꺾어 와서는 작은 접시에 담아 사무일 곁에 두었다. 그는 거의 일어나지 못했고, 앉은 자세로는 통증이 더 심해지는 것 같아서 심지어 앉지도 못했다. 먹는 절차가 너무 성가셔서, 이제 그는 하루에 한 번 먹었다. 그의 얼굴이 계속 변했고, 메데야는 그의 영성을 띤 아름다운 얼굴을 보고 있었다.

3월의 마지막 일요일은 바람 한 점 없이 온기가 완연한 날이어서, 사무일이 마당으로 데리고 나가달라고 했다. 그녀는 안락의자를 씻어 햇볕에 말리고 낡은 이불을 깔았다. 그러고 나서 사무일에게 옷을 입히고 보니, 외투가 사무일보다 더 무거운 것 같았다. 그는 침대에서 안락의자까지 스무 걸음을 너무도 힘겹게 천천히 걸어갔다.

가까운 비탈에서 타마리스크들이 애를 쓰고 있었다. 가지들이 아직은 내부에 간직되어 있는 자줏빛으로 물드느라 기를 쓰고 있었다. 그는 탁상지 쪽을 바라보고 있었는데, 탁상지들도 동등한 존재를 보듯 그를 우정 어린 눈길로 바라보았다.

"주여, 참 좋습니다…… 참 예뻐요." 그가 되풀이 말하는 동안, 이내 안쪽 눈가에서도 바깥쪽 눈가에서도 눈물이 흘러내려 쐐기 모양으로 자란 턱수염 속에서 자취를 감추고 있었다.

메데야는 그와 나란히 벤치에 앉아 있다가 그가 숨을 멈춘 순간을 알아차리지 못했다. 눈물이 몇 분 더 눈에서 흘렀기 때문이다……

다섯째 날 그의 장례를 치렀다. 메마른 몸이 참을성 있게 부패의 징후를 드러내지 않으며 친척들이 도착하기를 기다렸다. 세료자와 함께 알렉산드라가, 게오르기와 나타샤와 함께 표도르가, 리투아니아에서 동생 디미트리가 아들 그비다스와 함께 왔다. 트빌리시에서 남자 친척들이 다 왔다. 남자들이 손으로 그를 지역 묘지로 옮기고 나서 소박한 추도의 식탁에 앉았다.

메데야는 파이를 굽고 잔치 음식을 차리는 것을 허락하지 않았다. 쿠티야*, 빵, 치즈, 중앙아시아 채소, 그리고 삶은 달걀이 전부였다. 나타샤가 왜 그렇게 하라고 했는지 묻자 메데야는 대답했다.

"나타샤, 그는 유대인이야. 유대인들은 아예 추도 잔치를 하지 않는단다. 묘지에서 와서는 바닥에 앉아 기도하고 단식해…… 솔직히, 내

* 꿀과 건포도를 넣고 끓인 죽.

가 보기에는 그 관습이 맞아. 나는 우리 추도 잔치가 싫어. 늘 너무 많이 먹고 마셔. 우리는 이렇게 하자……"

남편이 죽은 후로 메데야는 과부의 옷을 걸쳤고, 아름다움과 전에는 눈에 띄지 않던 남다른 부드러운 표정으로 모두를 놀라게 했다. 그 새로운 표정과 함께 그녀는 긴 과부 생활에 돌입했다.

그해 내내, 말한 바와 같이, 메데야는 시편을 읽으며, 오래전 발송된 편지를 가져오는 집배원을 기다리듯 무덤 너머에서 남편이 전해오는 소식을 열심히 기다렸다. 하지만 계속 받지 못했다. 몇 번에 걸쳐 그녀는 오랫동안 기다린 꿈이 시작되고 이미 온통 남편의 존재로 가득한 것 같았다. 그러나 그 기대는 꿈속에서 적대적인 미지의 사람이 갑자기 나타나는 바람에, 혹은 현실에서 강한 바람이 창문을 덜컹대서 잠을 쓸어가버리는 바람에 파괴되었다.

그녀가 처음으로 그를 꿈에서 본 때는 사망 1주기를 얼마 앞두지 않은 3월 초였는데, 이상한 꿈이어서 위로를 안겨주지 않았다. 꿈이 이해되기까지 며칠이 흘렀다.

사무일은 하얀 할라트를 입고 그녀의 꿈에 나타났다. 그건 좋았다. 석고나 백묵이 묻어 손이 더러웠고, 얼굴은 몹시 창백했다. 그는 작업용 탁자에 앉아 작은 망치로 뭔가 께름칙하고 날카로운 금속성 물체를 두드리고 있었지만, 그것은 의치가 아니었다. 그런 다음 그는 그녀에게로 몸을 돌려 일어섰다. 손에 스탈린의 초상화를 들고 있었는데, 웬일인지 거꾸로였다. 그가 작은 망치를 쥐고 가장자리를 두드려 유리를 깬 다음 조심스럽게 초상화를 꺼냈다. 그러나 그가 유리를 다루는 동안 스탈린이 어딘가로 사라지고, 스탈린이 있던 자리에 젊은 산드로치카의 커다란 사진이 나타났다.

바로 그날 스탈린의 병이, 며칠 후에는 죽음도 공표되었다. 메데야는 생생한 슬픔과 진정 어린 눈물과 함께 그 비애를 나눌 수 없던 사람들의 침묵의 저주 또한 지켜보았지만, 그 사건에는 전적으로 무심했다. 그녀를 훨씬 더 심란하게 한 것은 꿈의 후반부였다. 산드로치카가 꿈속에서 무엇을 하고 있었고, 그녀가 나타난 것은 무엇을 예고하는 거란 말인가…… 메데야는 막연한 불안에 시달린 나머지 모스크바에 전화하기 위해 우체국에 가려고까지 했다.

이 주가 더 흘렀다. 사무일의 사망 1주기가 찾아왔다. 그날은 비가 와서, 메데야는 묘지에서 집으로 오는 길에 흠뻑 젖었다. 다음날 그녀는 남편의 물건을 정리하기로 마음먹었다. 나눠줄 건 나눠주기로 했고, 핵심은 연장들과 페오도시야에 있는 친구 아들에게 주기로 약속한 작은 독일제 전기모터를 찾는 것이었다……

셔츠들은 차곡차곡 포개놓았고, 좋은 양복은 표도르에게 필요할 것 같아 남겼다. 스웨터 두 벌이 또 있었다. 그것들은 남편의 체취를 생생하게 간직하고 있어서 아무에게도 주지 않고 보관하기로 했다. 그녀는 스웨터를 양손에 꼭 쥐었다…… 장롱 맨 밑바닥에서 그녀는 다양한 증명서들이 든 야전가방을 찾았다. 인민 보건 위원회 산하 보철학교 졸업장, 라브파크* 졸업장, 몇몇 서류와 공식적인 인사장들.

'작은 상자에 옮겨놓자.' 메데야는 그렇게 생각하고 잘 눈에 띄지 않는 야전가방의 옆 칸을 열었다. 겉봉에 수신인 이름과 주소가 적힌 얇

* 노동자를 위한 대학 예비학부.

은 봉투가 들어 있었다. 산드로치카의 필체였다. 멘데스 С. Я. 수다크 우체국. 유치우편.* 이상했다.

그녀는 기계적으로 봉투를 열고 첫 줄을 읽다가 말문이 막혀버렸다.

"소중한 사모샤." 분명 산드로치카의 필체였다. 그 누구도 그를 그렇게 부르지 않았다. 손윗사람은 그를 사모냐라고 불렀고, 손아랫사람은 사무일 야코블레비치라고 불렀다.

"당신은 내 예상보다 훨씬 더 눈치가 빨랐어." 메데야는 편지를 읽어 내려갔다. "사정이 바로 그렇지만, 그렇다고 해서 그 어떤 결과도 뒤따르지는 않아요. 당신은 당신이 알게 된 사실을 곧장 영원히 잊어버리는 게 더 나을 거야. 나와 언니는 완전히 정반대야. 언니는 성스럽고, 나는 세 배는 더 배은망덕한 년이에요. 하지만 이 아이의 아버지가 누군지 언니가 아느니 차라리 나는 죽는 게 나아. 그러니 애원할게요. 이 편지를 곧장 없애요. 계집아이는 단지 내 아이, 오직 내 아이예요. 제발, 당신한테 아이가 있다고 생각하지 마. 아이는 그저 메데야의 많은 조카딸 중 하나일 뿐인 거야. 아이는 아주 좋아요. 빨간 머리에, 잘 웃어요. 아주 유쾌한 여자가 될 것 같아. 아이가 당신을 닮지 않기를 바라요. 이 비밀이 우리 둘 사이에 남았으면 하는 의미예요. 돈은 고마워요. 불필요한 돈은 아니었지만, 솔직히 말해, 나는 내가 당신한테 도움을 받기를 원하는지 모르겠어. 가장 중요한 것은, 언니의 머리에 아무 생각도 들어서는 안 되는 거예요. 그러면 양심의 가책 때문에 살 수 없을 거야. 언니가 뭔가 알게 되면, 대체 나는 어떻게 될까?

* 우편물을 지정된 우체국 사서함에 유치해두었다가 수취인이 직접 받아가는 제도.

또 언니는? 건강하고 유쾌하세요, 사모샤. 산드라."

메데야는 편지를 선 채로 아주 천천히, 두 번에 걸쳐 읽었다. 그래, 그래. 알렉산드라와 사무일, 그들은 그해 여름 자주 만에 갔었다. 그리고 그녀는 처녓적 반지를 그해 여름 잃어버렸다.

그러고 나서 메데야는 안락의자에 앉았다. 한 번도 알지 못한 영혼의 암흑이 그녀에게로 밀려왔다. 저녁 늦게까지 그녀는 자세를 바꾸지 않고 앉아 있었다. 그러고는 일어나서 길 떠날 채비를 하기 시작했다. 그날 밤 그녀는 잠자리에 들지 않았다.

이튿날 아침 그녀는 검은 숄을 가지런히 묶고 큰 배낭을 멘 채 버스 정류장에 서 있었다. 손에는 손수 엮은 작은 바구니를 들었다. 바구니 바닥에 놓인 고풍스러운 융단 가방 안에는 그녀가 길에서 보내기로 한 휴가원과 서류들과 돈, 그리고 불운한 편지가 놓여 있었다. 첫 버스로 그녀는 페오도시야로 떠났다.

12

어깨에 배낭을 메고 버스 정류장에 선 메데야는 오디세우스 못지않은 느낌이 들었다. 아마 그보다 더한 느낌이었을 것이다. 트로이 해변에 선 오디세우스는 그의 귀향에 요구될 많은 세월을 헤아리지는 못했지만, 그를 집에서 떼어놓은 거리는 꽤 정확하게 가늠했기 때문이다.

반면 훌륭한 걸음의 시계로 거리를 재는 데 익숙했던 메데야는 그녀가 떠나는 길이 얼마나 긴지 상상조차 할 수 없었다. 더욱이 오디세우스는 모험가이자 뱃사람이었고, 주로 그의 목적지가 왕궁이라 불리는, 이타카에 있는 초라한 처소와 늙고 가정적인 아내의 품인 척만 하며 귀향을 미룰 가능성을 결코 놓치지 않았다.

그때까지 메데야는 산드로치카와 그녀의 첫아이 세르게이와 함께 한 유일한 모스크바행을 빼면 평생 한곳에서 떠나지 않고 살았다. 혁명들, 정권 교체, 적군, 백군, 독일인들, 루마니아인들. 사람들이 내쫓기고, 다른 외지 사람들이 일가붙이 없는 땅에 이주당해 살았다. 그렇게 저절로 급속하고 격렬하게 변하던 삶을 떠나지 않았던 메데야는 종국에 돌바닥에 뿌리를 박은 나무 같은 단단함을 얻었다. 하루하루의 그리고 매년의 자기 움직임을 수행하는 변함없는 태양 아래, 그리고 해변에서 말라가는 해조 냄새나 태양 아래 시들어가는 과일냄새, 아니면 또 쓴 쑥냄새를 계절에 따라 머금은 변함없는 바람 아래 놓인 나무 같았다.

그러나 그와 더불어 그녀는 바닷사람이기도 했다. 가족 중 남자들은 어려서부터 바다로 떠났다. 아버지가 바다에서 죽었고, 알렉산드르 아쇼토비치 스테파냔이 아나이트와 아르센을 데리고 바닷길로 영원히 떠났다. 낡은 기선이 이모와 두 남동생을 바툼에서 싣고 떠났고, 티플리스 산악지방 출신의 그루지야인에게 시집간 언니 아넬랴조차 언젠가 사랑스러운 페오도시야의 새 항구에서 집을 버리고 떠났다.

메데야가 수십 년을 미루다가 인제 한날 밤에 채비하고 떠난 저 먼 도시로 바닷길은 전혀 나 있지 않았지만, 그녀는 길의 일부, 그 초입인 케르치에서 타간로크까지만이라도 바닷길로 가기로 했다……

마을에서 페오도시야까지, 그리고 페오도시야에서 케르치까지 가는 여정의 첫 두 단계는 자기 집 마당 걷듯 익숙한 길이었다. 저녁 무렵 케르치에 당도한 메데야는 자기 에쿠멘의 경계에 서 있었다.* 고대의 판티카페움**이 동쪽 끝 지점이었다.

* '에쿠멘'은 '주거지'를 뜻하는 그리스어 '오이코스(oikos)'에서 유래한 말. 자기가 아는 사람 사는 세상의 끝이라는 뜻.

항구에서 메데야는 여객선이 5월은 되어야 운항을 시작하고, 케르치에서 타간로크로 간혹 가는 배들은 승객은 싣지 않고 화물만 싣는다는 것을 알게 되었다. 그녀는 첫 실수를 깨닫고 낙담했다. 이제는 바닷길에 유혹당해 길을 새지 않고 곧장 드잔코이***를 거쳐가야 했다.

그녀는 메오티다****의 누런빛이 감도는 납빛의 악취나는 물로 인한 불쾌감을 안고 돌아서서 오랜 친구인 타샤 라빈스카야에게 갔다. 그녀는, 그녀의 남편, 지식인이자 애서가로 거의 디아나*****의 무덤만큼이나 그 지방의 구경거리인 늙은 의사 라빈스키의 농담에 따르면, 젊은 시절부터 '도굴'에 열중해온 여자였다.

라빈스키 부부는 박물관 뒤뜰에 살고 있었는데, 그들의 집은 마치 박물관 분관 같았다. 케르치의 석돌 조각들과 고대의 먼지와 메마른 종이가 집을 채우고 있었다.

타샤는 메데야를 곧바로 알아보지 못했다. 사무일이 병에 걸린 이래로 몇 년 동안 그들은 보지 못했다. 몇 안 되는 친구들이, 누구는 사려 깊어서, 누구는 이기적이어서, 메데야와 사무일의 마을을 거의 찾아오지 않았다.

메데야를 알아본 타샤는 배낭을 벗게 하지도 않고 메데야의 목에 달려들었다.

"잠깐만, 잠깐만, 타셴카, 먼저 외투 좀 벗자." 메데야가 그녀를 떼

** 케르치의 고대 지명.

*** 크림 북부 도시.

**** 아조프해의 옛 이름.

***** 그리스신화의 아르테미스에 해당하는, 로마신화의 달·사냥·순결의 여신.

어놓았다. "좀 씻어야겠어. 사무일 말이, 케르치는 세상 먼지의 극이라며……"

축축한 봄이어서 먼지는 말도 안 됐지만, 고인이 된 남편의 말을 대단히 신뢰했던 메데야는 먼지를 잔뜩 뒤집어쓴 것 같은 기분이 들었다.

타샤가 익숙한 손놀림으로 너덜너덜한 책더미와, 작은 그림들과 드문드문 알아볼 수 없는 글줄이 들어간 종잇장더미를 탁자 끝에서 치운 다음 신문을 깔고 음식을 내려놓았다. 가난하고 볼품없는 모습을 조금도 윤색하려 들지 않았다.

젊을 적 한때 아름다웠던 여인의 위엄 있는 늙은 남편인 세르게이 일라리오노비치는, 때 이르게 찾아온 그녀의 예쁘지 않은 노년을, 턱에서 듬성듬성 돋아나는 뻣뻣한 털을, 앞으로 툭 튀어나온 치아를 너그러이 모른 척하는 그는 살림을 질색하는 타샤의 태도를 평생 매력적인 특성으로 여겨왔다. 그는 오래된 식탁 예절을 잃지 않았고, 그런 어촌에서는 완전히 말도 안 되는 마른 생선과 생선 통조림으로 메데야를 대접했다.

대신 포도주는 좋았는데, 선물받은 것이었다. 그는 연금생활을 한 지 오래되었지만 아직 조금씩 의료행위를 계속했는데, 그가 치료하던 가까운 사람들이 통상적인 진료비 외에, 짧은 기억에서 거의 희미해진 배고팠던 시절에 그랬던 것처럼 집으로 음식을 가져오곤 했다.

그가 메데야의 실패한 여정에 대해 듣고는 즉시 항만장에게 전화하자, 항만장은 바로 내일 아침 뜨는 첫 배로 메데야를 출발시키기로 약속했다. 그러나 항만장은 그 어떤 편의시설도 여행자에게 약속하지 않았다.

밤늦도록 그들은 셋이서 탁자에 앉아 있었다. 좋은 포도주를 다 마시고는 나쁜 차를 마셨다. 메데야가 뭐하러 타간로크에 가야 하는지 관심도 없던 타샤는 아조프해 연안의 비석沸石 속에서 발견한 어떤 작은 격자무늬에 관한 이야기에 돌입했다. 타샤가 메데야 앞에 놓인 다 먹지 않은 생선 위에 삼목두기 게임*을 위한 그물망을 연상시키는, 자신 있는 손으로 그린 지저분한 작은 그림들을 놓고는, 그 격자무늬가 구석기 시대부터 알려진 것으로 이집트에서도 크레타섬에서도 콜럼버스 이전의 아메리카대륙에서도 발견되었고, 이제는 바로 여기 아조프해 연안에서도 발견된, 가장 변함없는 종교적 상징 가운데 하나라고 공표할 때까지, 메데야는 그녀가 무엇을 두고 그렇게 열을 올리는지 오랫동안 영문을 몰랐다……

세르게이 일라리오노비치는 노인답게 안락의자에 앉아 졸았다. 그는 타고난 공손함 덕분에 간간이 잠을 깨서는, 동의의 표시로 졸린 머리를 끄덕이고 뭔가 호의적인 말을 중얼거리다가 다시 졸음에 빠져들었다.

메데야는 타샤의 학문적인 탐구에 조금도 흥미를 느끼지 못했지만 참을성 있게 강의가 끝나기를 기다렸다. 그녀는 타샤가 레닌그라드에 사는 자기 딸과 손녀에 대해서는 한마디도 하지 않는 것에 놀라고 있었다.

메데야는 타샤의 말끝마다 동의의 표시로 고개를 끄덕이며, 때로 정열이 어떠한 변화에도 굴하지 않고 집요한 모습을 보이곤 하듯 인간의

---

* 틱택토. 두 명이 번갈아가며 O와 X를 3×3판에 써서 같은 글자를 일직선상에 놓이도록 하는 놀이.

본성이 얼마나 끈질긴가를 생각했다. 흡사 한 번 찍히고 나면, 메마른 땅과 낡은 담장에서 뛰노는 아이들에 의해 긁힌 채로 박물관 지하실과 쓰레깃더미 같은 세상 모든 한적한 구석에서 수천 년을 사는 바로 저 격자무늬들과 타원형들과 점들 같다고 느꼈다……

이튿날 아침 견장 없는 해군복을 입은 키 크고 뚱뚱한 사람이 와서 라빈스키 부부의 잠든 집에서 메데야를 태워 갔다. 또 한 시간 후 메데야는 할아버지 하를람피의 선단에 속했던 듯 몹시 친숙한 모습의 낡은 화물선을 타고 케르치만 한가운데서 흔들리고 있었다.

작은 기선은 늙은이답게 쌕쌕거리고 힘없이 애쓰며 저녁이 되어서야 간신히 타간로크에 닿았다. 그 무렵 진눈깨비가 잿빛 가랑비로 바뀌었다. 열두 시간을 갑판 위 나무 벤치에 등을 꼿꼿이 세우고 무릎을 꼭 붙인 채 앉아 있었던 메데야는 자신을 살아 있는 사람이라기보다는 차라리 이제 막 떨어진 나무 벤치의 일부같이 느끼며 트랩을 내려왔다.

부두에서 그녀는 주위를 둘러보았다. 외로운 가로등과 바로 케르치에서부터 그녀와 함께 오며 밝은 시간 내내 두꺼운 책을 읽던 소년 외에는 그 누구도 그 무엇도 여기에 없었다. 소년은 '젊은이'라고 부르면 아직 당황할 때인, 마지막 청소년기의 나이였다.

"젊은이, 로스토프나도누까지 기차로 가는 게 더 편한가요, 버스로 가는 게 더 편한가요?"

"버스요." 그가 짧게 대답했다.

소년의 옆에는 익숙해서 반가운 그림이 들어간 낡은 천으로 묶은, 손잡이가 두 개 달린 바구니가 있었다. 메데야의 눈길이 바구니에 머물렀다. 간신히 알아볼 정도로 색이 바랜 둥근 카밀레 꽃다발…… 소년이 그녀의 시선을 붙잡은 듯하더니, 바구니를 발로 살짝 밀고 뜬금없는 소리를 했다.

"이게 트렁크에 들어가면 당신 자리도 충분할 겁니다."

"뭐라고요?" 메데야가 놀랐다.

"형이 로스토프에서 절 데리러 와요. 차로요. 당신이 탈 자리가 있을 겁니다……"

"그래요? 아주 잘됐네요……"

그녀가 그 끔찍한, 서둘러 쓴 부주의한 편지를 읽었을 때부터 그녀를 덮치고는 한순간도 놓아주지 않던 영혼의 암흑이 그녀가 기뻐하는 것을 방해하지는 않았다. '주여, 감사합니다. 내가 가는 모든 길에서 날 버려두지 않으시고, 토비야에게 보내셨듯이 내게도 길의 천사를 보내주십니다……'*

저도 모르게 길의 천사의 의무를 수행하던 젊은이가 뭉툭한 구두코로 바구니를 옆으로 치우고는 메데야에게 설명했다.

"형 차는 커요. '포베다'예요. 하지만 차 안에 짐이 이미 있을지도 모르겠어요……"

소년은 바른말을 썼다. 좋은 집안에서 자란 소년의 억양으로 친숙한 것 같았다. 두꺼운 책들이 그를 돋보이게 하는 듯했다.

약 십오 분 후 건장한 젊은 남자가 다가와서 소년에게 키스하고 어깨를 두드렸다.

"잘했어, 레센카! 이모는 왜 안 모셔왔어?"

---

* 구약 토비트서의 인물 토비야의 여행에 동행한 천사 라파엘을 말한다.

"여름에 온다고 약속하셨어. 다리가 아프셔."

"불쌍한 이모…… 거기서 혼자 어떡하시려고?" 빈말로 묻는 게 아니었다. 그는 대답을 기다렸다.

"내가 보기에는 괜찮은 것 같았어. 방 하나는 세주고 있어. 레닌그라드에서 온 괜찮은 사람이 세들어 살아. 기상관측소에서 일하는데, 장작을 실어 왔어. 참, 이모가 선물 보내셨어." 그가 고갯짓으로 바구니를 가리켰다. "안 가져오려 했는데, 하도 고집을 부리셔서 말이야……"

남자가 손을 저었다.

"뭐 안 봐도 뻔하지……"

그가 바구니를 들었다. 소년이 그를 멈춰 세웠다.

"톨, 이 여자분도 로스토프에 가신대. 차에 자리 있어?"

그들이 대화를 나누는 내내 곁에 서 있었지만 이제야 막 그녀를 알아차린 듯 톨랴가 메데야에게 몸을 돌렸다.

"자리 있어요. 같이 가세요. 로스토프 어디로 가세요?"

"기차역으로요."

"배낭 이리 주세요." 그가 손을 뻗어 배낭끈을 어깨에 걸쳤다.

메데야가 혼잣말로 계속 중얼거렸다. '주여, 베풀어주시는 모든 자비에 감사합니다. 보내주시는 모든 것에 감사합니다. 제가 아무것도 거부하지 않고 다 받아들이게 하소서……'

그녀가 늘 해오던 신과의 대화로, 오래전에 외운 기도문들과 감사에 찬 그녀 자신의 생기로운 목소리가 뒤섞인 것이었다……

메데야는 오랫동안 갑판에 앉아 있다가 막 뼈들을 폈는데 이제 자동차에 탔다. 하지만 차 안은 따뜻하고 편안했다. 그녀의 축축한 옷이

곧, 만약 마르지 않았다면, 메데야 그녀의 온기에 흠뻑 젖었다. 그녀는 꾸벅꾸벅 졸며 잠결에 두 형제가 나누는 대화를 토막토막 들었다. 여자 형제의 결혼에 대한, 소년이 1학년에 다니고 있는 사범대학에 대한, 심페로폴에 대한, 그가 방문했던 옛 크림에 사는 이모에 대한 어떤 말들이 오갔다.

'니나한테 가봐야 하나.' 메데야가 잠결에 전에 페오도시아에 살았던 이웃 여자를 떠올리고 어렴풋이 생각했다. 그녀는 그들의 옛 거리에 있던 그녀의 집을 파괴한 화재 이후에 옛 크림으로 이주했다. 잠결에 메데야는 니나와 화재가 일어난 밤 미쳐버린 그녀의 늙은 어머니와 팔뚝에 화상을 입어 그녀가 투박하고 믿을 만한 민간요법으로 즉시 치료했던 여동생을 떠올렸다……

메데야를 실은 자동차는 칠흑 같은 한밤중에 기차역에 닿았다. 운전사가 메데야의 배낭을 들고 그녀를 매표구로 안내했다. 한 창구 옆에 말없는 긴 줄이 있었다. 나머지 창구 두 개는 도대체 단 한 번도 열리지 않은 것처럼 꽉 닫혀 있었다.

메데야는 그 굳게 닫힌 창구 중 하나 옆에 멈춰 서서 운전사에게 감사를 표했다. 그가 어깨에서 배낭을 벗어 바닥에 놓고는 주저하며 말했다.

"잠시 저희 집에 가셨다가 아침에 여길 떠나시는 게 어떨까요. 여기서 벌어지는 일을 보세요……"

메데야가 그에게 채 감사를 표할 새도 없이 그녀의 어깨와 나란히 있던 창구가 열렸고, 심지어 놀랄 새도 없이 메데야는 타슈켄트행 표를 물었다.

"침대칸뿐인데요." 여자 출납원이 미리 알려주었다. "그리고 두 번 갈아타야 해요. 사라토프에서 한 번, 살스크에서 한 번……"

"괜찮아요." 메데야가 말했다.

군중이 즉시 고함치고 울부짖으며 느닷없이 활짝 열린 창구를 향해 한꺼번에 돌진해서 격심한 다툼이 일었다. 일단의 사람들은 이전의 순서를 지키고 싶어했고, 꼬리에 서 있다가 이제는 발급창구에 더 가까이 있게 된 다른 사람들은 결코 그렇게 하기를 원치 않았다.

일 분 후 손에 표를 쥐고 부글부글 끓으며 정의의 이름으로 치고받고 싸우는 군중을 간신히 헤치고 나온 메데야는 아나톨리에게서 배낭을 넘겨받았다. 그는 양팔을 벌릴 뿐이었다.

"참 운 좋으시네요!"

그들이 플랫폼으로 나오자, 창구가 메데야에게 표를 발급해주고는 즉시 닫혀서 이제는 둘로 나뉜 군중이 두 개의 닫힌 창구 주위에서 들끓고 참을성 없는 손들은 대답 없는 합판을 두드려대는 모습이 이미 보이지 않았다.

메데야의 기차는 십이 분 후에 다가왔는데, 사실 다섯 시간 늦은 것이기도 했다. 그녀는 로스토프를 떠나고 나서야 왜 카밀레꽃 헝겊이 그토록 낯익었던지 깨달았다. 그때로부터 삼십 년 전, 화재 후 다른 많은 필수품과 함께 니나에게 선물했던 그녀 자신의 커튼이었던 것이다…… 그러니까 그들이 얘기했던 옛 크림에 사는 이모는 그녀의 옛 이웃 니나였고, 두 젊은 남자는 그날 밤 메데야가 화상을 치료했던 소녀의 자식들이었다…… 메데야의 입가에 저절로 미소가 번졌다. 마음이 편안해졌다. 사람이 더 많아져서 세상이 더 북적거리게 되었어도,

세상의 구조는 여전히 바로 그녀가 이해하는 바 그대로였다. 작은 기적들이 일어나고, 사람들이 만나고 헤어지고, 모든 것이 함께 예쁜 무늬를 만들어가고 있었다……

그녀는 배낭에서 마른 빵조각 두 개와 뚜껑이 달린 커다란 독일제 보온병을 꺼냈다. 케르치에서 내린 차가 아직 뜨겁고 달았다……

약 나흘 밤낮을 메데야는 창가 자리에 앉아서 갔고, 이따금 아래쪽 침상에 몸을 뻗고 누워 불규칙하고 살 떨리는 잠에 빠져들었다. 녹지 않는 어둠의 앙금이 계속 잠의 바닥을 시커멓게 물들이고 있었다.

기차는 천천히 갔다. 작은 정차역이 수없이 많았고, 대피선에서 무의미하게 오래 서 있곤 했다. 기차가 많이 지체되어 출발 장소에 도착하는 순간부터 이미 시간표가 저절로 폐기되었다. 역과 간이역마다 기차는 기다림에 지친 군중을 만났다. 느리고 지저분한 열차 안에 메데야처럼 긴 여행을 하는 사람은 그다지 많지 않았다.

바구니와 자루와 보따리를 가지고 탄 사람들 대다수는 몇 구역을 앉아서 가거나 통로에 가득한 인파를 이루어 가다가, 지독한 냄새와 해바라기씨 껍질을 남기고 객차를 떠났다.

크림에 닥쳤던 혼돈의 시절들을 다 살아내고 티푸스 환자를 수용하던 병원 막사와 기아와 추위를 기억하던 메데야는 조국의 역사와 함께 한 대대적인 이주에는 단 한 번도 동참하지 않아서, 난로를 피운 객차와 가축 열차와 역마다 뜨거운 물을 얻으려고 길게 늘어선 줄에 대해서는 단지 가까운 사람들에게 들어서 알고 있을 뿐이었다.

이미 나이 오십을 넘겨서 그녀는 처음으로 그것도 자발적으로 한곳에 머물러 살던 소중한 삶과 떨어져서, 병든 철과 깨진 돌로 뒤덮인 주인 없는 커다란 땅을 따라 이동하는 무수한 사람들 무리를 경악에 차서 지켜보고 있었다. 팔 년 전 끝난 전쟁이 가녀린 봄풀 아래 갈색 물이 담긴 반반해진 포탄 구멍이 되어, 땅속으로 자라난 잔해들과 뼈들이 되어, 철길 비탈에 누워 있었다. 로스토프에서 살스크에 이르는, 살스크에서 스탈린그라드에 이르는 땅이 그것들로 가득했다.

메데야가 보기에 땅은, 근래 일어난 스탈린의 죽음을 획일적으로 떠들썩하게 겪어내고 있는 이 많은 모든 사람보다 전쟁에 대한 기억을 더 깊이 간직하고 있는 것 같았다. 스탈린이 죽은 지 겨우 몇 주가 지났다. 그의 죽음은 모든 동행인이 나누는 이야기 속에서 계속 언급되었다.

메데야는 많은 환상적인 이야기를 들었다. 자기 어머니의 장례를 치르고 돌아오던 나이 지긋한 철도원이 스탈린과 작별하는 날 모스크바에서 일어난 대규모 살인과 그것을 초래한 유대인의 음모에 대해 속삭여 이야기해주었다. 의족을 하고 가슴팍에는 갖가지 훈장을 주렁주렁단 음울한 표정의 다른 사람은 모스크바 한가운데서 우연히 발굴되었다고 하는 극비의 미국 무기로 채워진 지하 도시에 대해 이야기했다. 어떤 지역 회의에 가는 중인 여선생 둘은 전문적인 긴장된 목소리로 이제 도대체 누가 나라를 신성한 공산주의로 이끌어갈 것인지에 대해 계속 토론했다…… 그 반면 일로빈스카야에서 탄 후 목적지인 사라토프에 이를 때까지 우샨카*를 벗지 않았던 약간 술 취한 남자는 길을 가는 내내 크게 떠들어대는 여자들의 수다를 말없이 듣고 있다가 나가

* 귀덮개가 달린 털모자.

며, 갑자기 모자를 벗어 얼룩덜룩한 대머리를 드러내고는 바닥에 침을 뱉고 군센 목소리로 말했다.

"이 멍청하기 짝이 없는 여자들아! 누가 통치하든 지금보다 더 나빠지는……"

메데야는 창밖으로 미소를 지었다. 이른 젊은 날부터 그녀는 정치적 변화를 날씨 대하듯 하는 데 익숙해졌다. 모든 것을 견뎌낼 준비가 되어 있었다. 겨울에는 추위에 떨고, 여름에는 땀에 젖고…… 그러나 모든 계절에, 겨울에는 땔나무로, 여름에는 잼을 만들 게 자연에 존재했다면 잼을 만들 설탕으로, 미리미리 대비했다. 그녀는 권력에 좋은 것을 기대한 적이 없었고, 권력과 관련된 사람들을 조심하며 그들과 거리를 두었다.

위대한 지도자에 관해서 말하자면, 오래전 그는 가족에게 죄를 지었다. 혁명이 일어나기 오래전 바툼에서 그는 이모의 남편 이라클리를 혼란에 빠뜨렸고, 이라클리는 은행 강도와 관련된 아주 좋지 않은 사건에 연루되어 친척들이 큰돈을 모아 그를 재앙에서 구했다……

지도자가 죽은 날 마을에는 애도의 깃발이 내걸리고 집회가 소집되었다. 수다크에서 당 책임자가 도착했다. 최고 책임자는 아니었고, 새 책임자 중 한 사람이었다. 그가 연설을 하고 나서 장엄한 음악이 울려 퍼지자 현지인 여자 둘이, 식료품점 점원 소냐와 교사 발렌티나 이바노브나가 울기 시작했고, 그다음 모두가 애도를 표하는 전보를 보내기로 결정했다. "모스크바, 크렘린……" 그 누구보다 상복이 어울리는 메데야는 의무적인 자리를 지킨 다음 자기 포도밭에 가서 저녁까지 밭을 손질했다……

그 모든 것이 그녀에게는 낯선 삶의 먼 소음이었다. 지금의 길동무들, 인민을 이루는 이 각 개인은 이제 큰 소리로 불안해하고, 고아 상태인 자신의 미래를 두려워하며 울었다. 침묵하는 다른 사람들은 폭군의 죽음에 조용히 기뻐했다. 그러나 그 사람들도 다른 사람들도 이제 무언가를 새로 결정해야 했고, 하룻밤 사이에 변한 세상에서 사는 법을 배워야 했다.

이상한 것은 메데야도 완전히 다른 동기에 따라 유사한 감정을 겪고 있었다는 점이다. 배낭 깊숙이 놓인 편지가 자기 자신을, 여동생을, 죽은 남편을 새로운 눈으로 바라보도록, 그리고 무엇보다 먼저 그녀에게 전혀 불가능해 보였던 사실과 화해하도록 그녀를 강제하고 있었다.

결혼생활의 모든 해에 걸쳐 그녀를 신격화했던, 부분적으로는 꾸며낸 것인 그녀의 덕목들을 너무도 극찬했던 남편과 마지막 실핏줄까지 그녀에게 드러난 존재인 여동생 알렉산드라 사이의 관계가 불가능한 것은 일상적인 이유 때문만은 아니었다. 메데야가 느낀 것처럼 가장 높은 차원의 금기가 깨졌다. 하지만 산드로치카의 당돌한 편지로 판단할 때, 그 가벼운 어조로 판단할 때, 산드로치카는 이 은밀한 근친의 죄를 알아차리지조차 못했다. 단 하나, 알려져서 곤란해지는 것을 피하고 싶은 바람뿐이었다……

특히 고통스러운 것은 지금의 상황이 결정도 행동도 요구하지 않고 있다는 점이었다. 부모의 죽음, 남편의 병, 전에 삶에서 겪은 모든 불행은 육체적이고 정신적인 긴장을 그녀에게 요구했었다. 지금 일어난 것은 오래전 일의 메아리에 불과했다. 사모나는 이미 살아 있지 않지만 그의 딸 니카가 남았고, 죽은 그와의 관계를 밝히는 것은 불가능했다.

그녀는 남편에게 모욕당하고 여동생에게 배신당했다. 심지어 그녀에게 아이를 주지 않고, 그녀에게 예정되었던 남편의 아이를 여동생의 유쾌하고 가벼운 몸에 넣어준 운명 자체가 그녀에게 욕을 퍼부었다……

늘 활동적인 메데야가 밤낮을 꼼짝없이 창가에 앉아 있어야 했고, 모든 움직임은 바깥에만, 창밖에서 어른거리는 풍경과 미약하게 꿈틀대는 객차 안 사람들에게만 있었다는 것, 그 점 또한 그녀의 어두운 영혼의 상태를 악화시키고 있었다.

길은 사흘 밤낮 하고도 또 반나절 동안 이어졌다. 북쪽으로, 게다가 대륙 깊숙이 급한 아치를 그리며 이어지던 경로가 꽤 변덕스러웠던 관계로, 그녀는 마치 봄을 앞지른 것 같았다. 초록으로 물들던 크림을 떠나서는, 프레드우랄리에*에서 골짜기를 따라 평평하게 쌓인 눈과 한밤의 추위에 엄습당한 벌거벗은 땅을 다시 보았다. 그다음 다시 봄을 따라잡았을 때는 이미 알록달록 강렬한 튤립이 온통 만발한 카자흐스탄의 스텝이었다.

기차는 이른아침 타슈켄트에 도착했다. 홀쭉해진 배낭과 함께 기차에서 내린 그녀는 친척이 사는 곳이 역에서 멀지 않다는 것을 알아서 어디로 걸어가야 하는지 물었다……

거리는 '열두 그루 포플러'로 불렸는데, 여기서 포플러가 자라고 있었다 해도 아리크를 따라 길가에 심은 살구나무의 꽃에 겸손하게 녹아들어 보이지 않았다. 아주 이른, 갓 태어난 새 아침, 메데야가 가장 좋아하는 시간이었다. 힘들고 지저분한 철길 위에서의 날들 이후에 그녀

---

* 우랄산맥 서쪽 비탈에 면한 지역.

는 아침의 성스러운 깨끗함을, 그 냄새를 특히 날카롭게 느꼈다. 다른 연료에서 나오는 연기와 고기 요리의 자극적인 냄새. 익숙한 냄새들에 낯선 냄새들이 섞여 있었다. 그러나 포도나무처럼 무겁고 푸른 송이들을 흙벽과 판자 울타리 위에 널어놓은 라일락의 짙은 향기가 모든 것을 빨아들이고 있었다. 새들은 외국어로 노래하는 것 같았고, 새 울음소리라기보다는 찌르륵거리는 벌레 울음소리 같았다.

한동안 메데야는 움직임을 즐기며 끝없이 긴 길을 따라 걸었다. 병사같이 아래에 외투를 건 배낭끈을 두른 두 어깨를 가볍게 움직이며 집들의 번호 외에 온갖 소소한 것, 온갖 새로운 소식을 눈길로 붙잡았다. 예를 들어, 울타리 위에 분홍빛이 감도는 갈색 멧비둘기가 아주 태평하게 앉아 있었는데, 그녀가 어릴 때부터 알던 새였지만 크림에서 그 새는 겁 많은 야생의 새여서 도시로 날아오지 않았다.

그녀가 이고 가는 것 같던 길의 무거운 공기가 가볍게 부는 아침 바람결에 실려갔다. 메데야는 태양이 떠오를 때면 늘 바람이 인다는 것을 알고 있었다…… 갑자기 동쪽 멀리서 고함소리가 바람에 실려왔다. 고함소리도 물결치는 것 같았는데, 아이들의 높은 목소리였다.

"물이야! 물이 나왔어! 수브가!"

그 즉시 아이들 몇이 쪽문과 대문에서 뛰쳐나오더니, 울타리들 위로 아이들의 머리가 나타났다. 무릎까지 오는 펠트 장화를 신고 가슴팍이 닳아 해진 우크라이나식 루바시카를 입은 뚱뚱한 노파가 아리크로 나왔다……

메데야는 멈춰 섰다. 그녀는 지금 무엇이 일어날지 알았고, 그 순간을 기다렸다. 깊지 않은 아리크의 바닥에 마치 끓인 우유에서 걷어낸 것 같은 부드러운 연갈색 얇은 막이 깔려 있었고, 방금 동틀녘 바람에 실려 날아온 장밋빛 살구나무 꽃잎들이 서서히 그 위로 내려앉았다. 이제 이미 콸콸대는 물소리가 들리고, 물의 갈색 혀 앞쪽에서 어지러이 널린 꽃잎들의 장밋빛 구름이 날아올랐다.

고함소리가 이미 거리를 지나쳤고, 이미 물이 졸졸 흐르고 있었다. 아이들과 노인들이 자기 집 뜰로 들어오는 수문을 열었다. 아침 급수 시간이 시작되고 있었다……

레노치카의 집 곁에서 메데야는 열 살 남짓된 금발 소년과 맞닥뜨렸다. 그는 이제 막 물을 마당으로 들여보내고 나서 보기에 약간 미심쩍은 갈색 물로 주근깨 낀 얼굴을 씻었다.

"안녕, 슈리크." 그에게 메데야가 말했다.

그는 약간 멈칫하더니 고함을 치며 덤불 속으로 사라졌다.

"엄마! 손님 왔어!"

마당에서 메데야는 둘러보았다. 세 개의 작은 집. 그중 하나는 베란다가 달리고 현관이 높았다. 보다 단순한 빛바랜 집 두 개는 네모졌고, 가운데에 아이반*이 있었다. 한쪽에 위치한, 차양이 달린 여름 부엌에서 머리카락이 희끗하고 뚱뚱한 여자가 위쪽에 가슴받이가 달린 하얀 앞치마를 두른 채 나왔다. 소중한 레노치카가 그녀를 향해 천천히 걸어왔다. 그녀는 메데야를 곧장 알아보지 못하다가 알아보고는 두 팔을 활짝 벌리고 멍청하고 기쁜 고함을 지르며 그녀를 맞으러 달려왔다.

"내 행복이 왔구나!"

---

* 평평한 지붕을 기둥이 떠받치고 있는, 중앙아시아 가옥의 테라스.

창문들과 문들이 울려대기 시작했다. 개집 안에서 자던 늙은 양치기 개가 마침내 잠을 깨고는 자신의 근무 태만을 느끼며 정력적으로 짖기 시작했다. 메데야의 눈에 마당이 무수한 군중으로 가득찬 것 같았다. 그러나 군중은 자기 사람들, 친척들이었다. 일곱 살 된 아들 파블리크를 데리고 나온 레노치카의 딸 나타샤, 지난겨울 훌륭한 청년으로 자란 레노치카의 막내아들 게오르기, 목발을 짚은 마르고 키 작은 노파.

'늙은 유모 갈랴구나.' 메데야는 추측했다.

하얀 잠옷을 입은 채 동양 미녀의 오만한 얼굴을 옆으로 숙이고 현관에 서 있는 소녀는 나타샤의 열세 살 된 큰딸 슈샤였다. 아시아인의 빛나는 머리카락이 몸을 거의 감싸고 있었다.

금발의 슈리크는 복숭아나무 몸통 뒤에 숨어서 내다보고 있었다.

"아이고, 이를 어째, 표도르는 출장 갔어, 어제 막 떠났는데!" 레노치카가 메데야를 계속 품에서 놓아주지 않은 채 속상해했다. "왜 미리 알리지 않았어? 조라*가 마중 갔을 텐데!"

가족이 주위에 서서 메데야와 키스할 차례를 기다리고 있었다. 갈랴만 뭔가를 혼잣말로 투덜대고는 내버려둔 난로 쪽으로 절뚝거리며 걸어가기 시작했다. 살림에 난리가 벌어져 있었다. 프라이팬에서 검은 연기가 솟아올랐다……

"아이고, 차 줘야지, 차! 아, 이런 바보, 커피지, 커피! 아, 나의 기쁨이 왔구나!" 레노치카가 말 한마디마다 두 번씩 반복하고 세상에서 유일한 자기 자신의 제스처로 머리 주위의 공기를 휘저으며 법석을 떨

* '게오르기'의 애칭.

었다.

메데야는 그녀의 기억에서 완전히 사라졌던 레노치카의 그 작은 손 동작을 보자 급격히 밀려오는 행복감을 느꼈다.

1920년 메데야는 새로운 직책을 받고 떠나는 오빠 표도르를 페오도시야역에서 배웅했다. 그는 전날 그에게 맡겨진, 메데야의 굳센 손이 맺어준 새 아내와 함께 떠났다. 그후로 두 친구는 두 번 보았다. 1932년에 메데야와 사무일이 마을로 이주한 직후와 1940년에 타슈켄트의 시노플리 가족 모두가 메데야에게 왔을 때였다.

그해 전쟁 전 마지막 여름에 메데야의 집에는 아주 많은 친척이 몰려와 있었다. 세료자와 리도치카를 데려온 산드로치카, 일 년 후 전쟁 바로 초기에 죽은 동생 콘스탄틴, 타샤 라빈스카야…… 집안에는 몸 돌릴 데가 없었다. 아이들 목소리와 7월의 태양과 크림의 포도주로 인해 모든 것이 울려댔다.

그해 표도르는 국가포상을 받았고, 십중팔구 장관직인 새로운 직책을 기다리고 있었다.

그때 메데야는 휴가를 낼 수 없었던 탓에 매일 일하러 갔다 와서 음식을 끓이고 끓이고 또 끓였다…… 여동생과 새 신부가 기꺼이 도왔겠지만, 메데야는 그녀의 살림에 닿은 다른 사람 손이 물건들을 익숙한 자리가 아닌 다른 데 놓아서 그녀의 질서를 파괴하는 것을 싫어했다. 세월이 흘러 노년에 접어들어서야 메데야는 그녀의 여름 부엌에서 젊은 친척 여자들이 살림을 해서 결국 아무것도 찾지 못하게 되는 것을 용납했다.

사람들이 북적대는데다 부엌에서 난리가 계속되는 바람에 두 친구는 거의 얘기를 나누지 못했다. 떠나기 전 마지막 밤만이 메데야의 기억에 남아 있었다. 그들이 작별의 저녁식사를 한 후 부엌에서 설거지를 할 때, 레노치카는 긴 수건으로 수북이 쌓인 식기를 닦으며 표도르가 속 편하게 호랑이 입에 곧장 머리를 들이밀고 있다고 비통에 찬 푸념을 늘어놓았다. 사려 깊은 레노치카는 표도르의 대단한 커리어를 두려워했다. 필시 그는 평범한 측량사에서 우즈베키스탄의 관개 시스템 전부를 관장하는 주무 장관으로 변모될 것이었다.

"왜 그렇게 이해를 못하는지." 레노치카가 한탄했다. "내 아버지가 크림 정부 각료였잖아. 어떤 서류에도 그 사실은 안 적혀 있어. 높이 올라갈수록 더 이목을 끄는 법이잖아……"

이곳 타슈켄트에서 메데야는 유일하고 소중한 손님이었다. 아침마다 아이들을 학교에 보내고 나서 레노치카와 메데야는 집에서 멀지 않은 초르신 시장에 가서 양고기와 때 이른 채소를 샀고, 가끔 닭고기도 샀다. 점심에 닭 두 마리는 적었고, 세 마리는 많았다.

메데야는 식구들이 다 조금 먹는 습관이 몸에 배어 있는 것에 놀랐다. 3월 말은 빈약한 때여서, 동방의 시장이 여름에 보여주는 그 어떤 장관도 눈에 띄지 않았다. 그렇지만 그들은 장바구니를 위쪽까지 가득 채우고, 돌아오는 길에는 전차를 탔다.

저녁은 보통 늦게, 표도르가 직장에서 돌아오는 시간에 맞춰 여덟시경 차렸다. 그때까지 아이들은 빵조각이나 쿠키를 집어먹으며 견뎠다. 대신 저녁은 두 시간가량 이어졌다. 식탁에는 늘 삼사와 라그만* 같은

* 우즈베키스탄 전통 음식으로 군만두와 국수의 일종.

이곳에서 보통 먹는 음식 외에 아르메니아의 이런저런 진귀한 음식이 놓였다. 레노치카는 파흘라바 굽는 법도 잊지 않고 있었다.

집이 고요해진 늦은 저녁이면 그들 두 사람은 깨끗이 치운 식탁에, 레노치카가 일 년에 한 번 이상은 패를 맞추지 못하던 복잡한 페이션스 카드*를 앞에 두고 오래도록 앉아 있었다. 김나지움 시절부터 시작해서 초창기 기억을 하나하나 떠올리며 깔깔거렸고, 과거의 숲속으로 사라져간 사랑했던 사람들을 한숨과 함께 추도하며 울었다.

메데야의 영혼의 바닥에서 무거운 돌이 서서히 굴렀지만, 대화는 계속 편지에 대한 이야기 쪽으로 방향을 틀지 않았다. 무언가가 메데야를 주저하게 했고, 게다가 갓 겪은 비극이 갑자기 메데야에게 망측한 일로 보이기 시작했다……

여름 부엌의 레인지와 마당에 놓인 화덕과 계속해서 끓고 있는 빨래솥의 열기가 한낮을 더 뜨겁게 했다. 하얗다못해 시퍼렇고 부서질 것 같이 빳빳하게 풀 먹인 빨래는 레노치카의 특별한 약점**이었다. 낮의 열기 속에서 메데야는 레노치카의 생활 방식을 살펴보고, 옛 스테파냔 집의 풍습, 주변 사람들에 대한 후함과 부엌살림의 다소 인색함이 혼합된 모습을 보고 마음이 좋았다. 레노치카는 가지와 호두는 세곤 했지만, 돈은 한 번도 세어보지 않았다.

그러나 젊은 시절 가족을 빼앗고 전시에는 열아홉 큰아들을 앗아간 운명은 레노치카에게 가난은 결코 알게 하지 않았다. 그녀는 금을 두르고 다니고 은으로 먹을 운명을 타고난 것 같았다. 놀라운 일이지만,

---

* '솔리테어'라고도 하며 혼자서 하는 카드 게임.

** 아주 좋아한다는 뜻.

타슈켄트에서 살기 시작한 바로 첫해에 자식이 없는 부유한 과부로 티플리스에서 살다 죽은 레노치카의 고모의 하녀였던 노파 아시헨이 그녀를 수소문해서 찾았다. 메데야의 도움이 없지 않았다. 티플리스에서 걸어서 온 아시헨은 고모가 유산으로 남긴 가문의 보석들을 더럽고 작은 여행 가방에 넣어 가져왔다.

그 무렵 지난 시절의 삶에서 남은 모든 것을 잃어버린 레노치카는 그 즉시 반지 두 개를 손에 끼었다. 하나는 진주 반지였고, 다른 하나는 푸른 다이아몬드 반지였다. 귀에는 가운데 작은 진주가 박힌, 동그란 모양의 검은 마노 귀걸이를 걸었다. 남은 것은 곧 세상에 나올 것을 기약하던 첫아이를 위한 아기용품을 담아둔 바구니 바닥에 넣어놓았다. 노파 아시헨은 죽을 때까지 그녀의 집에서 육 년을 더 살았다……

레노치카는 아주 소박한 수입에 적응하며, 타슈켄트에 있는 자기 집, 표도르가 도착하자마자 받은 바로 이 집을 그들의 가족이 살던 방식대로 정돈하기 시작했다.

그녀는 가장 좋은 방을 서재라 부르고 남편에게 주었다. 침실에는 주지사의 부관이었던 사람으로 1917년 초 노인성 우울증 발작으로 인해 권총 자살한 전 주인 다음에 그 집을 차지했던 우즈베크 사람들이 집에서 헛간으로 내놓았던 침대 두 개를 놓았다.

헛간에서 또한 레노치카는 아궁이 속으로 사라지지 않고 남은 가구를 발견했다. 그녀는 스툴 두 개를 밝은 숄로 덮어 침대 머리맡에 놓는 탁자로 만들었다. 시장에서 구리 밥그릇도 상당수 샀다. 그러자 그들의 거처는 절묘하게 티플리스의 옛집도 수다크의 다차도 제네바의 아파트도 닮게 되었다. 모든 것에서 고인이 된 아르미크 티그라노브나의 취향이 나타나고 있었다.

그들의 집과 마당을 공유한 두번째 집은 후에 나타샤를 위해 샀고, 지금은 가운데 집에서 오른편에 자리한 세번째 집도 사기 위해 마지막 이웃들과 흥정을 벌이고 있었다. 레노치카는 게오르기가 그 집에 들어와 사는 것을 꿈꾸고 있었다.

메데야는 그 모든 것에 대해 레노치카가 조금이라도 중요한 일은 다 말했던 편지들을 통해 알고 있었다. 그러나 그들에게 그야말로 중요했던 것은 소녀 시절의 친밀한 호칭 자체와 편지의 문체였고 필체였으며, 또한 물론 그들이 쉽게 옮겨가곤 했던 프랑스어였다.

비록 편지의 4분의 3이 꿈들과 예감들에, 길가 나무와 우연히 마주친 얼굴에 대한 말에 할애되어 있었지만, 편지 한 통 한 통이 은밀한 신의의 서약이었다.

딸의 결혼에 대해 이야기하며 레노치카는 신혼부부가 등기소에서 나오던 바로 그 시각에 도시의 한 지역에만 보기 드문 세찬 비가 내린 것과, 물기 때문에 천이 오그라든 나타샤의 하얀 드레스가 위로 올라가 그녀의 포동포동한 넓적다리가 드러난 것을 아주 상세히 기술했다. 그러나 이때 레노치카는 당시 이미 대단한 언어적 재능으로 도시 전체에 명성이 자자했던 고려인 통신 기술자 빅토르 킴이 나타샤의 남편이 되었다는 사실은 말하지 않았다. 그는 공용어인 러시아어와 집에서 쓰는 한국어, 학교에서 배운 독일어, 그리고 필수적이지 않은 우즈베크어 외에 스물다섯 살 무렵에 눈에 띄지 않게 영어도 익혔고, 적어도 오 년은 걸려야 할 거라 여기며 중국어도 공부하고 있었다.

혼인한 지 반년이 지나서야 레노치카는 연이은 편지에서 근교 도시

쿠이류크로의 여행에 대해 이야기하고 논, 곧 잎사귀가 좁은 벼들이 밝은 줄을 이루어 늘어선, 물에 잠긴 작은 경작지를 묘사하며, 지나가는 말로 나타샤 남편의 부모에 대해, 너무나 닮았고 외양으로는 성별을 알 수 없어서 두 사람 중 누가 남편이고 누가 아내인지 판단하기 어려웠던 주름진 얼굴의 고려인 부부에 대해 언급했다……

여하튼 또 반년이 지난 뒤 메데야가 갓 태어난 슈샤의 첫 사진을 받았을 때, 그녀는 도무지 지금의 미녀가 되리라고 추측할 수 없던, 작은 눈을 가진 둥그런 얼굴에 놀라지 않았다.

가끔 낮에 레노치카는 거의 빠짐없이 어린 포도나무 넝쿨이 뒤덮은 처마밑에 놓인 캔버스 접이식 침대에 메데야를 누워 있게 하고는, 유일한 이곳 헌책방에서 모은 책 중에서 프랑스어로 된 책을 꺼내 그녀의 손에 쥐여주었다. 그러면 메데야는 『위험한 관계』나 『파르마의 수도원』*의 책장을 느긋하게 넘기며, 생전 처음 무위 속 육체의 충만한 이완을 만끽했다. 마치 그녀의 근육을 긴장 상태로 유지해주는 전류가 갑자기 끊기고, 힘줄 한 가닥 한 가닥이 축복 속에 펴진 것 같았다.

메데야는 조금 읽다가 조금 졸다가 아이들을 조금 살펴보다가 했다. 슈샤는 도도하고 소원하게 굴었지만, 자기 생각에 잠긴 사람의 표정을 띠고 있었다. 그녀의 동생 파블리크는 온종일 바이올린을 켜다가 마당에 나올 때는 너무나 공손한 태도를 취했다. 메데야는 그들 속에서 친족의 흔적을 찾았지만 찾지 못했다. 이 아이들 안에서는 아시아인의 피가 그리스인과 아르메니아인의 피를 완전히 눌러 이겼다.

* 각각 피에르 쇼데를로 드 라클로와 스탕달의 소설.

대신 참 이상한 일이지만, 조용한 금발의 양자 슈리크는 모든 징후로 볼 때 자기 사람, 시노플리가의 아이였다. 그의 풍성하고 가벼운 머리카락은 가문의 녹빛 머릿결의 흔적을 조금도 지니지 않았지만 피부가 하얀 그의 좁은 얼굴이 새빨간 주근깨투성이였고, 메데야가 금방 알아보지 못했지만 알아보고 놀란 가장 중요한 특징은 네번째 손가락의 첫 마디 끝에 겨우 닿는 짧은 새끼손가락이었다. 그렇지만 메데야는 자기가 관찰한 것을 누구에게도 말하지 않았다.

"참 좋은 아이야." 메데야가 눌은 커피 주전자 손잡이를 바꾸기 위해 마른 라일락 가지를 대패질하는 슈리크를 눈길로 가리키며 조용히 말했다.

"저 아이는 완전 내 친자식이야." 레노치카가 대답했다. "하지만 알렉산드르를 누구도 대신하진 못하지. 슈리크는, 그래, 아주 좋은 아이야. 엄마는 볼가강 유역에서 추방된 독일 여자였어. 전쟁 직후에 결핵으로 죽었어. 처음에 애를 보육원에 집어넣었는데 거기서 슬픔을 맛봤어. 어느 날 페다가 저 아이를 찾아갔어. 아이 엄마가 코칸트*에 있는 페다의 어떤 기관에서 일했었어. 페다가 한 번 가서 만나고 오더니, 두 번째 가서는 집으로 데려온 거야. 저 아이는 우리집에 아주 잘 어울리지. 아주 잘 어울려……"

메데야는 말없이 바라보며 듣고 있었다. 다섯째 날 그녀는 점심을 먹고 나서, 레노치카가 갈랴가 살았던 입구에 면한 작은 곁방으로 수프 접시를 가져가는 것을 보았다.

---

* 우즈베키스탄 동부에 있는 도시.

메데야의 눈길을 포착하고 레노치카가 해명했다.

"무샤가 거기 있어. 갈랴의 여동생이야."

"무샤?" 한 번도 그 이름을 들어보지 못한 메데야가 놀랐다.

"그래, 무샤. 몸이 마비된 불쌍한 여자야. 딸이 모시기를 거부해서 갈랴가 데려왔어." 레노치카가 대답했다. 메데야는 그 즉시 아르미크 티그라노브나가 먹여 살리던 몸이 마비된 여자를 떠올렸다. 스테파냔 부부는 독일에 주문해서 청동관으로 만든 안락의자에 그녀를 앉히고 약 십 년 동안 크림으로 스위스로 데리고 다녔다. 다른 손이 주는 음식은 먹으려 하지 않았기 때문에, 아르미크 티그라노브나가 직접 그 말 못하는 말라빠진 노파를 먹였다……

어떻게 모든 것이 반복된단 말인가……

'신이 그들을 늘 부유하게 해주실 거야.' 지금의 가족의 물질적 안정을 결코 부유하다고 해서는 안 되었지만, 메데야는 언뜻 생각했다. '그 누구도 레노치카처럼 가진 것을 베풀 줄은 몰라.'

레노치카는 메데야가 결국 보지 못한 무샤를 먹이고 나서는 곧장, 돌마*를 만들려고 지난해에 준비한 포도나무 잎사귀 반 통을 왜 버렸는지 갈랴를 야단치러 달려갔다…… 생기로운 새 잎들이 메데야의 머리 위에서 하늘거렸고, 그녀는 미소 지었다……

마침내 아무다리야강** 하류와 아랄해로 떠났던 시찰을 마친 표도르가 누쿠스***에서 전화해 곧 도착한다고 알렸다.

---

* 소금물에 발효시킨 포도나무 잎에 양념한 쌀을 얹고 말아서 찐 요리.

** 우즈베키스탄과 투르크메니스탄의 국경지대를 흐르는 강.

*** 우즈베키스탄 카라칼파크 자치공화국의 수도.

'잘됐어. 표도르를 보고 집에 가자. 그래, 부활절에 맞춰 가야겠네.' 메데야가 결정했다.

그러나 표도르는 종려주일 전날인 라자로의 토요일*이 되어서야 한낮에 도착했다. 자동차가 툴툴대는 소리가 들려서 슈리크가 쏜살같이 대문을 열러 달려갔지만, 표도르는 이미 마당에서 걸어오고 있었다. 빨갛게 그을린 생기로운 얼굴이 시골풍의 하얀 모자 밑에서 빛났다. 슈리크가 그의 가슴에 날아가 목을 안았다. 표도르는 하얀 정수리에 키스하고 아이를 떼어놓았다. 그는 아이의 머리에 손을 얹고 정원을 가로질러 걸었다.

"아빠 왔다!" 창에서 레노치카가 마치 그가 이 주가 아니라 이 년 동안 집을 비웠던 것처럼 낭랑한 목소리로 고함쳤다.

메데야가 간이침대에서 다리를 내리고 채 일어서지도 못한 사이 표도르가 양팔로 그녀를 일으켜 아이같이 꼭 안았다.

"누이, 잘했어, 잘 왔어!"

메데야는 그의 머리카락과 몸 냄새를 들이마셨다. 거의 잊었던 아버지의 작업용 셔츠 냄새가 났다. 그 냄새가 좋은 사람은 거의 없겠지만, 모든 것을 간직하는 메데야의 기억에는 값진 선물이었다.

모든 것이 정확히 메데야가 오던 날 아침처럼 표도르 주위에서 분주히 돌아갔다. 그를 태우고 온 운전사가 대문을 열고 차에서 짐을 내렸다. 꾸러미들과 자루들을 끄집어냈는데, 풍요로운 선물이었다. 레노치

---

* '종려주일'은 기독교에서 예수가 예루살렘에 입성할 때 군중의 환영을 받은 일을 기념하는 날. 매년 부활절 전 일요일로, 이날부터 7일간은 그리스도의 고난을 기념하는 고난 주간이다. 종려주일 전날인 '라자로의 토요일'은 라자로의 부활을 기념하는 날.

카가 곧장 소금에 절인 거대한 철갑상어에 달려들었다. 슈리크는 그녀 곁에 서서 물고기의 사악한 낯짝을 조심스럽게 손가락으로 건드리고 있었다. 레노치카가 미리 남편의 도착에 대비했지만 철갑상어가 정신을 어지럽혀서, 그녀는 나타샤에게 갈랴와 함께 식탁을 차리라고 시키고는 커다란 물고기에 달라붙었다. 근시인 그녀는 칼로 무장하고 얼굴을 갈리놓은 철갑상어 배에 파묻었다.

또한 이름이 표도르인 운전사는 마흔 정도 된 잘생긴 사람으로 화약에 얼굴이 검게 그을려 있었다. 그가 바닥이 안 보이는 탐험용 '가지크'*에서 상표가 없어 뭔지 불분명한 병들이 든 상자를 들어냈다.

표도르는 식탁에 앉아 조금 먹고 많이 마셨고, 육중한 손을 메데야의 어깨에서 떼지 않은 채 책임자다운 확신에 찬 목소리로 자신의 최근 여행에 대해 이야기했다.

표도르의 부관과 나이가 지긋한 친구 둘과 젊고 예쁜 그리스 여인 마리야가 왔다. 마리야는 전후의 정치적 망명자로, 메데야가 살면서 처음 만난 진정한 코린트 여인이었다.

슈리크와 파블리크는 아이들이 앉는 식탁 자리에 조용히 앉아 있었고, 레노치카는 여름 부엌에 갔다 마당에 있는 화로에 갔다 하며 바삐 돌아다녔다. 상표가 없는 병들에는 값싼 코냑을 떠올리게 하는 독하고 자극적인 무언가가 들어 있었지만, 메데야는 그 술이 입맛에 맞았다. 표도르는 커다란 은잔으로 술을 마셨고, 벌겋게 그을린 생기로운 얼굴이 점차 무거운 자줏빛으로 변했다.

* 소련 시기 1952년에서 1973년까지 생산된, 사륜구동 오프로드 차량.

그다음 게오르기의 동급생 둘이 들러서 그들 또한 식탁에 앉혔다. 자기 원칙에 충실한 레노치카는 뜨거운 음식이 식으면 곧장 치우고 새 음식을 치켜든 양손에 들고 날랐다.

여정 내내 작은 회색 빵조각으로만 끼니를 때우던 장대한 여행을 겨우 얼마 전 끝낸 메데야는 풍요로운 식탁에 진심으로 기뻐했지만, 표도르도 그랬던 것처럼 음식에 거의 손을 대지 않았다. 사순절 주간*이었다. 아주 어릴 때부터 금식에 단련된 메데야는 자발적으로 기쁘게 금식 주간을 맞았을 뿐 아니라, 심지어 어쩐지 이 기간에 항상 더 강건해졌다. 반대로 젊을 때부터 의무적인 금식 때문에 고통받았던 레노치카는 중앙아시아로 떠난 후부터는 교회를 다니지 않은데다, 사순절도 더는 지키지 않았다.

메데야는 이 모든 것을 아주 잘 알고 있었지만 어떤 원인 모를 우울증이 이따금 레노치카를 엄습했는지도 알고 있었고, 그 원인을 레노치카가 교회에서 멀어진 것에서 찾고 있었다. 그것은 그들의 편지 주제 중 하나이기도 했다. 그들 둘 다 충분히 교육받은 여자여서 인간의 정신적 삶이 결코 교회와의 상호관계에 국한되지 않음을 이해했지만, 메데야는 자신에게는 교회의 삶만이 유일하게 가능하다고 받아들이고 있었다.

"내 많지 않은 지혜와 고집 센 성격으로 볼 때, 나한테는 말이야." 전쟁이 시작되기 오래전, 주임 사제가 하를람피의 동생 디오니시였던 작은 그리스 교회가 문을 닫아 러시아 교회에 다니기 시작했을 때, 메

* '수난절'이라고도 하며, 부활절 이전 주일을 제외한 40일의 기간.

데야는 레노치카에게 편지했다. "교회의 규율이 필요해. 만성질환자에게 주는 약 같은 거야. 내 삶의 행복은 소박하고 보기 드물게 성품이 좋았던 사람인 엄마가 내게 믿음을 가르쳐주신 거야. 엄마는 의심을 몰랐어. 내게도 사람들이 저마다 해결해야 할 필요는 전혀 없는 철학적인 문제들과 무익하게 싸울 필요가, 살면서 단 한 번도 없었어. 삶, 죽음, 선과 악의 문제들의 전통적인 기독교적 해결에 나는 만족해. 훔쳐선 안 되고, 죽여선 안 돼. 악을 선으로 만들 상황이란 없는 거야. 망상이 보편적인 현상이 되어가는 것은 우리와는 전혀 무관해."

레노치카에게 살인과 도둑질의 유혹은 제기되지 않았다. 그녀에게는 좀더 연약한 여자라면 쓰러져버렸을 테지만 그녀는 감당했을 뿐 아니라 즐기기도 했던 살림과 집안의 어려움만 있었다.

가족이, 집이 커졌다. 레노치카는 조라의 동급생 여자아이들 중 누가 그의 아내가 될 수 있을까 가늠해보며 관심 있게 보곤 했다.

그리하여 미래의 아이들이, 양자 슈리크와 보이지 않는 무샤가 그랬듯이 그녀의 가족을 보태줄 것을 약속하며 이미 그녀의 삶을 들여다보고 있었다. 집에 받아들여진 그 사람들이 그녀의 종교였고, 메데야는 그 점을 아주 잘 이해하고 있었다.

자정이 가까워 손님들이 흩어지고 식탁이 텅 비었는데도 표도르는 여전히 메데야의 어깨에서 손을 치우지 않고 있었다.

"어때, 누이?" 그가 그리스어로 말하기 시작했다. "내 집 마음에 들어?"

"아주, 표도르, 아주 마음에 들어." 그녀가 고개를 기울였다.

레노치카가 식기를 치우고 있었다. 갈랴는 한참 전에 자라고 보냈다. 메데야는 돕고 싶었지만, 표도르가 그녀를 붙잡았다.

"앉아 있어. 혼자 다 할 거야. 내 애들 어때? 우리 피가 보여?"

그가 그리스어로 물었다. 누군가의 낯선 피와 함께 아이에게 흘러든, 바로 이 그들 공통의 피가 메데야의 얼굴을 화끈거리게 했다. 그녀가 얼굴을 더 아래로 기울였다.

"보였어. 손가락도……"

"다 알았네. 그런데 저 여자는 누이같이 성스러운 바보야. 아무것도 못 봐." 그가 느닷없이 악의에 찬 쓰라린 말을 뱉었다.

메데야가 일어나서는 대화를 끊기 위해 그에게 러시아어로 대답했다.

"오빠, 늦었어. 잘 자. 레노치카, 너도 잘 자고."

그녀는 빳빳하게 풀 먹인 홑이불을 덮고 화사한 베개를 베고 누워 오랫동안 잠들지 못하고, 오래된 말들과 순간적인 시선들과 침묵들을 연결하고 있었다. 모든 것을 하나로 잇고 나서 메데야는 산드로치카의 마지막 아이의 비밀이 그녀를 제외하고는 누구에게도 비밀이 아니었다는 것을, 모든 정황으로 볼 때 레노치카조차 알고 있었지만 온갖 수다에도 불구하고 그녀에게는 말을 아꼈다는 것을 깨달았다. 그러나 레노치카가 그렇게 속이 트인 사람이었단 말인가? 자기 아이들의 반쪽 형제를 집에 받아들인다는 사실을 알았단 말인가?

'현명한 레노치카, 위대한 레노치카.' 메데야는 생각했다. '그 사실에 대해 알고 싶어하지도 않는구나……'

예기치 않은 발견이 메데야를 잠 못 들게 했다. 두 친구가 그것에 대해 말을 꺼내면 한층 더 가까워지게 될 것이었다.

창밖이 밝아오고 새들이 노래하기 시작해서, 메데야는 조용히 교회

갈 채비를 시작했다. 그녀는 어려서부터 종려주일을 아주 좋아했다.

그녀는 고스피탈나야 거리에 있는 교회에 일찍 당도했다. 예배 한 시간 전이었고, 심지어 문도 닫혀 있었다. 대신 시장은 벌써 소란스러워서, 그녀는 멀거니 이쪽저쪽 보며 시장통을 걸었다.

상인 중에 여자는 거의 없었다. 두꺼운 할라트를 입은 우즈베크 남자들이 장사판을 벌여놓고 있었다. 대신 손님들은 전부 여자들, 주로 러시아인들이었다. 메데야의 눈에 비친 타슈켄트는 대체로 완전히 러시아 도시였다. 우즈베크 사람들은 도착한 날 역에서, 그리고 시장에서만 보였다. 러시아적인 도심에서 지냈기 때문에 그녀는 옛 타타르의 크림을 통해, 특히 바흐치사라이를 통해 잘 알고 있던 아시아적 질서를 가진 옛 도시에는 끝내 가보지 못했다.

'몽땅 다 때려부쉈네.' 그녀는 생각했다. '거대한 러시아 지방 도시가 됐어.'

메데야는 시장을 한 바퀴 돌고 나서 다시 교회로 갔다. 교회는 이미 열려 있었다. 하얀 스카프를 써서 뚱뚱한 토끼처럼 보이는 노파가 교회 헌금함 곁에서 빈둥거리고 있었다. 헌금함 위에는 유리잔이 놓여 있고, 진회색 갯버들 가지 몇 개가 들어 있었다.

"아하! 여기서도 자라는구나." 메데야는 기뻐했다.

그녀는 4분의 1절지 두 장을 쥐고 한 장에 '영원한 안식을'이라 쓰고 나서 익숙한 순서에 따라 이름들을 적기 시작했다. 사제 디오니시, 사제 바르폴로메이, 하를람피, 안토니다, 게오르기, 마그달리나…… 살아 있는 다른 가족의 이름은 다른 종이에 '건강을……'이라는 말 아래에 적었다.

바로 이곳에서 커다랗고 반듯한 철자로 친지들의 이름을 쓰며, 그녀는 늘 똑같은 상태를 체험했다. 그녀가 강을 따라 흘러가는 것 같은데, 그녀의 앞에는 삼각형 모양으로 흩어져서 그녀의 형제자매들과 그들의 젊고 어린 아이들이 있고, 뒤에는 그와 같은 부채꼴이지만 가벼운 잔물결 속으로 사라지는 훨씬 더 긴 모양으로 그녀의 죽은 부모와 조부들, 한마디로 그녀가 이름을 알고 있고, 그 이름이 흘러간 시간 속에서 사라져간 모든 조상이 있다. 그녀는 살아 있고 죽은 이 모든 무수한 사람들을 기억 속에 간직하는 것이 조금도 힘들지 않았다. 그녀는 이름 하나하나 주의깊게 쓰며, 얼굴을, 모습을, 만약 그렇게 표현할 수 있다면, 그 사람의 취향을 기억 속에서 떠올리고 있었다……

서두르지 않고 그 일을 하고 있는데, 레노치카가 그녀를 찾아왔다. 그녀가 메데야의 어깨를 건드렸다. 둘은 키스했다. 레노치카가 양옆을 둘러보았다. 교회 사람들은 불쌍했다. 노파들은 저토록 볼썽사납다.

닳아 해진 더러운 옷과 늙고 병든 몸의 냄새가 피워놓은 향의 달콤한 냄새를 뚫고 확연하게 풍겨오고 있었다. 나란히 서 있는 노파에게서는 고양이 냄새가 났다……

'과연 티플리스에서도, 계단 길을 따라 올라가던 솔루라키의 작은 아르메니아 교회에서도 저렇게 궁핍하고 비참한 모습이었던가?' 레노치카는 생각했다. '어릴 때는 참 예쁘고 장엄했었는데. 할머니는 아름답게 차려입으셨지. 부드러운 턱밑에 매는 비단 끈 달린 자줏빛 벨벳 모자를 쓰셨고. 엄마와 여동생 아나이트는 밝은색 원피스를 입고 교회에 모인 사람들 앞쪽에 서 있었어. 빛바랜 벽에 유일하게 걸린 리프시메와 가야네* 이콘을 마주하고 말이야. 초와 향과 꽃 냄새가 났었는

데……'

환성이 울려퍼졌다. "왕국은 복되도다……" 예배가 시작되었다.

레노치카는 눈을 감고 머리를 숙인 채 굳건히 서 있던 메데야를 바라보았다. 그녀는 자세를 바꾸지 않고 발을 바꾸어 디디지 않으며 오래 서 있는 기교를 발휘하고 있었다.

'바다 한가운데 있는 바위같이 서 있네.' 레노치카는 다정한 마음으로 그녀에 대해 생각하고는, 갑자기 메데야의 운명에, 그녀의 쓰디쓴 외로움에, 몹쓸 놈의 자식 없는 박복함에, 기만과 배신의 죄에 눈물을 흘렸다…… 그러나 메데야는 전혀 그런 것에 대해 생각하지 않았다. 세 노파의 떨리는 목소리가 '행복의 계명'을 노래했다. 갑자기 레노치카에게 새로운 눈물이 밀려왔다. 이미 메데야가 아닌 모두의 삶을 애통해하는 눈물이었다. 잃어버린 조국과 돌아가신 부모와 전선에서 살해당한 아들의 생생한 살가움의 느낌이 열 배는 커져 섞인 날카로운 체험이었고, 덧없는 자기 생각이 아닌 신의 밝은 말씀이 일순간 가슴을 가득 채운 완전한 자기 망각의 행복한 순간이었다. 그녀는 심장이 터질 것만 같아서 속으로 말했다. '주여, 십보라**를 데려가셨듯이 나도 데려가소서. 내가 여기 있나이다!'

그러나 그런 일은 전혀 일어나지 않았다. 그녀는 쓰러져 죽지 않았다. 반대로 날카로운 행복의 순간이 지나고, 예배가 이미 절반에 도달해 있었다. 사제가 그녀가 어려서부터 외우고 있던 말들을 우물우물했다.

레노치카는 갑자기 갑갑해졌다. 다리가 무겁고 마음도 피로했다. 나

---

* 아르메니아 정교회의 순교 성인.

** 모세의 아내.

가고 싶은 마음이 굴뚝같았지만, 메데야 앞이라 불편했다.

사제가 잔을 들고 나섰다. "하느님에 대한 두려움과 믿음으로 나서시오." 그러나 아무도 나서지 않아, 그는 제단으로 물러갔다.

메데야가 십자가에 입을 맞출 때까지 간신히 기다린 끝에 레노치카는 성당을 나왔다. 그들은 서로 축일을 축하했고, 엄숙하고 약간 차갑게 키스했다.

메데야는 자신이 당한 쓰라린 모욕에 대해서는 아무 말도, 단 한 마디 말도 하지 않았다. 죽을 때까지 그들은 다정한 편지를 주고받으며, 꿈과 추억과 언뜻 스치는 생각에 대해 말할 것이었고, 새 아이의 탄생과 새 요리법에 대해 알려줄 것이었다……

사흘 후 메데야는 떠났다. 표도르가 어떻게든 누이를 붙잡으려 했지만, 그녀의 눈에 어린 조용한 단호함을 보고는 비행기표를 사 주고 성수요일*에 그녀를 공항으로 데려갔다.

메데야는 생전 처음 비행기를 탔지만, 그 일에 완전히 무심했다. 어서 집에 가고 싶었다. 레노치카는 그녀가 조바심 내는 것을 느끼며 약간 마음이 상하기까지 했다. 이제 메데야의 배낭 밑바닥에 놓인 편지는 더는 조금도 속을 태우지 않았다. 비행기가 모스크바에 내려앉고 나서, 메데야는 심페로폴행 비행기를 기다리며 여덟 시간을 브누코프 공항에서 보냈다. 그녀는 산드로치카에게 전화하지 않았다. 결코 하지 않을 것이었다.

* 고난주간의 수요일로, 유다가 예수를 팔아넘길 계획을 세운 날.

13

5월 5일 메데야의 집에서 부분적인 교대가 일어났다. 아침에 니카가 카탸와 아르툠을 데리고 떠나고, 점심 후에 리투아니아 사람들이 왔다. 심장병을 방치하다가 삼 년 전에 죽은 메데야의 남동생 디미트리의 아들 그비다스가 아내 알도나와 병이 있는 아이 비탈리스를 이끌고 왔다.

몸이 마비된 아이는 계속 고통스러운 경기를 일으켰다. 몸을 비틀며 움직였고, 거의 말을 하지 못했다.

아들의 병에 짓눌린 그비다스와 알도나는 해결될 수 없는 고통스러운 질문 앞에서 영원히 얼어붙어버렸다. 무슨 죄를 지어서?

그들은 매년 이른봄에 여기에 다녀갔다. 해수욕 시즌이 시작될 때까지 이 주가량 메데야의 집에 머문 다음, 그비다스는 아내와 자식을 수다크로 데려가서 전에 독일인들이 살던 지역의 바닷가에 있는, 메데야의 친구 폴랴 아주머니의 안락한 아파트를 세내어 그들을 지내게 했다. 그는 7월 중순에 다시 나타나서 더위를 피해 그들을 시원한 발트해 연안으로 데려갔다.

비탈리스는 바다를 끔찍이도 사랑했고, 물속에 있을 때만 행복감을 느꼈다. 그리고 또 그는 리자와 알리크를 사랑했다. 그들은 그가 소통하던 유일한 아이들이었다. 그가 겨울 몇 달 그들을 기억했는지는 말하기 힘들었지만, 그들과 헤어졌다 다시 만나는 날이 그에게는 축일이었다.

어른들이 아이들에게 비탈리스를 맞을 준비를 시켜서, 아이들은 선한 의도로 가득차 있었다. 리자는 가지고 있는 개와 곰 무리 중에서 선물하기에 가장 좋은 동물을 골라놓았다. 알리크는 비탈리스에게 부수게 할 모래성을 쌓았다. 알리크가 짓고 비탈리스는 부수고, 그러면 둘이서 기뻐하던 놀이였다.

마샤는 리투아니아 사람들을 위해 좀더 큰 푸른 방을 비워주고 사모냐의 방으로 옮겼다.

마샤 자신은 아침부터 혼란스러운 영감의 상태에 처해 있었다. 그녀는 말과 시구에 압도당해 그것들을 간신히 기억에 붙들고 있었다. 점차 형체를 이루어갔다. '은혜 위에 쌓이는 은혜같이, 비같이, 눈같이, 믿음의 비밀같이, 우리가 제어할 수 없는 모든 것같이, 가늠할 수 없는 것도 받아들여라……' 이것이 지금까지 있었던 전부였다.

동시에 완전히 별개로 마샤는 참고 참다가 끝내 엄마가 떠나자 곧 울음을 터뜨리고만 리자를 달랬다. 그러고는 아이들을 먹이고 잠자리에 눕힌 다음 더러운 식기를 내버려둔 채 커튼이 드리운 사모냐의 방에 누웠다. 그녀는 몸을 웅크리고 어제저녁 있었던 모든 일을, 여자 바텐더의 금빛 재킷도, 다이얼을 돌리던 부토노프의 동작도 거듭 떠올렸다.

이미 그때 행군중에 우연히 스친 그의 첫 손길이 그녀의 팔을 불태워 열이 났을 때, 몸이 어떻게 반응했었는지도 떠올렸다.

'운명의 한 지점이야. 다시 운명의 지점이 닥친 거야.' 그녀는 생각했다. '첫 지점은 일곱 살 때 부모님이 아침에 차를 몰고 모자이스코예 대로로 나섰던 때였고, 열여섯 살 때 알리크가 워크숍에서 다가왔을 때가 두번째 지점이었던 거야. 그리고 이제 내 나이 스물다섯. 삶의 변화. 운명의 전환. 오래전부터 그를 기다렸어. 예감했었어. 소중한 알리크. 모든 사람 중 이해할 수 있을 유일한 사람. 불쌍한 알리크. 다른 누구도 아닌 그가 운명을 이해하고 운명을 느끼는 거야…… 난 아무것도 할 수 없어. 돌이킬 수 없어. 내가 도울 수 있는 건 없어……'

또한 누구도 그녀를 도와줄 수 없었다. 그녀에게 운명의 느낌은 있었지만, 간통의 경험은 없었다.

'……사랑은 손님이고 주인이네, 말 도둑이고 말이네, 한낮의 서늘함이네, 한밤의 불길이네……' 그리고 그녀는 잠이 들었다.

저녁에 늘 하던 대로 모였다. 니카와 그녀의 기타가 있던 자리에 콧수염이 붉은 그비다스-그로밀라와 남자의 얼굴에 미장원에서 만 여성적인 머리 모양을 한 그의 아내 알도나가 근엄하게 앉았다.

게오르기와 나란히 자리한 노라. 드문드문 이어지는 긴장된 대화. 있는 것만으로도 어떠한 교제도 매끄럽고 편안하게 만들던 니카가 아쉬웠다. 메데야는 만족스러웠다. 그비다스가 평소처럼 리투아니아에서 선물들을 가져왔고, 그 외에도 집을 수리하라고 상당한 액수의 돈을 메데야에게 쥐여주었다.

지금 그와 게오르기는 물을 끌어올 방안을 논의하고 있었다. 아랫마을에는 수도가 있었지만, 많은 세월 약속해왔는데도 윗마을로는 끌어다주지 않았다. 여기에는 집이 많지 않았고, 모두 오래된 우물이나 물탱크에 물을 실어 와서 보관해 쓰고 있었다. 게오르기는 펌프장을 확신하지 못했다. 물이 위쪽까지 도달할지 의문이었다.

알도나는 푸른 방 문 앞에서 비탈리스가 자고 있는지 들어보려고 자주 부엌에서 나갔다. 보통 그는 밤새 여러 번 비명을 지르며 잠을 깨곤 했는데, 지금은 힘든 여정 뒤에 잘 자고 있었다.

마샤는 대화에 끼지 않았다. 열시가 지났다. 그녀는 아직도 부토노프가 들를 거란 희망을 잃지 않고 있었다. 노라가 일어난 것을 보고 그녀는 기뻐했다.

"바래다줄까?"

게오르기가 말을 하다 말고 퍼뜩 생각이 나서 말했다.

"마시, 내가 바래다줄게."

"어쨌든 좀 걷고 싶어." 마샤가 일어섰다.

그들은 크랍추크 부부의 집 쪽으로 말없이 한 줄로 걸어갔다. 뒤쪽 쪽문 곁에서 걸음을 멈추었다. 노라의 작은 집 안은 어둡고 조용했다. 타냐는 자고 있었다. 노라는 일찍 자리를 떠난 것이 아쉬웠다. 게오르기는 그녀에게 뭔가를 말하려는 참이었지만 정확히 뭘 말할지 몰랐고, 게다가 마샤가 방해했다.

마샤는 크랍추크 씨네 셋집과 헛간과 별채와 테라스를 다 둘러보았지만, 빛이 보이는 곳은 주인집뿐이었다.

"아다 아주머니한테 들렀다 갈게……"

마샤가 주인집 문을 두드리고 들어갔다. 아다는 레카미에 부인*의 자세를 잡고 장밋빛 젖가슴을 드러낸 채 텔레비전 곁에 반쯤 누워 있었다.

"어, 마시, 어쩐 일이니? 들어와. 네가 안 보인다 했다. 니카는 들렀는데, 넌 오만해…… 아이고, 어쩜 그렇게 말랐니!" 아다가 못마땅한 투로 말했다.

"늘 이래요, 48킬로그램……"

"……빼뿐이네." 아다가 콧방귀를 뀌었다.

마샤는 자기 모스크바 친구가 6월 1일부터 방을 쓸 수 있는지 협의하고, 미하일 스테파노비치가 그녀를 마중하러 심페로폴에 갔다 올 수 있는지 물었다.

"내가 어떻게 알아? 남편 일정이 있지. 네가 직접 물어봐라. 헛간에서 숙박 손님하고 뭘 가지고 옥신각신하는지 모르겠다…… 잘 시간이 됐는데 저 사람들은 거기서……"

모든 지역 주민처럼 아다는 아주 일찍 잠자리에 누웠다.

마샤가 헛간으로 다가갔다. 문이 약간 열려 있었다. 못으로 벽에 박은, 긴 줄에 매달린 램프가 그리는 빛의 타원 안에 머리 두 개가 기울어져 있었다. 미하일 스테파노비치와 부토노프였다.

"응, 왜?" 고개를 돌리지 않고 미하일이 물었다.

* 나폴레옹 시대 프랑스 사교계를 지배했던 여성으로, 사제지간이었던 두 화가 다비드와 제라르가 그린 초상화로도 유명하다.

"미샤 아저씨, 차 좀 여쭐려고요……"

"아, 너구나……" 그가 놀랐다. "아다인 줄 알았다……"

부토노프가 그녀 쪽을 빛에서 어둠 속으로 바라보았는데, 마샤는 그가 그녀를 알아보았는지 아닌지 알 수 없었다. 그녀가 빛으로 나와서 미소 지었다.

그의 입이 꽉 다물어져 있었고, 고무줄로 묶지 않은 머리 타래 두 개가 늘어뜨려져 있었다. 그가 검은 오일로 번들거리는 손등으로 머리카락을 치웠다. 그의 눈은 아무것도 말하지 않고 있었다.

마샤는 놀랐다. 그 사람이 맞아? 어제 달빛에 덴 자국은 그녀의 꿈인가?

그녀는 왜 왔는지 잊어버렸다. 사실은 왜 왔는지 알고 있었다. 그를 보기 위해서다. 손길을 느끼고, 속성상 입증할 수도 반증할 수도 없는, 일어난 사실의 증거를 얻기 위해서다.

"너한테 무슨 차가 필요한 거냐?" 미하일 스테파노비치가 묻자 마샤는 정신을 차렸다.

"심페로폴에 가서 친구를 데려와야 해서요."

"언제?"

"6월 1일이요. 아저씨 집 손님방에 묵을 거예요."

"흐음!" 미하일 스테파노비치가 신음소리를 냈다. "1일까지 살아야겠네. 그때 가서 다시 말해라."

마샤는 부토노프가 무슨 말을 하지 않을까, 아니면 그녀 쪽을 바라봐주지 않을까 계속 기다리며 꾸물거렸다. 그러나 그는 눈을 찌푸리고 금속을 보며 꼭 맞는 티셔츠에 감싸인 어깨를 움직이고 있었다. 그는 머리를 들지 않았지만 속으로 웃었다. 고양이 엉덩이에 불이 활활 붙었구나!

"좋아요." 마샤가 속삭이고는 나오다 헛간 벽에 몸을 기댔다.

"모터는 전혀 이상 없는데요, 스테파니치." 부토노프의 목소리가 들렸다.

"내가 말하잖았나." 그가 대답했다. "내 생각에는, 전기가 딱 문제네."

'나를 몰라봤나? 아니면 알아보고 싶지 않은 건가?' 이것에도 저것에도 동의하지 못하는 마샤는 괴로웠다. 다른 제3의 것은 아무것도 머리에 떠오르지 않았다. 어둠이었다. 어제의 미친 달은 다른 산들과 언덕들을 비추고 있었다. 다른 연인들이 달의 극장의 빛 속에서, 얼어붙은 마그네슘의 섬광 속에서 뛰놀았다.

그녀는 간신히 눈물을 참으며 집을 향해 갔다. 하다못해 어제 모든 것이 일어난 바로 그 장소의 현실성만이라도 확신하려고 짧은 오솔길로 가지 않고 '배꼽'을 거쳐갔다…… 이 일들이 정말 일어났던 것인가? 그럴 수 있단 말인가…… 한 사람에게는 운명의 전환을, 벼랑을, 하늘이 갈라지는 걸 의미했는데, 다른 사람은 일어난 일도 그저 도무지 깨닫지 못한단 말인가……

그녀는 '배꼽' 한가운데에 튀르키예식으로 다리를 꼬고 앉았다. 그녀의 왼손은 땅을 짚었고, 오른손은 하루 밤낮을 여기에 놓여 있었던 그녀 자신의 체크무늬 손수건을 짚었다. 풀 먹인 손수건이 꼬깃꼬깃해져 있었다. 어제의 사건이 실제로 일어났었다는 증거였다. 그녀는 마침내 울음을 터뜨리더니, 조금 울고 나서 자기 생각과 느낌 전부를 운을 이룬 다소 짧은 구절들로 옮기는 많은 해에 걸친 습관에 따라 중얼거리기 시작했다. "없앨 수 있는 것은 다 없애겠네. 나를, 너를, 무심과 근심을, 사랑의 노동에 대한 도취를, 냉철한 삶의 깊은 잠을……"

말하고 싶었던 바와 조금 다른 구절이었다…… "없앨 수 있는 것은 다 없애겠네. 망각을, 의식불명을, 그리고 기억을……"

아무것도 분명해지지 않았지만 조금 가벼워졌다. 그녀는 손수건을 주머니에 집어넣고 집으로 갔다. 모두 잠든 지 오래였다. 그녀는 아이들 방에 들어갔다. 줄무늬 커튼 때문에 온통 약하게 흔들리는 빛과 어둠의 흐름에 잠겨 있었다. 아이들은 자고 있었다. 알리크가 잠에서 깨지 않은 채로 또박또박 물었다.

"마샤?" 그러고는 알아들을 수 없는 무언가를 중얼거리기 시작했다.

마샤는 옆방인 사모냐의 방에 누웠다. 발도 닦지 않고 불도 켜지 않았다. 잠이 오지 않고, 시구들이 만들어지지 않았다. 니카가 떠나서 자신의 새로운 체험을 나눌 사람이 아무도 없음을 유감스러워한 후, 마샤는 탁상용 램프를 켜고 쌓아둔 책 중에서 가장 너덜너덜한 것을 집었다. 마음을 달래주는 디킨스였다.

이내 그녀는 가볍게 창문을 두드리는 소리를 들었다. 어두운 커튼을 걷자, 작은 창을 부토노프가 가로막고 있었다.

"문 열래, 창문 열래?"

"넌 창문으로는 못 기어들어와." 마샤가 대답했다.

"머리만 들어가면, 나머지는 어떻게든 해보지 뭐." 불만스러운 듯한 목소리로 부토노프가 대답했다.

마샤가 딸깍 소리를 내며 창문 자물쇠를 열었다.

"기다려, 탁자 치울게."

부토노프가 기어들어왔다. 그는 침울했다. 단 한 마디 말도 하지 않았다. 그가 양손으로 그녀를 꼭 끌어안았을 때, 그녀는 약하게 "아!" 했을 뿐이었다.

그녀가 촉각에 반응하는 모습은 꼭 로스카 같았다. 하늘이 다시 열렸다. 거기로 들어가는 문은 전혀 그녀가 파스칼이나 베르댜예프*나 계피 냄새가 밴 동방의 지혜의 책장을 뒤적거리며 부지런히 의식적으로 찾았던 곳에 있지 않았다.

이제 마샤는 조금도 힘들이지 않고 쉽게, 시간은 없고 지상이 아닌 공간이 있을 뿐인 곳에 다다랐다. 예리한 빛으로 빛나는 산악의 공간. 물리적 법칙의 온갖 강제로부터 해방된 움직임을 지닌 공간. 비상과 유영의 공간. 행복에 녹아내린 몸의 외적이고 내적인 표면이라는 유일한 현실의 경계 바깥에 남은 모든 것이 완전한 망각에 처한 공간.

투박하고 속된 질문을 들었을 때, 그녀는 그의 팔뚝 피부에 입술을 찍으며 마지막 산봉우리에서 천천히 미끄러져 내려가고 있었다.

"담배 없어?"

"있어." 연약한 발로 마룻바닥에 착륙하며 마샤가 대답했다.

그녀는 발로 더듬거렸다. 바닥 어딘가에 담뱃갑이 놓여 있었다. 발에 닿는 느낌으로 담뱃갑을 찾아서 손을 뻗었다. 담배에 불을 붙여 그에게 건넸다.

"사실 담배 잘 안 피워." 뭔가 자신에 대한 내밀한 것을 알려주듯 그가 말했다.

---

* 사회주의 혁명 후 추방된 20세기 러시아 사상가.

"네가 올 거라고 생각 안 했어. 날 쳐다보지도 않았잖아." 그녀가 두 번째 담뱃불을 붙이며 대답했다.

"화가 났었어. 뭐하러 발을 질질 끌고 거기 나타나. 참을 수가 없어." 그가 간단하게 해명했다. "자고 싶어. 갈게."

그가 일어서서 옷을 입었다. 그녀가 커튼을 젖혔다. 날이 밝아오고 있었다.

"문으로 내보내줄 거야, 아니면 창문으로 기어나가야 해?" 그가 물었다.

"창문." 마샤가 웃음을 터뜨렸다. "그게 가까울 거야."

……비탈리스의 놀이는 아주 유아적이었다. 손에 잡히는 것은 뭐든 땅에 던졌다. 그래서 알도나는 항상 유리그릇이 아닌 에나멜 그릇을 그의 것으로 준비해두고 있었다. 그는 즐겁게 장난감을 망가뜨리고 책을 찢었고, 그러면서 가는 소리로 웃었다. 가끔 발작적인 공격성이 그를 덮쳐서, 작은 주먹을 꽉 쥐고 휘두르며 악에 차서 소리쳤다.

아이는 탄생으로 주변 사람들의 삶에 많은 불화를 일으켰다. 그비다스는 자기 어머니 아우시라와 깊은 반목 상태에 있었다. 그녀는 나이가 한두 살 많은 것도 아닌데다 첫 결혼으로 얻은 아이까지 딸린 알도나에게 그가 때 이르게 장가드는 것 자체를 반대했다. 그비다스는 어머니의 고집 때문에 오랫동안 결혼을 미뤘다. 그러나 알도나가 치료할 수 없이 아픈 아이와 함께, 그건 첫 순간부터 결정된 것이었다, 산부인과에서 나오자마자 그는 곧장 결혼했다. 아우시라는 심지어 아이를 보지도 못했다.

아픈 아이에 대해 건강한 아이가 지닌 의심스러운 이점을 이 년 동안 참던 알도나의 큰아들 도나타스는 '저주받은 게'라고만 불렀던 동생에 대한 은밀한 질투에서 점차 공공연한 적의로 옮겨갔고, 급기야 아버지에게로 거처를 옮겼다. 얼마 후에는 아버지의 새 가족에 적응하지 못하고 카우나스*에 있는 친할머니에게로 이사했다.

불쌍한 알도나는 그것도 견뎌내야만 했다. 미리 먹을거리와 장난감들이 든 배낭을 꾸려두고 일주일에 한 번 일요일 그녀는 첫 기차로 카우나스에 가서 마지막 기차로 돌아왔다. 리투아니아 농장의 삶과 추방의 삶과 과부의 삶이 안긴 많은 비애를 가진 예전 시어머니는 말없이 식료품을 받곤 했다. 어깨가 떡 벌어진 잘생긴 도나타스는 기쁨이나 탐욕으로 빛나는 눈의 광채를 감추며 엄마의 손에서 값비싼 장난감들을 취했고, 따분한 4점과 3점이 반반인 가지런한 공책들을 보여주었다. 그녀는 그와 함께 수학과 리투아니아어를 공부했고, 그러고 나서 그가 그녀를 쪽문까지 배웅했다. 더 멀리는 할머니가 보내주지 않았다.

알도나는 아이를 그비다스와 함께 남겨두고 무거운 느낌으로 빌뉴스를 떠났고, 카우나스를 떠날 때는 무거운 심장이 함께했다. 가장 비통한 것은 자신이 도구에 불과하다는 느낌이었다. 모두가 그녀의 근심과 노동, 그녀의 노력을 필요로 하고 있었다. 그녀의 사랑과 그녀 자신은 아무에게도 필요 없었다. 작은아이에게 그녀는 여전히 먹여주고 따뜻하게 해주는 자궁이었고, 큰아이는 오직 선물을 위해 그녀를 참아주는 것 같았다.

이곳 크림 땅에서 사랑에 크게 실패한 후 그녀에게 장가든 그비다스

---

* 리투아니아 제2의 도시.

는 그녀를 내적 관심 없이 늘 똑같이 부드럽게 대했다.

"정말 너무 리투아니아식이네." 화를 내는 드문 순간에 그녀는 그에게 말했다.

"달리 어떡해, 알도나? 달리 우리는 살 방도가 없어. 리투아니아식으로만 가능한 거야." 그가 확고히 말했다. 그러자 튜턴 민족의 피가 흐르는 토박이 리투아니아 여자인 그녀는 갑자기 평소와 다른 감정으로 타올랐다. '그루지야 여자나 아르메니아 여자, 아니면 하다못해 유대인 여자라도 됐으면!'

그러나 그녀는 고통을 덜어주는 행복한 통곡도, 손떨림도, 괴로움에서 해방해주는 기도도 부여받지 못했다. 오직 인내, 농부의 돌 같은 인내뿐이었다. 그녀는 농학자이기도 해서, 비탈리스가 태어나기 전에는 온실 농장의 책임자였다. 아이가 태어난 첫해에, 익숙한 초록의 위안을 상실한 그녀는 몹시 괴로워하며 희망 없는 장애아의 어머니가 되는 법을 열심히 배웠다. 작은 침대에 내려놓으면 약하게 이 가는 소리를, 전혀 비인간적인 소리를 내는 사팔뜨기 어린 것을 품에서 떼어놓지 않았다.

두번째 해 이른봄에 그녀는 종이컵에 흙을 채워 모종을 키우고 창 밑에 텃밭을 만들었다. 그녀가 손가락들을 땅에 쑤셔넣으면, 과도한 인내와 긴장으로 인해 생겨나던 모든 사악한 전류가 화살 모양의 파와 장미 모양의 무잎이 박힌 갈색의 푸석푸석한 모래 이랑 속으로 흘러내렸다. 쓴 채소들이 그녀의 이랑들 위에서 특히 싹을 잘 틔웠다……

당시 그들은 이미 빌뉴스 교외에 있는 다 짓지 못한 집으로 이사했다. 그비다스는 건축이 시작되기도 전에 높은 울타리를 세웠다. 작은 불구자를 겨눈 이웃들의 눈을 견딜 수 없었다.

그비다스는 건축에 정열을 다 쏟아부었다. 집이 예쁘게 잘 지어졌고, 이 집에서 삶은 조금 가벼워졌다. 이 집에서 비탈리스는 두 다리로 일어섰다. 걷는 법을 배웠다고 할 수는 없다. 움직이기 시작했고 앉은 자세에서 일어서기 시작했다는 것이 더 정확한 말이다.

바닷가에 머문 이후 아이의 상태가 또 호전되어, 그비다스와 알도나는 집을 다 지은 후에도 휴양이라는 어리석은 일을 이유로 집을 버려두기가 어려웠지만 매년 가는 크림 순례를 그만두지 않았다.

어린 불구자의 죽은 할아버지인 디미트리도 포함하여, 수십 명의 어린아이가 메데야의 손을 거쳐갔다. 그녀의 손은 8파운드의 갓난쟁이부터 토실토실한 돌배기에 이르기까지 아이 몸무게의 변화무쌍한 느낌을 알고 있었다. 갓난쟁이는 편지봉투 더미와 담요와 기저귀 뭉치보다 가벼웠고, 아직 걷는 법을 배우지 못해서 하루 동안 돌보다보면 팔이 아픈 돌배기는 무게가 많이 나가는 자루 같았다. 그런 다음 어린 뚱보가 조금 자라서 걷고 뛰는 법을 배웠고, 삼 년 후 대단치 않은 몇 킬로그램 몸무게가 불어서 달려오다 목에 매달리면 다시 솜깃털 같았다.

열 살 때 아이가 심하게 앓기 시작해서 열이 나고 발진이 돋은 채 정신을 잃고 누워 있었을 때는 다시, 들어서 다른 침대로 옮겨 눕힐 수 없을 정도로 무거웠다……

다른 사람의 아이들을 돌보며 메데야는 또다른 작은 발견을 했다. 네 살 때까지 아이들은 다 바쁘고 총명하고 아주 매혹적이었는데, 네 살부터 일곱 살까지 눈에 띄지 않는 중요한 뭔가가 일어나서, 학교 입학 전 마지막 여름 메데야에게 보고하기 위해서인 것처럼 부모들이 미래의 시콜라 학생을 어김없이 크림으로 데려왔을 때는 어떤 아이들은 의심의 여지 없이 영원히 똑똑했고 다른 아이들은 한평생 멍청했다.

메데야는 산드로치카의 아이 중 세료자와 니카를 영리한 아이로 규정했고, 마샤는 의문이었다. 레노치카의 아이 중에서는 영리한데다 매력적이기까지 한 아이가 전선에서 죽은 알렉산드르였다. 게오르기도 나타샤도, 메데야의 견해에 따르면, 그런 자질을 지니지 못했다. 하지만 메데야는 선함과 좋은 성격을 못지않게 높이 평가했다. 니카가 늘 인용하던 메데야의 말이 있었다. "지혜는 어떤 결점이라도 덮는다……"

바로 이번 시즌에 메데야의 가슴은 특히 비탈리스를 향해 있었다. 그가 시노플리 가문에서 가장 막내였다. 양자 슈리크의 아들은 이 주 후 아파나시 시노플리의 모습으로 세상에 나올 예정이어서 아직은 셈에 넣지 않았다.

저녁마다 메데야는 비탈리스를 자주 품에 안고는, 아이의 등을 자기 가슴에 꼭 붙이고 작은 머리와 생기 없는 가늘고 작은 목을 쓰다듬었다. 아이는 쓰다듬어주는 것을 좋아했다. 아마 손길이 말을 통한 의사소통을 부분적으로 대체해주었을 것이다.

'애들을 토요일과 일요일, 이틀 얄타*에 보내야겠어.' 메데야는 속으로 결정했다. '알도나에게 식물원을 거닐게 하자. 카스텔로네서 묵으면 되고.'

메데야에게는 오랜 벗 카스텔로가 있었는데, 그는 벌써 이십 년 남

---

* 크림반도 남부 연안에 있는 도시.

짓 니키츠키식물원*에서 끝이 보이지 않는 어떤 건축 공사를 벌이고 있었다. 또 메데야는 알도나가 영원한 모성의 노예 상태에서 자신을 자유롭게 하고 저녁 늦게 그녀와 함께 앉아 그녀가 마련해둔 마가목 열매 보드카나 사과 보드카를 마시고 탄식도 했으면 싶었다. "아이고, 피곤해 죽겠네……" 푸념도 하고, 울기도 했으면 싶었다. 그러면 그때 메데야는 말없이 두꺼운 잔에 몇 번 입술을 대고 나서, 고생과 불행은 '무슨 죄를 지어서?'라는 질문이 '무엇을 위해?'라는 질문으로 바뀌도록 주어지기도 한다는 것을 그녀에게 이해시켜주고 싶었다. 그러면 그때 죄인을 찾고 자신을 변호하려는, 자기는 죄가 없음에 대한 증거를 얻어내려는 무익한 시도들이 끝나고, 잔혹하고 동정심 없는 사람들이 고안한 죄와 벌의 무게를 맞추는 법이 무너진다는 것을 이해시켜주고 싶었다. 신에게는 죄 없는 어린아이를 덮치는 그런 벌이 없다는 것을 깨닫게 하고 싶었다.

그리고 아마 메데야는 그녀에게 조용하고 사소한 말들로 정의롭지 못해서가 아니라 삶 자체의 속성 때문에 일어나는 삶의 다양한 사건에 대해 이야기해줄 것이다. 전선에서 죽은, 레노치카의 가장 성공적인 아이 알렉산드르를 추억할 것이다. 익사한 파블리크도, 갓 태어나 메데야의 어머니와 함께 떠난 어린 계집아이도 떠올릴 것이다. 그리고 한동안 시간이 흘러 알도나의 모든 것이 어쩌면 저절로 변할 수도 있을 것이다. 그저 시간이 필요한 방향으로 흐르고 굳은살같이 단단한 습관이 몸에 박여서……

* 얄타에 있는 국립 식물원.

그러나 메데야는 대화를 먼저 시작하는 법이 없었다. 그녀에게는 초대가, 서브가 필요했고, 물론 주의깊게 들을 준비도 필요했다.

……며칠 후 아이들의 하루를 균등하지 않은 두 나절로 나누는 낮잠 후에 마샤, 노라, 그리고 알도나, 이렇게 세 어머니와 아이 넷으로 이루어진 산책조가 산책 경로와 관련해서 작은 동요의 움직임을 보이다가 병원에 닿았다. 비탈리스는 보통 등은 길로, 얼굴은 엄마 쪽을 향하도록 산책용 유모차에 태워서 다녔다. 이번에는 리자와 알리크가 유모차를 밀었다. 메데야가 창으로 그들을 보고 현관으로 나왔다.

리자가 비탈리스 앞에 쪼그리고 앉아 그의 작은 손가락들을 펴며 말하고 있었다.

"도둑 까치가 죽을 끓였네, 도둑 까치가 자식들을 먹였네……" 그러다가 그의 새끼손가락을 가볍게 흔들며 짹짹 소리를 냈다. "요놈한텐 안 줬네!"

그가 괴성을 질렀다. 우는지 웃는지 분간이 되지 않았다.

"좋아하는 거야." 늘 짓는 겸연쩍은 미소와 함께 알도나가 설명했다.

메데야가 아이들 쪽을 보고서 머리 주위에 묶은 숱을 매만지고는 한 번 더 리자를 바라보고 알도나에게 말했다.

"잘했다, 알도나, 비탈리스 잘 데려왔어. 변덕쟁이에다 응석받이인 우리 리조치카가 저렇게 애를 잘 데리고 노는구나. 애랑 더 많이 놀게 해, 모두에게 좋은 일이야." 메데야가 한숨을 쉬고 말했다. "참 불행한 일 아니냐. 다들 잘생기고 힘센 사람들만 사랑하려 하는구나…… 얘들아, 집으로 먼저 가거라. 금방 가마……" 오랜 슬픔이 담긴 말 같기도, 연민이 묻어나는 것 같기도 했다.

집 쪽으로 움직였다. 마샤가 달콤한 줄기를 가진 통통한 초록 풀을 뜯어서 씹었다. 잘생기고 힘센 사람에 대해 말하며 메데야는 뭘 염두에 둔 거지? 그녀의 밤손님을 암시한 거 아닌가…… 아니야, 메데야답지 않아. 그녀는 돌려서 말하지 않아. 말을 하든가, 아니면 입을 다물든가……

부토노프는 매일 밤 마샤에게 와서 창문을 두드리고는 좁은 창으로 탄탄한 어깨를 차례로 밀어넣었고, 좁은 방과 마샤의 육체와 영혼을 자신으로 가득 채웠다. 그는 매번 만물이 생기로워지고 삶이 새로워지는 날카로운 느낌 속에 그녀를 남겨두며 동틀 때 떠났다…… 그녀는 깊고 짧은 잠에 빠져들었다. 잠 속에서 그는 계속 그녀와 함께 있었다. 두 시간 남짓 후에 잠에서 깬 마샤는 한없이 힘이 넘치고 그만큼 또 한없이 맥이 빠지는 꿈같은 상태로 일어났다. 아이들을 일으키고 식사를 준비하고 빨래를 했다. 모든 것이 저절로 쉽게 되었다. 다만 유리컵들이 평소보다 더 자주 깨졌고, 은도금 숟가락들도 부엌 흙바닥에 소리 없이 떨어지곤 했다.

끝맺지 못한 시구들이 거품이 이는 공간 속에서 모습을 드러냈다가 옆으로 방향을 돌려 고르지 않은 꼬리를 번득이고는 흘러갔다……

부토노프는 아주 단순한 말 이외에는 어떤 말도 하지 않았다. "이리 와…… 움직여봐…… 기다려…… 담배 좀 줘……"

그는 심지어 내일 오겠다고 말한 적이 한 번도 없었다. 어느 날 저녁 그는 메데야의 집 부엌에 왔다. 차를 마시며, 차일피일 미루다가 마침내 떠날 채비를 한 게오르기와 말을 나누었다. 마샤는 어두운 부엌 구석에 앉아 부토노프의 시선을 찾았지만, 그의 사랑스러운 얼굴 주위에, 움직임 없는 어깨 주위에 내려앉은 공기는 꿈쩍도 하지 않았다. 그는 어떠한 친밀함의 신호도 내보내지 않았다. 마샤는 절망에 다다랐다. 그가 밤마다 그녀에게 찾아오는 바로 그 사람이란 말인가? 한밤의 분신에 대한 생각이 떠오르고 있었다……

그는 게오르기와 작별인사를 하고는 그녀에게 아주 사소한 말 한마디조차 하지 않고 가버렸다. 하지만 밤에 몰래 다시 와서 모든 것이 전과 같았는데, 다만 그들이 얕아진 격정의 물가에서 쉬던 순간에 그가 말했다.

"내 진정한 첫 여자가 널 닮았어…… 곡마단 기수였어……"

마샤가 곡마단 기수에 대해 이야기해달라고 했다. 그는 미소를 지었다.

"말할 게 뭐 있겠어? 좋은 여자였어. 마른데다 오다리였지. 그 여자를 만나기 전까진 이딴 재미없는 짓거리 뭐하러 하나 생각했지. 애들 짓거리 아니냐고 말이야! 그 여자는 사라졌어. 남편이 죽인 것 같아."

"예뻤어?" 마샤가 경외심에 차다시피 해서 물었다.

"물론, 예뻤지." 그는 그녀의 얼굴에 손바닥을 올려놓고 광대뼈와 아래쪽으로 좁아지는 턱을 만졌다. "나는 말이야, 마시카, 모든 여자가 다 예뻐. 아내 빼고."

그가 떠나자 그녀는 또 오래도록 상상했다. 곡마단 기수를, 아내를, 곡마단 기수가 된 자신을……

세 개의 삶같이 거대한 세 밤과 세 몽롱한 낮이 지나고, 네번째 날 부토노프는 때아닌 때에 들렀다. 알도나는 부엌에서 점심 설거지를 하고 있었고, 마샤는 우물가에서 아이들 빨래를 널고 있었다. 그가 아래로 내려가서 평평한 돌 위에 말없이 앉았다.

"뭐야?" 마샤가 놀라서 짠 파자마를 쇠 대야에 도로 던져넣었다.

"나 떠나, 마샤. 작별인사하러 왔어." 그가 평온하게 말했다.

그녀가 경악했다.

"아주?"

그가 웃음을 터뜨렸다.

"더는 나한테 안 올 거야?"

"네가 언제고 나한테 오면 되잖아? 라스토르구예보로, 어때?" 그가 천천히 몸을 일으키더니 하얀 바지를 털고 꽉 다문 그녀의 입술에 키스했다. "뭐야, 삐쳤어?"

그녀는 말이 없었다. 시계를 보고 그가 말했다.

"좋아, 가자. 십오 분 시간 있어."

처음으로 대낮에 그들은 접시 닦는 데 정신이 팔린 알도나를 성공적으로 지나쳐서 사모냐의 방에 들어갔다. 그리고 십오 분 후 정말로 그는 떠났다.

'신들이 떠나는 것 같네…… 그 남자가 전혀 존재한 적이 없는 것 같네……' 그녀와 함께 온 방을 돌아다닌 줄무늬 매트를 끌어안으며 마샤는 생각했다. '알리크라도 빨리 왔으면……'

모든 것이 시작처럼 또 느닷없이 끝나버린 지금, 그녀에게는 얇은 종이철만 남았다. 온통 볼펜으로 휘갈겨써놓은 반 장짜리 거친 잿빛 종이들이었다. 그녀는 새로 쓴 시를 어서 알리크에게 읽어주고, 그녀에게 닥쳤던 모든 일을 바로 그에게 이야기하고 싶었다.

그 시각 알리크는 이미 수다크에 당도하고 있었고, 부토노프는 미하일 스테파노비치의 낡은 '모스크비치'*를 타고 그가 오는 쪽인 심페로폴로 가고 있었다. 알리크가 타고 온 바로 그 비행기로 저녁에 모스크바로 날아갈 것이었다.

메데야가 일터에서 돌아오다가 아랫마을에서 올라오는 알리크를 맨 먼저 보았다. 청색 차양모를 썼고, 그을리지 않은 도시인의 얼굴에 선글라스를 끼고 있었다. 조금 뒤에 아이들을 데리고 '배꼽'의 풀숲에서 산책하던 마샤도 알리크를 보았다.

"알카! 알카! 아빠 왔다!" 고함을 치며 그들이 길을 따라 아래로 내달렸다. 그는 발을 멈추고 가득찬 크지 않은 배낭을 어깨에서 내던지고는 모두를 껴안기 위해 팔을 벌렸다. 마샤가 맨 먼저 달려가서 아주 진심으로 기뻐하며 그의 목을 껴안았다. 리자와 알리크가 환호성을 지르며 깡충깡충 뛰었다.

메데야가 그들을 따라잡았을 즈음에는 배낭이 반쯤 풀어헤쳐져 있었다. 마샤는 자신에게 가져온 편지 중 하나를 뜯었고, 리자는 토피 사탕 봉지와 니카의 선물인 쥐만한 하얀 인형을 꼭 껴안았다. 어린 알리크는 새로운 놀이가 든 상자를 집어서 열었다. 아빠 알리크는 배낭에서 꺼낸 걸 다 도로 쑤셔넣으려 애쓰고 있었다.

알리크는 메데야와 격렬하게 여러 번 입을 맞추고는, 곧장 종이상자를 그녀에게 들이밀었다. 그가 평소에 가져오던 전문적인 기증품이었다.

"우리 적십자에서 당신 적십자에 전합니다."

* 1946년부터 2001년까지 생산된 소련과 러시아 자동차 브랜드.

거기에는 공급이 달리는 어떤 약들과 파스 두 통과 작년에 수다크에서 구하지 못한 일반적인 고무장갑이 들어 있었다.

"고맙네, 알리크. 와서 기쁘네."

"아, 메데야 게오르기예브나, 당신께 이런 책도 가져왔습니다." 그가 그녀의 말을 가로챘다. "깜짝 선물이에요! 아주 좋아 보이시는데요!" 그가 아들의 정수리에 손을 올려놓았다. "알카, 너는 머리 하나만큼 쑥 컸는데……" 그가 엄지부터 세 손가락을 모았다. "보기 미리 하나만큼……"

안달이 난 마샤가 발을 바꿔 디뎌가며 동동거렸다.

"빨리 좀 가자, 알리크, 그만!"

메데야가 앞으로 나아갔다. '놀랄 일이네. 마샤는 정말 남편이 와서 기쁜 모양이야. 당황하지도 않고, 죄지은 기색도 없어. 정말 걔들한테는 부부의 정절이 아무것도 아니란 말인가? 그 운동선수가 밤마다 마샤한테 온 적이 없는 것 같네…… 내가 늙은 부지깽이지 뭐……' 메데야는 속으로 미소 지었다. '내 알 바 아니잖아? 그냥 난 알리크가 마음에 들어. 사무일을 닮았어. 이목구비가 아니라, 민첩한 검은 눈이 그렇고, 생기 넘치는 모습도 그래. 악의 없는 위트도 그렇고…… 내가 유대인 취향인 모양이네. 감기나 변비에 잘 걸리는 유형이 있듯이 말이야. 특히 이런 메뚜기같이 마르고 활기찬 유형이 좋은가봐…… 하지만 어쨌든 재밌네. 이제 마샤는 저 연애질을 어떻게 관둘 거야?'

메데야는 부토노프가 이미 떠난 것을 모르고 있었고, 다른 사람들의 한밤의 일들을, 만남을, 기만을 또 보아야 하리라는 생각에 비통한 심정이었다……

‘혼란이 날 건드렸을 때, 내가 완전히 무지했던 게 얼마나 다행이야. 맙소사, 그해 여름이 벌써 삼십 년 전이네…… 어쨌든 저 행복 계명에는 잊어버리고 말 안 한 게 있어. 백치에게는 복이 있나니……’

메데야는 뒤돌아보았다. 알리크가 리조치카를 등에 업고 배낭은 손에 들고 오며, 하얀 치아를 드러내고 미소 짓고 있었다. 그는 백치와는 전혀 닮지 않았다.

14

남편 알리크는 아들 알리크와 구분해서 큰 알리크로 불렸다. 그는 키가 크지 않았다. 그들, 남편과 아내는 키가 같았는데, 마샤가 가족 중 가장 작았다는 것을 고려하면 알리크의 키는 아무래도 그의 장점에 포함되지 않았다.

그는 옷을 '아이들 세상'에서 샀고, 삼십 년 동안 버젓한 신발 한 짝 생긴 적이 없었다. 그의 발 치수에는 투박한 들창코의 사내아이용 부츠만 팔기 때문이었다.

그러나 모든 게 다 작았음에도, 그는 체격이 탄탄했고 잘생겼다. 난데없이 읽고 쓰기를 습득하고, 부모가 아이에게 철자를 보여줄까 생각하는 그때 마침 유창하게 읽음으로써 부모를 놀라게 하는, 일찍 깨치는 유대인 아이 부류에 속했다.

일곱 살에 그는 무겁기 짝이 없는 '세계사' 시리즈를 쉽없이 읽었고, 열 살 때는 천문학에, 그다음에는 수학에 심취했다. 벌써 고등학문에 도전하기로 한 그는 기계수학부 산하의 수학 학습 모임에 다녔는데, 그의 두뇌 회전이 너무나 빨라 모임의 지도교수는 어린 재능이 국립대의 제한된 유대인 정원에 포함되기가 무척 어려울 거라 예견하며 낮은 신음소리를 낼 뿐이었다.

어처구니없이 연속된 의료사고로 사랑하는 아버지에게 느닷없이 닥친 죽음은 며칠 새 알리크를 다른 길로 돌려놓았다. 세 번 부상을 입고 전쟁을 이겨낸 아버지는 맹장수술이 잘못되어 죽었다. 아버지가 복막염 때문에 죽어가는 동안, 알리크는 영재교육프로그램에는 없는 고통과 연민에 대해 뭔가를 동시에 알아갔다.

12월의 끔찍한 비를 맞으며 군악대가 연주하고 넋이 나간 어머니가 울부짖는 가운데 아버지의 장례를 서둘러 치렀다. 보스트랴코프 묘지의 질퍽대는 물웅덩이를 떠나 먀스니츠카야 거리에 있는 알리크 가족의 큰 방으로 돌아온 옛 부대 동료들과 지금의 직장 동료들은 거기서 보드카 한 상자를 다 비우고 흩어졌다. 바로 그날 저녁 감수성이 풍부한 알리크는 신념을 바꾸어, 야망에 찬 계획들과 사랑하는 두 영웅 에바리스트 갈루아*와 르네 데카르트의 전기를 섞어서 구상한 자신의 일대기를 포기하고 의학을 선택했다.

그날부터 그의 기민한 머리는 시험이 예정된 과목들, 수학의 예방주사를 맞고 나자 엄밀치 못한 절충적 학문으로 비쳤던 물리학과, 전반

* '갈루아의 이론'으로 유명한 19세기 프랑스의 천재 수학자.

적인 이론적 토대가 약한데다가 과정이 다층적이고 단일한 언어도 없어서 그에게 심한 좌절감을 안겼던 생물학을 빨아들이기 시작했다.

다행히 그는 집 곁에 있는 헌책방에서 1930년대에 발간된 토머스 모건*의 유전학 실습 교과서를 샀고, 당시 저주받은 학문으로 치부되어 그 전수자들과 함께 책형에 처해지던 유전학이 명료하게 질문을 제기할 수 있고 애매하지 않은 답을 얻을 수 있는 생물학의 유일한 분야라는 것을 독학으로 깨달았다.

금메달을 못 받고 겨우 은메달을 받았던 관계로 대학 입학은 머리 다섯 달린 용과의 싸움이었다. 전투 없이 얻은 유일한 5점은 작문 과목이었다. 알렉산드르 세르게예비치**가 그에게 우정 어린 손길을 내밀었다. '푸시킨의 초기 서정시'라는 주제는 알리크에게 하늘이 개인적으로 내린 선물 같았다.

그는 탄원 끝에 나머지 시험을 위원회에서 보았다. 그는 자신이 5점 밑으로 받아서는 안 된다는 것을 정확히 알고 있었고, 선생들 또한 누구에게 5점을 주어서는 안 되는지를 정확히 알았기 때문이었다.

그는 수학에서 받은 첫 4점을 바로 재심에 부쳤다. 의과대학에 수학과가 없었던 탓에, 위원회 위원들은 기계수학부에서 온 용병들이었다. 멍청하지 않은 대학원생들은 아이가 매우 뛰어나다는 것을 빠르게 깨달았다. 게다가 그는 특출한 인내력을 발휘해서 네 시간 동안 답을 하고는, 마침내 대답할 수 없는 질문이 주어지자 웃음을 터뜨리고 다섯 명으로 이루어진 위원회에 말했다.

---

* 염색체 유전이론을 확립한 미국 유전학자로 노벨 생리의학상을 받았다.

** 푸시킨.

"부적절한 질문입니다. 하지만 어쨌든 저는 제게 주어진 질문 중 단 하나도 시콜라 교육과정에 들어 있지 않다는 점에 주목해주시기를 요청합니다." 그는 잃을 것이 아무것도 없다는 것을 알고 있어서 단판 승부를 걸었다. "다음 질문은 페르마의 정리*가 될 것 같네요."

시험관들이 눈길을 주고받더니 한 사람이 물었다.

"그걸 공식으로 표현할 수 있어요?"

알리크가 간단한 방정식**을 쓰고는 한숨을 돌렸다.

"n이 2보다 큰 정수일 때 방정식을 만족하는 양의 정수해는 존재하지 않는다는 정리입니다. 하지만 저는 이 문제를 증명하지는 않겠습니다……"

과목 위원회 의장은 아이 녀석과 자기 자신과 그들 모두가 빠진 상황에 깊은 불쾌감을 느끼며 성적표에 5점을 적었다.

화학과 생물학의 최종 점수도 같았지만, 그런 극적인 과정은 없었다. 영어는 4점을 받았지만 그것이 마지막 시험이었고, 그는 합격 점수를 받았다는 것이 명확해서 재심을 청구하지 않았다. 지쳤다.

그의 입학에 얽힌 일화는 대학의 전설이 되었다. 모든 것이 신데렐라 이야기를 떠올리게 했다. 그의 시콜라 시절은 완전한 신체적 불능에 중독되어 있었다. 그는 학급에서 가장 작았고, 마침 나이도 가장 어렸다. 그의 지적인 장점들이 눈에 띄었다 할지라도 체육 때문에 당하는 모욕을 면해줄 수는 없었다. 그의 유년 시절 대부분이 모욕들로 인해 꺾어질 듯이 휘청거리기만 했다. 그를 데리고 다니던 하녀는 여자

* 17세기 프랑스 수학자 피에르 드 페르마가 만들어낸 정리.

** $x^n+y^n=z^n$

아이 털모자의 귀를 그의 턱밑으로 내려서 묶었다. 그 자신이 고집을 부려서 하녀가 더는 그와 동행하지 않게 되자 귀갓길을 앞두고 그는 공포에 떨어야 했다. 긴 점심 휴식 시간은 긴 곤경이었고, 학교 화장실에 들를 수가 없었다. 얼굴이 벌겋게 달아오르면 의사에게 가서 두통을 호소하고 받은 '조퇴'라는 글자가 적힌 종이를 친애하는 여선생에게 떠안기고는 집으로 날아가서 오줌을 눴다……

그는 따돌림당하는 처지를 예민하게 받아들이며, 그것이 그의 결점들보다는 오히려 장점들과 연관된 것임을 어렴풋이 짐작하고 있었다. 군 출판사의 편집 노동자였던 아버지는 자신의 열등한 유대인 신분을 평생 부끄러워했고, 훌륭한 읽기 교육 외에는 그 무엇으로도 아들을 도울 수 없었다. 이사아크 아로노비치는 훌륭한 교육을 받은 문헌학자였지만, 삶은 그가 지나간 시대의 군사작전을 지휘한 반문맹 원수들의 회고록을 감사한 마음으로 편집하던 구석으로 그를 세차게 밀쳤다.

참 이상한 일이지만, 남자와 여자 성향의 혼합이 알리크에게서 운명의 무게를 덜어주었다. 그의 첫 친구들이 여자아이들 가운데서 생겼고, 이제 성인 남자가 된 그는 확실히 여자들이 인류의 더 나은 부분을 이룬다고 줄곧 역설했다.

의과대학에서 인류의 더 나은 부분은 또한 수적으로도 우세했다. 학업의 바로 첫 몇 달부터 알리크 주위에는 그를 흠모하는 분위기가 형성되었다. 같은 학년의 여대생 중 절반은 다른 도시 출신이었다. 이 년에 걸친 의료실습과 다양한 삶의 경험을 지닌 그들은 먀스니츠카야에 있는 큰 방에서 복작거렸다. 연말에 알리크의 어머니는 노비에 체레무시키에 방 두 개짜리 아파트를 받았다. 정돈되지도 않고 채 풀지도 않은 책 다발이 사방에 널린 그 새 아파트에서 알리크의 두 여자 동급생, 소르모프에서 온 베로치카 보로노바와 크류코프에서 온 올랴 아니키나가, 우등으로 졸업한 영리하고 매력적인 의료보조원들이 알리크의 낭만적 환상을 앗아간 동시에 그를 부담스러운 동정에서 해방시켜주었다.

실습과 당직이 이미 시작된 3학년쯤부터 리넨실과 의사 휴게실과 진찰실에서 벌어진 빠르고 가벼운 결합은 밤에 모여 차를 마시는 것만큼이나 자연스러웠고, 간단한 의료행위 같은 속성을 띠었다. 알리크는 관용 시트 위에서 벌어지는 성교에 큰 의미를 부여하지 않았다. 그 시절 그의 관심을 훨씬 더 끌었던 것은 학문, 자연과학과 철학이었다.

노비예 체레무시키에서 피로고프카로 가는 길은 그에게 진정한 괴팅겐*이 되었다. 출발점이 되어준 것은 소비에트 공산당의 역사 강좌 필독서로 제시되는 레닌 동지의 저작들이었다. 그다음 그는 마르크스의 문을 두드리고 헤겔과 칸트에게 기어들어갔다가 반동으로 원류에 이르렀다. 플라톤이 좋아졌다.

그는 나선형의 독특한 방식으로 빨리 읽었다. 여러 줄이 동시에 그가 읽는 큰 한 줄을 이루었다. 많은 해가 흐른 뒤 그는 마샤에게 인지구조의 빠른 작동이 속독의 관건이라고 설명하며 어떤 도식을 그리기까지 했다.

자신의 기민한 뇌를 자유롭게 한 끝에 그는 어떤 인간-우주의 모습을 그렸고, 의과대학에 더하여 종합대학에 다니기 시작해서 벨로제르

* 독일 니더작센주의 남동쪽에 있는 오랜 전통을 가진 대학도시. 독일 철학의 중심지 가운데 하나.

스키*의 학과에서 생화학 특강을, 타루소프**에게서는 생물리학 특강을 들었다. 그는 생물학적 노화의 문제에 몰두했다. 그는 미친 사람이 아니어서 불멸을 좇지는 않았지만, 여러 생물학적 변수를 고려할 때 150세가 인간 수명의 자연적인 한계라는 추정을 내놓았다. 4학년 때 그는 명망 있는 학자 및 또 한 명의 영재와의 공동 집필로 첫 학술논문을 내놓았다.

또 일 년 후 그는 세포학의 수준이 조잡하다는 결론에 도달했지만, 분자 수준의 연구에는 지식이 부족했다. 그는 외국 학술지에서 부족한 지식을 그러모았다.

많은 해가 흘러 미국의 학계에서 독보적인 위상을 갖게 된 알리크는 정작 학창 시절이 가장 집중적인 시기였고, 학업을 마치던 마지막 해에 얻은 착상들이 평생 그의 연구의 젖줄이 되어주었다고 말하곤 했다.

바로 그해에 그는 마샤를 만났다. 그의 대학 동창생으로 금지된 시를 좋아하던 류다 린데르는, 사미즈다트***가 만개하고 있었고, 심지어 가끔 브롯스키****가 들러서 시간이 흘러 노벨상을 받게 된 자기 시를 마다하지 않고 읽어주곤 하던 아파트들과 문학 동호회들로 간혹 그를 데리고 다녔다.

어느 날 저녁 류다는 몇몇 젊은 작가들이 시를 읽던 모임에 그를 끌고 갔다. 심지어 촉망받는 시인도 한 사람 있었는데, 다른 작가들보다

---

* 러시아 분자생물학의 창시자인 소비에트 생화학자.

** 모스크바국립대학교 생물리학과 창설자.

*** 검열을 피해 지하 출판하는 행위 및 출판물.

**** 소련에서 추방된 시인으로 노벨문학상을 받았다.

먼저 마약에 빠졌다가 곧 파멸했다.

젊은 시인 중 가장 젊었던 마샤가 첫 순서였다. 사람들이 적었는데, 그런 경우 흔히 말하듯 다 자기 사람들에다, 질서 유지 책임을 겸해 당직근무중인 끄나풀도 있었다.

어느 때보다 전환의 소용돌이가 강하게 일던 때인 1967년이었다. 빵은 무가치하고, 대신 입으로 전해지고 활자로 찍힌 말이 일찍이 없던 무게를 얻었다. 사미즈다트가 이미 은밀히 땅에 구멍을 뚫고 있었다. 시냡스키*와 다니엘**이 이미 형을 선고받았고, '물리학자들'이 '시인들'에게서 격리되었다. 봉쇄구역이 아닌 곳은 동물원뿐이었다.

알리크는 시대의 흐름에 관여하지 않았다. 그는 늘 실제적인 문제보다 이론적인 문제를, 정치보다 철학을 선호했다.

푸른 눈의 마샤가, 짧게 자른 검은 머리 결 허공에서 자주적이고 다소 우스꽝스러운 삶을 살던 가녀린 손을 가진 마샤가 고요한 파토스에 차서 시를 읽고 있었다.

알리크는 그녀에게 할당된 삼십 분 동안 줄곧 그녀에게서 눈을 떼지 못하다가, 그녀가 낭독을 마치고 복도로 나오자 류다의 귀에 대고 속삭였다.

"금방 올게……"

그러나 그는 더는 나타나지 않았다. 그는 화장실에 가던 마샤를 멈춰 세웠다.

---

* 아브람 테르츠라는 필명으로 활동했던 소련 소설가이자 비평가.

** 친구 시냡스키와 함께 해외에서 책을 출판했다는 죄목으로 수용소에 수감되었던 소설가.

"나 모르겠어요?"

마샤가 그를 주의깊게 쳐다보았지만 알아보지 못했다.

"당연하지요. 우리는 아직 모르는 사이니까요. 알리크 슈바르츠입니다. 당신께 청혼하고 싶습니다."

마샤가 궁금한 표정으로 그를 바라보았다.

"제 두 손과 심장을 당신에게 드립니다." 그는 정말 진지하게 말했다.

마샤가 행복하게 깔깔 웃어댔다. 니카에게 들어서 그토록 많이 알고 있던 것이 시작되고 있었다. 연애가 시작되고 있었다. 그리고 그녀는 완전히 준비되어 있었다.

"'마리야 밀레르-슈바르츠'는 좀 우스꽝스러운데요. 생각해보죠." 그녀가 가볍게 대답했다. 그녀는 바로 이 대화의 가벼움이 마음에 쏙 들었다.

정말로 환희가 그녀에게 밀려오고 있었다. 마침내 그녀는 니카와 동등해질 것이고, 바로 오늘 저녁 니카에게 전화로 말해줄 것이었다. "니치카, 오늘 어떤 남자가 나한테 사귀자고 했어. 괜찮아 보여. 수염이 약간 돋은 게 잘생긴 상판이야, 한눈에 봐도 똑똑해 보여……"

"다만 염두에 둘 것은," 그가 선수를 쳤다. "내가 교제할 시간이 전혀 없다는 겁니다. 하지만 오늘 저녁은 한가해요. 여기서 나갑시다."

마샤는 돌아가서 자기 순서를 기다리며 종잇장을 구기고 있던 안경잡이의 시를 들을 참이었지만 곧장 마음을 바꿨다.

"좋아요, 기다리세요." 그러고는 화장실로 갔다. 그는 그녀를 문 곁에서 기다렸다.

마샤는 서둘러 옷을 입었다. 절대로 시간을 허비해서는 안 될 것 같은 느낌이었다. 알리크가 부지중에 조급한 자기 마음을 이미 그녀에게 전염시켰다. 그는 산드로치카가 만든 우아한 얇은 외투를 그녀에게 입혀주었다.

거리는 텅 비고 어두웠다. 가장 달갑지 않은 겨울, 눈 없는 엄동이었다. 마샤는 부츠를 신지 않던 시절의 유행대로 얇은 단화를 신고 모자도 쓰지 않았다. 알리크가 뼈마디가 차디찬 그녀의 가녀린 손을 쥐었다.

"우린 항상 시간은 참 없고 할말은 많을 거야. 재미없는 말부터 먼저 해치워야겠네. 이런 날씨에는 펠트 장화를 신고 할머니 숄을 둘러도 나쁘지 않을 텐데 그래. 의사로서 하는 말이야. 그리고 네가 쓴 시 말인데," 그가 은연중 '너'로 옮겨갔다. "일부는 버려야 할 거야. 몇몇 시는 멋져."

"뭘 버려야 하는데?" 마샤가 활기를 띠었다.

"아니, 어떤 시를 남길지 말하는 게 낫겠어." 그는 방금 듣고 완전히 정확하게 기억한 시를 그녀에게 읊어주었다. "'아름답고 끔찍한, 정처없이 버려진 땅속에 유형살이처럼 우리는 갇혔네. 가을날은 빛이 넘쳐나고, 도려내는 듯한 한기가 범람하네. 구름처럼 묘지 위에 걸린 한 조각 고요. 내일의 홍수가 여무는 기만적인 인근 땅에 깃든 선율의 전조. 날카로운 단풍나무 잎들이 바스락거리며 보이지 않는 불길 속에서 타오르네. 무덤들이 장작불같이 활활 타고 있건만, 달력은 아직 없어지질 않네.' 내가 보기에 이 시는 아주 좋아."

"부모님 추도시야. 십 년 전에 차 사고로 돌아가셨어." 도대체 아무하고도 말하지 않은 것을 그에게는 얼마나 쉽게 말하고 있는 것인지 놀라며 마샤가 말했다.

"행복하게 사시다가 한날 돌아가신 건가?" 알리크가 그녀를 진지하게 바라보았다.

"이제는 이미 다른 건 아무것도 남은 게 없어. 그렇게 생각할 수밖에……"

잠자리에서 공고해지는 결혼생활이 있고, 부엌에서, 식탁용 나이프와 달걀휜자 거품기가 내는 작은 음악 소리에 맞춰 피어나는 결혼생활이 있다. 쉴새없이 집을 수리하며, 싸게 파는 다차 지을 목재, 못, 건유, 유리솜 등을 덥석 몰아서 사는 건축가 부부도 있다. 다른 결혼생활들은 영감 가득한 추문들 위에서 지탱된다.

마샤와 알리크의 결혼생활은 대화 속에서 이루어졌다. 함께한 지 구 년째였는데도 매일 저녁 그가 직장에서 돌아오면 하루 동안 일어난 중요한 일에 대해 이야기하며 수프를 식게 만들고 커틀릿을 태웠다.

두 사람 다 저마다 삶을 이중으로, 한 번은 직접적으로, 또 한번은 선택적인 설명 속에서 체험하고 있었다. 사소한 것은 빼고 개인적인 뉘앙스를 가미하기도 하면서 들려주는 이야기 속에서 일어난 일들은 약간 뒤섞였지만, 그들 둘 다 그것도 알고 있었고 심지어 서로에게 다가가며 상대방에게 특히 흥미로울 이야기를 제안하기도 했다.

"자, 당신을 위한 이야긴데," 접시에 담긴 뜨거운 수프를 천천히 저으며 알리크가 말했다. "잊어버리지 않으려고 종일 붙들고 있었네……"

이어서 아침에 지하철에서 일어난 터무니없는 다툼이나 마당에 있는 나무나, 아니면 직장 동료와 나눈 대화의 묘사가 이루어졌다. 마샤는 책갈피용 줄이 달린 오래된 책이나 작은 사미즈다트 책자를 부엌으로 가져와서 필요한 곳을 펼쳤다.

"바로 여기 내가 표시해뒀는데, 그야말로 특별히 당신을 위한 거야……"

최근 몇 해 그들은 부분적으로 역할을 바꾸었다. 전에 그는 책을 더 많이 읽고 문화적 문제들에 더 깊이 몰두했는데, 지금은 학술 연구가 지적 유희를 위한 시간을 남겨주지 않았다. 더욱이 그는 전부터 하던 '응급의료' 활동을 계속 그만두지 못했다. 그 일은 그의 전문적인 흥미의 대상이었던 것 외에도 연구실에서 일할 시간을 꽤 남겨주고 있었다.

마샤는 아침부터 저녁까지 내용이 풍부한 활동에 몰두할 수 있는 드문 아이인 아들과 함께 집에 앉아, 논문 초록지에 실을 짧은 논문들을 쓰며 많은 책을 주의깊게 열중하여 읽었다. 시도 쓰고 여러 작가에게서 뽑아낸 것 같은 애매한 텍스트들을 쓰기도 했다. 그녀에게는 자기 목소리가 나오지 않았다. 그녀는 다방면으로, 로자노프*에게도 하름스**에게도 끌렸다.

또한 여러 목소리로 쓴 그녀의 시도 두 번 잡지에 실렸지만, 왠지 지엽적이고 사소한 것으로 치부되었다. 지면에 실린 시들은 낯설고 잘 쓰지 못한 것 같았다. 게다가 오타도 두 군데 있었다. 하지만 알리크는 아주 자랑스러워하며 엄청난 부수의 잡지를 사서 온갖 사람에게 선물했다. 마샤는 하찮은 발표는 그만하고 곧장 책을 내리라 속으로 결심했다.

그들의 친밀함은 취향의 공통성에도 말투에도 유머의 색깔에도 나

---

* 러시아 종교철학자이자 작가.

** 20세기 러시아 부조리문학의 한 축을 맡았던 모더니즘 시대의 작가.

타날 정도로 드물고 충만한 것이었다. 해가 감에 따라 그들은 심지어 얼굴 표정까지 닮아가서, 노년에 들면 앵무새 부부가 될 것을 약속하고 있었다. 가끔 그들은 아직 말하지 않은 생각을 눈빛으로 알아차리고는 입을 모아 사랑하는 브롯스키를 인용했다. "그토록 오랜 세월 함께 살다보니, 다시 화요일에 1월 2일이 왔네……"

그들의 독특한 연대감을 표현하기 위해 마샤는 어떤 언어학 교과서를 뒤져서 Geschwister라는 독특한 독일어도 찾아냈다. 알려진 언어 중 어느 하나에도 그런 말은 없었다. 그것은 '오누이'를 의미했지만, 독일어의 결합 속에는 어떤 추가적인 의미가 숨어 있었다.

그들은 서로 정절을 서약하지 않았다. 반대로 결혼식 전야에 그들은 그들의 연합이 자유로운 두 사람의 연합이라는 것에, 각자 자주적인 삶의 권리를 보존하기 때문에 그들은 결코 질투와 거짓말의 치욕적인 나락으로 떨어지지 않으리라는 것에 합의했다. 결혼생활 바로 첫해에 알리크가 유일한 남자였기 때문에 가벼운 불안을 느낀 마샤는 몇몇 성적 실험을 했다. 대학 동창생, 그녀의 시를 한 번 실어주었던 청소년 잡지의 문학 관료, 그리고 그녀가 아무것도 놓치지 않았다는 것을 확인하기 위해서였던 아주 우연히 만난 사람 등이 그 상대였다.

마샤는 그 일에 대해 남편과 이야기를 나누지는 않았지만, 그해 쓴 시를 그에게 읽어주었다.

정절은 경멸스러운 것.
의무의 숨소리가 나네,
배신의 유혹이 깃드네.

하나의 사랑은 변화를 견디지 못하네,
맹세로 헛소문으로 자신을 얽어매지 않고
아무런 보상도 요구하지 않네.

무슨 말인지 알아차린 알리크는 입을 다물고 그것에서 큰 잇속을 차렸다. 마샤는 전혀 동요하지 않았다. 알리크 또한 부부로 살아온 세월 동안 우연히 닥친 어떤 경우를 만나곤 했다. 그것을 찾지는 않았지만 거부하지도 않았다.

그러나 해가 갈수록 그들은 점점 더 강하게 밀착되었고, 가족의 삶에서 계속 더 많은 장점을 발견해갔다.

결혼했다가 이혼하고 재빨리 독신자의 음란 속으로 돌진하던 동창들과 친구들을 지켜보며, 알리크는 그가 모르는 바리새인처럼 영혼 속에서 말하곤 했다. '우리는 안 그래, 우리는 올바르고 떳떳한 삶을 살고 있어. 그래서 행복해……'

그의 학문적 성취는 눈부셨다. 동료 중 그가 얻은 결과들을 평가해 줄 수 있는 사람이 거의 없을 정도였다. 어린 시절 그토록 무겁게 그를 짓눌렀고, 하늘에서 그에게 굴러떨어진 그토록 불편하고 수치스러운 유대인 신분에 의해 가중되었던 선택된 자의 상태가 세월이 감에 따라 색채를 바꾸어갔지만, 훌륭한 교육과 타고난 선량함이 동료 대다수의 볼품없는 뇌에 대한 계속 강해지는 우월감을 가리고 있었다.

미국의 저명한 학술지에 그의 첫 논문이 게재되었을 때, 그는 표지에 있는 편집진을 훑어보고 마샤에게 말했다.

"여기 노벨상 받은 사람이 네 명이야……"

마샤는 유대인이라기보다는 차라리 인도인 같은 그의 거무스름한 얼굴을 보며, 그가 높은 학문적 명예를 얻은 자기 모습을 상상하고 있다는 것을 알았다. 알리크의 생각을 읽은 마샤는 도예에 심취했을 때 쓰던 가마를 아직 가지고 있던 니카에게 시를 새겨넣은 도자기 찻잔을 만들어달라고 부탁했다. 그해 알리크는 아내에게서 생일선물로 커다란 하얀 잔을 받았다. 잔에는 굵고 짙푸른 글자로 이렇게 쓰여 있었다. "그렇게 될 거야. 너는 연미복을, 나는 이브닝드레스를 사야지. 왕이 발표를 경청할 거야. 그러고 나서 연회를 베풀 거야."

손님들은 잔에 매혹되었지만, 알리크를 제외한 누구도 암시를 이해하지 못했다.

그들 둘 다 아무리 사람이 많아도 그들의 말없는 소통을 방해받지 않는다는 데에서 큰 만족을 발견하고 있었다. 눈빛이 마주치면 생각이 교환된 것이었다……

그들은 이 주가량 보지 못했고, 지금 알리크는 깜짝 놀랄 소식을 가지고 아내에게 가고 있었다. 분자생물학 분야의 권위자인 저명한 미국 학자가 논문 발표와 강연을 위해 학술원에 왔다는 소식이었다. 그는 볼쇼이극장에 가고 일정에 따라 트레티야코프미술관에도 들른 다음, 여자 통역원에게 미스터 슈바르츠와의 만남을 추진해달라고 요청했다.

통역원은 쏜살같이 달려가서 알리고는, 방문자에게 미스터 슈바르츠가 마침 휴가중이라고 전하라는 지령을 받았다.

그러나 미스터 슈바르츠는 휴가중이기는커녕 오히려 미국인에게 어떤 학술적 질문을 하기 위해 학술대회에 왔다. 오 분 동안의 대화가 이루어졌다. 기지가 번뜩이는 미국인은, 그의 할아버지가 오데사 태생인 것과 무관치 않았다, 재빨리 상황을 파악하고 알리크에게 집 전화번호를 받아서는 저녁 늦게, 또한 나름대로 아주 기지가 번뜩이는 택시 기사에게 알리크의 한 달 치 월급에 해당하는 돈을 지불하고서 그의 집으로 찾아왔다……

이 모든 일이 마샤가 없는 가운데 일어났다. 알리크의 어머니 데보라 리보브나는 요양원에서 지내고 있었다. 미국인은 수북하게 쌓인 씻지 않은 식기와 펼쳐진 많은 책을 보고 천재와 만나고 있음을 최종적으로 확신하고, 주저 없이 알리크에게 자신과 함께 일하자고 제안했다. 보스턴에 있는 MIT였다. 기술적이긴 하나 긴요한 문제 하나가 남아 있었다. 망명이었다. 이 소식을 가지고 알리크는 아내에게 가고 있었다. 그들 둘 다 이야기하고 싶어서 완전히 안달이 나 있었다……

당시 지식인 집단 내에서 망명은 가장 첨예한 주제 가운데 하나였다. 사느냐 죽느냐, 떠나느냐 마느냐, 그래, 하지만 만일…… 아니야, 그런데 갑자기…… 가정이 무너지고 친구 관계가 끊겼다. 정치적, 경제적, 이데올로기적, 윤리적 동기들…… 떠나는 과정 자체가 너무나 복잡하고 고통스러웠다. 때로는 오랜 세월이 걸렸고, 결단력을, 용기가 아니면 절망을 요구하고 있었다. '철의 장막'에 난 공식적인 구멍은 오직 유대인에게만 열려 있었다. 유대인이 아닌 사람도 그것을 이용하기는 했다. 선택받은 민족을, 만약 약속의 땅이 아니라면 하다못해 이 애굽 땅에서 멀리라도 가도록 통과시키기 위해 홍해가 다시 물을 갈랐다.

"출애굽기에 보면," 알리크가 '소비에트연방의 유대인 족장'이라고 부르던 그의 가까운 친구 레바 고틀리프가 소리 높여 말했다. "모세가

60만의 남자를 이끌고 애굽을 탈출했다고 했어. 하지만 애굽에 남은 사람들이 얼마인지는 말해놓은 데가 없어. 남은 자들은 그저 존재하기를 그친 거지. 1933년에 독일을 떠나지 않았던 사람들은? 그 사람들은 어디 있냐고?"

그러나 알리크는 민족적 삶의 관점에서 바라본 자기 삶에는 전혀 관심이 없었다. 그에게 주된 가치는 학문적인 창조활동에 있었다. 물론 그는 그 모든 대화를 듣고 심지어 냉정한 이론적 어조로 대화에 참여하기도 했지만, 그의 흥미를 끌던 것은 사실 세포 노화뿐이었다.

미국의 제안은 그의 작업의 효율성이 증대될 것임을 그에게 의미했다.

"내 생각에, 한 300퍼센트." 일어난 일을 마샤에게 다 이야기하며 그가 가늠해보았다. "세상에서 가장 좋은 설비에다 시약 문제도 없을 거야. 연구실 조수들도 있고, 게다가 당신하고 나는 어떤 물질적 곤란도 겪지 않을 거야. 알카는 하버드를 다니게 될 거 아냐? 나는 완전히 준비됐어. 마샤, 당신 결정에 달렸어. 음, 그래, 물론 엄마도. 엄마는 내가 설득할게……"

"언젠데?" 그와 같은 사태의 국면 전환에 전혀 준비가 안 된 마샤는 이렇게 물을 뿐이었다.

"이상적인 경우에는 반년 후야. 우리가 곧장 서류를 제출한다면 말이야. 아주 오래 질질 끌 수도 있고. 그게 제일 걱정이기도 해. 일을 곧장 관둬야 하니까 말이야. 안 그러면 소장이 곤란해져." 그는 이미 모든 것을 염두에 두고 있었다.

'이 주 전만 해도 저 제안은 날 환희에 빠뜨렸을 텐데.' 마샤는 생각했다. '오늘은 그런 건 생각조차 할 수가 없네.'

알리크는 마샤가 열린 전망에 기뻐하길 영혼 깊이 바라서, 지금 우물거리는 그녀의 모습이 당혹스러웠다. 그는 합리적이고 의미 있는 그들의 집의 세계가 크리스털로 된 맨 꼭대기부터 비천한 맨 아래까지 금이 갔다는 것을 아직 모르고 있었다. 마샤 자신도 그걸 완전히 깨닫지는 못했다.

그다음 마샤가 알리크에게 새로 쓴 시를 읽어주었다. 그는 그녀를 칭찬하고 질적 새로움에 대해 말했다. 새롭고 날카로운 관계 속에서 얻은 발견에 대한, 타인 속에서 찾은 독특한 모습의 완전성에 대한, 새로운 삶의 경험에 대한 마샤의 뜨거운 고백을 받아들였다. 온 세상을 덮고 있던 얇은 막이 벗겨진 것 같아. 풍경의 막도, 얼굴의 막도, 익숙한 감정의 막도……

"이 일을 다 어찌해야 할지 모르겠어." 마샤가 남편에게 하소연했다. "사회통념의 관점에서 보면, 바로 당신에게 내가 이 모든 걸 말하는 건 아마 끔찍할 거야. 그렇지만 나는 당신을 그토록 믿는걸. 당신은 나한테 제일 가까운 사람이고, 이 일에 대해 당신하고 말하는 것만이 의미가 있는걸. 당신과 나는 가능한 한도까지 한몸이잖아. 하지만 그래도 앞으로 어떻게 살지 모르겠어. 당신은 떠나자고 하는데. 그래야겠지……"

그녀는 약간 오한이 났다. 얼굴이 달아오르고 동공이 확장되어 있었다.

'참 잘도 때를 맞췄네.' 결론을 내린 알리크가 부엌에서 코냑 반병을 가져와서, 잔에 술을 따르고 너그러이 말을 끝맺었다.

"그래, 당신한텐 꼭 필요한 경험인데 뭐. 당신은 시인이잖아. 결국 그게 시의 질료가 되는 거 아냐? 이제 당신은 성적인 정절보다 더 지고한 정절의 형태도 있다는 걸 알잖아. 난 전에도 이걸 알았어. 당신과 나 둘 다 연구자야, 마센카. 분야가 다를 뿐이지. 지금 당신은 나름의 어떤 발견을 하고 있는 거야. 난 그걸 이해할 수 있어. 그러니까 당신을 방해하지 않을 거야." 그가 다시 잔에 술을 따랐다.

코냑은 옳게 처방된 약물이었다. 이내 마샤는 그의 어깨에 얼굴을 묻고 중얼거리기 시작했다.

"알카, 당신은 지상에서 가장 뛰어나…… 가장 좋은 사람이야…… 당신은 내 요새야…… 원하면, 당신 가고 싶은 데로 가자……"

그리고 그들은 껴안고 위안을 얻었다. 그들이 선택받은 부부임을 믿었고, 알고 지내던 다른 부부들보다 그들이 우월함을 확신하게도 되었다. 온갖 자잘한 망신거리로 가득한 일상의 풍경이, 욕실 문을 잠그고 잽싸게 벌이는 짝짓기가, 보잘것없는 일상의 거짓과 천박함이 다른 부부들의 몫이라면, 그들, 마샤와 알리크는 완전한 솔직함과 깨끗한 진실을 가진 것이다.

사흘 후 알리크는 마샤를 아이들과 빨래와 시의 곁에 남겨두고 떠났다. 필요한 돈을 알리크가 가져왔기에, 그녀는 크림에서 한 달 반 더 지낼 것이었다.

그가 떠나고 이틀 후 마샤는 첫 편지를 썼다. 부토노프에게였다. 뒤이어 두번째, 세번째 편지도 썼다. 편지 사이사이 그녀는 또 자기가 보기에 아주 마음에 든, 절망에 찬 짧은 시들도 썼다.

그사이 부토노프는 그녀의 편지를 순서대로 우체통에서 꺼냈다. 그가 마샤에게 라스토르구예보의 주소를 남긴 것은, 아내 올랴가 딸을 데리고 친구의 아카데미 다차로 떠나던 여름 한 철 그는 보통 하모브니체스카야 거리에 있는 아내의 아파트가 아닌 라스토르구예보에서 지냈기 때문이었다. 단 한 번도 부토노프는 아내에게 비밀을 숨기는 것에 대한 생각으로 불안해하지 않았다. 올랴는 호기심이 없는 여자여서 다른 사람의 편지를 열어보지 않을 것이었다.

마샤의 편지들은 부토노프를 몹시 놀라게 했다. 편지는 역으로 왼쪽으로 기울어진 작은 필체로 쓰였고, 여백에는 곳곳에 그림이 있었다. 그 무엇에도 아무 상관이 없는 그녀의 어린 시절 이야기들이 적혀 있었고, 이름 모르는 어떤 작가들의 말을 인용한 부분도 있었다. 모호한 암시도 많았다. 게다가 봉투 안에는 시가 적힌 고르지 않은 회색 종잇장들이 별도로 들어 있었다. 부토노프의 추측대로 그녀가 직접 쓴 시들이었다. 그는 시들 중 하나를 온갖 것에 대한 식견을 갖추고 있던 이바노프에게 보여주었다. 그는 느낌이 이상한 목소리로 소리 내어 시를 읽었다.

"사랑은 영혼의 노동. 하지만 육체도 이 노동에 관여하네. 너는 손을 맞잡네. 얼마나 큰 행복인가! 영혼의 온기와 육체적 격정의 하얀 열기의 온도는 눈금이 같네."

"발레리, 어디서 난 거야?" 이바노프가 경탄했다.

"여자가 써 보낸 거야." 부토노프가 어깨를 으쓱했다. "좋아?"

"좋아. 어디서 뽑아낸 것 같은데. 어딘지 모르겠네." 이바노프가 전문가다운 판단을 내놓았다.

"그럴 리 없어." 부토노프가 확신에 차서 반박했다. "다른 사람 걸 베낄 여자가 아니야. 확실히 직접 쓴 거야."

그는 별반 다르지 않은 남방에서의 연애를 이미 잊었는데, 이 사랑스러운 여자는 그에게 과도하게 큰 어떤 의미를 부여하고 있었다. 전에 부토노프는 누구에게도 편지를 받아본 적이 없었고, 그 자신이 편지를 쓰지 않았다. 이번에도 답장할 마음이 없었는데, 편지는 계속 왔다.

마샤는 수다크에 있는 우체국에 다녀오곤 하다가 계속 답장이 없자 몹시 괴로워했다. 급기야 그녀는 견디다못해 모스크바에 있는 니카에게 전화해서는, 라스토르구예보에 가서 부토노프에게 무슨 일이 생긴 게 아닌지 알아봐달라고 부탁했다. 왜 그는 그녀에게 답장하지 않는 거야? 니카는 눈코 뜰 새 없이 바쁘다고 짜증을 내며 거절했다.

마샤는 화를 냈다.

"니카, 너 뭐야, 미쳤어? 지금까지 살면서 처음 하는 부탁이잖아! 넌 분기마다 한 번씩 연애하면서, 난 그런 거 한 번도 없었잖아!"

"빌어먹을! 내일 갈게." 니카가 동의했다.

"니카, 제발! 오늘! 오늘 저녁에 가!" 마샤가 애원했다.

이튿날 아침 마샤는 다시 아이들을 끌고 수다크에 갔다. 산책하고 카페에 가고 아이스크림을 먹었다. 니카에게 전화가 되지 않았다. 집에 없었다.

바로 그날 저녁 알리크는 병이 났다. 열이 오르고 기침이 시작되었다. 평소 아이가 앓던 천식 기관지염이었다. 그 때문에 마샤는 알리크와 함께 크림에 두 달씩 머물기도 했다.

마샤는 일주일을 꼬박 아이 곁에 붙어 있다가 여드레째 되는 날에야 겨우 수다크에 닿았다. 그녀에게 온 편지는 여전히 없었다. 사실, 알리크에게서 온 편지가 있었다. 니카는 곧장 전화를 받았다. 니카는 상당히 딱딱하게 보고했다.

"라스토르구예보에 갔다 왔고, 부토노프 만났고, 편지 받았는데 답장 안 했대."

"답장한대?" 마샤가 어리석은 질문을 했다.

"내가 어떻게 알아?" 니카가 울화통을 터뜨렸다.

그 무렵 그녀는 라스토르구예보에 벌써 여러 번 갔다 왔다. 처음 갔을 때 부토노프는 놀랐다. 그들의 만남은 가볍고 유쾌했다. 니카는 정말 마샤의 지시만 수행하려 했지만, 절반만 수리된 그의 큰 집에 남아서 밤을 보내게 돼버렸다.

부토노프는 두 해 전 어머니가 죽은 뒤 집수리를 시작했다. 그러나 어쩐지 일이 진척되지 않아, 수리된 반쪽이 반쯤 허물어진 반쪽과 놀라운 대조를 이루고 있었다. 거기에는 나무상자와 일찍이 증조할아버지 때부터 남아 있던 투박한 농민 가구가 쌓여 있고, 집에서 짠 헝겊 조각이 온통 나뒹굴었다. 그곳, 무너진 반쪽에 니카는 재빨리 그들의 둥지를 만들었다. 이미 아침이 되어 떠나며 그녀는 실제로 그에게 물었다.

"근데 너 왜 답장 안 하는 거야? 걔가 속상해하잖아."

부토노프는 비밀이 탄로나는 것은 두려워하지 않았지만, 그를 책망할 때는 좋아하지 않았다.

"난 의사지 작가가 아니야."

"노력해봐." 니카가 충고했다.

니카는 상황이 재미있었다. 마시카가, 그렇게 똑똑할 수가 없는 애가 저런 단순한 톱장이에게 사랑에 빠졌다. 니카 자신에게는 마침 아주 잘 맞았다. 그녀는 이혼 진행중이었다. 남편은 끔찍하게 행동하며 뭐든 그녀에게 요구했는데, 아파트를 둘로 나누자고까지 했다. 그녀의 환승 애인은 모스크바에서 최고위 연출가 과정을 마치고 떠났고, 영구불변의 코스탸는 이혼에 대해 알게 되고부터 지체 없이 부부생활을 시작하려는 바로 그 진지한 태세로 짜증나게 하고 있었다.

"그렇게 꼭 써야 하는 거라면 네가 써." 부토노프가 투덜댔다.

니카가 깔깔대기 시작했다. 재미있는 제안이었다. 마시카의 열기가 가라앉게 될 때, 두 사람은 이 모든 일을 두고 얼마나 웃을 텐가!

15

가을, 11월의 축일 즈음 메데야는 은퇴했다. 은퇴한 삶의 첫 시기에 그녀는 일로부터 해방된 시간을 여름 시즌 동안 믿기지 않을 정도로 빨리 낡은 누비이불 수선으로 때울 생각이었다.

새 공단도 실패에 감긴 좋은 실도 상자 가득 미리 장만했다. 그러나 바로 첫날 저녁 탁자 위에 누더기가 된 이불을 펴놓고 보니 꽃이 빛바랜 배경을 떠나 흘러가고 대신 불룩하게 도드라진 다른 꽃이 가볍게 흔들리며 흘러오고 있었다.

열이 난다. 메데야가 깨닫고 꽃의 흐름을 멈추기 위해 눈을 감았다. 다행히도 마침 전날 트빌리시에서 니노치카가 와 있었다.

메데야가 결혼 직전에 앓았던 것과 똑같은 병 같았다. 그렇게 애를 태우며 그토록 다정하게, 그토록 떨리는 사랑으로 사무일이 그녀를 보살폈었다. 후에 그때를 근거로 사무일은 이렇게 말하곤 했다. "다른 사람들은 허니문을 갖지만, 나와 메데야는 꿀 같은 병을 가졌었지."

극심한 오한과 황량한 반半의식불명 상태 사이사이 복된 평안이 메데야에게 내려왔다. 그녀는 사무일이 지금 서투르게 양손에 잔을 쥐고, 생각보다 잔이 뜨거워서 느낀 아픔에 눈이 약간 휘둥그레진 채 옆방에서 그녀의 방으로 들어올 것 같았다.

그러나 사무일 대신 희미한 어둠 속에서, 세인트존스워트*와 녹고 있는 꿀 향기가 나는 니노치카가 마르고 넓적한 양손에 컷글라스 잔을 쥐고 모습을 드러냈다. 윤기 없는 검고 깊은 눈이 사무일의 눈 같았다. 메데야는 그녀를 아주 오래 기다린 것 같고, 이제 마침내 그녀가 계시로서 자신에게 내려왔다는 짐작이 들었다. 그들의 딸 니노치카, 그녀가 늘 알고 있었지만 무슨 이유인지 오랫동안 잊었던 사무일과 그녀, 메데야의 아이. 이제야 기억이 떠오른 것이다. 얼마나 큰 행복인가…… 니노치카가 그녀를 베개에서 조금 일으키고 향긋한 음료를 마시게 했다. 그녀가 무언가를 말했지만, 마치 외국어인 듯 의미가 분명히 와닿지 않았다. '그래, 그래, 그루지야 말이야.' 메데야가 기억을 더듬었다.

그러나 억양이 너무도 풍부하고 너무도 선명해서, 얼굴과 손의 움직임 하나로, 또한 음료의 맛으로도 모든 것이 이해되고 있었다. 또 놀랍게도 니노치카는 메데야가 원하는 바를 추측해서 심지어 그녀에게 부탁하려는 마음이 들려는 찰나에 커튼을 쳤다 걷었다 했다……

* '성 요한의 풀'이라는 뜻을 가진 허브의 한 종류.

트빌리시에 사는 메데야의 친척은 그녀의 두 자매, 언니 아넬랴와 부모가 죽고 나서 아넬랴가 키운 동생 아나스타시아에게서 나왔다. 아나스타시아에게서는 독신에 정신이 약간 이상한 것 같은 아들 로베르트가 남았다. 메데야는 한 번도 그와 연락을 주고받지 않았다.

아넬랴는 아이를 낳지 못했다. 니나와 티무르는 입양한 아이들이어서, 트빌리시의 친척들은 다 접붙인 가지였다. 그 아이들은 아넬랴의 남편 라도의 친조카였다. 라도의 동생 그리골과 그의 아내 슈잔나는 어리석고 불행한 짝이었다. 그는 장인匠人의 권리를 위해 싸우는 열렬한 투사였고, 그녀는 공산당에 경도된 도시의 미친 여자였다.

트빌리시 음악원 교수로 첼로를 가르치던 음악가 라도 알렉산드로비치는 동생과 아무런 공통점이 없었고, 1920년대 중엽부터 그와 연락을 끊고 지냈다.

1937년 5월의 이른아침 라도와 아넬랴는 조카들을 처음 보았다. 한밤에 부모가 체포된 후 먼 친척 여자가 그들을 집에 데려왔다.*

성격의 주조나 운명의 실현을 위해 똑같은 사건이 반복된다는 일반적인 법칙의 부분적인 경우일 뿐인, 유명한 쌍의 법칙이 아넬랴의 삶에서 완벽하게 작동했다. 아나스타시아가 결혼해서 집을 떠난 지 정확히 십 년이 지나서, 이제 운명은 그들 집에 새로운 고아를, 이번에는 둘을 데려왔다.

아넬랴는 벌써 마흔이 넘었었고, 라도는 그녀보다 열 살이 많았다. 그들은 이미 시들고 메말라서, 젊은 부모의 운명이 아니라 평화로운

---

* 1937년은 스탈린의 '대숙청'이 시작된 해.

노년을 준비하고 있었다. 구상한 노년은 성공하지 못했다. 방치되었던 아이들이 좀 좋아지자마자 전쟁이 시작되었다. 라도는 힘든 시절을 살아내지 못하고 1944년에 폐렴으로 죽었다.

아넬랴는 한때 부유했던 집의 잔해로 생계를 꾸려가며 아이들을 자립시켰다. 그녀는 1957년에 완전히 미친 슈잔나가 유형에서 돌아온 직후 죽었다. 이미 젊은 여인이 된 니나는 사랑하는 계모 대신, 악의와 지도자에 대한 편집증적인 충성으로 가득찬 애꾸눈이 하르피이아*인 친모를 얻었다. 벌써 이십 년 동안 니나는 그녀를 돌보았다.

니나가 메데야의 집에서 보내기로 예정했던 사나흘은 여드레로 바뀌었고, 메데야가 일어나 걸을 정도가 되자 그녀는 곧바로 트빌리시로 떠났다.

메데야의 병은 완전히 떠나지 않고 관절에 달려들었다. 메데야는 이제 민간요법으로 자신을 치료했다. 양배추 잎이나 밀랍, 아니면 커다란 양파를 삶아 안에 붙인, 낡은 털실로 짠 두꺼운 무릎 보호대를 한 그녀는 평소의 가벼운 움직임을 완전히 잃고 힘든 걸음으로 집안을 다녔다. 이불을 꿰매며 앉아 있는 시간이 더 많았다.

그 와중에 그녀는 니노치카에 대해, 그녀의 미친 어머니에 대해, 순회공연중인 극단과 함께 9월 한 달을 트빌리시에서 보낸 니카에 대해 곰곰이 생각했다. 니노치카가 조심스러워하며 했던 이야기들로 판단컨대, 니카 자신이 멋진 순회공연을 벌였다……

'부질없는 생각이야.' 메데야는 하던 생각을 멈추고, 젊을 때 늙은

* 그리스신화에 나오는 날개 달린 정령으로 여자의 머리와 날카로운 발톱을 달고 있는 새.

디오니시가 그녀에게 가르쳐준 대로 했다. 세속적인 생각이 너를 옥죄며 놓아주지 않거든, 그것과 싸우지 말 것이며 생각을 주께 맡기고 기도하라……

'불쌍한 슈잔나, 주여, 그녀를, 그녀가 벌인 끔찍하고 어리석은 일들을 용서하소서. 그녀의 마음을 가볍게 하소서. 그녀로 인해 니노치카가 겪는 고통을 보게 하소서…… 니노치카를 도우소서. 온순하고 인내심 강한 아이니, 주여, 그 아이에게 힘을 주소서…… 온갖 악에서 니카를 지키소서. 그토록 선하고 그토록 생기 넘치는 아이가 위험하게 돌아다니고 있으니, 주여, 그 아이에게 분별을 가르치소서……'

다시 그녀는 니카가 트빌리시의 유명한 배우 집안에 큰 소동을 일으켰다는 니노치카의 이야기를 떠올렸다. 생기 넘치는 니카가 윤이 나는 모습으로 깔깔대며 온 도시가 보는 앞에서 떠들썩한 연애를 벌였고, 온통 검은색 차림인 불쌍한 배우의 아내는 질투심에 활활 불타올라 밤마다 쏜살같이 남편 친구들을 찾아다니며 부정한 남편을 범죄의 현장에서 덮치리라는 희망으로 닫힌 문을 밀고 들이닥쳐서 결국 덮쳤다고 했다. 깨진 접시에다 창문 뛰어넘기에다 통곡에다 격정에다 완전한 난장판.

가장 놀라운 것은 아직 10월이었을 때 메데야가 니카에게 받은 짧은 편지였다. 그녀는 여행과 극단이 거둔 큰 성공에 대해 썼고, 심지어 그녀의 무대의상에 대한 별도의 기사들이 있었다고 자랑하기까지 했다.

"그렇게 유쾌하고 기쁜 게 얼마 만인지 모르겠어요." 그녀는 편지를 이렇게 끝맺었다. "모스크바에는 끔찍한 날씨에다 결말을 모르고 질질 끄는 남편과의 이혼. 어디든 햇살이 좀더 많은 다른 곳에서 살 수만 있다면, 세상 모든 걸 포기해도 좋아요."

날씨와 관련해서 니카는 전적으로 옳았다. 8월부터 벌써 여름이 끝나더니 곧장 늦가을이 시작되었다. 나무들이 마땅히 노랗게 물들 새도 없어서, 세차게 내리는 차가운 비에 나뭇잎이 완전히 푸르른 채로 땅에 떨어졌다. 트빌리시에서 보낸 유쾌한 9월이 지나고 견딜 수 없는 모스크바의 10월이 닥쳤다. 11월에 날씨가 좋아지지는 않았지만, 니카의 기분은 나아졌다. 많은 일거리가 밀려들었다.

니카의 극단에서 연이어 공연이 무대에 올라서, 그녀는 작업실에 틀어박혀 지냈다. 그녀가 보지 않으면 재봉사들이 모든 것을 너무 대충대충 했다. 게다가 부업으로 '로멘'극장*에서 맡은 일도 끝내가고 있었다.

집시 극단은 그녀에게 몹시 유혹적이었지만, 거기서 일하는 것은 아주 복잡했다. 도시의 광장과 전차와 무대에서는 그토록 매혹적인 그 자유로운 집시 집단이 일에서는 온통 추태를 일삼았다. 연출자가 정한 만남이 네 번이나 무산되고서야 겨우 이루어지고, 여배우마다 불가능한 것을 요구하며 스캔들을 일으켰다. 가장 목소리 큰 여배우 중 하나인 나이든 여배우가 자신이 원한 레이스 달린 하얀 의상 대신 적포도주색 의상을 받아서 니카의 얼굴에다 그것을 내던지자, 니카는 전에 가벼운 원피스 밑단에 납을 달았던 것처럼 무게가 나가도록 예술적인 욕설로 의상에 안감을 받쳐서 그만큼 솜씨 좋게 되던졌던 날, 니카가 오래전부터 예상하며 어떻게든 피하려던 불상사가 일어났다.

밤 열한시가 넘어 마샤가 그녀에게 왔다. 문을 열자마자 니카는 불

* 세계에서 유일한 집시 극단.

미스러운 일이 일어난 것을 깨달았다. 마샤가 그녀의 가슴에 달려들었다.

"니카, 말해, 사실 아니지? 사실이 아니라고 말해!"

니카는 비에 젖어 미끄러운 머리를 쓰다듬었다. 말이 없었다.

"사실 아니란 거 알아……" 마샤가 자주색과 회색과 검은색의 비스듬한 체크무늬가 들어간 크레이프 드 신 스카프를 손에 쥐고 구기며 되풀이했다. "이게 왜 거기 있어, 왜?"

"조용, 조용, 들려." 니카가 아이 방 쪽을 가리키며 주의를 주었다.

니카는 그토록 오래전부터, 바로 그 7월부터 이 피할 수 없는 폭풍을 기다려온지라, 심지어 안도를 느끼기조차 하는 것 같았다. 이 바보 같은 지겨운 관계가 여름 내내 지속되었다. 5월에 마을을 떠나며 니카는 마시카에게 이 비밀 선물을 주기로, 부토노프를 양보하기로 진심으로 결심했었다. 그러나 뜻대로 되지 않았다.

마샤가 크림에서 아이들을 산책시키던 시간 내내 니카는 어떻게 될지 두고 보자는 심산으로 부토노프에게 갔다. 그들의 관계는 놀랍도록 가벼웠다. 부토노프는 니카가 경이롭도록 단순하게 세상 모든 것에 대해 말하고 소유욕을 전혀 드러내지 않는 것에 매료되었다. 한번은 그가 서투른 말솜씨로 그 점을 표현하려 하자, 그녀는 그의 말을 가로막았다.

"부톤치크, 네 몸에서 머리는 제일 강한 데가 아니야. 무슨 말 하고 싶은지 알아. 맞아. 문제는 내가 남자의 심리를 가졌다는 거야. 너처럼 나도 긴 연애에, 의무에, 빌어먹을 결혼에 휘말리고 싶지 않아. 그러니까 늘 내가 먼저 남자를 버린다는 걸 염두에 둬."

전적으로 그렇지는 않았지만 사실같이 들렸다.

"좋아, 떠나기 이 주 전에 신청서를 제출해." 부토노프가 비꼬았다.

"발레라, 만약 네가 그렇게 재치 있는 사람이 되면, 난 너한테 치명적인 사랑에 빠지게 돼. 그건 위험해." 니카는 머리를 뒤로 젖히고 풍성한 머리카락과 가슴을 흔들며 큰 소리로 웃음을 터뜨렸다.

전차 안에서, 식탁에서, 수영장에서, 그들이 가는 데마다 그녀는 계속 웃어댔다. 잘 웃지 않는 부토노프도 그녀의 웃음에, 흐느낄 때까지, 배가 아프고 목소리가 안 나올 때까지 웃어대는 폭소에 두 손 들었다. 침대에서도 그들은 기진맥진하도록 웃어댔다.

"넌 참 특이한 남자야." 니카가 찬탄했다. "보통은 웃으면 발기가 죽는데 말이야."

"몰라, 몰라, 네가 날 덜 웃겨서 그런가보지……"

……7월 초에 온 마샤는 아이들을 산드라에게 팽개쳐두고 곧장 라스토르구예보로 달려갔다. 그녀는 곱절로 운이 좋았다. 부토노프를 만났고, 니카는 없었다. 그녀는 전날 떠났다.

마샤가 왔을 때는 이 년 전에 내팽개쳐졌던 집수리가 한창이었다. 전날 부토노프는 할머니가 죽은 후 이십 년가량 거주하지 않은 집의 반쪽을 청소했다. 지금은 집수리를 돕기 위해 고용된 남자 둘이 와 있었다. 그는 벽에 나무판을 덧대고 싶었지만, 오히려 니카는 통나무가 드러날 때까지 다 벗겨내서 깨끗이 청소하고 다시 구멍을 메운 다음 옛날 유물인 투박한 가구들을 잘 정돈하라고 설득했다.

"내 말 믿어, 부토노프. 지금 너는 이 가구들을 땔감으로 쓰겠지만, 이십 년 후에는 박물관에 진열할 만한 물건이 될 거야."

부토노프는 놀랐지만 동의하고, 이제 일꾼 둘과 함께 겹겹이 바른 벽지를 벗겨내고 있었다.

"부토노프!" 거리에서 여자의 고함소리가 들려왔다. "발레라!"

그는 낡은 의사 모자를 쓴 채 먼지구름 속에서 밖으로 나왔다. 쪽문 뒤에 마샤가 서 있었다. 그는 그녀를 곧장 알아보지도 못했다. 그녀는 크림의 태양에 짙게 그을려 아주 매력적인 모습이었고, 함박웃음이 좁은 얼굴에 간신히 들어가 있었다.

마샤가 나무 울타리 틈으로 손을 쑥 밀어넣어 걸쇠를 벗기더니, 그가 천천히 생각하는 사이에 벌써 구불구불한 길을 달려와서는 강아지처럼 그의 가슴에 달려들어 얼굴을 파묻었다.

"끔찍했어! 너무 끔찍했어! 다시는 널 못 볼 거라고 생각하고 있었어!"

그녀의 정수리에서 짙은 바다 냄새가 풍겨왔다. 그리고 다시 그는, 그때 크림에서처럼 우레 같은 그녀의 심장소리를 들었다.

"이런 젠장! 꼭 청진기로 듣는 것 같네!"

강력한 램프의 뜨겁게 달구어진 코일에서 나오는 것 같은 열기와 빛이 그녀에게서 뿜어져 나왔다. 부토노프는 잊었던 것을 떠올렸다. 메데야의 집 작은 방에서 그녀는 얼마나 격렬하게 필사적으로 그와 싸웠던가. 그리고 그는 기억하던 것을 잊었다. 이해되지 않는 게 아니라 아무짝에도 쓸모없는 것들에 대한 생각이 시와 함께 담긴 그녀의 긴 편지들……

그녀가 먼지가 풀풀 나는 의사 가운에 입을 밀착시키고는 뜨거운 숨을 내쉬었다. 얼굴을 들자 미소가 없었다. 양쪽 광대뼈 쪽에 뒤집힌 초

승달 모양으로 자리잡은 두 군데 검은 주근깨들이 코 쪽으로 번졌을 정도로 창백했다.

"나 왔어……"

할머니가 머물던 반쪽이 수리하느라 폐허가 됐다면, 그들이 올라간 다락은 그야말로 진짜 쓰레기장이었다. 할머니도 어머니도 결코 아무것도 집에서 내버리지 않았다. 구멍난 여물통들, 빨래 삶는 통들, 백년 동안 쌓인 잡동사니 가구들. 라스토르구예보가 아직 상업 마을이던 지난 세기 말에 증조할아버지가 집을 세웠다. 실로 한 세기의 먼지가 다락에 쌓여 있어서 누울 수가 없었다.

부토노프가 마샤를 삐걱대는 장식선반에 앉히자, 그녀는 그저 마르고 정수리에 구멍이 없을 뿐인 점토로 빚은 고양이 같았다.

모든 것이 너무나 순식간에 격렬하게 일어나서 떨어질 수가 없자, 부토노프는 그녀를 너덜너덜한 안락의자로 옮겼다. 이 장소의 빽빽함과 그녀의 아이 같은 몸의 더없는 빽빽함이 다시 그를 불태웠다. 그녀의 초연한 얼굴에 눈물이 흘렀고, 그가 눈물을 핥았다. 바닷물 맛이었다. 오, 주여……

마샤는 곧 떠났고, 부토노프는 그가 없어진 것을 알아차리지 못한 듯했던 일꾼들과 함께 다시 벽지를 벗기러 갔다. 그는 굴뚝같이, 더 정확히 말하면, 썩은 호두같이 텅 비어 있었다. 그의 공허는 둥글게 닫힌 것이지, 뚫린 것이 아니었기 때문이다…… 그는 원한 것보다 더 많이 준 것 같은 느낌이 들었다……

'그래, 자매……' 그는 혈연관계를 세밀하게 이해하지 못했다. '완전 상극이야. 한 여자는 웃고, 다른 여자는 울어. 서로를 보완하는 관

계야.'

……마샤는 사흘을 그치지 않고 니카의 집 초인종을 울려댔지만, 그녀를 만날 수 없었다. 산드라가 니카가 도시에 있다고 알려주었다. 마침내 통화가 되었다.

"니카! 도대체 어디 가 있는 거야?"

마샤는 니카가 그녀를 피한다는 생각이 머리에 들 수도 없었다. 니카는 만날 준비가 되어 있지 않았다.

"세 번 안에 맞혀봐!" 니카가 거센 콧김을 내뿜었다.

"새로 연애 벌였구나!" 마샤가 단번에 미끼를 삼키고 킥킥댔다.

"5점 하고도 플러스!" 니카가 마샤의 기민함을 높이 평가해주었다.

"누가 누구한테 갈까? 내가 너한테 가는 게 낫겠어! 지금 갈게!" 마샤가 안달이 나서 속을 태웠다.

"우스펜스키 골목에서 보는 게 낫겠다." 니카가 제안했다. "엄마가 사흘 밤낮 애들 보느라 미칠 지경일 거야."

마샤는 돌아온 첫날 아이들을 산드로치카에게 데려다놓고는 까맣게 잊고 있었다. 산드라와 이반 이사예비치는 손주들에 대한 사랑의 축제를 열고 있었다. 아이들이 전혀 부담스럽지 않았다. 이반 이사예비치는 계속해서 다차에 가자고 졸랐다. 뭐하러 애들을 도시에다 가둬놔……

"아니, 아니야. 내가 너한테 갈게. 거기서는 말 못해!" 마샤가 애원해서 니카는 굴복했다. 도망갈 데가 없었다. 그녀는 이 고백을 받아주어야 한다는 것을 미리 알았다.

그날부터 니카는 절친한 친구 역할을 떠맡았다. 그녀가 처한 상황은 아주 애매했는데, 이 일에 그녀 자신의 몫도 있다고 말하기에는 늦은 것 같았다. 마샤는 사랑의 신열에 들떠서 매번의 만남에 대해 서둘러 니카에게 이야기했다. 그건 그녀에게 극히 중요했다.

많은 해 동안 그녀는 아주 사소한 체험까지 남편과 나누는 데 익숙해 있었지만, 지금 알리크는 그녀의 대화 상대가 될 수 없었다. 그래서 그녀는 쉼없이 쓴 시들을 가지고 계속해서 니카에게 매달렸다. "라스토르구예보의 가을."* 마샤가 농담했다.

마샤는 전부터 불면과 친숙했지만, 그 몇 개월 동안에는 소리와 시구와 불안한 형상이 가득한 너덜너덜한 토끼잠을 잤다.

상징적인 암시를 지닌 어떤 비현실적인 동물들, 많은 다리에, 많은 눈에, 반은 새이고, 반은 고양이인 동물들이 꿈결에 왔다 가곤 했다.

끔찍이도 친숙한 동물 하나가 그녀에게 아첨을 떨었다. 동물의 이름도 친숙했는데, 숫자와 철자의 연속으로 이루어져 있었다. 잠을 깬 후 그녀는 이상한 이름을 돌이켜 생각해냈다. Ж4836…… 웃음이 터졌다. 그녀가 세탁소에 보내는 침구에 꿰매 붙인 리넨 리본에 기름진 검정 물감으로 찍힌 번호였다.

이 터무니없는 모든 것이 의미를 띠고 있었다. 한번은 완전히 완성된 시가 꿈에 보여서, 그녀는 그 시를 비몽사몽간에 적었다. 이튿날 아침에 그녀는 깜짝 놀라며 시를 읽었다. '내 거 아냐, 내가 쓴 거 아니야, 난 이런 시를 쓸 수 없었어……'

* 푸시킨의 주요작들이 창작된 시기인 '볼디노의 가을'에 대한 패러디.

'당신'을 뚫고 '너'로,
존재하지 않는 대명사들의
구간으로 이어서 간다.
내 말로 네 입을 채우고,
네 노력에 과녁이 되어주리라.
육체의 어두운 심연 속에서,
그 순간적인 파열의 불길 속에서
홍수에 다리가 무너지듯, 모든 것이 무너진다.
나와 너 사이에 경계는 없다……

"그냥 받아쓴 거야. 봐, 고친 데 하나 없잖아." 그녀가 한밤에 쓴 메모를 니카에게 보여주었다.

그러나 니카는 이 시가 기쁘지 않고, 오히려 섬뜩했다.

그 대신 부토노프의 말 한마디 한마디, 그의 동작 하나하나 다 마샤를 통해 안 니카는 그가 어제 하루를 어떻게 보냈는지 한순간도 빼놓지 않고 알고 있다는 점이 아주 재미있었다.

"감자튀김 안 남았어?" 그녀가 천진난만하게 부토노프에게 물었다. 마샤가 전날 부토노프의 집에서 감자를 손질하다가 손가락을 벴다고 말했기 때문이었다.

부토노프는 니카와 마샤에 대한 말을 나누지 않았고 그녀 또한 라이벌에 대한 말을 입 밖에 내지 않아서, 부토노프는 그들 둘 다 상황을 아주 잘 알고 있고 심지어 요일을 나누었다는 인상을 받았다. 마샤는 휴일마다 왔고, 니카는 평일에 왔다.

물론 아무런 담합도 없었다. 단지 휴일에 니카는 아이들을 보러 다차에 갔다. 산드라의 다차에 머물던 리자를 보러 가기도 하고, 다른 할머니 집에서 놀던 카탸를 만나러 가기도 했다. 작은 알리크도 산드라의 집에 있었다.

큰 알리크는 실험할 시간을 확보하기 위해 휴일마다 '응급의료센터' 당직을 서려고 노력했다. 마샤는 거짓말보다는 고상한 비밀을 택했고, 알리크가 집에 없을 때 집을 비웠다. 그렇지만 최근에 그가 집에서 보내는 시간은 아주 적었다.

알리크는 차분하고 선해서 불필요한 질문을 하지 않았고, 그들의 대화는 출국 주위를 맴돌았다. 이스라엘에 초청장은 이미 신청해놓았다. 마샤는 이 화제를 지지하긴 했지만, 출국이 비현실적으로 보였다.

니카가 트빌리시로 떠났던 9월에 마샤는 그녀가 없어서 마냥 진이 다 빠져버렸다. 트빌리시로 전화해서 통화를 시도했지만, 호텔에서 그녀를 찾는 것은 불가능했다. 마샤는 니노치카를 통해서도 그녀를 찾을 수 없었다.

부토노프는 9월에 집수리를 끝내고 하모브니키에 있는 아내의 집으로 거처를 옮겼지만, 수리 후 라스토르구예보의 집은 그에게 매력적인 곳이 되어 일주일에 두세 번 거기서 묵었다.

그는 가끔 마샤를 데리러 들러서 함께 차를 타고 갔다. 심지어 어느 날에는 라스토르구예보에서 버섯을 따러 갔는데, 아무것도 찾지 못하고 속옷까지 흠뻑 젖어서는 난롯가에서 옷가지를 말리다가 마샤의 양말 한 짝을 태워먹었다. 벤 손가락처럼, 성행위중에 마샤가 얻은 할퀸 자국이나 멍처럼, 그것 또한 그들의 삶의 작은 사건이었다.

부토노프의 집이 그녀에게 적대적이었든 아니면 그녀가 부토노프에게 어떤 성적 난폭함을 불러일으켰든 간에, 그런 작은 외상이 많았고, 그녀는 격정의 기억을 간직한 그 흔적들이 심지어 어느 정도 자랑스럽기까지 했다.

마침내 니카가 트빌리시에서 돌아오자, 마샤는 오래도록 그 모든 사소한 일에 대해 이야기하다가, 말끝에 지나는 말로 초청장이 왔다는 소식도 전했다.

니카는 마샤의 뇌가 얼마나 뒤집혔는지 놀랄 따름이었다. 실로 초청장을 받은 것도 중요한 사건이었다.

출국은 어쩌면 가족과의 영원한 이별을 의미하는데, 마샤는 멍을 보여주다가 시를 읽다가 했다. 이번에는 니카도 이야기할 게 있었다. 정말 그녀는 새로운 연애에 빠져서, 부토노프에게 마침표를 찍을 아주 적절한 순간이라고 속으로 결심했다.

일주일 꼬박 그녀는 페넬로페*처럼 바로 그 바흐탄크의 도착을 기다렸다. 그는 '모스필름'에 스크린 테스트를 받으러 와야만 했는데, 그의 도착은 계속 늦춰졌다. 그래서 니카는 육체적 컨디션을 유지하기 위해 부토노프에게 들렀다. 마샤가 자기 운신에 대해 계속 읊어댔기 때문에, 적절한 때를 고르는 데 힘들일 게 없었다.

부토노프는 니카를 몹시 반겼다. 그는 그녀에게 집의 수리된 반쪽을 보여주고 싶었다. 어쨌든 니카는 그의 개인 디자이너였다. 그는 통나무를 그대로 드러내둔다는 발상이 아주 마음에 들었는데, 니카는 통나

* 오디세우스의 아내.

무에다 래커를 칠한 것을 보고 경악했다. 그녀는 오랫동안 비웃어가며 부토노프를 욕하고 나서 시너로 래커를 지우라고 시켰다. 가구를 재배치하고, 어디의 무엇을 수리해야 하는지, 건드리면 안 될 것은 뭔지 보여주었다. 그녀는 많은 세월 집에서 가구공과 함께 산데다 솜씨 좋은 사람이어서 여기서도 모든 것을 재빨리 포착했다. 그녀는 없어진 찬장 유리를 대신할 색유리를 가져오고, 극장 재봉실에서 커튼을 만들어다 주기로 약속했다……

니카의 스카프가 어느 순간 시트와 매트리스 사이에 뱀처럼 기어들어가서, 니카가 이튿날 아침까지 오랫동안 찾았지만 찾지 못했다. 스카프는 손수 만든 것으로, 아직 기술학교에서 납염을 익힐 때 만든 것 중 하나였다……

마샤가 스카프를 만지작거리며 문턱에서 곧장 그녀에게로 진격했을 때, "사실이야 아니야?"라고 다그치는 그녀의 말을 니카는 엄하게 끊었다.

"부토노프는 뭐래?"

"두 사람 오래됐다고, 크림에서부터…… 그럴 리 없어, 없다고…… 그건 불가능하다고 그 사람한테 말했어……"

"그래서 뭐래?" 니카가 말할 틈을 주지 않고 계속 물었다.

"'사실로 받아들여.' 이러잖아." 마샤는 특정 사실을 드러내기도 한 니카의 스카프를 계속 구겼다.

니카가 그녀의 손에서 스카프를 빼앗아 거울 밑에 던졌다.

"그러니까 받아들여!"

"못해, 못 받아들여!" 마샤가 울부짖었다.

"마시카……" 갑자기 니카가 부드러워졌다. "이미 그렇게 돼버렸어. 그래서 이제 목이라도 맬까? 비극은 벌이지 말자. 제기랄, 뭐야 이거. 『위험한 관계』 꼴이네……"

"니치카, 나 어떡해? 이 상황에 적응해야 하는 거야? 왜 이렇게 아픈지 모르겠어. 이 스카프를 끄집어냈을 때, 난 거의 죽을 것 같았어." 마샤가 다시 분발했다. "아니야, 아니야, 불가능해!"

"그래, 왜 불가능한데? 왜?"

"설명할 수 없는데, 아마 이런 걸 거야. 모두가 모두와 만날 수 있어. 의무적인 관계는 없어. 대충 고르면 되고, 모두가 서로를 대신할 수 있어. 하지만 여기에는, 난 알아, 유일성이 있어. 여타 모든 것은 전혀 아무런 의미가 없는 유일성……"

"나의 천사," 니카가 그녀의 말을 끊었다. "너한테는 그런 것 같지 않아? 경우마다 다 유일한 거야, 내 말 믿어. 부토노프는 탁월한 정부情夫야. 그건 센티미터로, 분으로, 시간으로, 피 속의 호르몬 양으로 측정되는 거야. 그건 그저 변수들이라고! 그는 좋은 조건을 가졌어. 그게 다야! 네 알리크는 훌륭한 사람이야. 지혜롭고 재능 있어. 부토노프는 알리크 발바닥에도 못 미치지만, 알리크는 널 그저……"

"입 닥쳐!" 마샤가 소리치기 시작했다. "입 닥치라고! 네 부토노프는 그놈의 센티미터 몽땅 챙겨서 가져가!"

마샤가 무슨 까닭인지 방금 니카에게 되돌아간 스카프를 거울 밑에서 낚아채고는 뛰쳐나가버렸다.

니카는 그녀를 막지 않았다. 어디 미쳐 날뛰어보라지. 사람이 백치 같은 환상에 빠졌으면 벗어나야 한다. 결국 부토노프는 올바르게 말한 것이다. 사실로 받아들여. 그런데 이건…… 니카는 짜증을 내며 마샤의 시를 떠올렸다. "은혜 위에 쌓이는 은혜같이, 가늠할 수 없는 것도 받아들여라……" 그러니까 받아들여. 사실로 받아들이라고……

소중한 부토노프! 편지를 주고받는 것이 네 방식이 아니라는 걸, 인간 상호관계의 모든 유형 중에서 네게 가장 중요한 것은 촉각의 관계라는 걸 알아. 네 직업조차 그렇지. 모든 게 손가락 안에, 접촉에, 미세한 움직임에 들어 있지. 만약 이 표면의 평면에 머물러야 한다면, 직접적이고 비유적인 의미에서 말이야, 일어나는 건 다 아주 올바른 거야. 접촉은 얼굴도 눈도 없지. 인체의 수용기관들만 작동할 뿐이야. 니카도 나한테 똑같은 걸 설명하려 했어. 모든 게 센티미터로, 분으로, 호르몬 수준으로 결정된다고 말이야.

하지만 실로 이건 믿음의 문제일 뿐이야. 우리 관계에서 난 다른 믿음을 표방하고 있었던 거야. 내게는 얼굴 표정과 내적 움직임이, 말의 변화, 심장의 변화가 중요해. 만약 그런 게 없다면, 과연 그렇다면 우린 상대방에게 이용당하는 사물일 뿐이야. 사실 그게 나를 무엇보다 고통스럽게 하는 것이기도 해. 과연 육체적인 상호관계 외에 다른 건 아무것도 없는 거야? 과연 세상을 잃을 정도로까지 껴안는 것 외에 너와 나를 묶어주는 건 아무것도 없는 거야? 과연 육체적 경계의 느낌이 없어지는 곳에서 육체적인 것 이상의 교제는 아무것도 일어나지 않는 거야?

네 정부情婦 니카가, 나한테 언니 이상인 니카가 내게 그렇게 말해. 센티미터, 분, 호르몬만 있을 뿐이라고…… 말해, 아니라고! 말하란 말이야, 아니라고! 과연 우리 사이에는 그 어떤 변수로도 기술될 수 없는 것은 아무것도 일어나지 않은 거야? 그렇다면 그때는 너도, 나도 없는 거야. 도대체 아무도, 그 무엇도 없는 거야. 우린 다 기계적인 노리개인 거지, 주 하느님의 아이들이 아닌 거야…… 네게 쓴 시야, 사랑하는 부토노프, 부탁이야. '아니'라고 말해.

유희하라, 켄타우로스여, 유희하라,
두 혈통의 키메라여,
불멸의 인간 영혼과
굴레를 씌우지 않은 말의 몸통의
분리선을 따라, 불길이여, 타올라라.
물려받은 운명은 운송의 기술,
연고를 잊고 두 해변이 누워 있네,
너는 다시 흐름에, 망각의 물에 몸을 맡기네,
거기서 나는 세상에도 네게도 아무도 아니네.

마샤 밀레르.

부토노프는 편지를 읽고 나서 끙 앓는 소리를 냈을 뿐이다. 이미 마샤의 성격을 알기에 그는 드러난 라이벌로 인한 그녀의 큰 심적 갈등을 기다리고 있었다. 그러나 그는 질투가 그렇게 간단치 않게, 그렇게 현란하게 표현되리라고는 예상조차 할 수 없었다. 이 여자가 정말로 고통받고 있구나……

사태가 진정되도록 열흘쯤 기다린 끝에 그는 마샤에게 전화해서 라스토르구예보에 갔다 오지 않겠느냐고 물었다. 마샤는 간간이 "그래" "아니" 하며 뜸을 들인 후에 동의했다. 전화상으로 떨어진 거리에서도 부토노프는 그녀가 오직 그것만 염원하고 있다는 것을 느꼈다.

라스토르구예보에는 눈이 제대로 내려서 모든 것이 새로웠다. 쪽문에서 현관에 이르는 좁은 길이 묻힐 정도로 많은 눈이 금방 내려서, 부토노프가 차를 몰고 들어가기 위해서는 나무 삽으로 눈을 그러모아 눈더미를 수북이 쌓아올려야 했다.

집안은 추웠다. 바깥보다 안이 더 추운 것 같았다. 부토노프가 곧장 마샤를 호되게 꾸짖어 둘 다 절절 끓었다. 그녀는 눈물 속에 신음하며 계속 요구했다.

"'아니'라고 해!"

"뭘 너한테 '아니'라고 해. 계속 '그래' '그래' '그래' 하는데……"

부토노프가 웃음을 터뜨렸다.

그러고 나서 그는 난로에 불을 때고 굴러다니던 통조림들을 따서는, 토마토소스에 절인 정어리였다, 자기가 다 먹어치웠다. 마샤는 음식에 손을 대지 않았다. 집안에 다른 것은 아무것도 없었다.

그들은 모스크바로 돌아가지 않기로 하고 걸어서 역으로 갔다. 마샤는 공중전화로 집에 전화해서, 친구들과 다차에 왔다고, 밤중에 돌아가기 그래서 자고 가겠다고 데보라 리보브나에게 말했다. 시어머니가 불같이 화를 냈다.

"물론 그러시겠지! 남편하고 자식은 걱정도 안 되지! 그걸 뭐라고 하는지 알……"

마샤가 수화기를 걸었다.

"다 괜찮아, 얘기했어……"

새하얀 길을 걸어 그들은 집으로 갔다. 부토노프가 비티카 크랍추크가 살았던 집의 창문을 그녀에게 가리켜 보였다.

"들어가볼래?" 그가 제안했다.

"맙소사." 마샤가 웃음을 터뜨렸다.

부토노프의 집은 서늘했다. 집이 온기를 유지하지 못했다.

'이제는 난로를 손볼 차례네. 내년에 자리를 옮겨야겠어.' 부토노프는 결심했다.

부엌이 그래도 더 따뜻해서, 그들은 거기에 자리를 잡고 집에 있는 매트리스를 다 끌어왔다. 따뜻해지자마자 부토노프는 배가 아파와서 마당에 있는 화장실에 갔다. 돌아와서 누웠다. 마샤가 가는 손가락으로 그의 얼굴을 쓰다듬으며 육체에 깃든 영혼에 대해, 접촉으로 표현되는 개성에 대해 말하기 시작했다……

생선 통조림이 밤새 부토노프를 마당으로 내몰았다. 배가 뒤틀렸다. 잠을 잃은 마샤가 묻는 듯 떨리는 어조의 부드러운 목소리로 무슨 말인가를 울려댔다.

그에게 경의를 표해야만 한다. 그는 정중해서 마샤에게 입을 다물라고 하지 않았다. 그저 간간이 아픔이 좀 가라앉으면 잠에 빠져들었다. 아침에, 그들이 이미 도시로 가고 있었을 때 부토노프는 마샤에게 말했다.

"오늘 너한테 감사할 게 있어. 설사 때문에 힘들어하는 동안 적어도 시는 나한테 읽어주지 않은 거……"

마샤가 놀란 얼굴로 그를 바라보았다.

"발레라, 나 읽었어…… 너한테 「주인공 없는 서사시」* 처음부터 끝까지 다 읽어줬는데……"

마샤와 남편의 관계는 어긋나지 않았지만, 최근에 그들은 마주하는 시간이 줄어들기 시작했다. 받은 초청장은 아직 제출하지 않았다. 알리크가 서류를 제출하기 전에 먼저 직장을 관두고 싶어했기 때문인데, 직을 떠나기 전에 그는 어떤 일련의 실험을 끝내야 했다.

그는 '응급의료센터' 당직을 그만두고 밤늦도록 실험실에 파묻혀 지냈고, 이따금 책이 든 배낭을 질질 끌고 헌책방으로 갔다. 어쨌든 아버지의 책들과 작별을 앞두고 있었다. 그는 마샤가 갈팡질팡하며 초조해하는 것을 보고, 환자 대하듯 부드럽게 그녀를 대했다.

12월에 부토노프는 스웨덴으로 떠났다. 물론 그는 돌아오는 날짜를 아주 잘 알고 있었지만, 약 이 주 예정이라고 했다. 그는 자유를 사랑했다. 니카는 그의 부재를 거의 깨닫지 못했다. 시콜라 방학에 맞춘 연이은 아동극 공연이 목전에 있었다. 게다가 마침내 바흐탄크가 와서, 니카는 여가를 전부 그와 그의 친구들인 모스크바의 그루지야인들과 보냈다. 레스토랑을 찾아다니고, 영화관으로, 브토로 쏘다녔다.

마샤는 애가 타기 시작했다. 하다못해 니카라도 찾아가서 만나려고 계속 애를 썼다. 부토노프에 대한 말을 나누고 싶었다. 그러나 니카는 도달 불가능이었다. 다른 친구들과 부토노프에 대해 말하는 것은 재미없고 가능하지도 않았다.

---

* 아흐마토바의 서사시.

그때까지 발톱만 세우게만 하던 불면이 12월에 마샤를 압도해버렸다. 알리크가 수면제를 가져다주었지만, 인위적인 잠은 불면보다 훨씬 안 좋았다. 집요한 꿈이 온갖 우연한 지점에서 시작되어서는 항상 한 곳으로 귀착되었다. 그녀가 부토노프를 찾고 뒤쫓지만, 그는 달아났다. 물처럼 흐르고, 동화에서처럼 다양한 물건으로 가장하고, 녹고, 연기로 변했다……

마샤는 두 번 라스토르구예보에 갔었다. 그저 파벨레츠키역에서 시작되는 여행 자체가 목적이었다. 교외 전차를 타고 아는 역까지 간 다음 걸어서 그의 집까지 가서는, 쪽문가에 잠시 서서 눈 덮인 집과 어두운 창을 보다가 집으로 돌아왔다. 이 모든 것이 세 시간 반쯤 걸렸는데, 거기로 가는 길이 특히 좋았다.

벌써 이 주가 흘렀지만, 그는 나타나지 않았다. 마샤는 하모브니키로 전화해서 그를 찾았다. 나이든 여자의 피곤한 목소리가 그가 열시경에 올 거라고 대답했다. 하지만 그는 열시에도 열한시에도 집에 없었다. 다음날 아침 같은 목소리가 대답했다.

"금요일에 전화하세요."

"그 사람 왔나요?" 수줍게 마샤가 물었다.

"금요일에 전화하라고 하잖아요." 여자가 짜증을 내며 대답했다.

아직 겨우 월요일이었다.

'왔는데 전화 안 해.' 마샤는 괴로워했다. 니카에게 전화해서 부토노프에 대해 뭐 아는 거 없냐고 물었다. 그러나 니카는 아무것도 모르고 있었다.

마샤는 다시 라스토르구예보에 갈 채비를 했다. 이번에는 저녁이 가까운 시간이었다. 부토노프의 집 대문 앞의 눈이 치워져 있었고, 대문은 닫히고 잠겨 있었다. 마당에 차가 서 있었다. 할머니의 반쪽에서 타고 있는 작은 불빛이 보였다. 마샤는 얼어붙은 쪽문을 힘껏 잡아당겼다. 집으로 가는 좁은 길이 눈에 파묻혀 있었다. 그녀는 거의 무릎까지 빠지며 걸었다. 오래도록 초인종을 눌렀지만, 아무도 문을 열어주지 않았다.

잠을 깨고 싶었다. 그 정도로 그건 또다른 꿈 같았다. 꿈처럼 선명하고 쓰라렸고, 꿈처럼 부토노프는 그가 있다는 어떤 신호로, 지붕에 눈이불을 덮고 서 있던 그의 옅은 갈색 자동차로 아른거렸는데 손에 잡히지 않았다.

마샤는 사십 분가량 서 있다가 떠났다.

'니카가 있는 거야.' 그녀가 결론을 내렸다.

교외 전차 안에서 그녀는 부토노프가 아니라 니카에 대해 생각했다. 니카는 어린 나이부터 그녀의 운명의 동참자였다. 다른 건 제쳐두더라도 육체적인 애착도 그들을 묶어주고 있었다. 니카에게 마샤의 작은 체구, 작은 발, 날카롭고 섬세한 모습 하나하나가 다 좋았듯이, 마샤는 니카의 가로 주름에 덮인 삐죽 튀어나온 입술, 비축된 웃음, 웃음을 감추고 있는 입가 주름, 바삭거리는 빨간 머리카락이 어린 시절부터 좋았다.

마샤에게 말해보라고 하면, 그녀는 주저하지 않고 자신보다 니카의 모습을 더 좋아할 것이다. 반면 니카는 그런 생각을 깊이 해보지 않았다. 그녀는 자기 것으로 충분했다……

부토노프도 이제 어떤 비밀스러운 형상으로 그들을 하나로 합쳤다…… 자매에게 장가든 야곱처럼…… '소브라티야'가 있듯이, 그들을 '소죠니'*라고 부를 수 있을 것이다. 야곱이 장막들로 들어가서 자매를 취하고 그 여종들도 취했다. 그리하여 한 가족이 되었다…… 질투가 뭐란 말인가, 탐욕의 모습 아닌가…… 다른 사람을 소유해서는 안 된다…… 그렇다면 모두가 형제이고 자매이며, 남편이고 아내일 것이다…… 절로 씁쓸한 미소가 지어졌다. 체르니솁스키의 위대한 매음굴, 거기에 있는 베라 파블로브나의 어떤 꿈.**

유일한 것, 독특한 것은 아무것도 없다. 자기만의 것은 아무것도 없다. 모든 것이 따분하고 졸렬하다. 우리는 자유로운가 아닌가? 이 수치스럽고 추잡한 느낌은 어디에서 오는가? 모스크바까지 가는 동안 니카에게 시를 썼다.

여기 나무와 그늘 사이의 자리,
여기 갈증과 한 모금 물 사이의 자리,
벼랑 위에 시가 걸려 있네,
매달린 작은 다리로 지나가자.
꿈의 어둠과 유년의 복도를
전리품 랜턴으로 나는 밝히네,
고백을 피해 아무데도 가선 안 되네.

---

* '동료', '동지'를 뜻하는 말인 '소브라티야'에 빗대어 만든 신조어로 '동지 아내'라는 의미다.

** 체르니솁스키의 소설 『무엇을 할 것인가』를 떠올리고 있으며, 베라 파블로브나는 소설의 여주인공이다.

우리는 죽이지 않네, 숟가락을 훔치지 않네,
장화를 철벅대며 웅덩이를 밟지 않네,
금지된 노래를 부르지 않네,
그러나 미신적인 공포를 느끼며
우리는 둘이서 끔찍한 짓을 하고 있네……

열두시경 집에 당도했다. 알리크가 좋은 그루지야 포도주와 함께 부엌에서 그녀를 기다리고 있었다. 그는 실험을 끝내서 내일이라도 사직원을 제출할 수 있었다. 이제야 마샤는 곧 영원히 떠나게 됨을 최종적으로 이해했다.

'잘됐어, 잘됐어, 이 치욕스럽기 짝이 없는 지겨운 짓거리가 끝나겠네.' 그녀는 생각했다. 그녀와 알리크는 아침 네시까지 긴 파티를 벌였다. 이야기를 나누며 계획을 세웠다. 그러고 나서 마샤는 알리크의 손을 쥐고 꿈 없이 잠들었다.

그녀는 늦게 잠을 깼다. 데보라 리보브나는 벌써 며칠째 집에 없었다. 최근에 그녀는 자주 아픈 언니의 집에서 오래 묵었다. 알리크 부부는 벌써 아침을 먹고 체스를 두고 있었다. 심지어 소파 쿠션 위의 고양이까지, 아주 평화로운 광경이었다.

'아이 좋다! 내가 회복되기 시작하는 것 같아.' 마샤는 커피 분쇄기의 빡빡한 손잡이를 돌리며 생각했다.

그러고 나서 썰매를 가지고 셋이서 작은 언덕에 올라갔다. 눈 속에서 뒹굴어서 축축하게 젖었다. 그들은 행복했다.

"보스턴에 눈 와?" 마샤가 물었다.

"이런 눈은 안 와. 하지만 우리는 유타주에 가서 산에서 스키를 탈 거야, 나쁘지 않을 거야." 알리크가 약속했다. 그는 약속한 것은 늘 다 지켰다.

바로 그날 저녁 부토노프가 전화했다.

"안 보고 싶었어?"

전날 그는 쪽문가에서 발을 동동거리는 마샤를 보았지만, 문을 열어주지 않았다. 집에 여자가 와 있었기 때문이다. 함께 여행했던 통역사로 귀엽고 뚱뚱한 여자였다. 이 주 동안 그들은 서로를 의미심장한 눈으로 바라보곤 했지만, 계속 기회가 생기지 않았다. 그가 나중에 생각해보니 그의 아내 올가를 매우 닮았던 그 푹신하고 게으른 여자는 마샤가 초인종을 울려대는 가운데 부토노프의 품에서 졸린 고양이처럼 몸을 뒤치락거렸다. 부토노프는 여자 통역사와 마시카와 자기 자신에게 몹시 짜증이 났다. 그는 이 뚱보 여자가 아니라, 날카롭고 격렬한, 눈물을 흘리며 신음하는 마시카가 필요했다.

그는 아침부터 마샤에게 전화했다. 처음에는 전화가 꺼져 있어서 받지 않았고, 그다음 두 번은 알리크가 전화를 받아서 수화기를 걸었다. 저녁이 다 되어서야 통화가 되었다.

"부탁인데, 더는 전화하지 마." 마샤가 요청했다.

"언제? 언제 올래? 빨리 와." 부토노프가 말을 알아듣지 못했다.

"아니, 안 가. 발레라, 나한테 더는 전화하지 마." 이미 흐느껴 우는 끈적한 목소리였다. "나 더는 못해."

"마시카, 보고 싶어 미치겠어! 뭐야, 돌았어? 화났어? 그건 오해야, 마시. 이십오 분 뒤에 너희 집으로 갈게, 나와." 그리고 수화기를 내려놓았다.

마샤는 우왕좌왕하기 시작했다. 그녀는 그토록 잘, 그토록 굳게 더는 그와 만나지 않을 결심을 하고, 해방감이 아니라면 안도감은 느끼고 있었다. 그리고 오늘 하루는, 산이며, 햇살이며, 너무도 좋았다……

'가지 않을 거야.' 마샤는 결심했다.

그러나 삼십오 분 후 재킷을 걸치고는 알리크에게 소리쳤다. "십 분 뒤에 올게!" 그러고는 엘리베이터도 부르지 않고 계단으로 달려 내려갔다.

부토노프의 차가 입구에 서 있었다. 그녀가 손잡이를 힘껏 잡아당겨 옆에 탔다.

"너한테 꼭 말해야 해……"

그가 그녀를 와락 붙잡고 재킷 아래로 손을 집어넣었다.

"그래, 꼭 말하자, 아가야."

차를 출발시켰다.

"아니, 아니, 난 아무데도 안 가. 아무데도 안 간다고 말하러 나온 거야."

"이미 가고 있는데." 부토노프가 웃음을 터뜨렸다.

이번에는 알리크가 화를 냈다.

"비열하기 짝이 없어! 정말 너무한 거 아냐?" 저녁 늦게 그녀가 돌아오자, 그는 그녀를 질책했다. "사람이 십 분 후에 온다고 하고 나가서는 다섯 시간이 지나서 와? 내가 뭘 생각해야 해? 차에 치였나? 누가 죽였나?"

"제발 용서해줘, 당신 말이 맞아, 비열한 짓이야." 마샤는 깊은 죄책

감을 느꼈다. 그리고 깊은 행복감도……

그러고 나서 부토노프는 한 달 동안 사라졌다. 마샤는 그가 사라진 것을 '사실로' 받아들이려고 전력을 다했고, 이 사실이 그녀의 애간장을 태웠다. 그녀는 거의 아무것도 먹지 않고 달콤한 차를 마셨고, 부토노프를 향한 끝나지 않는 내적 독백을 벌였다. 불면이 점점 더 극심해졌다.

명백한 신경쇠약이어서 알리크는 걱정되었다. 그는 마샤에게 신경안정제를 주기 시작했고, 수면제 복용량을 늘렸다. 마샤는 향정신성의 약품을 거부하고 있었다.

"나는 미치지 않았어, 알리크. 나는 백치야. 이건 치료가 안 돼……"

알리크는 고집을 부리지 않았다. 그는 이것도 서둘러 떠나야 하는 또하나의 이유라고 여겼다.

니카가 두 번 다녀갔다. 마샤는 부토노프에 관해서만 말했다. 니카는 그를 욕했고, 자기 잘못을 인정하며 맹세코 그가 아직 스웨덴으로 떠나기 전인 12월에 그를 마지막으로 보았다고 했다. 그는 공허한 사람이고, 이 모든 일이 가치가 있을 수 있다면 그건 오로지 마샤가 그토록 멋진 시들을 썼기 때문이라고도 했다. 마샤는 순순히 시를 읽고 생각했다. 니카가 그녀를 속이고 있는 건 아닌가? 마샤가 부토노프의 집 초인종을 눌렀을 때 바로 그녀가 거기 있었던 건가?

알리크는 온갖 관청을 찾아다닌 끝에 산더미 같은 서류를 모았다. 그가 서두른 것은 마샤 때문만은 아니었다. 일도 그를 보스턴으로 내몰고 있었다. 일이 없는 상태에서 그도 병이 나는 것 같았다. 출국 방법은 간단하지 않았다. 유대인 채널을 통해 우선 빈으로 가고, 그곳에서는 바로 미국행이었다. 빈과 미국 사이에 로마가 끼어들 가능성도 배제할 수 없었는데, 그건 이제 외국 관리들을 거쳐 서류들이 얼마나 빨리 통과하느냐에 달려 있었다.

출국에 얽힌 온갖 복잡한 사정에 데보라 리보브나의 난리 또한 예기치 않게 더해졌다. "아무데도 안 간다, 내 유일한 가까운 사람인 언니가 아파 누워 있는데 어딜 가, 언니를 두고는 못 간다……" 계속해서 '이디셰 마메'*의 고전적인 텍스트가 이어졌다. "평생을 너한테 바쳤는데, 너는 감사할 줄도 모르고…… 빌어먹을 이스라엘, 그것 때문에 우리는 평생 고초를 겪었어…… 빌어먹을 미국, 폭삭 무너져버리라지!"

그런 언쟁들 앞에서 알리크는 말을 멈추고 어머니의 어깨를 잡았다.

"아이고, 엄마! 엄마 테니스 칠 줄 알지? 말도 탈 줄 알지? 세상에 엄마가 못하는 게 뭐야? 엄마가 모르는 게 있을까? 뭐 아주 조금? 제발 부탁이야, 입 좀 다물어. 아무도 엄마 안 버려. 우린 같이 갈 거야. 피라 이모는 우리가 미국에서 돈을 보내드리면 돼. 나 거기서 돈 많이 벌 거야……"

데보라 리보브나는 잠시 조용해졌다가 다시 격분해서 거품을 물었다.

"네 돈이 나한테 뭔데! 네 돈에다 침을 뱉어버릴 거다! 아빠와 나는 늘 돈에다 침을 뱉었어! 너희는 돈으로 아이를 망가뜨릴 거다!"

알리크는 머리를 움켜쥐고 방으로 들어가버리곤 했다.

서류가 다 모였을 때, 데보라 리보브나는 딱 잘라서 안 간다고 했지만 떠나는 걸 허락했다. 마침내 서류들을 제출했고, 부토노프가 다시

---

* 제목이 뜻하는 '유대인 엄마'에 대한 유명한 민요.

나타났다. 아침에 일어난 일이었다. 마샤는 작은 알리크를 채비시켜서 산드라에게 데려다주고, 작별을 위해 라스토르구예보로 갔다.

작별은 성공했다. 마샤는 마지막으로 왔다고, 곧 영원히 떠나니까 모든 것을 마지막 특색까지 기억에 담아서 가고 싶다고 부토노프에게 말했다. 부토노프는 동요하기 시작했다.

"영원히? 사실 맞아, 마시, 맞아. 우리 삶은 서구와 비교하면 형편없지. 나도 봤어. 그렇지만 영원히 간다니……"

마샤는 집도 기억에 간직하고 싶어서 집안 여기저기 다니며 기억에 새겼다. 그런 다음 그들은 함께 다락으로 올라갔다. 그곳은 전처럼 먼지투성이에다 난잡했다. 부토노프는 빈식 의자의 구멍난 좌석에 부닥치자 그것을 들어올렸다.

"봐."

좌석 중앙이 온통 칼로 관통되어 있었고, 주위에는 제대로 맞지 않아서 생긴 자국들이 있었다. 그는 좌석을 못에 걸었다.

"어릴 때 주로 하던 심심풀이야."

그가 칼을 꺼내서는 다락의 다른 끝으로 물러나서 던졌다. 칼날이 원 한가운데 난 옛 구멍을 파고들어 벽에 박혔다……

마샤가 벽에서 칼을 뽑더니 부토노프에게 다가갔다. 그가 보기에는 그녀도 표적에 칼을 던지고 싶어하는 것 같았지만, 그녀는 손으로 칼의 무게를 가늠해보고는 그에게 건네줄 뿐이었다.

"이제 나는 너에 대해 다 알아……"

그 여행 후에 마샤는 조용히 이민 갈 짐을 꾸리기 시작했다. 책상 서랍에서 종이를 죄다 끄집어내 버릴 것과 간직할 것을 분류했다.

세관원들이 필사본은 통과시키지 않았지만, 알리크에게는 대사관에 지인이 있었다. 그가 마샤의 종이들을 외교적 채널을 통해 보내주겠다고 약속했다. 그녀는 바닥에 널린 종이 더미 속에 앉아서 한 장 한 장 다시 읽으며 곰곰이 생각에 잠겨 우울해했다. 쓴 것이 다 단지 지금 아니면 언젠가 쓰고 싶은 것의 초고에 불과하다는 생각이 갑자기 들었다……

"선집을 내야겠어, 제목을 '불면'이라 하자."

숲에서 짐승이 튀어나오듯 시들이 완전히 준비된 모습으로 그녀를 향해 나왔지만, 늘 어떤 결함이 있었다. 뒷발이, 마지막 연이 절름발이였다. "어둠이 디테일을 감추는 한밤, 예지의 순간이 있다. 줄무늬 벽지의 하얀 줄 하나만 보인다. 한밤의 내 무거운 짐을 없애주고 싶어한다. 근심을, 하찮은 것들을, 야단법석을. 낮의 재능 결핍 위로 밤의 천재성이 떠오른다. 나는 불면의 저 먼 땅을, 불면의 밝아온 지평선을 사랑했다. 바닥에 깔린 부드러운 소금 찌꺼기, 계속 다가가기 어려워져만 가는 잠……"

마샤는 몹시 야위고 훨씬 예민해졌다. 그녀에게 밤의 세계와 달리 재능 없어 보이던 낮의 세계도 예민해졌다.

천사가 나타났다. 처음에 그녀는 천사를 명확히 보지 못했지만 천사가 와 있음을 느꼈고, 아주 재빠른 시선으로 천사를 포착할 수 있을 것 같아서 가끔 고개를 홱 돌렸다.

꿈에 천사가 올 때는 모습이 더 선명했다. 천사가 나타나던 꿈의 부분은 흑백 필름 속에 삽입된 컬러 필름 조각 같았다.

천사는 늘 조금씩 다른 모습이었다. 인간의 외양을 취할 줄 알았고,

한번은 천사가 펜싱 선수처럼 하얀 옷을 입은 선생의 모습으로 나타나서는 그녀에게 나는 법을 가르치기 시작했다. 그들은 가볍게 숨쉬는 살아 있는 산의 비탈에 서 있었다. 산도 그 수업에 모호하게 참여하고 있었다.

선생은 작은 기관이나 근육이 숨은, 어깨 높이보다 낮고 깊숙한 등골의 어떤 지점을 그녀에게 가리켰다. 마샤는 그 기관을 다루는 가볍고 정확한 동작을 배우자마자 날 것 같은 느낌이 들었다. 그녀는 집중했고 버튼을 누른 것 같았다. 몸이 아주 천천히 산과 분리되기 시작했고, 산이 그녀의 동작을 조금 돕고 있었다. 마샤는 힘겹게 천천히 날기 시작했지만, 비행의 속도와 방향을 조절하기 위해 바로 무엇을 해야 하는지가 이미 아주 명확했다. 어디로든 한없이 날아갈 것 같았다……

그녀가 고개를 들자, 반투명한 사람들이 자유롭고 힘센 비행으로 그녀보다 더 높이 날고 있었다. 그녀는 그들처럼 날 수 있다는 것을 깨달았다. 그때 그녀는 쾌락의 극한을 맛보지 못한 채 천천히 내려왔다.

이 비행은 새의 비행과 아무런 공통점이 없었다. 날개를 펴고 날아올라 퍼덕거리는 움직임이 전혀 없이, 어떠한 기체역학도 없이, 영혼의 노력만이 있을 뿐이었다……

또 한번은 천사가 이 세상에는 없는 독특한 말과 사고의 싸움의 방법들을 그녀에게 가르쳤다. 마치 낱말이 무기같이 손에 들려 있는 것 같았다. 천사가 낱말을 그녀의 손에, 매끈하고 적당한 낱말을 그녀의 손바닥에 쥐여주고 손을 흔들자, 의미가 날카로운 빛으로 번쩍였다. 그 순간 즉각 두 적수가 나타났다. 하나는 오른쪽 위에서, 다른 하나는 왼쪽 조금 아래에서 모습을 드러냈다. 둘 다 전투 기술에 능란한, 경험

많고 위험한 적이었다. 적 하나가 그녀에게 빛을 쏘자 그녀가 대답했다. 두번째 적은 약간 거리를 두고 재빠른 공습을 감행했다. 하지만 기적적으로 그녀는 그를 격퇴할 수 있었다.

이 공격들 속에는 옮길 수 없지만 의미가 아주 명확한 날카로운 대화가 들어 있었다. 그들 둘 다 그녀를 조롱하며, 그녀가 하찮다고, 그들이 갖춘 대가의 경지에 도무지 범접할 수 없다고 지적하고 있었다.

그러나 그녀는 점점 더 놀라며 공격 하나하나를 다 물리치고 있었다. 새로운 움직임을 보일 때마다 그녀가 손에 쥔 무기가 점점 더 지혜롭고 정확해져감을 발견했다. 실제로 이 싸움은 다른 무엇보다도 펜싱을 연상시켰다. 오른쪽에 있던 자가 더 악랄하고 더 조롱조였지만 물러나고 있었다. 두번째 적도 물러갔다…… 그들이 없어졌다. 그녀의 승리였다.

그러자 그녀는 눈물을 흘리며, 소리 내어 통곡하며 선생의 가슴에 뛰어들었다. 선생이 그녀에게 말했다.

"무서워 마라. 아무도 우리한테 해코지하지 못한다는 것을 보지 않았느냐……"

마샤는 그녀 자신의 것이었던 끔찍한 나약함 때문에 더 세차게 울기 시작했다. 그녀에게 승리를 안긴 모든 지적인 힘은 그녀 자신의 것이 아니라 빌린 것, 선생에게서 나온 것이기 때문이었다……

마샤는 이 새로운 경험을 통해, 천사가 그녀에게 열어주는 영역들과 공간들을 통해, 인간의 것이 아닌 자유와 지상의 것이 아닌 행복을 맛보고 있었다. 그러나 일어나는 일의 모든 새로움과 상상할 수 없음에도 불구하고, 그녀는 부토노프와의 친밀한 관계 속에서 체험하는 과도한 행복이 같은 뿌리에서 생겨나는 같은 유형이라는 것을 깨닫고 있었다.

그녀는 그 점에 대해 천사에게 묻고 싶었지만, 그는 질문을 용납하지 않았다. 그가 나타날 때, 그녀는 기쁨에 젖어 그의 의지에 애써 복종했다.

대신 그가 사라졌을 때는 아주 안 좋아졌다. 어떨 때는 며칠 동안이나 사라지기도 했다. 영혼의 암흑이, 어두운 공허가, 거의 모습을 보이지 않는 부토노프를 향한 숨막히는 독백이 천사가 오는 행복에 즉각 지불해야 하는 대가인 것 같았다. "변모의 빛*을 우리는 견디기 어렵네. 그러나 백배는 더 견디기 힘든 것은 이어지는 모든 나날 텅 빈 원반의 검은 심연이네……"

마샤는 이 체험을 알리크에게 이야기할까 말까 주저했다. 합리적인 그가 그녀의 말을 신비주의가 아니라 의학적인 관점에서 평가하게 될까봐 두려웠다. 그러나 그녀의 경우에는 신비주의와 의학 사이에 그녀가 주인이었던 시의 들판이 길게 뻗어 있었다.

거기서부터 그녀는 시작했다. 온 집이 이미 잠든 늦은 저녁 최근에 쓴 시들을 그에게 읽어주기 시작했다.

네가 날 지켜보는 것을,
나의 수호자여, 나는 알아챘어.
프로이트의 땅에서,
어둠에서, 꿈의 숲에서,

* 원래는 그리스도의 변모의 빛을 뜻한다.

홍수에 강변으로 밀려가는 쓰레기같이
물결이 나를 내 집 안으로 데려갔을 때,
콘크리트 속에, 금속 속에
공허의 기포가 둥지를 틀듯
구석에서 긴 날개가
둥글게 휘어졌을 때,
나는 따스한 화강암 조각에
머리를 꼭 붙이고 있었어.
손으로 눈을 가리고
나의 천사가 울었던 것 같아,
약속된 신호가 임박했음에,
날 슬퍼하며, 널 슬퍼하며.

"마샤, 아주 좋은 시야." 칭찬의 표현을 가족의 의무로 여겼던 경우들과 달리 알리크는 진정으로 매료되어 있었다.

"진짜야, 알리크. 그러니까 시는…… 그래, 이건 비유도 상상도 아니야. 실제로 왔었어……"

"그래, 물론이야, 마샤, 그렇지 않고는 도무지 창작에 대해 말할 수가 없지. 이건 형이상학적 영역……" 그가 말을 시작했지만, 그녀가 끊었다.

"아, 아니야! 당신처럼 그가 나한테 와…… 나한테 나는 법과, 달리 표현할 수 없는, 말로 표현할 수 없는 다른 많은 것을 가르쳐줬어. 자, 들어봐.

갈매기가 얼마나 힘들게 나는지 보라.
불완전한 날개를 보라,
숙인 목이 얼마나 팽팽한지 보라,
물거품 위에 뜬 빵부스러기를 낚아채며
물로 떨어지지 않으려는 저 노력이
얼마나 굴욕적인지 보라……
어떻게 담아야 하나? 거지들이 저마다
누더기 대신, 구리동전 대신
눈을, 이마를, 깃털 날개를 받아서
드높은 대기 속에서 예행연습도 없이
멋진 춤을 추기 시작할 것을……

참 단순한 시여서 이 시를 통해 내가 날았고, 내가 정말 거기 있었다고 생각해서는 안 될 거 같지. 비행은 자연스러웠고…… 모든……"

"환각을 말하고 싶은 거구나." 알리크는 걱정되었다.

"아, 아니야, 환각은 무슨! 당신처럼, 식탁처럼…… 현실이야…… 그렇지만 좀 달라. 설명하지 않을 거야. 나는 푸시카 같아." 그녀가 고양이를 쓰다듬었다. "다 알아, 다 이해해, 하지만 말하지 못하겠어. 푸시카는 괴로워하지 않는데, 난 힘들어."

"하지만, 마샤, 당신은 다 이루고 있어. 멋지게 이루어지고 있어."

그는 부드럽고 차분하게 말했지만, 극도의 당혹스러움에 처해 있었다. '정신분열인가? 조울증? 내일 볼로부요프한테 전화해서 검진을 부

탁해야겠어.'

정신과 의사 볼로부요프는 그의 대학 동급생의 친구였다. 그 시절에는 최상의 시절과 최상의 전통의 유산인, 의사들의 직업적 협력관계가 아직 와해되지 않았다.

마샤는 계속 읽었다, 이미 멈출 수 없었다.

날개 여섯 달린 나의 통역사가
내 말을 통역하고
내 우연한 말들이
충만한 힘을 얻게 될 때,
나는 말하리라. "내 궁지의 색을 입혀서,
죄악의 무지갯빛 옷을 입혀서,
하늘의 집에 가게, 아버지의 지붕 밑에 가게,
이제 나를 놓아줘."

……부토노프는 마샤를 계속 놓아주지 않았다. 그녀는 세 번 라스토르구예보로 그를 찾아갔었다. 음을 너무 높게 잡아서 이미 더는 높이 올라갈 수 없을 것 같았다. 목소리가 갈기갈기 찢길 것이었다. 모든 것이 갈기갈기 찢길 것이었다…… 만남 하나하나가 마지막 같았던 지금에서야 부토노프는 마샤가 그녀의 원형인 반쯤 잊힌 로스카를 너무도 압도하여 사라진 곡마사의 얼굴조차 떠올릴 수 없다고 스스로 인정했다. 이미 마샤가 로스카를 닮은 게 아니라, 오히려 순간 번쩍하고 사라진 그 사랑이 지금의 사랑에 대한 기약이었던 것 같았다. 불가피한

떠남이 정열의 불길을 더 거세게 일으켰다.

그는 꼭 필요도 없이 그의 삶에 동시에 자리하고 있던 두세 여자를 버렸다. 일 때문에 심지어 다소 필요하기까지 한 한 여자는, 스포츠 위원회 여비서였다, 그의 무시에 모욕당했다는 것을 그에게 인지시켰다. 두번째 여자는 마사지 테이블을 만족을 위한 장소가 아니라 작업대로 여겼던 부토노프가 예외를 두었던 젊은 발레리나 고객이었는데 리가로 이주해서 저절로 떨어져나갔다. 그는 정말로 니카를 12월부터 보지 못했다. 그들은 몇 번 전화를 주고받으며 보고 싶다는 바람을 정중하게 표현했지만, 둘 다 한 걸음도 내딛지 않았다.

부토노프에게 연이어 직업적 위기가 무르익고 있었다. 그는 스포츠 의학이, 그가 계속 다뤄온 한결같은 외상들이, 그리고 외국에 다녀오는 것과 관련된 끔찍한 음모들이 지긋지긋했다. 때맞춰 제안이 있었다. 제4국* 산하에 재활센터가 만들어지고 있었고, 부토노프는 센터장 후보 중 하나였다. 그것은 여러 흥미로운 가능성을 약속했다. 수학자의 경우 왕왕 그렇듯, 서른다섯 즈음 직업적인 정점에 도달한 아내 올랴가 발레리를 찌르고 있었다. 새 일, 현대적인 설비, 평생 똑같은 점들을 손가락으로 눌러대기만 해서는 안 돼……

쪼글쪼글하고 피부가 노래서 해가 갈수록 점점 더 불교 승려를 닮아가던 이바노프는 경고했다. "네 머리로는 감당 못해. 네 성질에도 안 맞고……"

이 지적에는 합당한 인정도 은근한 무시도 동시에 들어 있었다.

---

* 소비에트 내무성 산하의 비밀 정치공작을 담당하던 부서.

니카의 개입 덕분에 집수리가 성공적으로 이루어진 후에 특히 그녀를 높이 평가하고 있던 부토노프는 그녀와 상의하기로 했다. 그는 극장 근처에서 그녀를 만나 그들의 행로가 교차하는 지점에 있어 편리한, 타간스카야광장에 있는 지저분한 레스토랑으로 갔다.

긴 모피코트, 짧은 치마, 커다란 반지들과 풍성한 머리카락. 니카는 몸에 지닌 게 다 다소 지나치기는 했지만 멋졌다. 단순하고 유쾌하게 이런저런 수다를 떨던 중에 부토노프가 자신이 안고 있는 문제에 대해 이야기하자, 그녀는 예기치 않게 옷차림을 단정히 하고 얼굴을 찌푸리더니 단호하게 말했다.

"발레라, 그거 알아? 우리 가족은 좋은 전통을 하나 갖고 있어. 권력에서 멀찍이 떨어져 있는 거지. 내 가까운 친척 중에 유대인 치과의사가 있었어. 그분이 기막힌 농담을 하나 했어. '내 영혼은 소비에트 권력을 그토록 사랑하는데, 내 몸이 그걸 받아들이지 못해.' 그 일을 맡으면 넌 소비에트 권력의 몸통을 계속 건드리게 될 거야……" 니카는 마지막 말 전에 가볍게, 아주 예술적으로 욕을 퍼부었다.

부토노프는 마음이 금방 가벼워졌다. 니카가 유쾌한 욕설로 문제를 해결해주었다. 그는 제4국을 거부했고, 그 사실을 즉시 그녀에게 알려주며 감사를 표했다.

그들의 우정 어린 분위기가 뜨겁게 달아올라, 샤슬릭을 먹고는 베이지색 '모스크비치'를 타고 타간스카야광장으로 가서 부토노프는 불필요한 질문 없이 차를 돌려 라스토르구예보로 경로를 잡았다.

……마샤는 가장 참을 수 없는 유형의 불면증에 시달렸다. 수면제를 이미 다 먹었고, 팔도 다리도 등도 자는데, 다 자는데 머릿속 작은

진원만은 잠들지 않고 한결같은 신호를 보낸다. '잠들 수 없어…… 잠들 수 없어……'

무릎을 턱 쪽으로 끌어당긴 아이 같은 자세를 하자 너무도 작은 큰 알리크가 잠든 침대에서, 그녀는 기어나왔다. 부엌으로 가서 담배를 피우고, 찬물 아래 손을 대고 있다가 세수를 하고, 부엌에 있는 침대 겸용 의자에 몸을 뉘었다. 눈을 감자 다시 '잠들 수 없어…… 잠들 수 없어……'

그가, 늘 찾아오는 천사가 검붉은색의 암울한 차림으로 문구멍에 서 있었다. 연극 가면에 난 구멍으로 보는 것처럼, 얼굴은 선명하지 않았지만 눈이 짙푸르게 빛났다. 마샤는 문구멍이 가짜고 진짜 문은 좀더 오른쪽에 있었다는 것에 주의했다. 그가 그녀에게 손을 뻗더니, 그녀의 귀에 손바닥을 붙이고 약간 누르기까지 했다.

'이제 예지를 가르치겠구나.' 그녀가 추측했고, 할라트를 벗어야 한다는 것을 깨달았다. 그녀는 긴 잠옷만 입은 상태가 되었다.

그가 그녀의 등뒤에 서서 그녀의 귀와 눈을 꽉 틀어막더니, 중간 손가락들로 이마를 가로질러 양미간까지 쓰다듬기 시작했다. 가는 색의 파도들이 밀려왔다 밀려가고 있었다. 많은 색조로 펼쳐진 무지개들. 그는 그녀가 그를 멈추기를 기다렸고, 그녀가 말했다.

"충분해요."

손가락들이 멈추었다. 기분 나쁜 초록 색조가 가미된 창백한 노란색의 띠 속에서 그녀는 두 사람을, 남자와 여자를 보았다. 아주 젊고 날씬했다. 그들은 쌍안경으로 보는 것처럼 그녀가 알아보지 못하게 될 때까지 가까이 왔다. 부모님이었다. 손을 잡고 있었고, 서로에게 빠져 있었다. 엄마는 남색 줄이 들어간 낯익은 푸른 원피스를 입었다. 마샤보다 나이가 적었다. 그들이 그녀를 보지 못하는 것이 서운했다.

'이건 안 돼.' 마샤는 이해했다. 그가 다시 그녀의 이마를 가로로 쓰다듬기 시작했고, 어떤 점을 눌렀다.

'부토노프의 과학, 점의 과학.' 마샤가 생각했다. 그녀는 노란빛의 띠를 멈춰 세웠다. 그러자 라스토르구예보의 집과 닫힌 쪽문과 쪽문 곁에 선 자신이 보였다. 대문 뒤의 자동차도 할머니의 반쪽에서 빛나는 작은 빛도 보았다. 그녀는 쪽문을 열지 않고 통과해서 불 밝힌 창으로 다가갔다. 더 정확히 말하면, 창이 그녀에게 다가왔다. 그녀는 가볍게 공중으로 떠올라서는 부드럽게 다이빙해서 안으로 날아들었다.

그녀가 바로 곁에 있었지만 그들은 보지 못했다. 그녀는 뒤로 젖혀진 니카의 긴 목을 손으로 건드릴 수도 있을 것이었다. 니카는 미소 짓고 있었다. 심지어 아마 웃고 있었을 테지만, 소리가 꺼져 있었다. 마샤가 손가락으로 부토노프의 윤기나는 가슴을 쓰다듬었지만, 그는 알아차리지 못했다. 그의 입술이 떨리고 부풀었고, 치아 하나가 아주 약간 비스듬히 박힌 앞니들이 벌어졌다……

"차 돌려서 되돌아가." 니카가 창밖으로 랴잔 대로를 보고는 부토노프에게 조용히 말했다.

"그렇게 생각해?" 부토노프는 약간 놀랐지만 다투려 하지 않고 방향 지시등을 켜고는 차를 돌렸다.

그가 우사촙카 강가에 차를 세웠다. 그들은 생기로운 멋진 입맞춤과 함께 진심 어린 작별인사를 나누었다. 부토노프는 조금도 기분이 상하지 않았다. 아닌 건 아닌 거다. 그런 일들에서는 아무도 아무에게도 의

무를 지지 않는다. 밤이 깊지 않았다. 드문드문 눈발이 떨어졌다. 카탸와 리자가 잠자리에 들지 않고 엄마를 기다리고 있었다.

'신의 가호가 그와 함께하길. 라스토르구예보와 함께하길.' 니카는 생각하고는 계단을 따라 가볍게 3층으로 달려 올라갔다……

마샤는 부엌과 방 사이 복도에 얼음 같은 찬바람을 맞으며 서 있었다. 그녀는 이미 언젠가 바로 그렇게 잠옷을 입고 바로 이 얼음 같은 찬바람 속에 서 있었다는 것을 번개가 친 것처럼 갑자기 알게 되었다…… 그녀 등뒤의 문이 지금 열리고, 끔찍한 무언가가 문 뒤에…… 그녀는 손가락들로 이마를 가로질러 양미간까지 쓰다듬고 이마 가운데를 조금 문질렀다. 기다려, 멈춰……

그러나 문 뒤의 공포는 자라났다. 그녀는 자신을 뒤돌아보게 했다. 가짜 문이 조용히 움직였다……

마샤는 방안으로 뛰어들어가서 발코니 문을 밀어젖혔다. 문이 삐걱대는 소리 없이 활짝 열렸다. 바깥에서 밀려든 추위가 축제 같고 신선했다. 등뒤에는 얼음같이 차가운, 숨막히는 그가 있었다.

마샤는 발코니로 나갔다. 부드럽게 내리는 눈 속에 천 개의 목소리를 가진 음악이 있었다. 눈송이 하나하나가 자기 소리를 나르는 것 같았고, 그 순간도 그녀에게 친숙했다. 이건 예전에도 있었어. 그녀가 돌아보았다. 방문 뒤에 끔찍한 무언가가 서 있었고, 다가오고 있었다.

"아, 알아, 알아……" 마샤는 텔레비전 뒤에서 마분지 상자 위로 올라섰고, 상자에서 발코니 선반에 고정된 긴 화단 위로 발을 옮겼다. 그러고는 공중으로 떠오르게 하는 내적인 움직임을 행했다……

그녀의 남편 알리크가 다리를 배 쪽으로 당긴 채 자고 있었다. 옆방에서 정확히 그와 같은 자세를 하고 그녀의 아들이 자고 있었다. 춘분의 시작, 밝은 천상의 축일이었다.

16

하루 밤낮이 지나 메데야는 전보를 받았다. 여자 집배원 클라바가 아침에 전보를 가져왔다. 세 가지 사유로 보내온 전보들이었다. 메데야의 생일 축전, 친척들이 온다는 소식, 그리고 부고였다.

메데야는 전보를 손에 쥐고 자기 방으로 가서, 전에는 그녀가 서 있던 자리인 이콘 맞은편에 놓인 안락의자에 앉았다.

그녀는 꽤 한참을 입술을 실룩이며 앉아 있었다. 그러고는 일어나서 찻잔을 씻고 길 떠날 채비를 했다. 가을에 앓은 병 때문에 왼쪽 무릎에 죄는 듯 불쾌한 느낌이 남았지만, 이미 익숙해졌고 평소보다 조금 천천히 움직였다.

그녀는 문을 잠그고 열쇠를 크랍추크 부부에게 가져다 맡겼다.

버스 정류장이 옆에 있었다. 그녀의 친척들이 보통 다니던 경로였다. 마을에서 수다크로 갔고, 수다크에서 심페로폴의 버스 터미널로 가서 거기서 공항으로 향했다.

그녀는 마지막 비행기를 탈 수 있었고, 전에 한 번도 간 적이 없는, 우스펜스키 골목에 있는 산드로치카의 집 초인종을 저녁 늦게 눌렀다.

여동생이 문을 열어주었다. 그들은 1952년부터 보지 못해서 이십오 년 만이었다. 얼싸안고 눈물에 젖었다. 리디야와 베라는 방금 나가고 없었다. 눈물에 퉁퉁 부은 니카가 현관으로 나와서 메데야에게 매달렸다.

이반 이사예비치가 찻주전자를 올려놓으러 갔다. 그는 크림에서 아내의 언니가 왔음을 짐작했다. 그들의 오래전 어떤 다툼이 어렴풋이 떠올랐다. 메데야가 시골스럽게 두른 털 스카프를 머리에서 벗겨내자, 검은 머리띠가 눈에 띄었다. 이반 이사예비치는 이콘을 닮은 그녀의 얼굴에 놀랐다. 자매가 많이 닮은 모습이었다.

메데야가 식탁에 앉아서 낯선 집을 둘러보고 흡족해했다. 집이 좋았다.

커다란 슬픔인 마샤의 죽음이 알렉산드라 게오르기예브나에게 커다란 기쁨도 가져다주었다. 지금 그녀는 어떻게 한 사람이 그토록 다른 감정을 동시에 담고 있을 수 있는지 어리둥절했다.

한편 그녀의 왼편에 앉은 메데야는 왜 이렇게 되었는지, 그녀에게 가장 소중한 사람을 왜 사반세기 동안 보지 않았는지 도무지 이해할 수 없었다. 그 사실을 깨닫고 몸서리를 쳤다. 이유도 해명도 없었던 것 같았다.

"병이었어, 메데야, 중병이었어. 다들 전혀 몰랐어. 알리크의 친구인 정신과의사가 일주일 전에 마샤를 진찰했는데, 속히 입원시켜야 한다고 했어. 심각한 조울증이라고. 약을 처방해줬어…… 애들이 하루하루 출국 허가를 기다리고 있었던 거 알아……? 그렇게 된 거야. 애가 정상이 아닌 걸 나도 봤는데.

그때처럼 손을 잡아주지 않았어…… 결코 날 용서할 수가 없어……" 알렉산드라가 자신을 질책했다.

"엄마, 제발 그만해! 자책하지 말라고. 이건 정말 내 책임이야…… 메데야, 메데야, 이제 나 어떻게 살아? 믿을 수가 없어……" 니카는 울고 있었지만, 웃음기를 타고난 그녀의 입술은 계속 미소 짓는 것 같았다……

관례를 어겨 사흘째가 아니라 닷새째 장례식을 치렀다. 전문가 감정이 이루어졌다. 프룬젠스키 지구 어딘가에 있는 법의학과 영안실에 알리크가 두 명의 친구 및 게오르기와 함께 도착했다.

니카는 이미 그곳에 있었다. 그녀가 머리카락을 짧게 자른 마샤의 머리와 해부하고 봉합한 거친 자국이 보였던 목을 하얀 크레이프 드 신 천 조각으로 감싸고, 메데야가 하던 대로 관자놀이 위에서 평평한 매듭으로 묶었다. 마샤의 얼굴은 온전했고, 밀랍같이 창백했다. 얼굴의 아름다움은 손상되지 않았다.

최근 몇 해 마샤가 간혹 가던 프레오브라젠카의 사제가 그녀의 죽음을 몹시 슬퍼했지만 장례는 거부했다. 자살이었기 때문이다.

메데야가 그리스 교회로 그녀를 데려가줄 것을 요청했다. 안티오히스코예 포드보리예*가 모스크바의 교회 가운데 가장 그리스적이었다. 그곳에 있는 표도르 스트라틸라트 사원에서 메데야는 주임 사제를 만날 수 있는지 물었다. 그러나 교회 사무를 보는 여자가 질문을 해서, 메데야는 입을 오므리고 눈을 내리뜬 채 그녀가 폰토스 그리스인이며 많은 세월 그리스 교회에 다니지 않았다고 해명했다. 그러는 사이에 노인인 수도 사제가 다가와서 그리스어로 말했다.

"멀리서 그리스 여자인 걸 보고 왔어…… 이름이 뭔가?"

"메데야 시노플리입니다."

"시노플리…… 혹시 남자 형제 중에 수도사가 있나?" 그가 재빨리 물었다.

"동생 하나가 1920년대에 수도원에 들어갔지요. 불가리아에서요. 그후 어떻게 되었는지 아무것도 모릅니다."

"아가폰?"

"아파나시……"

"위대하신 주여!" 수도 사제가 외쳤다. "그는 아토스산**에 은자로 있네."

"주여, 당신께 영광을 돌립니다." 메데야가 절했다.

그들은 서로의 말을 알아듣는 데 장애가 없지 않았다. 노인은 그리스인이 아니라 시리아인이었다. 그와 메데야의 그리스어는 매우 달랐다. 그들은 초 상자 곁에 있는 벤치에 앉아 한 시간 이상 이야기를 나누었다. 그가 아이를 데려오라고 했고, 직접 장례미사를 집전하겠다고 약속했다……

관을 실은 버스가 교회에 도착했을 때는 이미 사람들이 모여 있었

---

* 수도원 산하의 도시 교회.

** 그리스 북부에 있는 산으로 정교회 수도원의 발상지.

다. 시노플리 가문의 모든 일파가 타슈켄트에서, 트빌리시에서, 빌뉴스에서, 시베리아에서 와 있었다…… 시노플리가 사람들 머리의 다채로운 구릿빛이 이룬 테두리, 촛대, 제의 등 교회가 빚어내는 다양한 색조의 금빛과 어우러졌다.

메데야와 알렉산드라 사이에 이반 이사예비치가 서 있었다. 넓은 어깨, 장밋빛이 감도는 밀가루같이 하얀 얼굴, 그리고 이마에 비스듬히 비대칭적으로 자리잡은 주름살. 늙은 자매는 하얀색과 보라색 히아신스로 치장한 관 앞에서 한마음으로 한 가지를 생각하고 있었다. '내가 여기, 니카의 손이 깔아놓은 예쁜 꽃들 사이에 누워야 하는데. 불쌍한 마샤가 아니라 내가……'

긴 생애를 살며 그들은 죽음에 익숙해지고, 죽음과 친해졌다. 거울을 천으로 가리며 집에서 죽음을 맞이하는 법을, 시편을 중얼대는 목소리에 맞춰, 촛불의 떠듬거림에 맞춰, 이틀 밤낮을 죽은 몸 곁에서 조용하고 엄정하게 사는 법을 배웠다…… 병들지 않고 수치스럽지 않은, 평화로운 죽음에 대해 알았다. 젊은 사람들이 부모보다 먼저 죽었을 때는 강도같이 무법적인 죽음의 침입에 대해서도 알았다……

하지만 자살은 견딜 수 없었다. 그토록 생기로웠던 아이가 서서히 떨어지며 낮게 웅웅대는 눈발의 소용돌이 속으로 제멋대로 날아가서 삶을 떠난 저 찰나의 순간을 받아들일 수가 없었다……

수도 사제가 관으로 다가갔고, 성가대가 지상의 작별을 위해…… 이별을 위해…… 지어진 최상의 말들을 노래하기 시작했다.

예배는 그리스식이었다. 메데야조차 개개 낱말만 알아들을 수 있었다. 그러나 이 알아들을 수 없는 비통한 노래에 심지어 가장 지혜로운 사람이 지닐 수 있는 것보다 더 큰 의미가 담겨 있다는 것을 모두가 명확하게 느끼고 있었다.

우는 사람은 소리 내지 않고 울었다. 알도나가 체크무늬 남자 손수건으로 눈물을 훔쳤다. 그비다스-그로밀라는 초조하게 가죽장갑으로 눈 밑을 닦았다. 시어머니 데보라 리보브나가 소리 내어 울려고 했지만, 알리크가 동료 의사들에게 눈짓해서 교회에서 데리고 나가도록 했다.

마샤를 독일인 묘지*의 부모 곁에 묻고, 사람들은 우스펜스키 골목으로 갔다. 알렉산드라 게오르기예브나가 우겨서 거기에서 추도 잔치를 벌였다. 사람들이 많았다. 식탁에는 노인들과 외지에서 온 친척들만 앉았다. 젊은 사람들은 전부 잔과 병을 들고 서 있었다.

작은 알리크가 틈을 타서 속삭이는 소리로 아버지에게 물었다.

"아빠, 엄마 영원히 죽은 거야?"

"곧 다 변할 거야, 다 좋아질 거야." 아버지가 교육적으로 그에게 대답했다.

작은 알리크가 길고 차가운 시선으로 그를 바라보았다.

"나는 하느님 안 믿어……"

그날 아침 출국허가서가 도착했다. 짐을 꾸리는 데 20일이 주어졌는데, 심지어 너무 길 정도였다. 알리크가 체레무시키에서 친구들과 작별의 정을 나누었지만, 환송연은 곧 추도연이기도 했다.

데보라 리보브나는 언니와 남고, 알리크는 중간 크기 불가리아산 체크무늬 트렁크를 들고 아들과 함께 떠났다.

---

* 브베덴스코예 묘지. 1917년 혁명 전까지는 주로 독일 민족인 서방 기독교 신자의 묘지여서 '독일인 묘지'로 불렸다.

세관원들이 그에게서 종이 한 장을 빼앗았다. 자살하기 얼마 전 마샤가 마지막으로 쓴 시였다. 물론 그는 시를 암송하고 있었다.

연구는 전문가를 유혹하네
영예로운 비둘기 학파의 법칙들의
달콤한 심연에 빠져들라 하네
아니면 선술집 포도주 목록에 몰두하라 하네

그러나 선율같이 섬세하기 그지없는 경험으로
보이지 않는 미묘한 차이를 감지하며
스스로 비둘기나 한 모금 포도주가 될 거라네
그의 영혼이 찾는 모든 것이 될 거라네

인간의 무리 가운데 가장 태평한 우리는
자기 의도 속에 구현되며,
가벼운 영원 속에서 사라져가는 사람 앞에
유순한 머리를 숙일 거라네……

에필로그

마지막으로 나와 남편이 마을에 간 것은 1995년 여름이었다. 메데야는 이미 오래전 세상을 떠나고 없었다. 그녀의 집에는 타타르 가족이 살고 있어서, 우리는 거기에 들르기가 꺼려졌다. 우리는 게오르기에게 갔다. 그는 메데야의 집보다도 높은 곳에 자기 집을 짓고 우물을 팠다. 그의 아내 노라는 예전처럼 아이 같은 외모를 지녔지만, 가까이서 보면 눈 밑에 가득 그어진 아주 미세한 주름살이 보인다. 아주 온화한 금발 여자들이 그렇게 늙어간다.

그녀는 게오르기에게 딸 둘을 낳아주었다.

집에는 사람이 많았다. 나는 그 젊은 사람들 속에서 이제는 성인이 된 1970년대의 아이들을 어렵사리 알아보았다. 리조치카를 매우 닮은, 붉은 곱슬머리의 다섯 살짜리 여자아이가 하찮은 계집아이 짓거리 때문에 한바탕 난리를 피우고 있었다.

게오르기는 오랫동안 만나지 못한 내 남편을 보고 기뻐했다. 내 남편도 시노플리 가문 출신이지만, 하를람피가 아니라 그의 여동생 폴릭세나에게서 나왔다. 그들은 한참 촌수를 셌는데, 8촌간이었다.

게오르기가 우리를 묘지로 데려갔다. 메데야의 십자가가 사모냐의 오벨리스크와 나란히, 겸손하게 높이를 양보하고 서 있었다. 돌아오는 길에 게오르기는 메데야가 죽고 나서 유언장이 발견되었을 때 그녀의 조카들이 얼마나 놀라고 불쾌했던지 우리에게 이야기해주었다. 아무도 모르는 라빌 유수포프에게 집을 물려준 것이었다.

아무도 그 유수포프를 찾으려 들지 않았고, 게오르기는 그때 노라와 타네치카와 어린 딸들과 함께 메데야의 집으로 이사했다. 그는 생물학 연구소에서 일자리를 구했다.

몇 년 후 라빌이 언젠가 메데야에게 나타났던 때와 완전히 똑같은 때에, 그러니까 이른봄 저녁 늦게 나타났다. 그때 게오르기는 상자에서 유언장을 꺼내서 라빌에게 보여주었다. 하지만 라빌이 이 집을 받기까지는 또 몇 년이 흘렀다. 집의 소유권을 이전하기 위한 터무니없는 법적 절차가 이 년 동안 이어졌고, 결국 소유권 이전은 전적으로 게오르기의 끈질긴 노력 덕분에 이루어졌다. 그는 메데야의 유언장이 효력을 인정받도록 하기 위해 공화국 법원까지 찾아갔다. 그때부터 마을 사람 모두가 그를 미친 사람으로 여겼다.

지금 그는 만 육십 세가 되었는데, 예전처럼 굳세고 강하다. 그의 집을 지을 때, 라빌이 동생과 함께 많이 도와주었다. 집이 세워지자 마을 사람들은 생각이 바뀌어, 지금은 게오르기가 아주 교활하다고 말하고 있다. 메데야의 낡은 집 대신, 두 배 더 큰 새집을 얻었다는 것이다.

우리는 저녁을 그 집에서 보냈다. 여름 부엌은 메데야의 것과 아주 비슷해서, 똑같은 구리 항아리들이 있고 식기도 같다. 노라는 지역에서 자라는 풀을 채집하는 법을 배웠고, 옛 시절처럼 마르고 있는 풀 다발들이 고개를 늘어뜨리고 벽에 매달려 있다.

지난 세월 동안 많은 변화가 있었다. 가족은 세상 여기저기로 더 넓게 흩어졌다. 니카는 이탈리아에서 산 지 오래되었다. 그녀는 재치 있고 매력적인 부유한 뚱보와 결혼해서 정숙한 중년 부인같이 보이고, 러시아에서 친척들이 라벤나에 있는 그녀의 부유한 집에 올 때를 끔찍이 좋아한다.

리조치카도 이탈리아에 살고 있는데, 카탸는 이탈리아에 적응하지 못했다. 혼혈인 사람들이 가끔 그렇듯, 그녀는 지독한 친러파다. 그녀는 모스크바로 돌아와서 우사촙카에 살고 있다. 마당에서 난리를 피운 빨간 머리 계집아이가 그녀의 딸이다.

큰 알리크는 미국 학술원 회원이 되었고, 금시라도 노화방지제로 인류를 행복하게 할 것 같다. 작은 알리크는 하버드대학교를 졸업하고 나서 '유대인들 속으로' 들어갔다. 히브리어를 익혔고, 키파*를 쓰고 귀 앞에 늘일 머리카락을 길렀다.** 지금은 텔아비브 근교 도시 브네이브라크에 있는 유대인 아카데미에서 다시 공부하고 있다.

알리크는 미국으로 이주하고 몇 년이 지나서 마샤의 시 선집을 출간했다.

---

* 유대인 남자가 쓰는 작고 테두리 없는 모자.

** 전통적인 유대인 남자의 머리 스타일.

게오르기가 우리에게 그 책을 가져왔다. 첫 장에 그녀가 크림에서 보낸 마지막 여름에 찍은 아마추어 사진이 실려 있다. 그녀는 고개를 돌리고 기쁨에 찬 놀란 표정으로 렌즈를 바라보고 있다. 나는 그녀의 시를 평가하지 않을 것이다. 그것은 내 삶의 한 부분이다. 나 또한 그 마지막 여름을 내 아이들과 함께 마을에서, 메데야의 집에서 보냈기 때문이다.

부토노프는 라스토르구예보의 집에 들러붙었다. 오랫동안 설득한 끝에 아내와 딸을 그곳으로 이주시켰고 아들을 낳았다. 그는 아들에 대한 한없는 사랑에 빠져 있다. 스포츠의학을 오래전에 그만두고 방향을 바꾸어, 아프가니스탄이, 그다음에는 체첸이 끊임없이 공급해주는 척추 환자를 치료하고 있다.

알렉산드라 게오르기예브나, 즉 산드로치카를 제외한 옛 세대 사람들은 다 떠났다. 그녀는 장수하고 있고, 이미 구십이 다 되었다. 마샤의 죽음 이후에 그녀는 매년 여름 이곳에 다녀갔다. 메데야의 마지막 해는 이곳에서 이반 이사예비치와 함께 보내며 언니를 떠나보냈다.

최근 이태 그녀는 크림에 오지 않았다. 힘에 부치게 되었다.

이반 이사예비치는 자매 두 사람을 모두 의인으로 여기지만, 산드로치카는 늙을 때까지 시들지 않는 미소를 짓고 남편의 생각을 바로잡아 준다.

"우리 중 의인은 한 사람이었어……"

나는 남편을 통해 이 가족의 일원이 되어, 내 아이들이 그리스인의 피, 메데야의 피를 조금 지니고 있어서 몹시 기쁘다. 지금까지도 마을에 메데야의 후손들이 오곤 한다. 러시아인들, 리투아니아인들, 그루지야인들, 고려인들이다. 내 남편은 내년에 돈이 생기면, 아이티 태생의 흑인 미국인인 큰며느리가 낳은 어린 손녀를 여기 데려오리라 꿈꾸고 있다.

메데야의 가족에 속한다는 것, 안면조차 없는 수많은 구성원이 일어난 것과 일어나지 않은 것, 그리고 도래할 것의 아득한 풍경 속에서 사라져가는 그런 대가족에 속한다는 것, 이건 놀랍도록 즐거운 느낌이다.

메데이아, 인류의 어머니로 거듭나다

나는 여성 작가다

소비에트 해체 이후 러시아 문학에서 두드러진 현상 중 하나는 여성 산문작가들의 활발한 활동이다. 1980년대 말부터 여성 작가들의 소설과 수필이 연이어 출간되면서 주목받기 시작한 '여성 산문'은 1990년대 비평계에서 이미 현대 러시아 문학의 새로운 정체성을 이루는 중요한 현상으로 인정받았다. 류드밀라 울리츠카야는 이러한 현상의 가장 선명한 대표자로 손꼽히는 작가다.

울리츠카야는 1943년 독소전쟁으로 부모가 피란했던 우랄 지방 바시키르 자치공화국의 작은 도시 다블레카노보에서 태어났다. 전쟁이 끝나자 모스크바로 돌아와 자란 울리츠카야는, 모스크바대학교에서 생물학을 전공하고 1968년부터 소비에트연방 과학 아카데미 산하 일반 유전학연구소에서 연구원으로 일하지만 1970년 지하출판물을 유포한 죄목으로 해고된다. 울리츠카야의 학자 경력은 그것으로 끝이 났고, 그후로 그녀는 더이상 공직에 몸을 담지 않았다. 오랜 직업활동의 공백기를 거친 울리츠카야는 1979년부터 모스크바 유대인 극장에서 문학 감독으로 각본, 어린이 희곡, 비평 등을 쓰는 일을 하며 문학활동을 시작했고 몽골 시를 번역하기도 했다. 삼 년 뒤 울리츠카야는 극장을 떠나 본격적으로 작가의 길에 들어선다.

1980년대 후반 잡지에 작품을 싣기 시작한 울리츠카야는 쉰을 앞두고 발표한 중편소설 『소네치카』(1992)와 첫 장편소설 『메데야와 그녀의 아이들』(1996)이 연이어 러시아 부커상 최종 후보에 오름으로써 작가로서 확고한 명성을 얻는다. (2001년 장편소설 『쿠코츠키의 경우』로 마침내 여성 최초로 러시아 부커상을 받았다.) 『소네치카』가 프랑스 메디치상과 이탈리아 주세페 아체르비 상을 받은 것을 시작으로, 『쿠코츠키의 경우』, 『당신의 슈리크 올림』(2004), 『우리 짜르의 사람들』(2005), 『다니엘 슈타인, 통역사』(2006) 등도 러시아 안팎의 주요 문학상 수상을 거듭하며 대단한 반향을 불러일으켰다. 한국에서도 2012년 박경리문학상을 받았다. 이렇듯 울리츠카야는 짧은 시기에 전 세계적으로 폭넓은 인정을 받았다. 여러 언어로 번역된 그녀의 작품들은 이미 고전의 반열에 올라 있다.

"나는 여성 작가가 아니라 작가다"라고 말한 류드밀라 페트루솁스카야처럼 많은 작가가 자신의 문학에 대한 젠더적 접근을 꺼린 데 반해, 울리츠카야는 다음과 같이 말하며 여성적 글쓰기의 고유한 가치를 적극적으로 옹호했다. "예술은 남성의 예술과 여성의 예술로 나뉜다. 남성의 세계와 여성의 세계는 다르다. 두 세계는 간간이 마주치지만 완전히 합치되지는 않는다. 여성의 세계에서는 사랑, 가족, 아이들과 관련된 문제들이 더 큰 의의를 지닌다. 남성과 여성은 현실 지각과 관심을 두는 주제가 다르다."

여성 산문은 단지 여성이 쓴 산문을 의미하지 않는다. 여성이 글쓰기의 중심에 놓인 여성 산문의 고유한 면모는, 울리츠카야가 말하듯 남성의 세계와 다른 여성의 세계가 지닌 고유성에 있다. 현실과 삶을 대하는 여성적 감수성과 시각, 그리고 여성의 운명과 연관된 문제들에 대한 천착이 여성 산문의 독자적 존재 가치를 이룬다.

여성이 바라보는 삶의 가치와 지향을 구현하는 글쓰기의 중심에는 사회정치적 이상과 갈등의 문제보다는 평범한 일상과 내면세계가 자리한다. 이때 여성의 운명과 뗄 수 없는 것으로, 작가들이 무엇보다 우선 관심을 두는 주제는 가족 문제다. 현대 러시아 여성 작가들은 소비에트 체제의 집단주의 기조 속에서 사회주의리얼리즘 미학이 속물적인 것으로 치부하여 폐기한 가족적 가치를 복원하며 러시아 고전문학과 현대문학의 맥을 잇는다.

울리츠카야는 가족의 중요성을 다음과 같이 강조했다. "나는 인간이 가족 속에서 자라난다는 것을 분명히 안다. 인간은 국가 안에서, 사회 안에서 자란다. 그러나 첫번째 자리는 가족이다. 가족은 모든 것의 기초다." 울리츠카야의 문학에서 가족은 인간 삶의 근본 가치를 이룬다. 그래서 울리츠카야 문학의 중심에는 가족에 강한 애착을 보이며 구성원들을 규합하는 여성이 서 있다. 격동하는 역사와 긴밀히 엮인 여성의 일대기가, 평범한 여성이 어깨에 짊어진 무거운 삶이, 가족의 운명과 뗄 수 없는 자기 운명에 대한 사색이 애잔하게 펼쳐진다.

20세기를 통틀어 여러 세대에 걸친 대가족의 운명을 다루는 소설 『메데야와 그녀의 아이들』은, 제목이 가리키듯 울리츠카야의 가족 서사를 대표하는 작품이다. 제목은 또한 이 소설에서 집안의 가장인 주인공의 생애에 대한 조명이 고대 신화를 부단히 연상시키며 이루어지리라는 기대를 낳는다. '메데야'는 그리스신화의 악명 높은 마녀로 수없이 문학적 · 예술적 변용의 대상이 된 '메데이아'의 러시아어 이름이기 때문이다. (실질적 동명이지만 구분을 위해 앞으로 울리츠카야의 주인공은 '메데야'로, 신화의 인물은 '메데이아'로 부르기로 한다.)

메데야는 메데이아가 아니다

메데이아는 그리스신화를 통틀어 가장 잔인하고 악마적인 여인으로 간주된다. 숙부에게 빼앗긴 왕위를 되찾기 위해 '아르고'호를 타고 황금 양피를 구하러 콜키스 왕국*에 온 이올코스의 왕자 이아손을 사랑하게 된, 콜키스의 공주 메데이아는 결혼을 조건으로 이아손이 황금 양피를 구해 그리스로 돌아가도록 돕는다. 아버지 아이에테스왕을 배신한 메데이아는 이아손과 함께 조국을 버리고 탈출하는 과정에서 아버지의 추격을 뿌리치기 위해 인질로 잡아 왔던 남동생을 토막 내어 바

---

* 현재 조지아 바투미에 위치했던 고대 왕국. 조지아는 그루지야의, 바투미는 바툼의 현명칭이다.

다에 뿌린다. 그리고 이아손이 황금 양피를 찾아오면 왕위를 물려주겠다던 약속을 저버린 그의 숙부 펠리아스를 젊음을 되찾게 해주겠다고 속이고는 끓는 항아리에 넣어 죽여버린다. 그렇게 잔혹한 살인까지 마다하지 않고 사랑한 이아손이 자신을 배신하고 코린토스의 공주 글라우케와 결혼하려고 하자 분노에 휩싸인 메데이아는 옷에 독을 발라 글라우케를 살해하고, 코린토스의 왕 크레온도 죽게 만든다. 더욱이 메데이아는 이아손에게 복수하기 위해 그와의 사이에서 낳은 두 아들까지 제 손으로 죽인다.

이렇게 비정한 여인 메데이아는 고대 그리스시대부터 오늘날에 이르기까지 악녀를 표상하는 대표적인 인물로 불렸다. 메데이아가 가진 악녀, 마녀의 이미지를 확립시킨 대표적인 작품인 에우리피데스의 희곡 『메데이아』와 아폴로니오스의 영웅 서사시 『아르고나우티카』 이래로 메데이아 신화는 여러 시대에 걸쳐 다양한 문학 장르에서 꾸준히 다루어졌다.

울리츠카야는 『메데야와 그녀의 아이들』에서 극악한 여인의 모습과는 완전히 다른 새로운 형상의 메데이아를 창조했다. 작가는 이렇게 말했다. "이 작품은 광포한 콜키스의 공주 메데이아에 관한 신화를 뒤집은 것이다. 정욕이 아니라 고요한 사랑에 관한 소설, 똑같은 크림 해변을 무대로 하지만 불같은 복수가 아니라 관용과 자비에 관한 소설이다."

키 크고 날씬한 자태, 꼿꼿하게 앉은 자세, 가벼운 걸음걸이, 고대 그리스 여인 같은 옆모습, 여신 아테나의 투구를 연상시키는 무성한 구릿빛(붉은) 머리카락, 고대풍으로 주름 잡힌 숄, 여왕같이 훌륭한 몸가짐, 올림포스산에서 굽어보듯 주변 사람들을 관찰하는 태도, 겉치레를 모르며 차분하고 과묵한 모습……

소설에서 묘사되는 메데야 시노플리의 고풍스러운 초상과 성향은 그리스 여신의 면모를 물씬 풍긴다. 메데야의 "방은 신성해서, 어떤 방문객도 특별한 초대 없이는" 들어갈 수 없다. 메데야의 여신 같은 면모는 아이들 식탁은 따로 차려야 하고 해가 떨어지고 나서는 우물에 가지 않아야 하는 등, 친척들이 일종의 제의적 규범으로 준수하는 집안 법규에서도 나타난다. 고독 속에 자연과 조화를 이루어 사는 메데야의 순환적 삶 역시 그녀의 형상이 지닌 신화적 아우라를 상기시킨다. 지역사회에서의 역할을 봐도 메데야는 병원에서 간호사로 일하며 사람들을 돕고, 만과 바다의 돌이 "메데야의 만, 메데야의 돌"로 불릴 정도로 지역 주민들에게 "벌써 오래전 풍경의 일부가" 된, 크림의 수호신과 같은 존재다.

소설에서 메데이아 신화를 직접 연상시키는 대목은 우선 첫머리에서 소개되는 메데야의 출생 내력이다. 메데야는 "헬라스 땅이었던 타브리다 해변에 아득한 옛적부터 터를 잡고" 살아온 그리스인 가문 태생이고, 배가 불러 게오르기 시노플리와 결혼한 어머니 마틸다는 바툼 출신이다. 여기에서 암시된 신화의 대목은 후에 드러나는 가문의 비밀을 통해 또렷해진다. 메데이아가 이아고와 사랑에 빠져 콜키스에서 달아나는 신화의 이야기를 재현하듯, 메데야가 보존한 가문의 비밀에 따르면 메데야의 어머니 마틸다는 그리스인 시노플리와 결혼하려고 바툼에서 도망쳤다. 그리고 메데야의 이름도 그루지야에 기원을 둔다. 그녀의 이름은 남편의 장례식에서 슬픔을 감당하지 못해 죽은 그루지야인 외숙모를 기려서 지은 것이다. 이렇게 그루지야 기원의 이름을 타고난 그리스 여인 메데야는 헬라스 왕자 이아고와 콜키스 공주 메데이아의 결합처럼, 고대 그리스 식민지였던 크림에서 헬라스와 콜키스의 상징적인 결합으로 태어났다.

메데야의 삶의 역사를 봐도 메데이아와의 관련성은 곳곳에서 눈에 띈다. 메데이아의 원형이 병자를 치료하는 약초의 여신인 것처럼, 메데야는 직접 채집한 약초로 민간요법을 시행한다. 메데야가 직접 채집한 약초를 달인 물로 남편 사무일의 상처와 병독을 씻어내는 장면은, 메데이아가 이아손의 아버지 아이손의 늙은 피를 뽑고 약초 달인 물로 젊음을 되찾게 해주는 신화의 에피소드를 연상시킨다.

신화에서 메데이아는 달과 밤과 대지와 마법의 여신이자 저승의 여신인 헤카테를 섬긴다. (헤카테의 딸이라는 설도 있다.) 메데이아가 지하 세계에 제물을 바치듯, 열여섯 살에 아버지와 어머니를 잃고 어린 동생들을 거느린 고아가 된 메데야는 친구 옐레나의 가족이 보내온 돈의 절반을 무엇보다 먼저 어머니와 아버지의 이름을 새겨넣은 커다랗고 검은 대리석 십자가를 세우는 데 주저하지 않고 썼다. 그리고 헤카테의 제자인 메데이아가 마법사인 것과 유사하게, 메데야의 삶에도 진귀한 발견물이나 보이지 않게 여행을 돕는 "길의 천사" 같은 마법적인 기적이 일어나곤 한다. 또한 메데야는 주변의 모든 것을 꿰뚫어보는 놀라운 관찰력의 소유자다. 평범한 눈은 포착할 수 없는 현상의 본질을 파악하는 능력은 그녀의 타고난 '밝은 밤눈'과 관련이 있다. 여성들에게 전해지는 집안 내력인 밝은 밤눈 또한 헤카테와 연결된다. 메데야가 어머니 마틸다에게 물려받은 이 능력은 종손녀 마샤에게 전해진다.

다른 무엇보다 뚜렷이 두 여성을 묶어주는 요소는 그들이 '배반당한 여인'이라는 점이다. 메데이아처럼 메데야도 삶에서 남편의 배신을 겪는다. 메데이아의 형상에 늘 따라다니는 배신의 모티프는 소설에서도 예외가 아니다. 심지어 메데야의 경우는 그녀가 기르고 뒷바라지한 여동생 알렉산드라와 남편 사무일이 벌인 끔찍한 이중의 배신이어서 두 배로 고통스러운 것이다. 남편 사무일의 1주기를 치르고 유품을 정리하던 메데야가 여동생이 남편에게 보낸 편지를 읽고 오래전 그들의 부정을 눈치채는 순간, 그리고 여동생의 딸 니카가 남편의 아이임을 알아채는 순간은 그 어떤 비극보다도 격렬하게 메데야를 뒤흔든다. 메데야는 위로받을 길 없는 삶의 결산과 직면한다. "그녀는 남편에게 모욕당하고 여동생에게 배신당했다. 심지어 그녀에게 아이를 주지 않고, 그녀에게 예정되었던 남편의 아이를 여동생의 유쾌하고 가벼운 몸에 넣어준 운명 자체가 그녀에게 욕을 퍼부었다……" 메데이아의 경우처럼 메데야의 영혼은 깊은 어둠에 잠긴다.

그러나 메데야는 메데이아가 아니다. 아이러니하게도 메데이아 신화가 연상되는 동시에 메데야가 아이 없는 여성으로 소개되는 소설 첫머리부터 이미 둘의 근본적인 차이는 노정된다. 메데야는 잠재적으로도 자식을 살해하는 여인이 될 수 없는 것이다. 작가는 메데이아의 이름을 차용하고 제목에 '그녀의 아이들'이라고 덧붙이면서도 아이 없는 과부로 홀로 살아가는 여성을 전면에 내세워 새로운 메데이아로서 메데야의 다른 면모를 대두시킨다. 메데야가 지닌 삶의 조건은 메데이아와 완전히 상반된다. 그녀는 한 번도 고향을 떠나려 생각한 적이 없는 크림의 그리스 여인이고, 유대인 치과의사와 결혼해 그와 행복한 결혼생활을 했지만 아이는 갖지 못했다.

메데야에게는 자식이 없을뿐더러 정욕과 질투에 눈이 멀어 격노하는 성질도 없다. 메데야는 배신에 악으로 대응하지 않는다. 배신의 열매인 조카딸 니카가 죽은 남편을 대신해서 복수의 대상이 될 수도 있었을 테지만, 그녀는 어떠한 복수도 하지 않았다. 동생에게 잘못을 따지지도 않았으며, 친구 옐레나에게조차 비통한 심정을 털어놓지 않고 (공공연한 것으로 밝혀지는) 비밀을 죽을 때까지 온전히 가슴속에 묻었다. 메데야는 남편과 여동생을 증오하기보다 그들 사이에서 태어난 니카를 변함없이 사랑했다.

메데야가 니카를 조카딸이자 자신의 아이로 받아들인 것은 체념해서가 아니다. 남편과 여동생의 배신은 오랜 시간 생채기로 그녀의 의식 깊숙이 자리한다. 메데야가 두 사람에 대한 분노와 증오를 이길 수 있었던 것은 부단한 노력으로 점철된 용서의 삶을 터득한 결과였다. 그렇게 자신과의 싸움에서 이겨 용서와 자비를 베풀고, 불행과 관련된 물음이 '무슨 죄를 지어서?'에서 '무엇을 위해?'로 바뀌는 것으로 신화의 소설적 변용이 이루어진다. 상처를 극복한 메데야에게 남편의 모습은 생전보다 더 소중하게 남는다. 소설의 말미에서 메데야는 마샤의 죽음이 안긴 공통의 비애를 함께 나누며 알렉산드라 또한 용서하고 그녀와 화해한다. 이처럼 메데야의 형상은 메데이아의 비정한 형상과 길항한다. 메데이아가 복수의 화신인 반면, 메데야는 용서와 화해의 화신이다. 줄곧 검은색 차림을 하는 메데야는 검은색이 모든 색의 합이듯 삶에서 일어나는 모든 것을 포용하고 감내한다.

이렇듯 울리츠카야의 소설에서 악녀 메데이아는 성녀로 거듭난다.

거의 한 세기에 이르는 삶을 일관하여 메데야는 "이콘 같은 얼굴"이 상징하는 성녀의 자질을 띤다. 서른 살에 접어들어 한 (당시로는) 뒤늦은 결혼 전까지의 삶, 사무일 멘데스와 함께한 이십 년에 걸친 부부의 삶, 그리고 삼십 년이 조금 넘는 과부의 삶, 메데야의 삶은 이렇게 크게 세 시기로 구분된다. 여성의 삶에 대한 전통적인 관념들의 틀을 파괴하며 그녀는 결혼이 늦어지는 것도, 아이가 없는 것도, 오랜 시간에 걸친 죽어가는 남편 뒷바라지도, 고독 속의 삶도 힘겨워하지 않는다. 결혼은 메데야의 내면에 아무런 변화를 가져오지 않았다. 메데야는 성녀의 정숙함을 결혼생활에서도 보존한다. 남편의 죽음 이후 오랜 세월 지속한 과부의 삶은 그녀에게 성녀적 정결의 회복으로서 행복한 결혼생활보다 오히려 더 나은 듯하다. 남편 사무일은 부부 관계에 대한 메데야의 무관심에 불만도 항의도 표출하지 않고 그것을 의무적이고 당연한 것으로 받아들인다. 사무일에게 메데야는 경배의 대상이다.

내면의 단련, 자신에 대한 높은 도덕적 요구와 기독교 율법에 대한 충실함이 메데야의 평생을 인도한 삶의 원칙들이다. 사무일이 임종을 앞두고 "그의 아내 메데야야말로 나름의 어떤 법규에 따라 사는 유일한 사람"이라고 깨닫듯, 그녀는 "교회의 삶만이 유일하게 가능하다고" 받아들이고 살았다. 우연한 기적이 그녀의 삶과 동행했지만, 그녀는 하느님을 믿었기에 "우연을 믿지 않았다". "모든 것을 알고 있는 이"에 대한 믿음으로 매 순간을, 삶에서 일어나는 모든 일을 섭리의 발현으로 받아들였다. 울리츠카야의 소설에서 메데이아 신화는 성녀 메데야의 '생애전'으로 탈바꿈된다.

알렉산드라가 가족 중 단 한 사람, 기독교 율법에 충실한 삶을 산

"의인"으로 인정한 메데야는 메데이아의 대척점에 자리한다. 메데이아의 정열은 파괴적이다. 운명과 화해하지 못하고 격노하며 맞서는 메데이아는 세상에 혼란과 죽음을 가져온다. 반대로 메데야는 혼돈을 질서와 조화로 바꾸는 창조자다. 그녀는 이웃에 대한 사랑과 운명에 대한 순종과 자기희생의 기독교적 가치를 구현하며 상처받은 이들을 보호하고 약자를 구한다. 메데야는 크림 정부 각료의 딸인 까닭에 혁명으로 위험에 처한 친구 옐레나를 혁명가인 오빠와 결혼시켜 구한다. (이때 메데야는 스무 살 나이에 실질적인 가장이 된다.) 또한 메데야가 사무일과 결혼한 것은 혁명가이면서도 총살 명령을 따를 수 없었던 그가, '때리지 말고 죽이지 말라'는 가장 근본적인 윤리적 목소리가 내면에 살아 있는 '약한 인간'이었기 때문이다. 메데야가 단 한 번 스쳐간 인연인, 추방당한 크림 타타르인의 후손 라빌 유수포프에게 집을 물려주는 것은 강제로 개입하여 자연적인 삶의 흐름을 파괴하는 권력의 과오를 바로잡고 정의를 실현하려는 개인적인 노력이다. 메데야는 가정의 울타리로 약자를 국가와 이념의 폭력에서 구한다.

야만적인 복수의 화신인 콜키스의 여인 메데이아는 울리츠카야의 소설에서 용서와 사랑과 순종의 기독교적 가치를 실천하며 사는 그리스 여인 메데야로 변모된다. 그리스적·기독교적 휴머니즘의 이상을 체현하는 새로운 메데이아의 형상을 창조하기 위해, 작가는 메데야가 아닌 그녀의 어머니 마틸다가 바툼에서 도망치는 것으로 신화의 이야기를 변형시켰다. 마틸다가 게오르기 시노플리와 결혼함으로써, 그리스의 세계에서 메데야는 이방인이 아닌 고대 그리스 휴머니즘 전통의 수호자가 된다. 그렇게 20세기 역사의 격변으로 동요하는 세상의 조화를 복원하기 위해 새로운 메데이아가 온다. 메데이아가 고향으로 돌아가듯, 소설에는 메데야가 자기 이름의 기원으로 돌아갈 기회가 있었던 것으로 나온다. 그러나 그 기회는 실현되지 않아서 메데야는 평생 자기 땅과 생활양식에 충실하며 살았다. 울리츠카야의 메데야에게는 수천 년이 흐르는 동안 다른 여주인공들이 갖지 못한 것이 주어져 있다. 집과 사랑하는 대가족이 그것이다.

인류 가족의 이상과 톨레랑스

1996년 〈신세계〉지에 발표되었을 때 지녔던 부제처럼 『메데야와 그녀의 아이들』은 '가족 연대기'다. 소설은 "아득한 옛적" 그리스에서 크림으로 이주한 시노플리 가문 후예들의 인생 역정을 그렸다. 메데야의 조부모, 부모, 메데야와 형제자매, 조카들, 종손들과 그들의 아이들, 이렇게 여섯 세대의 삶이 역사적 현실을 배경으로 펼쳐진다. 중심 서사는 세기 전환기에 태어난 메데야 세대와 그 자손 및 이들과 얽힌 인물들의 삶에 대한 것으로, 소설의 시간은 혁명, 내전, 농촌 집단화와 스탈린 대숙청, 독소전쟁, 강제 이주, 해빙과 망명 등 20세기 러시아 역사의 주요 사건을 거의 다 아우른다. 격동의 20세기 러시아 역사가 가족의 삶에 침투한 결과 메데야를 제외한 나머지 가족은 세상 곳곳으로 흩어져 소설의 공간은 유라시아를 넘어 아메리카까지 미친다. 이렇게 시공간의 측면에서 보면 이 소설은 『고요한 돈강』이나 『닥터 지바고』나 심지어 『전쟁과 평화』조차 뛰어넘는 대서사시가 될 법하다. 그러나 『메데야와 그녀의 아이들』은 역사적 사건의 연쇄에 따른 운명의 부침을 그린 전통적인 가족 연대기가 아니다. 가족의 운명을 비트는 역사 자체는 소설에서 큰 비중을 차지하지 않는다. 역사적 사건을 폭넓게 다루지만 역사에 대한 성찰 자체는 관심 대상이 아니다. 소설의 중심에는 역사의 소용돌이 속에서 목숨을 잃거나 삶의 굴곡을 겪는 이들이 아니라 역사의 풍파 속에서도 고향을 떠난 적 없이 지킨 메데야가 자리한다.

메데야는 뿔뿔이 흩어진 형제자매의 많은 자손을 해마다 크림에 있는 자기 집에 불러모은다. 그들이 봄과 여름이면 찾는 메데야의 집은 전통과 관습을 보존하고 계승하는 가문의 둥지다. 메데야는 가문의 둥지를 지키는 혈통의 수호자이고 가문의 기록보관소다. 그녀는 가풍을 지켜 선조와 후손을 잇는 다리 역할을 하며 선조들의 명복과 후손들의 건강을 위해 늘 기도한다. 메데이아가 가정의 파괴자인 반면, 메데야는 가족의 구심점으로 대두된다. 메데야의 사후에는 그녀에 대한 기억이 시노플리 가문의 다양한 구성원들을 하나로 결합한다. 울리츠카야는 메데야를 가족 연대기의 중심으로 내세워 가족적 가치의 중요성을 일깨우며 동시에 역사와 인간의 관계에 대한 나름의 이해를 피력한다.

러시아 문학의 흐름에는 개인과 시대의 관계에 대한 지극히 양립적인 이해가 공존해왔다. 역사의 흐름과 대면할 것인가 아니면 역사로부터 소외될 것인가? 이 질문에 대한 답변의 추구에서 러시아 문학의 주류로 자리잡았던 것은 시대적 소명에 대한 자각을 가진 인간, 톨스토이적인 '큰 인간'의 모습이다. 공동체에 대한 개인의 의무는 19세기 리얼리즘 이래로 러시아 문학의 중심 주제였다. 인민에 대한 역사적 책무 의식 속에서 민족의 미래에 대한 고민과 개인적 삶의 의미 추구를 분리하지 않는 인간이 러시아 문학에서 주인공의 주류를 이루었다. 『닥터 지바고』의 작가 파스테르나크는 시대와 긴밀히 상호작용하기를 거부하고 역사의 물줄기에서 비켜나 사적인 삶을 추구하는 유리 지바고의 형상을 통해 주류 러시아 문학에 반기를 들었다. 인간의 품격을 말살하는 역사의 폭력에 맞서 사적인 삶의 자족적 가치를 옹호하는 울리츠카야는 파스테르나크의 편에 선 작가다. 그러나 울리츠카야는 파스테르나크와도 다르다.

메데야는 "평생 한곳에서 떠나지 않고 살았다. 혁명들, 정권 교체, 적군, 백군, 독일인들, 루마니아인들. 사람들이 내쫓기고, 다른 외지 사람들이 일가붙이 없는 땅에 이주당해 살았다. 그렇게 저절로 급속하고 격렬하게 변하던 삶을 떠나지 않았던 메데야는 종국에 돌바닥에 뿌리를 박은 나무 같은 단단함을 얻었다." 메데야는 "돌바닥에 뿌리를 박은 나무"같이, "바다 한가운데 있는 바위"같이, 역사의 풍파를 이겨내는 단단한 가족의 세계를 상징한다. 지바고가 전체주의 체제에 맞서며 사회에서 완전히 소외되어 추구한 가족적 목가의 세계는 역사의 격랑에 휩쓸려 무너지고 말지만, 그렇게 개인의 삶을 압도하는 역사가 메데야의 형상 앞에서는 위력을 상실한다. 울리츠카야의 소설에서 가족의 세계는 외부 세계와 상관없이 굳건하다. 메데야는 다른 세계에 사는 듯하다. 그녀는 시대 상황이나 사회 체제와 상관없이, 다음 세대에 전해지는 가문의 전통에 따라 산다. 작가는 "날씨 대하듯", 역사의 격랑에 굳이 맞서지 않고 몸을 맡기며 모든 것을 견디고 가족의 세계를 지키는 '작은 인간'의 노력에 경의를 바친다. 시노플리 가문의 구성원들은 그렇게 메데야가 지켜내는 둥지를 찾아와서, 가풍을 접하며 자기 정체성을 확인하고 인간적 온기 속에서 존재의 기쁨을 맛본다.

가족의 정신적 지주로 구성원들을 결속하는 형상이 소설의 중심에 자리한다는 점은 가족의 와해에 대해, 견고하지 못하고 불완전한 가족에 대해 주로 썼던 다른 여성 산문에 대해 울리츠카야의 소설이 지닌 차별성이다. 메데야의 가족 역시 심각한 문제를 안고 있기는 마찬가지다. 시노플리 가문에는 메데야의 어머니 마틸다부터 시작해 배신의 행위가 반복된다. 아이러니하게도 메데야가 남편과 여동생이 저지른 배신의 고통을 감내하는 정신적 힘을 얻는 계기는, 비통한 심정을 나누기 위해 멀고 힘든 여로 끝에 찾아간 옐레나의 집에서 목격한 자신이 처한 것과 유사한 상황이다. "가장 높은 차원의 금기가" 깨진 것으로 도저히 받아들일 수 없던 그 일은 양자 슈리크와 관련된 진실을 알려고도 하지 않는 옐레나를 보며 감내할 수 있는 것이 된다.

배신이 만연한 가족 내에서 메데야는 드물게 정숙하고 헌신적이다. 메데야는 고아가 된 형제자매에게 어머니를 대신하는 존재가 되었다가, 그들이 자라서 둥지를 떠난 뒤에는 시노플리 가문의 후손 전부를 보살핀다. 에필로그에서 화자가 "메데야의 후손"이라고 하듯, 아이 없는 메데야는 그들 모두의 어머니가 된다. 부모의 죽음 이후에 메데야가 기른 동생들과 많은 조카와 그들의 아이들이 모두 "그녀의 아이들"이다. 메데야는 심지어 남편에게도 어머니와 같은 존재다.

메데야는 조카들과 그들의 아이들을 보며 육체적 체험까지 포함하는 진한 모성을 느낀다. 알렉산드라가 낳은 첫아이의 대모가 된 메데야는 "가슴에 젖이 도는" 느낌을 겪는다. 자유롭게 연애를 벌이던 알렉산드라는 아이 아버지가 데리러 오겠다는 약속만 남긴 채 임신한 자신을 두고 떠났는데도 전혀 불안을 느끼지 않는다. 아이 아버지가 돌아오지 않는다 해도 메데야가 동생들을 길렀듯 아이를 길러줄 거라는 확신이 있었기 때문이다. 메데야는 혈통의 수호자이자 위대한 어머니로서 가문 아이들에 대한 깊은 사랑을 품고 있다.

메데야가 사랑으로 결속하는 가문은 혈연으로만 맺어진 것은 아니다. 가족은 선택으로도 이루어진다. 연이은 아버지와 어머니의 죽음 후 메데야와 남은 세 아이를 제외한 나머지 형제자매가 친척에게 입양되거나 일꾼이 되어 뿔뿔이 흩어졌을 때부터 시노플리 가문에는 입양의 전통이 생겨난다. 흩어진 메데야의 형제자매들은 삶을 일구고 아이를 낳았을 뿐 아니라, 전처와 전남편의 아이와 혼외 자식과 전혀 교제가 없던 남편의 조카를 입양하기도 했다. 입양된 아이들도 동등한 가족 구성원이 되고, 그들도 그들의 아이들도 메데야의 집을 찾아온다. 이처럼 혈연은 메데야의 가족에 속하기 위한 필수 요건이 아니다. 가족의 경계는 열려 있다. 메데야가 집을 물려주는 라빌의 경우처럼 예기치 않은 손님도 그녀의 집에 받아들여져 가족이 될 수 있다.

메데야의 집에 받아들여지는 길은 간단해서 가족 규범, 가문의 전통을 받아들이면 된다. 소설에서 이야기되는 가문의 전통에는 당연히 아이들 양육에 대한 것도 있다. 아이들을 훈계가 아닌 사랑 속에 자유롭게 키우고, 아이들이 소중한 존재이지만 삶의 전부가 되어서는 안 되며, 양육의 책임은 부모만의 몫이 아니라 가족 모두가 함께 진다. 알렉산드라가 양육 문제에서 언니를 믿었듯, 시노플리 가문은 아이들을 공동으로 기른다. 그리고 또하나 중요한 가족 규범이 있다. 흔히 아주 격렬하게 들끓는 가족 구성원의 개인적인 삶에 간섭하지 않는 것이다. 메데야는 여동생과 젊은 친척들의 '사랑의 편력'을 날카롭게 꿰뚫어 보지만, "왼다리의 법칙, 기분, 즉각적인 욕망, 변덕 혹은 정열의 법칙을" 결코 이해할 수 없지만, 평가도 단죄도 하지 않으며 그들의 삶에 일절 개입하지 않는다. 다만 여동생의 "힘든 운명의 추구"를 막고 싶은 마음에 어머니 마틸다 이야기를 해주었을 뿐이다.

정숙함과 경솔함, 시노플리 가문 여성들의 두 행동 양식은 가족 내에서 갈등을 빚지 않고 상보적인 역할을 한다. 경솔한 여성들은 그들의 아이들이 결혼으로 태어났든 아니든 상관없이 정숙한 여성이 중심을 이루는 가족에 받아들여지리라는 것을, 무슨 일이 있든 아이들을 가족이 함께 길러주리라는 것을 안다. 그렇게 가족은 허물을 감싸고 포용하는 사랑 속에서 새로운 피를 받아들인다.

신화적 연상이 폭넓게 활용되는 소설에서 이 점과 관련하여 흥미로운 것이 서사 중심에 놓인 메데야와 알렉산드라의 대조적인 삶에 부여되는 신화시학적 의미다. 두 자매는 불모와 다산, 모성과 욕망, 안정과 불안의 완벽한 대립쌍이다. 변함없이 차분하고 안정적인 메데야가 산을 연상시킨다면, 가변적이고 불안정한 형상이어서 바다를 닮은 알렉산드라는 '오케아니스'*를 연상시킨다. 알렉산드라가 사무일과의 사이에서 낳은 딸의 이름이 니카인 것은 우연이 아니다. 니카, 곧 그리스신화에서 승리의 여신인 니케는 오케아니스인 스틱스의 딸이기 때문이다. (니카는 '사랑의 유희'에서 승리를 구가한다.) 알렉산드라는 또한

* 그리스신화에서 티탄족인 '바다의 신' 오케아노스와 '바다의 여신' 테티스 사이에서 태어난 삼천 명의 딸.

곡물과 수확의 여신인 데메테르가 지닌 다산의 힘도 구현한다. 오랫동안 마을의 유일한 의료인이었던 메데야가 탄생과 죽음을 관장하는 존재라면, 알렉산드라는 삶과 사랑의 신비를 관장하는 존재로 카니발 문화의 형상이다. 알렉산드라가 오랜 세월 극장의 의상 담당자로 일하는 것은 이와 무관치 않다. 알렉산드라를 둘러싸고는 늘 삶이 끓어오른다. 그녀는 늘 사랑에 빠져 있고, 가벼운 유쾌함을 선물하며 사람들을 행복하게 하는 능력을 지니고 있다. 알렉산드라의 삶에 대한 사랑은 가족 내에서 결코 방탕으로 단죄되지 않는다. 자유분방한 알렉산드라는 결코 악녀가 아니라 경건한 사람이기도 하다. 그녀가 형부와의 사이에서 가진 아이를 지울 생각을 하지 않는 것은 기독교 계율에 충실하기 때문이다. 그녀는 다만 언니를 위해 아이 양육에 관여하지 말 것을 형부에게 요청했을 뿐이다. 알렉산드라의 세번째 남편 이반 이사예비치는 그녀를 완전히 경건한 사람으로 여기고, 그녀에 관해 추악한 무언가를 가정하느니 차라리 "원죄 없는 잉태설"을 믿을 태세다. "이타카와 미케네의 왕들인 남편들을 위해 털실을 짜고 속옷을 짓고 치즈를 만들던" 그리스 "왕비들과의 명예로운 친족관계를" 메데야가 아닌 알렉산드라와 연관시키는 것은 그녀가 체현한 데메테르의 생명력이 죄악으로 치부되지 않는 까닭이다. 메데야와 고대 세계의 혈통적 연결은 여동생을 통해서야 이루어진다. 가족의 틀 내에서 이루어진 사무일의 배신은 후손에 대한 그의 염원을 이루어주는 다산의 여신과의 제의적 혼인이라는 신화적 의미를 가진다. 반면 신화시학의 관점에서 메데야와 사무일의 관계는 연인의 상징적 거세다. 메데야는 사무일의 성적 에너지를 거두는 대신 그를 영원한 죽음의 공포에서 벗어나게 한다.

유라시아를 넘어 아메리카로까지 퍼져나간 시노플리 가문의 사람들은 거리낌없이 다른 민족 출신 사람과 결혼한다. 메데야와 그녀의 형제자매는 누구도 그리스인, 혹은 하다못해 동향 출신과 운명을 엮지 않았다. 메데야는 유대인과, 언니 아넬랴는 그루지야인과, 여동생 알렉산드라는 러시아에 귀화한 독일인과 결혼했다. 메데야의 남자 형제들은 아르메니아인, 프랑스인, 리투아니아인과 결혼했다. 이 전통은 다음 세대에도 이어진다. 예를 들어, 표도르와 옐레나의 딸 나타샤는 고려인과 결혼하고, 니카는 이탈리아인과 재혼해 라벤나로 떠난다. 이 가족의 구성원들은 고향 크림에서 멀리 떨어져 살며 다른 민족 문화에 녹아드는 것을 두려워하지 않는다. 메데야의 가족은 자연히 다민족 가족이 된다.

그러나 그들은 가족적 정체성을 잃지 않고, 계속해서 자신을 폰토스 그리스인의 후예로 인식한다. 이 많은 다민족 가족은 모두 확장된 하나의 가족, 메데야의 가족이다. 메데야의 가족에 속한다는 감정이, 하나의 가족으로 결속하려는 의지가 가족적 정체성의 기초를 이룬다. 울리츠카야에게 가족이 된다는 것은 혈연이 아닌 정신의 문제다. 소설에서 다양한 사연으로 확장되는 가족의 모습에 상응하여 가족적 유대의 근거로 제시되는 것은 혈연이 아닌 정신적 결속이다. 메데야가 서른 명 남짓 되는 조카들의 방문 일정을 겨울이 채 가기도 전에 잡아야 할 만큼 그들이 메데야의 집에 아이들을 데려오려고 노력하는 것은 아이들에게 가풍을 맛보게 하여 가족적 소속감을 익히게 하기 위함이다. 메데야 가족의 전통, 가족 규범을 받아들일 수 없는 조카들은 메데야의 집을 찾지 않는다. 울리츠카야 소설에서 나타나는 가족에 대한 이해는 민족에 대한 에르네스트 르낭의 말을 떠올리게 한다. 르낭은 민족이 "인종, 종교, 언어의 차이를 뛰어넘어 전통을 공유하며 함께 결속하려는 의지와 욕구를 가진 사람들의 집합"이라고 했는데, 울리츠카야가 바라보는 가족의 모습이 바로 그렇다.

메데야의 집은 가족의 사원이고, 메데야는 경배에 가까운 존경을 불러일으키는 소박한 생활 방식으로도 용모로도 사제를 떠올리게 한다. 그녀의 집은 라빌을 체포하러 온 권력의 하수인이 함부로 문턱을 넘지 못하는 성스러운 곳이다. 메데야는 친척들이 가져온 선물을 "자기 이름이 아니라 집의 이름으로" 받는다. 화자가 이 순간을 "제의적인 순간"이라고 하듯, 선물은 집에 바치는 상징적 제물이다.

가족 성지순례, 가족적 자각을 다음 세대에게 전해주는 행위의 전통은 메데야의 죽음으로 끊기지 않는다. 누구보다 가족 전통을 중시하고 내면이 메데야를 닮은 조카 게오르기가 그녀의 계승자가 되기 때문이다. 게오르기는 방랑하는 지질학자의 삶을 끝내고, 잊지 못할 1976년 여름에 메데야의 집에서 만난 두번째 아내 노라와 함께 크림으로 이주한다. 게오르기는 메데야의 유언에 따라 그녀의 집을 라빌에게 내준 대신 전통 양식대로 새집을 짓고, 노라도 메데야의 방식대로 들판에 자라는 풀을 채집하는 방법을 체득한다. 그리고 메데야의 집이 그러했듯 여름이면 사방에서 온 친척들이 게오르기의 집을 가득 채운다. 게오르기가 크림으로 돌아왔으면, 시노플리 가문이 다시 크림에서 살았으면 했던 메데야의 간절한 염원이 이루어진 것이다. 게오르기와 노라의 첫 만남에서 그는 그녀의 눈에 오디세우스를 닮아 보인다. 할아버지의 이름을 물려받은 게오르기는 오디세우스가 이타카로 돌아가듯 결국 조상들의 땅으로 돌아온 것이다. 이제 그가 메데야를 대신해 가족의 사원을 지키는 사제 역할을 이어간다.

작가는 메데야의 집에 "우주의 중심" "대지의 배꼽"이라는 특별한 의미를 부여한다. 신화적·종교적 상징인 '대지의 배꼽', 곧 '옴팔로스'는 인류의 탄생 장소를 의미한다. 크림에 있는 메데야의 집은 만물의 중심 역할을 하며 다민족 가족 구성원들을 포용하고 연결하는 공간이 된다. 게오르기가 메데야의 집보다 더 높은 곳에 지은 새집은 이 역할이 흔들리지 않고 더 굳건해지리라는 희망의 상징이다. 메데야의 집은 인류에게 공통된 시원의 공간이라는 의미를 갖게 되고, 시노플리 가문은 인류 가족의 모습으로 대두된다. 그래서 세계 각지로 확장된 다민족 가족의 중심인 메데야는 한 가족의 어머니가 아니라 인류의 어머니다.

울리츠카야에게 인류의 이상은 다양한 민족과 문화와 종교가 서로 얽힌 큰 가문들의 집합으로 나타난다. 이야기를 끝맺는 화자의 말처럼 인간은 이 대가문에 속해서 존재의 조화를 보장받고 행복을 맛본다. 신이 창조한 세상 모든 것의 다양성을 존중하며 받아들일 것, 이것이 울리츠카야가 "메데야와 그녀의 아이들"의 모습을 통해 제시한 인간의 가장 지고한 도덕적 가치다. 메데야는 이런 '톨레랑스'의 화신이다. 정교회 신자인 그녀는 남편 사무일이 임종을 앞두고 "아브라함의 품"으로 돌아온 것을 기뻐하고, 이슬람교를 믿는 타타르인 라빌에게 집을 물려준다.

이와 관련하여 또한 의미심장한 것이 시노플리라는 성姓의 기원이다. 이 성은 흑해 남부 연안에 있는 '시노프'라는 도시의 이름에서 유래했다. 시노프는 헬레니즘 시대 프톨레마이오스 왕국에서 이집트와 그리스의 문화와 종교의 융합으로 탄생한 신 '세라피스' 숭배의 중심지로, 고대 유럽과 아시아의 상징적인 경계선이었다. 그래서 메데야 가족의 성에는 다양한 문화와 종교와 민족의 평화로운 공존과 협력의 이상이 내재되어 있다. 메데야의 가족을 이 개념보다 더 잘 설명하는 것은 없다. '메데야의 아이들'은 평화롭게 상호작용하며 인류 문화의 아름다운 무늬를 만들어가는 다양한 민족과 문화와 종교의 대표자들이다.

가족 애가

『메데야와 그녀의 아이들』의 숲을 헤쳐나가는 길은 여러 갈래다. 해설에 다 담지 못한 신화시학적 상징들을 이정표 삼아 걸을 수도 있고, 사랑에 대한 사색의 길로 빠질 수도 있다. 남성 인물과 여성 인물의 모습을 비교하며 작가가 '남성성'과 '여성성'에 대한 전통적인 남성중심주의 시각에 맞서 제시한 새로운 젠더 역할을 만나러 가는 길일 수도 있다. 어떤 길로 걷든 모든 가능한 길 위에서 우리는 메데야를 만난다.

울리츠카야는 "내 소설 『메데야와 그녀의 아이들』은 옛 세대에 바치는 책이자, 어떤 의미에서 가족을 애도하는 나의 통곡이다"라고 말했다. 가족적 가치가 살아 있던 옛 세대를 기억하며, 가족적 가치의 복원을 염원하며, 통곡의 눈물로 쓴 책이라는 말일 것이다. 가브리엘 마르셀은 가정을 "존재가 드러나는 장소"라고 했다. 가족이란 서로를 '어떠어떠함'으로 재단하지 않고, 어떤 허물을 지녔던 존재 그 자체를 사랑으로 품는 공동체다. 가족공동체 안에서야 인간은 편안한 쉼 속에서 자신을 축복된 존재로, 생명을 고귀한 것으로 느낄 수 있다. 그래서 인간이 인간이기 위해서는 가족적이어야 한다. 『메데야와 그녀의 아이들』의 세계가 보여주는 용서와 감내, 포용과 사랑의 모습은 이런 가족적 가치의 구현이다. 『메데야와 그녀의 아이들』은 가족적 가치가 살아 있던 옛 세대에 대한 그리움이자 가족적 가치를 상실한 세대에 대한 질타다. 러시아 땅도 우크라이나 땅도 아닌 크림, 그리스인과 타타르인과 러시아인과 우크라이나인 등이 서로를 있는 그대로 받아들이고 자연에 깃든 영원의 얼굴을 하루하루 마주하며 소박하게 살아가던 옛 크림의 가족공동체에 대한 그리움이자 그것을 파괴한 국가와 이념의 폭력에 대한 질타다. 민족과 종교의 차이로 곳곳에서 반목하고 갈등하는 지구촌의 모습 앞에서 '인류 가족'의 요원한 꿈이 슬퍼 흘리는 통곡의 눈물이다.

해설을 쓰며 김혜영, 이수연, 윤영순, 라티포바E. Латыпова, 로벤스카야T. Ровенская, 사포노바E. Сафонова, 아가예바K. Агаева, 오시무히나O. Осьмухина, 쿰바셰바Ю. Кумбашева 등에게 귀중한 도움을 받았다. 좋은 번역에 대한 고민을 끝까지 함께 나누며 전심전력을 다해준 문학동네 편집부에 고마운 마음은 폰토스 에욱세이노스만큼 깊다.

최종술

1943년 2월 21일 가족이 제2차세계대전을 피해 머물렀던 러시아 바시키르 자치공화국에서 출생. 종전 후 가족과 함께 모스크바로 돌아옴. 아버지는 농학과 공학을 전공한 엔지니어, 어머니는 생화학자였음.

1970년 모스크바국립대학교에서 생물학을 전공하고 졸업 후 소비에트연방 과학 아카데미 산하 유전학연구소에서 이 년 동안 근무했으나, 사미즈다트 즉 지하출판물을 소지하고 유포했다는 이유로 해고당함.

1972년 첫째 아들 알렉세이 태어남.

1975년 둘째 아들 표트르 태어남.

1979년 모스크바 유대인 극장에서 문학 감독을 맡아 각본, 평론, 소설 등을 쓰며 문학활동을 시작함.

1990~1991년 울리츠카야가 각본을 쓴 영화 〈리베르티 자매들Сестрички Либерти〉(블라디미르 그람마티코프 감독), 〈모두를 위한 여인Женщина для всех〉(아나톨리 마테시코 감독)이 공개됨.

1992년 중편소설 『소네치카Сонечка』 발표. 이 작품으로 러시아 부커상 최종 후보에 올라 주목을 받았고 1996년 프랑스 메디치상, 1998년 이탈리아 주세페 아체르비 상을 수상하며 유럽에도 이름을 알리게 됨.

1993년 단편소설 「부하라의 딸Дочь Бухары」 등이 수록된 소설집 『가난한 친척들Бедные родственники』 출간.

1996년 장편소설 『메데야와 그녀의 아이들Медея и ее дети』 발표.

1997년 중편소설 『행복한 장례식Веселые похороны』 발표.

2001년 장편소설 『쿠코츠키의 경우Казус Кукоцкого』 발표. 이 작품으로 여성 최초로 러시아 부커상 수상.

2004년 『당신의 슈리크 올림Искренне ваш Шурик』으로 러시아 올해의 소설상, 중국 세계문학상, 이탈리아 그린차네 카보우르 상 수상. 단편집 『처음과 마지막Первые и последние』 출간.

2005년 『우리 짜르의 사람들Люди нашего царя』로 러시아 올해의 문학상 수상.

2006년 『다니엘 슈타인, 통역사Даниэль Штайн, переводчик』로 러시아 최우수 문학상 수상. 홀로코스트를 다룬 이 작품은 25개 이상의 언어로 번역되어 1백만 부 넘게 판매됨.

2007년 류드밀라 울리츠카야 재단 설립. 작가가 직접 고른 책들을 러시아의 도서관들에 보내는 것이 재단의 주요 활동임.

2008년 희곡집 『러시아 잼 그리고 다른 작품들Русское варенье и другое』 출간.

2009년 맨부커 인터내셔널 최종 후보에 오름.

2010년 『커다란 초록 천막Зеленый шатер』 발표.

2011년 프랑스 시몬 드 보부아르 상 수상.

2012년 한국 박경리문학상 수상.

2014년 러시아의 군사 개입에 반대하는 반정부 시위, 일명 '평화의 행진'에 참여했고 "러시아가 야만인들의 나라가 되어가고 있다"며 정부를 강하게 비판. 오스트리아 정부가 주관하는 유럽문학상 수상. 프랑스 레지옹 도뇌르 훈장 수훈.

2015년 장편소설 『야곱의 사다리Лестница Якова』 발표.

2019년 단편집 『영혼의 몸에 관하여О теле души』 출간.

2020년 독일 지크프리트 렌츠 상 수상.

2022년 러시아가 우크라이나를 침공하자 러시아 신문 〈노바야 가제타〉에 「고통, 공포, 수치」라는 제목의 글을 발표. 독일 베를린으로 근거지를 옮김.

2023년 독일 귄터 그라스 상, 에리히 마리아 레마르크 상 수상.

문학동네 세계문학전집 발간에 부쳐

세계문학은 국민문학 혹은 지역문학을 떠나 존재하는 문학이 아니지만 그것들의 총합도 아니다. 세계문학이라는 용어에는 그 나름의 언어와 전통을 갖고 있는 국민문학이나 지역문학의 존재를 인정하면서 그것을 넘어서는 문학의 보편적 질서에 대한 관념이 새겨져 있다. 그 용어를 처음 고안한 19세기 유럽인들은 유럽문학을 중심으로 그 질서를 구축했지만 풍부한 국민문학의 전통을 가지고 있는 현대의 문학 강국들은 나름의 방식으로 세계문학을 이해하면서 정전(正典)의 목록을 작성하고 또 수정한다.

한국에서도 세계문학 관념은 우리 사회와 문화의 변화 속에서 거듭 수정돼왔다. 어느 시기에는 제국 일본의 교양주의를 반영한 세계문학 관념이, 어느 시기에는 제3세계 민족주의에 동조한 세계문학 관념이 출현했고, 그러한 관념을 실천한 전집물이 출판됐다. 21세기 한국에 새로운 세계문학전집이 필요하다는 것은 명백하다. 우리의 지성과 감성의 기준에 부합하는 세계문학을 다시 구상할 때가 되었다.

문학동네 세계문학전집은 범세계적으로 통용되는 고전에 대한 상식을 존중하면서도 지난 반세기 동안 해외 주요 언어권에서 창작과 연구의 진전에 따라 일어난 정전의 변동을 고려하여 편성되었다. 그래서 불멸의 명작은 물론 동시대 세계의 중요한 정치·문화적 실천에 영감을 준 새로운 작품들을 두루 포함시켰다.

창립 이후 지금까지 한국문학 및 번역문학 출판에서 가장 전문적이고 생산적인 그룹을 대표해온 문학동네가 그간 축적한 문학 출판 경험을 바탕으로 새로운 세계문학전집을 펴낸다. 인류가 무지와 몽매의 어둠 속을 방황하면서도 끝내 길을 잃지 않은 것은 세계문학사의 하늘에 떠 있는 빛나는 별들이 길잡이가 되어주었기 때문이다. 우리가 자부심과 사명감 속에서 그리게 될 이 새로운 별자리가 독자들의 관심과 애정에 힘입어 우리 모두의 뿌듯한 자산이 되기를 소망한다.

문학동네 세계문학전집 편집위원

민은경, 박유하, 변현태, 송병선, 이재룡, 홍길표, 남진우, 황종연

세계문학전집 235
메데야와 그녀의 아이들

초판 인쇄 2023년 9월 11일
초판 발행 2023년 9월 27일

지은이 류드밀라 울리츠카야 | 옮긴이 최종술

책임편집 김수연 | 편집 김무겸 오동규
디자인 김유진 이원경 | 저작권 박지영 형소진 최은진 서연주 오서영
마케팅 정민호 서지화 한민아 이민경 안남영 왕지경 황승현 김혜원 김하연
브랜딩 함유지 함근아 고보미 박민재 김희숙 정승민 배진성
제작 강신은 김동욱 이순호 | 제작처 영신사

펴낸곳 (주)문학동네 | 펴낸이 김소영
출판등록 1993년 10월 22일 제2003-000045호
주소 10881 경기도 파주시 회동길 210
전자우편 editor@munhak.com | 대표전화 031) 955-8888 | 팩스 031) 955-8855
문의전화 031) 955-1927(마케팅) 031) 955-3560(편집)
문학동네카페 http://cafe.naver.com/mhdn
인스타그램 @munhakdongne | 트위터 @munhakdongne
북클럽문학동네 http://bookclubmunhak.com

ISBN 978-89-546-9476-6 04890
978-89-546-0901-2 (세트)

잘못된 책은 구입하신 서점에서 교환해드립니다.
기타 교환 문의 031) 955-2661, 3580

www.munhak.com

1, 2, 3 안나 카레니나 레프 톨스토이 | 박형규 옮김
4 판탈레온과 특별봉사대 마리오 바르가스 요사 | 송병선 옮김
5 황금 물고기 르 클레지오 | 최수철 옮김
6 템페스트 윌리엄 셰익스피어 | 이경식 옮김
7 위대한 개츠비 F. 스콧 피츠제럴드 | 김영하 옮김
8 아름다운 애너벨 리 싸늘하게 죽다 오에 겐자부로 | 박유하 옮김
9, 10 파우스트 요한 볼프강 폰 괴테 | 이인웅 옮김
11 가면의 고백 미시마 유키오 | 양윤옥 옮김
12 킴 러디어드 키플링 | 하창수 옮김
13 나귀 가죽 오노레 드 발자크 | 이철의 옮김
14 피아노 치는 여자 엘프리데 옐리네크 | 이병애 옮김
15 1984 조지 오웰 | 김기혁 옮김
16 벤야멘타 하인학교 - 야콥 폰 군텐 이야기 로베르트 발저 | 홍길표 옮김
17, 18 적과 흑 스탕달 | 이규식 옮김
19, 20 휴먼 스테인 필립 로스 | 박범수 옮김
21 체스 이야기·낯선 여인의 편지 슈테판 츠바이크 | 김연수 옮김
22 왼손잡이 니콜라이 레스코프 | 이상훈 옮김
23 소송 프란츠 카프카 | 권혁준 옮김
24 마크롤 가비에로의 모험 알바로 무티스 | 송병선 옮김
25 파계 시마자키 도손 | 노영희 옮김
26 내 생명 앗아가주오 앙헬레스 마스트레타 | 강성식 옮김
27 여명 시도니가브리엘 콜레트 | 송기정 옮김
28 한때 흑인이었던 남자의 자서전 제임스 웰든 존슨 | 천승걸 옮김
29 슬픈 짐승 모니카 마론 | 김미선 옮김
30 피로 물든 방 앤절라 카터 | 이귀우 옮김
31 숨그네 헤르타 뮐러 | 박경희 옮김
32 우리 시대의 영웅 미하일 레르몬토프 | 김연경 옮김
33, 34 실낙원 존 밀턴 | 조신권 옮김
35 복낙원 존 밀턴 | 조신권 옮김
36 포로기 오오카 쇼헤이 | 허호 옮김
37 동물농장·파리와 런던의 따라지 인생 조지 오웰 | 김기혁 옮김
38 루이 랑베르 오노레 드 발자크 | 송기정 옮김
39 코틀로반 안드레이 플라토노프 | 김철균 옮김
40 어두운 상점들의 거리 파트릭 모디아노 | 김화영 옮김
41 순교자 김은국 | 도정일 옮김
42 젊은 베르테르의 슬픔 요한 볼프강 폰 괴테 | 안장혁 옮김
43 더블린 사람들 제임스 조이스 | 진선주 옮김
44 설득 제인 오스틴 | 원영선, 전신화 옮김
45 인공호흡 리카르도 피글리아 | 엄지영 옮김
46 정글북 러디어드 키플링 | 손향숙 옮김
47 외로운 남자 외젠 이오네스코 | 이재룡 옮김
48 에피 브리스트 테오도어 폰타네 | 한미희 옮김
49 둔황 이노우에 야스시 | 임용택 옮김
50 미크로메가스·캉디드 혹은 낙관주의 볼테르 | 이병애 옮김

51, 52 염소의 축제 마리오 바르가스 요사 | 송병선 옮김

53 고야산 스님·초롱불 노래 이즈미 교카 | 임태균 옮김

54 다니엘서 E. L. 닥터로 | 정상준 옮김

55 이날을 위한 우산 빌헬름 게나치노 | 박교진 옮김

56 톰 소여의 모험 마크 트웨인 | 강미경 옮김

57 카사노바의 귀향·꿈의 노벨레 아르투어 슈니츨러 | 모명숙 옮김

58 바보들을 위한 학교 사샤 소콜로프 | 권정임 옮김

59 어느 어릿광대의 견해 하인리히 뵐 | 신동도 옮김

60 웃는 늑대 쓰시마 유코 | 김훈아 옮김

61 팔코너 존 치버 | 박영원 옮김

62 한눈팔기 나쓰메 소세키 | 조영석 옮김

63, 64 톰 아저씨의 오두막 해리엇 비처 스토 | 이종인 옮김

65 아버지와 아들 이반 투르게네프 | 이항재 옮김

66 베니스의 상인 윌리엄 셰익스피어 | 이경식 옮김

67 해부학자 페데리코 안다아시 | 조구호 옮김

68 긴 이별을 위한 짧은 편지 페터 한트케 | 안장혁 옮김

69 호텔 뒤락 애니타 브루크너 | 김정 옮김

70 잔해 쥘리앵 그린 | 김종우 옮김

71 절망 블라디미르 나보코프 | 최종술 옮김

72 더버빌가의 테스 토머스 하디 | 유명숙 옮김

73 감상소설 미하일 조셴코 | 백용식 옮김

74 빙하와 어둠의 공포 크리스토프 란스마이어 | 진일상 옮김

75 쓰가루·석별·옛날이야기 다자이 오사무 | 서재곤 옮김

76 이인 알베르 카뮈 | 이기언 옮김

77 달려라, 토끼 존 업다이크 | 정영목 옮김

78 몰락하는 자 토마스 베른하르트 | 박인원 옮김

79, 80 한밤의 아이들 살만 루슈디 | 김진준 옮김

81 죽은 군대의 장군 이스마일 카다레 | 이창실 옮김

82 페레이라가 주장하다 안토니오 타부키 | 이승수 옮김

83, 84 목로주점 에밀 졸라 | 박명숙 옮김

85 아베 일족 모리 오가이 | 권태민 옮김

86 폭풍의 언덕 에밀리 브론테 | 김정아 옮김

87, 88 늦여름 아달베르트 슈티프터 | 박종대 옮김

89 클레브 공작부인 라파예트 부인 | 류재화 옮김

90 P세대 빅토르 펠레빈 | 박혜경 옮김

91 노인과 바다 어니스트 헤밍웨이 | 이인규 옮김

92 물방울 메도루마 슌 | 유은경 옮김

93 도깨비불 피에르 드리외라로셸 | 이재룡 옮김

94 프랑켄슈타인 메리 셸리 | 김선형 옮김

95 래그타임 E. L. 닥터로 | 최용준 옮김

96 캔터빌의 유령 오스카 와일드 | 김미나 옮김

97 만(卍)·시게모토 소장의 어머니 다니자키 준이치로 | 김춘미, 이호철 옮김

98 맨해튼 트랜스퍼 존 더스패서스 | 박경희 옮김

99 단순한 열정 아니 에르노 | 최정수 옮김

100 열세 걸음 모옌 | 임홍빈 옮김
101 데미안 헤르만 헤세 | 안인희 옮김
102 수레바퀴 아래서 헤르만 헤세 | 한미희 옮김
103 소리와 분노 윌리엄 포크너 | 공진호 옮김
104 곰 윌리엄 포크너 | 민은영 옮김
105 롤리타 블라디미르 나보코프 | 김진준 옮김
106, 107 부활 레프 톨스토이 | 박형규 옮김
108, 109 모래그릇 마쓰모토 세이초 | 이병진 옮김
110 은둔자 막심 고리키 | 이강은 옮김
111 불타버린 지도 아베 고보 | 이영미 옮김
112 말라볼리아가의 사람들 조반니 베르가 | 김운찬 옮김
113 디어 라이프 앨리스 먼로 | 정연희 옮김
114 돈 카를로스 프리드리히 실러 | 안인희 옮김
115 인간 짐승 에밀 졸라 | 이철의 옮김
116 빌러비드 토니 모리슨 | 최인자 옮김
117, 118 미국의 목가 필립 로스 | 정영목 옮김
119 대성당 레이먼드 카버 | 김연수 옮김
120 나나 에밀 졸라 | 김치수 옮김
121, 122 제르미날 에밀 졸라 | 박명숙 옮김
123 현기증. 감정들 W. G. 제발트 | 배수아 옮김
124 강 동쪽의 기담 나가이 가후 | 정병호 옮김
125 붉은 밤의 도시들 윌리엄 버로스 | 박인찬 옮김
126 수고양이 무어의 인생관 E. T. A. 호프만 | 박은경 옮김
127 맘브루 R. H. 모레노 두란 | 송병선 옮김
128 익사 오에 겐자부로 | 박유하 옮김
129 땅의 혜택 크누트 함순 | 안미란 옮김
130 불안의 책 페르난두 페소아 | 오진영 옮김
131, 132 사랑과 어둠의 이야기 아모스 오즈 | 최창모 옮김
133 페스트 알베르 카뮈 | 유호식 옮김
134 다마세누 몬테이루의 잃어버린 머리 안토니오 타부키 | 이현경 옮김
135 작은 것들의 신 아룬다티 로이 | 박찬원 옮김
136 시스터 캐리 시어도어 드라이저 | 송은주 옮김
137 고독한 산책자의 몽상 장자크 루소 | 문경자 옮김
138 용의자의 야간열차 다와다 요코 | 이영미 옮김
139 세기아의 고백 알프레드 드 뮈세 | 김미성 옮김
140 햄릿 윌리엄 셰익스피어 | 이경식 옮김
141 카산드라 크리스타 볼프 | 한미희 옮김
142 이 글을 읽는 사람에게 영원한 저주를 마누엘 푸익 | 송병선 옮김
143 마음 나쓰메 소세키 | 유은경 옮김
144 바다 존 밴빌 | 정영목 옮김
145, 146, 147, 148 전쟁과 평화 레프 톨스토이 | 박형규 옮김
149 세 가지 이야기 귀스타브 플로베르 | 고봉만 옮김
150 제5도살장 커트 보니것 | 정영목 옮김
151 알렉시·은총의 일격 마르그리트 유르스나르 | 윤진 옮김

152 말라 온다 알베르토 푸겟 | 엄지영 옮김
153 아르세니예프의 인생 이반 부닌 | 이항재 옮김
154 오만과 편견 제인 오스틴 | 류경희 옮김
155 돈 에밀 졸라 | 유기환 옮김
156 젊은 예술가의 초상 제임스 조이스 | 진선주 옮김
157, 158, 159 카라마조프가의 형제들 표도르 도스토옙스키 | 김희숙 옮김
160 진 브로디 선생의 전성기 뮤리얼 스파크 | 서정은 옮김
161 13인당 이야기 오노레 드 발자크 | 송기정 옮김
162 하지 무라트 레프 톨스토이 | 박형규 옮김
163 희망 앙드레 말로 | 김웅권 옮김
164 임멘 호수·백마의 기사·프시케 테오도어 슈토름 | 배정희 옮김
165 밤은 부드러워라 F. 스콧 피츠제럴드 | 정영목 옮김
166 야간비행 앙투안 드 생텍쥐페리 | 용경식 옮김
167 나이트우드 주나 반스 | 이예원 옮김
168 소년들 앙리 드 몽테를랑 | 유정애 옮김
169, 170 독립기념일 리처드 포드 | 박영원 옮김
171, 172 닥터 지바고 보리스 파스테르나크 | 박형규 옮김
173 싯다르타 헤르만 헤세 | 권혁준 옮김
174 야만인을 기다리며 J. M. 쿳시 | 왕은철 옮김
175 철학편지 볼테르 | 이봉지 옮김
176 거지 소녀 앨리스 먼로 | 민은영 옮김
177 창백한 불꽃 블라디미르 나보코프 | 김윤아 옮김
178 슈틸러 막스 프리슈 | 김인순 옮김
179 시핑 뉴스 애니 프루 | 민승남 옮김
180 이 세상의 왕국 알레호 카르펜티에르 | 조구호 옮김
181 철의 시대 J. M. 쿳시 | 왕은철 옮김
182 카시지 조이스 캐럴 오츠 | 공경희 옮김
183, 184 모비 딕 허먼 멜빌 | 황유원 옮김
185 솔로몬의 노래 토니 모리슨 | 김선형 옮김
186 무기여 잘 있거라 어니스트 헤밍웨이 | 권진아 옮김
187 컬러 퍼플 앨리스 워커 | 고정아 옮김
188, 189 죄와 벌 표도르 도스토옙스키 | 이문영 옮김
190 사랑 광기 그리고 죽음의 이야기 오라시오 키로가 | 엄지영 옮김
191 빅 슬립 레이먼드 챈들러 | 김진준 옮김
192 시간은 밤 류드밀라 페트루솁스카야 | 김혜란 옮김
193 타타르인의 사막 디노 부차티 | 한리나 옮김
194 고양이와 쥐 귄터 그라스 | 박경희 옮김
195 펠리시아의 여정 윌리엄 트레버 | 박찬원 옮김
196 마이클 K의 삶과 시대 J. M. 쿳시 | 왕은철 옮김
197, 198 오스카와 루신다 피터 케리 | 김시현 옮김
199 패싱 넬라 라슨 | 박경희 옮김
200 마담 보바리 귀스타브 플로베르 | 김남주 옮김
201 패주 에밀 졸라 | 유기환 옮김
202 도시와 개들 마리오 바르가스 요사 | 송병선 옮김

203 루시 저메이카 킨케이드 | 정소영 옮김
204 대지 에밀 졸라 | 조성애 옮김
205, 206 백치 표도르 도스토옙스키 | 김희숙 옮김
207 백야 표도르 도스토옙스키 | 박은정 옮김
208 순수의 시대 이디스 워턴 | 손영미 옮김
209 단순한 이야기 엘리자베스 인치볼드 | 이혜수 옮김
210 바닷가에서 압둘라자크 구르나 | 황유원 옮김
211 낙원 압둘라자크 구르나 | 왕은철 옮김
212 피라미드 이스마일 카다레 | 이창실 옮김
213 애니 존 저메이카 킨케이드 | 정소영 옮김
214 지고 말 것을 가와바타 야스나리 | 박혜성 옮김
215 부서진 사월 이스마일 카다레 | 유정희 옮김
216 사람은 무엇으로 사는가 레프 톨스토이 | 이항재 옮김
217, 218 악마의 시 살만 루슈디 | 김진준 옮김
219 오늘을 잡아라 솔 벨로 | 김진준 옮김
220 배반 압둘라자크 구르나 | 황가한 옮김
221 어두운 밤 나는 적막한 집을 나섰다 페터 한트케 | 윤시향 옮김
222 무어의 마지막 한숨 살만 루슈디 | 김진준 옮김
223 속죄 이언 매큐언 | 한정아 옮김
224 암스테르담 이언 매큐언 | 박경희 옮김
225, 226, 227 특성 없는 남자 로베르트 무질 | 박종대 옮김
228 앨프리드와 에밀리 도리스 레싱 | 민은영 옮김
229 북과 남 엘리자베스 개스켈 | 민승남 옮김
230 마지막 이야기들 윌리엄 트레버 | 민승남 옮김
231 벤저민 프랭클린 자서전 벤저민 프랭클린 | 이종인 옮김
232 만년양식집 오에 겐자부로 | 박유하 옮김
233 이상한 나라의 앨리스 루이스 캐럴 | 존 테니얼 그림 | 김희진 옮김
234 소네치카·스페이드의 여왕 류드밀라 울리츠카야 | 박종소 옮김
235 메데야와 그녀의 아이들 류드밀라 울리츠카야 | 최종술 옮김

● 문학동네 세계문학전집은 계속 출간됩니다